D0660491

Ruta Sepetys

Traduit de l'anglais (américain)
par Bee Formentelli

Gallimard

Pour Mam, qui a toujours fait passer
ses enfants en premier.

«Il n'est pas de beauté parfaite
sans quelque étrangeté dans les proportions.»
Francis Bacon

Titre original : *Out of the Easy*
Édition originale publiée aux États-Unis
par Philomel Books, une filiale de Penguin Young Readers Group,
membre de Penguin Group(USA) Inc.
Tous droits réservés.
© Ruta Sepetys, 2013, pour le texte.
© Éditions Gallimard Jeunesse, 2013, pour la traduction française.

1

Ma mère est prostituée. Bon, il y a prostituée et prostituée. Disons que ce n'est pas le genre à faire le trottoir; elle n'a rien d'une vulgaire fille des rues. Au contraire, elle est très jolie, porte de ravissants vêtements et s'exprime assez correctement. Mais elle couche avec des hommes contre de l'argent ou des cadeaux, ce qui, selon le dictionnaire, fait d'elle une prostituée.

Elle a commencé de travailler en 1940, l'année où nous avons quitté Detroit pour emménager à La Nouvelle-Orléans. J'avais alors sept ans. Je me souviens que nous avons pris un taxi à la gare et qu'il nous a déposées à l'hôtel – un hôtel très chic de St Charles Avenue où Mam avait rendez-vous avec un homme originaire de Tuscaloosa. Ils ont parlé dans le hall d'entrée en buvant un verre. Elle m'a présentée comme sa nièce et raconté à cet homme qu'elle devait me conduire chez sa sœur. Elle ne cessait de me faire des clins d'œil et de chuchoter qu'elle m'achèterait une poupée si je jouais tranquillement en l'attendant. Cette nuit-là, j'ai dormi toute seule dans le hall, rêvant de ma nouvelle poupée. Le lendemain matin, elle a pris pour nous deux une vaste chambre avec de hautes fenêtres et de petits savons tout ronds qui sentaient le citron. Le type de Tuscaloosa lui avait donné un coffret de velours vert dans lequel il y avait un rang de perles.

– Josie, cette ville va nous traiter royalement, a dit ma mère qui, seins nus devant le miroir, était en train d'admirer son collier de perles tout neuf.

Le jour suivant, un chauffeur de taxi à la peau sombre nommé Cokie s'est présenté à l'hôtel. Mam était invitée à rendre visite à une personne importante du Quartier français. Elle m'a donné un bain et a insisté pour que je mette une jolie robe. Elle a même noué un ruban dans mes cheveux. J'avais beau avoir l'air idiote avec ce ruban, je n'ai rien dit à Mam; je me suis contentée de hocher la tête et de sourire.

– Et maintenant, Josie, je ne veux plus t'entendre. J'espérais justement que Willie m'appellerait, et je n'ai aucune envie que tu viennes tout gâcher avec ton entêtement. N'ouvre pas la bouche avant qu'on t'adresse la parole. Et pour l'amour du ciel, ne commence pas à fredonner. Je ne le supporte pas, ça fait froid dans le dos. Si tu es gentille, je t'achèterai quelque chose de vraiment spécial.

– Comme une poupée? ai-je demandé, dans l'espoir de lui rafraîchir la mémoire.

– Bien sûr, mon lapin, t'aimerais une poupée, hein? a-t-elle répondu tout en passant une dernière touche de rouge sur ses lèvres et en envoyant un baiser à son image dans le miroir.

Cokie et moi, nous nous sommes immédiatement bien entendus. Il roulait dans un vieux taxi peint en gris brouillasseux. Si on le regardait de tout près, on pouvait distinguer sur la portière le mot «taxi» ou plutôt son fantôme. Il m'a donné un ou deux caramels *Mary Jane** avec un petit clin d'œil qui voulait dire: «Accroche-toi, la môme!» Tout en conduisant sa guimbarde pour nous emmener chez Willie, il sifflait à travers ses dents, qu'il avait très écartées. Je continuais à fredonner tout en me disant: «Si seulement la mélasse des caramels pouvait faire tomber d'un seul coup une de mes dents de lait!» C'était notre deuxième soirée à La Nouvelle-Orléans.

Le taxi s'est arrêté Conti Street.

– C'est quoi, cet endroit? ai-je demandé en allongeant le cou pour mieux voir la bâtisse jaune pâle aux balcons noirs treillissés.

– C'est la maison de Madame, a répondu Cokie. La maison de Willie Woodley.

– *Madame?* Mais Willie est un prénom d'homme, ai-je rétorqué.

– Ça suffit, Josie, Willie est un prénom de femme, a crié Mam en me flanquant une bonne claque sur la cuisse. Et maintenant, tais-toi!

Elle a lissé sa robe et tripoté ses cheveux, puis elle a marmonné:

– Je ne pensais pas que je serais si nerveuse.

– Pourquoi es-tu nerveuse? ai-je questionné.

Elle m'a empoignée par la main et entraînée brutalement dans l'allée menant à la grande maison. Cokie a touché le bord de son chapeau pour me saluer. J'ai répondu à son salut par un sourire et un geste de la main. Les voilages de la fenêtre de devant sont retombés, dissimulant soudain une silhouette indistincte qu'éclairait à peine une lueur ambrée. La porte s'est ouverte avant même que nous l'ayons atteinte.

– Et vous devez être Louise, a dit une voix de femme.

Une fille brune vêtue d'une robe du soir en velours nous attendait, appuyée contre le chambranle de la porte. Elle avait de jolis cheveux, mais ses ongles étaient rongés et ébréchés. Les femmes faciles ont les ongles fendillés. J'avais appris ça à Détroit.

– Elle va vous recevoir dans le petit salon, Louise, a expliqué la fille brune.

Un long tapis rouge courait de la porte d'entrée jusqu'à un escalier majestueux dont il recouvrait toutes les marches. La maison était somptueuse, mais d'un luxe tapageur, avec des brocarts vert foncé, des lampes à la lumière tamisée et aux abat-jour décorés de pendeloques de cristal noires. Des tableaux représentant des femmes nues aux mamelons roses étaient suspendus aux murs du vestibule. L'odeur de la fumée de cigarette se mêlait à celle de l'eau de rose éventée. Nous sommes passées au milieu d'un groupe de filles qui m'ont caressé les cheveux et m'ont appelée «ma poupée» et «mon petit lapin en sucre». Je me souviens d'avoir pensé que leurs lèvres avaient l'air toutes barbouillées de sang. Puis nous avons pénétré dans le petit salon.

J'ai d'abord vu sa main, pâle et veinée, qui reposait sur le bras d'une bergère à oreilles garnie de coussins. Ses ongles, d'un rouge aussi brillant que les graines de grenade, étaient si effilés qu'ils auraient pu crever un ballon d'une simple chiquenaude. Chacun de ses doigts ou presque était orné d'or et de diamants. Mam était toute palpitante d'émotion.

Je me suis approchée de la main, que j'ai contemplée un instant, avant de contourner le dos de la bergère pour me diriger vers la fenêtre. Des hauts talons noirs sortaient de dessous une jupe de tailleur un peu raide. J'ai soudain senti glisser le ruban noué dans mes cheveux.

– Bonjour, Louise.

La voix était pâteuse, éraillée, comme si elle avait longtemps carburé à l'alcool et au tabac. La chevelure blond platine tirée en arrière était enserrée dans une barrette gravée aux initiales W. W. De l'angle externe des yeux soulignés de khôl partaient de petites rides en éventail. Les lèvres étaient écarlates mais elles n'avaient pas l'air ensanglantées comme celles des autres. Jadis, elle avait dû être jolie.

La femme assise dans la bergère m'a longuement regardée avant de répéter :

– J'ai dit : « Bonjour, Louise. »

– Bonjour, Willie, a répondu Mam qui m'a prise par la main pour me traîner devant Willie, ajoutant : Je vous présente Josie.

J'ai souri et je lui ai fait ma plus belle révérence – sauf que j'avais les jambes couvertes de croûtes. La main aux ongles rouges m'a écartée d'un geste pour m'enjoindre d'aller m'asseoir dans le canapé en face d'elle. Son bracelet a cliqueté avec une note discordante.

– Tu es donc… revenue.

Willie a tiré une cigarette d'un étui de nacre et l'a tapotée doucement contre le couvercle.

– Bon, c'était il y a longtemps, Willie. Je suis sûre que vous pouvez comprendre.

Willie est restée muette. J'ai alors entendu le tic-tac d'une horloge à balancier accrochée au mur.

– Tu as l'air très bien, a fini par lâcher Willie sans cesser de tapoter le bout de sa cigarette contre l'étui.

– Je m'entretiens, a répondu ma mère en se renfonçant dans le canapé.

– Tu t'entretiens… oui. J'ai entendu dire que tu as eu un blanc-bec de Tuscaloosa la nuit dernière.

Le dos de Mam s'est raidi.

– Vous avez entendu parler du type de Tuscaloosa ?

Willie s'est contentée de la regarder en silence.

– Oh, c'était pas une passe, Willie, a dit ma mère en baissant la tête. C'était juste un gentil gars.

– Un gentil gars qui t'a acheté ces perles, je suppose, a répliqué Willie en tapant sa cigarette de plus en plus fort contre l'étui.

Mam a porté la main à son cou et tripoté les perles.

– Mes affaires marchent bien, a ajouté Willie. Les hommes pensent que nous nous dirigeons droit vers la guerre. Si c'est le cas, ils voudront tous prendre leur pied une dernière fois avant de partir. Nous travaillerions bien ensemble, Louise, mais…

Elle m'a désignée d'un signe de tête.

– Oh, c'est une bonne petite, Willie, et elle est intelligente quelque chose de dingue ! Même qu'elle a appris à lire toute seule.

– J'aime pas les gosses, a-t-elle lancé en me transperçant du regard comme avec une vrille.

J'ai haussé les épaules.

– Je les aime pas beaucoup non plus.

Mam m'a pincé le bras – très fort : j'ai presque senti la peau claquer. Je me suis mordu la lèvre, m'efforçant de ne pas broncher. Ma mère s'irrite toujours quand je me plains.

Willie s'est tournée vers moi.

– Vraiment ? Alors qu'est-ce que tu fais… si t'aimes pas les gosses ?

– Eh bien, je vais à l'école ; je lis ; je fais la cuisine, le ménage et je prépare des Martini pour Mam !

– Tu fais le ménage et tu prépares des Martini ? a demandé Willie en haussant un sourcil en accent circonflexe.

Son sourire sarcastique s'est effacé, et elle a ajouté :

– Ton nœud est de travers, fillette. Est-ce que tu as toujours été aussi maigrichonne ?

– J'ai pas été bien pendant quelques années, s'est hâtée de dire ma mère. Josie est très débrouillarde, et…

– Je vois ça, a-t-elle répliqué d'un ton cassant tout en continuant à tapoter sa cigarette.

Je me suis rapprochée de Mam.

– J'ai sauté la première classe et j'ai commencé en deuxième année. Mam avait oublié que j'étais censée aller à l'école (à ce moment précis, l'orteil de ma mère s'est enfoncé dans ma cheville). Mais bon, c'était pas très grave. Elle a raconté à l'école qu'on venait d'une autre ville et qu'on avait dû déménager, et je suis entrée directement en deuxième année.

– Tu as sauté la première classe ? a dit Willie.

– Oui, ma'am, et je ne pense pas que j'ai manqué grand-chose.

– Ne me donne pas du ma'am. Appelle-moi Willie, compris ?

Elle a remué dans sa bergère, et j'ai aperçu, sur le

côté de son siège, une crosse de revolver qui dépassait d'un des coussins.

– Oui, Mrs Willie, ai-je répondu.

– Non, pas Mrs Willie. Juste Willie.

Je l'ai regardée.

– En fait, Willie, je préfère Jo à Josie, et honnêtement, j'aime pas beaucoup les nœuds.

Sur ce, j'arrachai le ruban noué dans mes épais cheveux bruns coupés au carré et je tendis le bras pour prendre le briquet sur la table.

– Je n'ai pas demandé de feu.

– Non, mais vous avez tapé votre cigarette cinquante-trois fois… cinquante-quatre maintenant, alors j'ai pensé que vous aviez peut-être envie de fumer.

Willie a soupiré.

– Très bien, Jo, allume ma cigarette et sers-moi un scotch.

– Sec ou avec des glaçons?

Surprise par ma question, elle a ouvert la bouche avant de la refermer brusquement.

– Sec.

Elle m'observait, tandis que j'allumais sa cigarette.

– Eh bien, Louise, a déclaré Willie après avoir exhalé une longue bouffée de fumée qui est montée en volute au-dessus de sa tête, tu as réussi à mettre une belle pagaille partout, n'est-ce pas?

Ma mère a soupiré.

– Tu ne peux pas rester ici – pas avec un enfant, a poursuivi Willie. Il faut que tu te trouves un endroit.

– J'ai pas d'argent, a répondu Mam.

– Va porter ces perles dès demain matin à mon prêteur sur gages, et tu auras de l'argent liquide. Il y a rue

Dauphine un petit appartement que louait un de mes bookmakers. Cet idiot s'est fait descendre la semaine dernière. Il est en train de faire un sale petit somme et il n'aura plus besoin de l'endroit. Le loyer est payé jusqu'au trente. Je prendrai un certain nombre de dispositions, et nous verrons où tu en es à la fin du mois.

– D'accord, Willie, a dit Mam.

J'ai tendu à Willie son scotch et je me suis rassise. Le ruban était tombé par terre ; je l'ai poussé du bout du pied sous le canapé.

Willie a bu une gorgée de whisky et hoché la tête.

– Honnêtement, Louise, une barmaid de sept ans ?

Ma mère a haussé les épaules.

C'était il y a dix ans. La poupée promise ? Elle ne me l'a jamais achetée.

2.

Ils s'imaginaient que je ne pouvais pas entendre leurs murmures et leurs ricanements. Mais voilà dix ans que je les entendais. Je traversai Conti Street pour prendre la direction de Chartres Street, serrant mon livre sous le bras et fredonnant délibérément – une façon comme une autre de me boucher les oreilles. Traînée, cocotte, catin, putain – tous ces mots, je les avais entendus. À dire vrai, je pouvais même, d'un simple regard, deviner lequel ils allaient utiliser.

– Salut, Josie, disaient-ils avec un demi-sourire suivi d'un soupir et, quelquefois, d'un petit hochement de tête.

Ils se comportaient comme si je leur faisais pitié, mais à peine s'étaient-ils éloignés de dix pas qu'ils énonçaient un de ces mots accolé au nom de ma mère. Les femmes de la bourgeoisie aisée prétendaient que ça leur écorchait les lèvres de prononcer le terme « putain ». Elles le chuchotaient en haussant les sourcils. Puis elles affectaient un air scandalisé, comme si le mot lui-même s'était glissé dans leur petite culotte et leur avait filé une blennorragie. Ils n'avaient nul besoin de me plaindre. Je n'avais rien à voir avec ma mère. Après tout, elle n'entrait en ligne de compte que pour moitié dans ma conception.

– Josie! Attends donc un peu, p'tite Yankee!

Frankie, un des informateurs de Willie, était à mon côté, avec son grand corps sinueux penché au-dessus du mien.

– Qu'est-ce que t'as à t'presser comme ça? demanda-t-il en se léchant les doigts pour lisser ses cheveux graisseux.

– Je dois aller travailler à la librairie. Je suis en retard.

– Pfff… Qu'est-ce qu'il f'rait le vieux Marlowe sans toi? Tu le nourris à la cuillère ces temps-ci? Paraît qu'y tient plus qu'à un fil.

– Il est tout ce qu'il y a de plus vivant au contraire. Il est juste… à la retraite, ajoutai-je en lui lançant un regard noir.

– Ooh, sur la défensive, je vois! T'as une affaire en train avec Marlowe?

– Frankie! Je te défends…

Quelle horrible idée! Charlie Marlowe n'était pas seulement très vieux, il faisait partie de la famille en quelque sorte.

– Ou p't-êt' que t'en pinces pour son fils… C'est ça, hein? T'as dans l'idée d'harponner Marlowe junior pour hériter de c'te boutique de livres pleins de poussière que t'adores, pas vrai?

Il me donna un coup de coude en riant.

Je m'arrêtai de marcher.

– Je peux faire quelque chose pour toi, Frankie?

Il m'entraîna en avant.

– Ouais, en fait, répondit-il d'une voix plus basse. Est-ce que tu peux dire à Willie de ma part que Cincinnati va débarquer?

Un frisson courut le long de ma colonne vertébrale. J'essayai de garder un pas ferme.

– Cincinnati?

– Tu peux lui en toucher un mot, Josie?

– Je ne verrai pas Willie avant demain matin, tu le sais, répliquai-je.

– Tu vas toujours pas dans les parages, une fois la nuit tombée? Quelle p'tite futée tu es! Eh ben, informe-la que Cincinnati est sur le point de débouler, si c'est pas déjà fait! Al' voudra savoir.

– J'espère que je n'oublierai pas, fis-je en ouvrant la paume de ma main.

– Ooooh! espèce de mendiante!

– Mendiante? Non, femme d'affaires, m'empressai-je de corriger. Rappelle-toi, Willie n'aime pas les surprises.

– Effectivement, al' aime pas ça, répondit-il en fourrageant dans sa poche. Qu'est-ce que tu fous avec toutes ces pièces de monnaie, Josie? Si tu te contentais de soulever ta jupe, ça s'rait autrement plus facile, crois-moi.

– La seule raison que j'aurais de soulever ma jupe, ce serait de tirer mon revolver et de te flanquer une balle dans le crâne.

Mon argent ne regardait pas Frankie. Je projetais de m'échapper de La Nouvelle-Orléans. Et j'avais calculé que, pour réaliser ce projet, il fallait économiser non seulement de quoi payer le trajet en autocar mais de quoi vivre pendant une année entière, le temps de retomber sur mes pieds. Un bouquin d'économie que j'avais lu dans la boutique disait que c'était toujours mieux de prévoir au moins douze mois d'épargne. Une fois que j'aurais rassemblé la somme en question, je déciderais de l'endroit où aller.

– Bon, d'accord, d'accord, répliqua-t-il. Tu sais bien que je plaisante.

– Pourquoi ne m'achètes-tu pas un livre à la boutique, Frankie?

– J'te l'ai déjà dit, j'aime pas lire, p'tite Yankee. J'pense qu'y a pas une seule personne au monde qu'aime lire autant que toi. Qu'est-ce que t'as sous l'bras, c'te fois?

– E. M. Forster.

– Jamais entendu parler d'ça.

Sur ce, s'emparant de ma main, il déposa quelques pièces de monnaie au creux de ma paume.

– Tiens, oublie pas de lui dire. Si t'oublies, j'serai pas payé.

– Est-ce que tu sais quand il sera en ville et où il compte se planquer? demandai-je.

– Nan. Pas encore. Pt'-êt' qu'il est déjà ici, j'en ai aucune idée, répondit Frankie en jetant un œil par-dessus son épaule avec une grimace. À la prochaine, ma p'tite.

Empoignant ma jupe, j'accélérai le pas. Deux ans s'étaient écoulés depuis l'incident. Cincinnati n'était pas revenu dans le Quartier français, et il n'avait manqué à personne. Il prétendait travailler officieusement pour Carlos Marcello, le parrain de la mafia de La Nouvelle-Orléans. Personne ne le croyait, mais personne non plus ne le contestait carrément sur ce point.

Cincinnati arborait fièrement de coûteux costumes, lesquels, soit dit en passant, ne lui allaient pas très bien. Le bruit courait qu'il dépouillait de leurs vêtements les cadavres des types qu'il avait tués pour Carlos Marcello et se les appropriait. Selon Cokie, ça porte la guigne de mettre le costume d'un mort.

Carlos Marcello dirigeait la branche locale de la mafia ; en outre, il possédait des terres à l'extérieur de la paroisse d'Orléans. Les gens du pays racontaient qu'il remplissait d'alligators ses marais et y jetait ses victimes. Willie connaissait Carlos Marcello. Elle envoyait les filles dans son motel quand les flics débarquaient à Conti. C'est là que ma mère avait rencontré Cincinnati.

Cincinnati en pinçait pour elle. Il lui offrait de coûteux cadeaux et répétait qu'elle était le portrait tout craché de Jane Russell, la star de Hollywood. Ce qui signifiait, je suppose, que je ressemblais, moi aussi, à Jane Russell, mais plutôt à une Jane Russell sans maquillage, ni coiffure élaborée, ni beaux vêtements. Nous avions toutes les deux les mêmes yeux bruns très écartés, le même front haut, la même masse indisciplinée de cheveux bruns, et la même moue boudeuse.

Ma mère était folle de Cincinnati – au point d'avoir prétendu un jour qu'ils étaient amoureux. Elle était parfois d'une stupidité embarrassante. Qu'elle fît des passes avec un criminel comme Cincinnati était déjà une triste chose, mais être amoureuse de lui ? Lamentable ! Willie haïssait Cincinnati. Je le méprisais.

Je coupai par la rue étroite non loin de la bijouterie, esquivant un type qui pissait contre le mur. Tandis que je me hâtais de traverser le pavé mouillé, je me servis du livre de Forster pour éloigner de mon visage l'odeur de chêne moisi. Si le Quartier français sentait aussi mauvais par temps froid, au printemps prochain, il empesterait. Quant à l'été, mieux valait ne pas y penser ! Je remontai Toulouse Street en direction de Royal Street et entendis Otis, le musicien aveugle, chanter un blues tout en tapant du pied et en frottant un couteau à beurre émoussé contre ses cordes d'acier.

Juchés sur des échelles, les propriétaires des bars et des restaurants étaient occupés à décorer portes et fenêtres pour les festivités de la soirée. À minuit, nous serions enfin en 1950. Une atmosphère d'excitation, pétillante comme du champagne, régnait dans les rues. Les gens étaient impatients de laisser derrière eux, avec la décennie des années quarante, la guerre. Un couple d'amoureux à la recherche d'un taxi passa précipitamment devant moi, tandis qu'un petit homme en haillons, debout contre un bâtiment, ne cessait de répéter « Alléluia ! ».

Lors de son dernier passage en ville, Cincinnati s'était enivré et avait battu ma mère. Willie avait enfoncé la porte à coups de pied et tiré. Il n'avait eu que la jambe éraflée. J'avais emmené Mam à l'hôpital dans le taxi de Cokie. Une fois dessoûlé, Cincinnati avait eu le culot de venir à l'hôpital. J'avais jeté sur lui mon café brûlant en lui disant que j'allais appeler les flics. Il avait quitté la ville en boitillant, non sans avoir promis-juré qu'il reviendrait.

– Tu perds rien pour attendre, avait-il chuchoté en passant la langue sur ses dents. J'vais t'régler ton compte, Josie Moraine.

À ces paroles, j'avais frissonné mais envoyé promener ma peur.

– Hé, Motor City !

Reconnaissant la voix, je me retournai. Jesse Thierry, assis sur sa moto, de l'autre côté de la rue, me regardait. C'était un garçon silencieux qui, bien souvent, se contentait d'un sourire ou d'un signe de tête pour s'adresser à vous. Quelquefois, j'avais l'impression qu'il m'observait, ce qui était ridicule, car Jesse Thierry n'avait aucune raison de s'intéresser à quelqu'un comme moi. Il ne parlait guère, c'est vrai, mais son apparence démentait cette réserve. Sa beauté saisissante, sa dégaine nerveuse comme crispée me mettaient mal à l'aise. Les autres ne semblaient pourtant pas être perturbés par son physique, au contraire. Les touristes se retournaient sur lui. Quant aux filles... il en traînait constamment une flopée derrière lui.

– Tu veux que je t'emmène quelque part ? demanda-t-il.

Je secouai la tête.

– Moi, j'veux faire un tour, Jesse ! dit une blonde non loin de lui.

Il feignit de ne pas l'avoir entendue.

– T'es sûre, Jo ?

– Oui, tout à fait sûre. Merci, Jesse.

Il hocha la tête, démarra et s'éloigna à vive allure, laissant les filles sur le trottoir.

Lorsque je tournai à l'angle de Royal Street, le bruit du moteur s'était éteint. J'aperçus bientôt l'enseigne bleu foncé aux lettres d'or suspendue à un crochet de fer forgé au-dessus de la porte : LIBRAIRIE MARLOWE. À travers la vitrine, je pouvais voir Patrick assis devant le comptoir. Lorsque je pénétrai dans la boutique, le carillon tinta au-dessus de ma tête, et l'odeur familière, si rassurante, du papier et de la poussière m'entoura.

– Comment va-t-il aujourd'hui ? m'enquis-je.

– C'est plutôt une bonne journée. Il connaît mon nom. Je crois même que, pendant une seconde, il s'est rappelé que j'étais son fils, dit Patrick en se laissant aller en arrière dans son fauteuil habituel, derrière le comptoir.

– Magnifique !

Je le pensais vraiment. Certains jours, Mr Marlowe ne reconnaissait pas Patrick. Et quelquefois, il l'accablait d'injures ou lui jetait des objets à la tête. C'étaient des jours difficiles, des jours noirs.

– Ton copain Cokie est passé. Il m'a dit de te donner ça, poursuivit-il en faisant glisser un morceau de papier plié en quatre à travers le comptoir.

Je le dépliai. De sa main incertaine, Cokie y avait tracé un seul mot : « CINCYNATTY ».

– Je ne l'ai pas lu, ajouta Patrick, mais je crois qu'il s'agit de Cincinnati.

– Tu ne l'as pas lu, hein ? fis-je.

Patrick avait beau avoir vingt et un ans, il était toujours d'humeur à taquiner comme un garçon qui tire les nattes des filles à la récréation.

Il sourit.

– Il ne connaît pas l'orthographe du mot. Est-ce qu'il va à Cincinnati ?

– Mmm… Sans doute. Tu m'as gardé un journal ?

Il désigna un exemplaire, posé sur ma chaise et plié avec soin, du *Times-Picayune*.

– Merci. Je te remplace dans une minute, dis-je.

– Sincèrement, Jo, le *Picayune* est d'un ennui mortel.

Les journalistes laissent volontairement de côté toutes les nouvelles du Quartier et...

La voix de Patrick s'éteignit, tandis que je me frayais un chemin entre les hauts rayonnages de livres en direction de l'escalier en colimaçon au fond de la boutique. J'avais mon propre appartement depuis l'âge de onze ans. En fait, ce n'était pas un véritable appartement; pas à l'origine en tout cas. C'était un minuscule bureau avec une salle de bains attenante. J'avais dix ans quand ma mère a commencé à avoir ses crises et à me battre à coups de parapluie pour un rien. J'ai très vite appris qu'elle était plus heureuse quand je n'étais pas dans les parages. C'est pourquoi je me cachais dans la librairie juste avant la fermeture et je dormais sous le grand bureau du cabinet de travail.

Le jour de mes onze ans, j'ai grimpé en catimini l'escalier après la fermeture. Le cabinet était complètement métamorphosé. Murs et fenêtres avaient été nettoyés à grande eau. Le bureau était toujours là, mais on avait débarrassé la pièce de toutes les boîtes qui l'encombraient, et il y avait maintenant un vrai lit, une petite commode et même des rayonnages garnis de livres dans un coin. Des rideaux à fleurs étaient accrochés à une tringle au-dessus de la fenêtre ouverte, et la musique de Bourbon Street montait jusqu'à moi. Une seule et unique clef pendait à un clou. On avait fixé un verrou à la porte, et une batte de base-ball était appuyée contre le lit. Nous ne parlâmes jamais de ces nouvelles dispositions. Je commençai simplement à travailler dans la boutique pour Mr Marlowe en échange de mon logis.

J'ouvris la porte et me glissai dans la pièce avant de pousser à nouveau le verrou. Puis je me mis à quatre pattes pour soulever une latte de plancher sous mon lit, cherchant à tâtons la boîte à cigares. J'y laissai tomber les pièces que Frankie m'avait données, remis la latte en place et sortis de dessous le lit ; après quoi je tirai les rideaux. Alors, j'ouvris à nouveau le billet de Cokie :

CINCYNATTI.

3.

– Je reviens tout de suite, dis-je à Patrick quand je redescendis dans la boutique.

– Allons, Jo, se plaignit-il, c'est la veille du Nouvel An.

– Il n'est qu'une heure de l'après-midi.

– Oui, mais j'ai des tas de choses à faire!

– Je m'absente juste pour une minute, fis-je en me précipitant dehors.

Je traversai la rue en courant et gagnai le restaurant *Sal's*. Willie était une bonne cliente de ce restaurant, aussi le patron me permettait-il d'utiliser son téléphone quand j'en avais besoin. En vérité, il y avait bien des endroits dans la ville dont Willie était bonne cliente, et, par chance, les faveurs dont elle jouissait à ce titre s'étendaient jusqu'à moi.

– Salut, Maria! lançai-je à l'hôtesse en désignant le téléphone au fond de la salle.

Elle acquiesça d'un signe de tête.

Je pris le téléphone et composai le numéro de Willie: HEMlock 4673.

C'est Dora qui, dès la première sonnerie, répondit de sa voix faible, voilée – une voix qui ne lui était pas naturelle.

– Jo à l'appareil. Il faut que je parle à Willie.

– C'est pas possible, mon lapin, elle se repose.

Se repose? Willie ne faisait jamais la sieste.

– Réveille-la.

Dora reposa le combiné. J'entendis ses souliers claquer sur le plancher de bois dur, tandis qu'elle allait chercher Willie, puis le claquement s'estomper petit à petit. Je pouvais deviner, rien qu'à l'oreille, qu'elle portait les mules à plumes rouges qu'elle avait achetées par correspondance chez *Frederick*, le grand magasin de la 5e Avenue. Je tordis le fil du téléphone, et il me glissa entre les doigts. J'avais la main moite. Je l'essuyai sur ma jupe.

– *Buttons and Bows*, énonça Willie sans même prendre la peine de me dire bonjour. L'air que tu fredonnais, c'est *Buttons and Bows*. Écoute, j'ai besoin d'un moment de paix avant que les murs se mettent à trembler. Qu'est-ce qu'il peut bien y avoir de si important?

– Cincinnati.

Il y eut un silence à l'autre bout du fil. Je perçus le double clic de son briquet en argent, puis une longue respiration, tandis qu'elle aspirait et exhalait la fumée de sa cigarette.

– Qui t'a dit ça?

– Frankie. Il m'a abordée après que j'ai quitté votre maison. J'allais à la librairie.

– Depuis quand est-il en ville? s'enquit Willie.

– Frankie en savait rien. Il a juste dit qu'il arrivait et qu'il était même peut-être déjà là. Où est ma mère? demandai-je.

– Là-haut. Elle s'est comportée comme une idiote toute la matinée, n'a pas arrêté de pouffer.

– À votre avis, elle est au courant?

– Évidemment! Je me doutais bien qu'il y avait quelque chose en train. D'après Dora, elle a reçu un coup de téléphone il y a deux jours. Depuis, c'est une parfaite imbécile.

J'entendis Willie inspirer longuement, puis retenir sa respiration, et enfin rejeter un nuage de fumée par les narines.

– Cokie le sait. Il m'a laissé un billet.

– Bien. Ce soir, Cokie doit déposer des gens ici et là. Il me tiendra informée. Tu es chez *Sal*?

– Oui. Cokie dit que The Dukes of Dixieland jouent ce soir au *Paddock*; aussi, j'ai pensé que peut-être...

– Il n'en est pas question, m'interrompit Willie. Je ne veux pas qu'on te voie dans le Quartier.

– Mais, protestai-je, c'est la veille du Nouvel An, Willie.

– Je m'en fous. Tu restes à l'intérieur: enfermée à double tour. C'est compris?

J'hésitai, me demandant jusqu'où je pouvais aller.

– Il paraît que Cincinnati travaille maintenant pour Carlos Marcello.

– Mêle-toi de tes oignons, répondit Willie d'un ton sec. Et viens demain matin.

– C'est juste que... je me fais du souci à propos de Mam.

– T'en fais pas pour elle mais pour toi. Ta mère n'est qu'une idiote de putain.

Il y eut un déclic, puis ce fut le silence. Elle avait raccroché.

4

– Désolée, dis-je à Patrick à mon retour.

– Ça va ? demanda-t-il.

– Oui, très bien. Pourquoi ?

– Tu as des taches rouges sur le cou. Tiens, voilà ta chère chronique mondaine ; aujourd'hui, elle est bien remplie !

Il me jeta le journal à la figure, tandis que je m'asseyais à côté de lui, derrière le comptoir, et poursuivit d'une voix efféminée, un peu nasale :

– « Miss Blanche Fournet de Birmingham, Alabama, qui passe une partie de la saison d'hiver à La Nouvelle-Orléans, était hier l'hôte d'honneur d'un déjeuner donné par son oncle et sa tante, le Dr et Mrs George C. Fournet. La table était décorée d'hortensias bleu pâle, et les charmants invités se sont tous ennuyés à périr. »

Je ris avant de lui taper l'épaule à coups de journal.

– Sérieusement, Jo, c'est ridicule d'être obsédée par les quartiers chics et les chroniques mondaines. Quand vas-tu comprendre que toutes ces femmes ne sont qu'une bande de vieilles rombières prétentieuses ?

Le carillon tinta alors, et un bel homme de haute taille vêtu d'un costume sur mesure entra dans la boutique.

– Bonne après-midi, dit-il en nous adressant un petit signe de tête. Comment allez-vous, tous, aujourd'hui?

L'homme avait un accent du Sud, mais ce n'était pas celui de La Nouvelle-Orléans. Il avait la peau hâlée, ce qui donnait un éclat éblouissant à son sourire et le faisait ressembler à Cary Grant.

– Bien, merci. En vacances à La Nouvelle-Orléans, monsieur? demandai-je.

– Est-ce si évident? répondit-il avec un nouveau grand sourire.

– Je suis désolée, je voulais juste dire…

– Inutile de vous excuser. Vous ne vous êtes pas trompée. Je suis venu de Memphis pour le *Sugar Bowl**.

– Vous jouez? demanda Patrick, mesurant du regard la taille de l'homme et sa carrure impressionnante.

– J'ai joué. J'étais receveur écarté* pour Vanderbilt. Je venais ici avec l'équipe de foot, et nous nous battions contre Tulane. J'ai toujours aimé ça. La Nouvelle-Orléans était vraiment l'endroit où on avait du fil à retordre, et j'ai eu ma part d'ennuis, remarquez.

Sur ce, il adressa un clin d'œil entendu à Patrick avant de lui demander:

– Vous allez tous les deux à l'université de Tulane?

– Je viens de finir mon cursus à Loyola, répondit Patrick.

– Et vous, jolie demoiselle? interrogea le magnifique athlète.

À l'université? Oui! avais-je envie de crier. Bien

entendu, *j'adorerais* aller à l'université. Au lieu de quoi je souris et baissai les yeux.

– Elle a beaucoup de mal à se décider, intervint Patrick. Vous voyez le genre : très intelligente – au point qu'ils se battent tous pour l'avoir.

– Cherchez-vous un livre en particulier ? demandai-je, me hâtant de changer de sujet.

Je posai nonchalamment deux doigts sur le comptoir – signe adressé à Patrick. C'était là un de nos jeux préférés : il s'agissait de deviner le genre de livre que désirait le client. Mes deux doigts indiquaient que l'histoire était le sujet de prédilection de Mr Memphis – j'étais prête à parier une pièce de dix cents avec lui. En fermant son poing gauche, Patrick pariait, lui, que ce monsieur voulait un livre concernant le sport.

– Effectivement, répondit-il en ôtant son chapeau.

Le soleil de l'après-midi entrait à flots par la vitrine de la boutique, et je vis ses cheveux noirs miroiter dans la lumière.

– Keats.

– De la poésie ? demanda Patrick.

– Ah, ça vous surprend ? Voyons, l'habit ne fait pas le moine. Pourquoi les footballeurs n'aimeraient-ils pas, eux aussi, la poésie ?

– Bien entendu, fis-je. La section poésie est de ce côté.

– Il faut que je file, déclara Patrick. C'est Josie qui va s'occuper de vous maintenant. Keats est un de ses poètes préférés. Heureux de vous avoir rencontré, monsieur.

– Forrest Hearne, dit le gentleman en tendant sa main à Patrick. C'était un plaisir de faire votre connaissance.

Je conduisis Mr Hearne au fond de la boutique, où se trouvait le rayonnage bien garni des livres de poésie.

– Il paraît que Keats est tombé amoureux de son voisin, lui lançai-je par-dessus mon épaule.

– Oui, mais d'après ce que j'ai lu, ce fut une histoire d'amour on ne peut plus tumultueuse, répondit-il comme pour me provoquer. Keats a exigé que toute leur correspondance soit brûlée après sa mort. Aussi, je crois que nous ne saurons jamais la vérité.

Je m'arrêtai devant le rayon de poésie, le dos tourné à Mr Hearne, et parcourus rapidement des yeux les livres rangés par ordre alphabétique, cherchant la lettre K.

– Ah, voilà ! Keats.

Je me retournai. Mr Hearne était tout proche, les yeux fixés sur moi.

– Est-ce que... nous sommes-nous déjà rencontrés d'une manière ou d'une autre ? demanda-t-il sérieusement. J'ai comme l'impression de vous avoir déjà vue quelque part.

Je sentis une goutte de sueur perler entre mes omoplates.

– Je ne crois pas. Je ne suis jamais allée dans le Tennessee.

– Peut-être, mais en ce qui me concerne, je suis venu je ne sais combien de fois à La Nouvelle-Orléans, répondit-il en ajustant le nœud de sa cravate en soie.

– Je suppose que je dois avoir un de ces visages familiers, fis-je, m'éloignant de quelques pas. Appelez-moi si vous avez besoin de quelque chose d'autre.

Je regagnai le comptoir en fredonnant, consciente qu'il me regardait, tandis que je me faufilais entre les étagères de livres. Comment mon visage aurait-il pu être familier à un ancien footballeur de l'équipe Vanderbilt originaire du Tennessee qui avait un physique de vedette de cinéma et aimait la poésie? Il avait pourtant une expression sincère en me posant cette question. Rien à voir avec l'un de ces flagorneurs aux yeux injectés de sang que je pouvais entrevoir chez Willie quand je faisais le ménage le matin. Parfois, en effet, lorsque j'arrivais avant six heures du matin, je croisais un client qui sortait. La plupart des hommes ne prolongeaient pas leur soirée jusqu'à l'aube. «Ils ne sont tout de même pas venus ici pour faire dodo, disait toujours Willie, et je ne le tolérerai pas, à moins qu'ils ne consentent à payer le prix fort.» Et de fait, presque tous s'en allaient avec un grand sourire après avoir fait leurs petites affaires. Les rares hommes qui passaient la nuit entière dans la maison avaient le portefeuille bien garni, certes, mais par ailleurs, ils souffraient d'une carence d'un autre ordre, comme s'il y avait dans leur âme un accroc trop grand pour pouvoir être raccommodé. Assez souvent, ils tentaient d'entrer en conversation avec moi avant de quitter les lieux. C'était toujours le même genre de conversation, gauche, vaguement gênée, imprégnée de culpabilité et se terminant invariablement par la même petite phrase classique à propos de mon visage étrangement familier. Mr Hearne, lui, l'avait prononcée d'une tout autre façon, avec une sorte d'ingénuité, comme s'il était tout simplement intrigué.

Il me rejoignit au comptoir. Il avait deux livres à la main.

– Ah, c'est un excellent choix! fis-je, examinant le volume de Keats qu'il avait choisi.

– Pour Marion, ma femme, commenta-t-il.

– Oh! vous avez pris aussi *David Copperfield*!

– Il est pour moi. Je dois en avoir dix exemplaires à présent.

Je souris.

– C'est le roman de Dickens que je préfère, et de loin, peut-être parce qu'il s'inspire de la propre vie de l'auteur. L'idée que l'on peut surmonter tant de souffrance et de pauvreté pour finir par trouver le bonheur est tellement stimulante!

J'en avais trop dit. Il me lançait déjà le regard que je détestais entre tous – le regard style: «Tu l'as eue dure, pas vrai, petite?». Ça me donnait l'impression d'être pitoyable.

– Je vois ce que vous voulez dire, répondit-il d'une voix douce. J'ai moi-même eu une enfance à la David Copperfield.

Je le regardai fixement, choquée à l'idée que l'homme distingué debout devant moi ait pu avoir connu un jour la souffrance et la pauvreté. Avait-il vraiment changé de vie grâce à ses propres efforts? Il comprit que j'étais surprise.

– Les grandes décisions, déclara-t-il, voilà ce qui façonne notre destinée.

Et, sans même ouvrir le livre, il se mit à réciter un passage de *David Copperfield*: «Deviendrai-je le héros de ma propre vie, ou bien cette place sera-t-elle occupée par quelque autre?»

Acquiesçant d'un signe de tête, je terminai la phrase avec lui:

– «À ces pages de le montrer.»

Nous étions tous les deux là, en face l'un de l'autre

– deux inconnus qui se comprenaient parfaitement. Une automobile se mit à klaxonner furieusement dans la rue, nous obligeant à détacher nos regards l'un de l'autre.

Je me hâtai de faire l'addition et lui tendis le papier.

– Voulez-vous que je les emballe ?

– Non, c'est inutile.

Il sortit alors de la poche intérieure de sa veste une pince à billets. L'homme possédait ce que Willie appelait « une tête de laitue ». Il y avait tant de billets verts qu'ils débordaient littéralement de la pince – une véritable floraison ! Et quand il me tendit un billet de cinquante dollars, je notai sa montre étincelante d'une marque prestigieuse : Lord Elgin.

– Je suis désolée, dis-je d'une voix légèrement étranglée. Je crains de ne pas avoir assez de monnaie.

– C'est ma faute. J'ai oublié de faire de la monnaie à l'hôtel. Accepteriez-vous un chèque ?

Nous refusions les chèques en règle générale, sauf s'il s'agissait d'habitués. Nous avions eu notre part de chèques sans provision laissés par des oiseaux de passage. Un petit écriteau juste devant la caisse indiquait notre décision de ne plus accepter les chèques.

– Bien entendu, lui dis-je. Un chèque, c'est parfait.

Il me remercia d'un petit signe de tête et sortit son chéquier ainsi qu'un élégant stylo à plume. C'était sûr et certain, Forrest Hearne nageait dans l'opulence.

– Que faites-vous donc à Memphis ? demandai-je d'un ton faussement désinvolte.

– Je suis à la fois architecte et promoteur immobilier, répondit-il.

Sur ce, il signa son chèque et me le tendit avec un sourire.

– Je construis des choses, reprit-il.

Je hochai la tête.

Il s'approcha de la porte, sans cesser de me regarder d'un air interrogateur.

– Eh bien, merci pour votre aide et pour la conversation ! Je vous en suis très reconnaissant.

– Tout le plaisir était pour moi.

– Et bonne chance à l'université, dit-il encore, quelle que soit celle que vous choisirez !

Il ouvrit la porte pour partir, puis, se ravisant soudain, s'arrêta net :

– J'allais oublier, ajouta-t-il en mettant son chapeau : Bonne année ! Ce sera une grande année !

Je souris.

– Bonne année à vous aussi !

Une seconde plus tard, il avait disparu.

5

Assise sur mon lit, je contemplai le chèque.

Forrest L. Hearne, Jr
73, East Parkway Avenue North, Memphis, Tennessee.
Memphis Bank and Trust Co.

J'avais l'impression qu'en réponse à mes interroga-
tions il me chuchotait : «Les grandes décisions, voilà
ce qui façonne notre destinée.»
J'allai droit à mon bureau et sortis de sa cachette la
feuille de papier jaunie. J'avais treize ans quand j'avais
commencé la liste avec le nom d'un journaliste qui
était passé à la librairie, Tom Moraine. Un jour que
j'étais furieuse contre Willie, je lui avais raconté que
j'avais trouvé mon père et que j'allais partir. Willie
avait ri. «Moraine n'est pas le nom de famille de ton
père», avait-elle précisé. C'était le nom d'un joueur
avec lequel Louise s'était enfuie lorsqu'elle avait dix-
sept ans. Le bonheur conjugal n'avait pas duré plus de
trois ou quatre mois, et la fugitive était revenue. Elle
avait gardé l'anneau et le nom.

Willie disait qu'on faisait beaucoup trop de cas des pères en général, que mon père pouvait être n'importe qui et qu'il avait toutes les chances d'être un minable, un baisouilleur superglauque fou de cravates avec clip. Elle disait aussi que je ferais mieux de laisser tomber. Mais je ne laissais pas tomber, j'en étais incapable. Le jeu continua donc, et des années durant, j'ajoutai des noms à la liste, imaginant que, loin d'être minable, la moitié de ma personne était, d'une façon ou d'une autre, respectable. Quant à la notion de glauque, elle était sans aucun doute très relative. Après tout, qu'est-ce qui était le plus glauque, un type qui adorait les cravates avec clip ou bien une fille qui gardait cachée dans le tiroir de son bureau une liste de pères de son invention ?

L'enseigne rouge au néon du restaurant *Sal's,* de l'autre côté de la rue, clignotait et grésillait, baignant mes rideaux et le dessus de mon bureau d'une lueur rose. Au fur et à mesure que minuit approchait, le bruit au-dehors augmentait. L'année 1950, début prometteur d'une nouvelle décennie, n'allait pas tarder à commencer. J'ajoutai le nom de Forrest L. Hearne, Jr. à la liste, avec les quelques détails que je pouvais connaître à son sujet. À mon avis, il devait avoir une bonne trentaine ou une petite quarantaine.

« Footballeur. Memphis. Architecte. Aime Dickens et Keats », écrivis-je.

Keats… Ce n'était certainement pas un touriste moyen du Vieux Carré*.

Il m'avait questionnée à propos de l'université. J'avais obtenu mon diplôme de fin d'études secondaires en juin de l'année précédente, mais j'avais remisé au placard l'université, la repoussant tout à l'arrière-plan de mon esprit, là où je pourrais l'oublier pendant un bon moment. Le lycée avait déjà été assez dur comme ça, mais ce n'était pas du tout à cause des études, non. Étudier ne me posait aucun problème. Ce qui m'épuisait, en revanche, c'étaient les efforts que je devais constamment fournir pour rester invisible. Quand les gens s'apercevaient de ma présence, ils parlaient de moi. Ainsi, le jour où Mam était venue à la réunion d'information des parents d'élèves (j'étais alors en huitième année[1]). Elle était venue uniquement parce qu'une des filles de Willie lui avait raconté que mon professeur d'histoire, Mr Devereaux, était très beau et un peu extravagant.

Ma mère avait fait une apparition remarquée : elle portait des boucles d'oreilles en diamant et un manteau long en fourrure de lapin dont elle disait qu'il était «tombé d'un camion». Au-dessous, elle était entièrement nue.

– Sois pas si bégueule, Josie, m'avait-elle dit. J'étais trop en retard. Personne ne remarquera rien. Et puis, la doublure est douce comme de la soie, c'est divin sur la peau. Bon, ton prof d'histoire, c'est lequel?

Elle avait bu et avait beaucoup de mal à garder son manteau fermé. Tous les pères de l'école la dévisageaient, tandis que leurs épouses les tiraient par le bras. Quant aux gosses, ils avaient tous les yeux fixés sur moi. Le lendemain, j'avais entendu plusieurs élèves chuchoter que leurs mères avaient appelé la mienne «cette putain», et je m'étais sentie, moi aussi, toute nue – et sale.

---

1 C'est l'équivalent de la cinquième.

Elle n'avait pas dû trouver à son goût mon professeur d'histoire. En effet, elle ne revint jamais à l'école, même pour la remise du diplôme de fin d'études secondaires. «Ah, c'était aujourd'hui?», s'était-elle écriée devant le miroir tout en dessinant sur sa joue un faux grain de beauté. «Est-ce que tu portais un de ces affreux chapeaux carrés bordés de glands?» Rejetant alors la tête en arrière, elle avait ri – de ce rire que je haïssais. Il commençait presque innocemment avant de se resserrer dans la gorge, puis de monter à travers le nez pour resurgir avec un sardonique sifflement de serpent. C'était comme si je voyais toute la hideur du monde se déverser à flots de son âme.

Willie était venue à la cérémonie de remise du diplôme. Elle avait pénétré dans l'enceinte de l'école avec sa Cadillac noire et s'était garée à l'un des emplacements réservés à l'administration. Puis, tandis qu'elle s'avançait à grands pas dans l'auditorium pour aller s'asseoir au premier rang, la foule s'était écartée. Elle portait un tailleur coûteux avec gants et chapeau assortis, ainsi que ses habituelles lunettes noires, qu'elle n'avait pas quittées de toute la cérémonie. Cokie était venu, lui aussi. Il était resté dans le fond, avec un gros bouquet de fleurs et un sourire jusqu'aux oreilles. L'assistance n'avait pas manqué de chuchoter au sujet de sa peau couleur de caramel, mais je ne les avais pas écoutés. Cokie était le seul et unique homme avec lequel je me sentisse vraiment en sécurité.

Willie m'offrit en l'honneur de mon diplôme un splendide médaillon en argent de chez Tiffany & Co. où étaient gravées mes initiales. «Fais graver tes initiales, Jo, et tes bijoux te retrouveront toujours.» Je n'avais pas d'objet plus précieux que ce médaillon, et je le portais en permanence, glissé sous mon chemisier. Je savais que si je l'enlevais, ma mère me le volerait ou bien le vendrait.

J'écrivis encore dans la marge, près du nom de Mr Hearne : « M'a posé des questions sur l'université » et rangeai le papier à sa place, au fond du tiroir.

Il se fit tout à coup dans la rue en contrebas un grand brouhaha, et j'entendis une multitude de voix crier en chœur :

– Cinq... Quatre... Trois... Deux... Un... BONNE ANNÉE !

Les klaxons retentirent et les gens poussèrent des hurlements de joie. Puis ce furent des bris de verre et des éclats de rire.

Je sortis mon miroir et commençai de me faire une mise en plis à ma façon. J'enroulai, mèche après mèche, mes épais cheveux autour de mon doigt, pressai ensuite la boucle ainsi formée contre mon crâne et glissai en travers une épingle à cheveux. La veille du Nouvel An était toujours une vraie pagaille, un gâchis monstre. « Tu ne manques rien », me dis-je à moi-même. L'année précédente, un représentant de commerce d'Atlanta s'était mis en tête de faire admirer sa richesse aux filles en brûlant des billets de banque dans le salon. Les filles avaient gazouillé, roucoulé, poussé des « oh ! » et des « ah ! » jusqu'à ce que l'une des chaises orientales de Willie prît feu. Le lendemain matin, j'avais dû traîner la carcasse de cette chaise dans la ruelle et je m'étais retrouvée couverte de suie des pieds à la tête. Ma mère avait ri avant de me traiter de tous les noms. Son amertume croissait d'année en année. Elle ne supportait pas de vieillir – d'autant qu'elle vivait dans la maison de Willie, entourée de très jeunes filles. Elle avait toujours l'air d'avoir vingt-huit ou vingt-neuf ans et mentait à propos de son âge, mais on ne pouvait plus vraiment dire qu'elle faisait partie des favorites.

Je terminai ma «mise en plis» et décidai de lire un peu jusqu'à ce que la joyeuse excitation au-dehors retombât. Lire était, avec fredonner, le seul moyen pour moi de chasser de mon esprit Louise et le Vieux Carré et me permettait, en outre, de m'échapper de La Nouvelle-Orléans pour partager d'autres expériences. Je me plongeais à corps perdu dans les livres. La vie des personnages était tellement plus intéressante que les battements solitaires de mon cœur.

J'avais laissé mon livre en bas, dans la boutique. Je déverrouillai ma porte et descendis à pas de loup le minuscule escalier. J'étais en chemise de nuit, pieds nus, et je pris soin de rester dans les flaques d'ombre entre les rayonnages, de peur que l'on ne m'aperçût à travers la devanture. J'étais déjà au fond du magasin lorsque j'entendis un bruit. Je tressaillis. Il semblait que l'on exerçât une poussée sur la porte. Soudain, il y eut un cliquetis, puis le carillon tinta. Quelqu'un était entré dans la librairie.

Je promenai mon regard d'un bout à l'autre de la pièce, me demandant si je devais ou non courir dans ma chambre pour y prendre mon revolver. Je fis quelques pas de côté et m'arrêtai net. Des pas. Qui se rapprochaient. Je me réfugiai derrière une étagère et entendis alors un rire de gorge. C'était une voix masculine. Je cherchai à tâtons quelque objet avec quoi me défendre et finis par m'emparer d'un gros volume dans le rayonnage le plus proche.

– On te *vouaaaaaa*, railla la voix grave.

Mon sang ne fit qu'un tour. On? Cincinnati avait amené quelqu'un avec lui. Une silhouette indistincte émergea devant moi. Je lui lançai le livre à la tête de toutes mes forces et m'élançai vers l'escalier.

– Bon sang, Josie, qu'est-ce qui te prend?

C'était la voix de Patrick.

– Patrick?

Je m'arrêtai et glissai un coup d'œil furtif au coin de l'étagère.

– Qui d'autre pourrait être dans le magasin? demanda-t-il tout en se frottant un côté du visage. Fichtre, tu as sacrément bien visé!

Une seconde silhouette émergea près de lui.

– Que faites-vous ici à une heure pareille? questionnai-je en avançant de quelques pas.

Une odeur de bourbon éventé émanait des garçons.

– Nous sommes venus chercher un livre, répondit Patrick.

– Jean Cocteau, précisa le jeune homme à la voix grave. *Le Livre...*

Et il brandit en riant le volume en question.

– Chut..., fit Patrick.

Pour toute réponse à cette discrète injonction, son compagnon émit ce qui ressemblait fort à un petit rire nerveux.

– Qui êtes-vous?

– Josie, je te présente James. Il travaille chez *Doubleday*.

– *Doubleday Books*? Vous n'avez donc pas encore assez de livres comme ça?

– Pas celui-là en tout cas. Jolie chemise de nuit, ajouta-t-il en me jetant un coup d'œil.

– Il est tard, et je dois travailler très tôt demain matin, dis-je en leur indiquant la porte d'un geste.

– Vous travaillez le Jour de l'an ? Mais tout est fermé ! Que faites-vous donc ? demanda James.

– Affaires de famille, répondit Patrick à ma place. Allez, viens, on y va !

– Assure-toi que la porte est bien verrouillée, lui lançai-je.

Patrick se retourna vivement.

– Tu crois vraiment que je pourrais partir sans fermer la porte de la boutique de mon père ? murmura-t-il en s'avançant vers moi. Enfin, Jo, qu'est-ce qui ne va pas ?

– Rien. J'ai été surprise, c'est tout. Bonne année !

– Bonne année, dit Patrick en tendant le poing pour me frapper au bras.

La tête penchée, il me regarda avant de m'attirer près de la vitrine, dans la flaque de lumière provenant de la rue.

– Que vas-tu faire maintenant ? demandai-je en serrant mon livre contre ma chemise de nuit.

– Jo, tu devrais vraiment faire ta raie sur le côté au lieu de la faire au milieu.

– Quoi ? fis-je.

Son ami rit.

– Rien, répliqua Patrick.

6

Comme il fallait s'y attendre, la maison était une vraie porcherie. Je nouai mon tablier et enfilai les épais gants de caoutchouc que je portais toujours sur l'insistance de Willie. Dans le petit salon, les cendriers débordaient de mégots de cigare et les dessus de table étaient encombrés de bouteilles d'alcool vides. J'aperçus un soulier argenté à talon aiguille suspendu à une jardinière et piétinai une boucle d'oreille en diamant fantaisie surnageant au milieu d'une flaque visqueuse de champagne. Une odeur de pommes suries flottait dans l'air. Il faudrait frotter les planchers et battre les tapis. J'eus un mouvement de recul à la seule pensée de l'état des salles de bains. Bonne et heureuse année ! J'ouvris les fenêtres toutes grandes et me mis au travail.

Je commençai par la chambre de Sweety. Elle vivait avec sa grand-mère et passait rarement la nuit dans la maison. C'était une très belle quarteronne, ce qui signifie qu'elle avait un quart de sang noir comme Cokie. Avec son cou long et mince, sa chevelure de jais et ses grands yeux de faon, elle plaisait beaucoup aux hommes et gagnait gros. Si elle se montrait d'une fidélité sans faille à Willie dans son travail, elle n'était pas très sociable et ne se mêlait guère aux autres femmes en dehors de la maison. Je me suis toujours demandé ce qu'elle pouvait bien faire de son argent. Sweety était la seule des filles à me laisser des pourboires. Quelquefois, le soir, elle emportait ses draps chez elle et les lavait elle-même.

Dora, elle, était une rousse aux formes généreuses et aux hanches larges qui affectionnait le vert. Au point de ne porter que cette couleur, et nulle autre, dans toutes les nuances possibles et imaginables : vert jade, vert menthe, vert pomme, vert sapin, etc. Dora était très désordonnée. Je la trouvais souvent en train de ronfler dans un lit effondré avec un paquet de glace fondue entre les jambes. Elle n'aimait rien tant que dormir et avait un sommeil de plomb en toutes circonstances. Le Dr Sully venait examiner les filles chaque semaine, et il arrivait que Dora, toute nue sauf un boa de plumes vert, dormît pendant toute la durée de l'examen.

Evangeline était très petite de taille (moins d'un mètre cinquante) et avait l'air d'une écolière. Elle jouait correctement son rôle, mais il n'y avait pas plus méchante qu'elle – un vrai serpent! C'était une kleptomane repentie. Elle n'avait confiance en personne et dormait avec son sac en bandoulière ; elle allait même jusqu'à garder ses souliers au lit. En revanche, elle ne volait pas ses clients. Willie avait établi des règles. Pas de vol, pas de drogue, pas de petits cadeaux et pas de baisers dans les chambres. Si un homme descendait avec des traces de rouge à lèvres sur la bouche, Willie renvoyait la fille. «Vous vous croyez peut-être assis sous le pommier du paradis, hurlait-elle. Ici, on vend du sexe, point. » La chambre d'Evangeline était toujours crasseuse. Ce jour-là, il y avait des mouchoirs de papier sales collés un peu partout sur le plancher. Je dus les détacher un à un.

– Tu peux pas la boucler et arrêter de fredonner, espèce de petite gourde ? cria Evangeline. J'essaye de dormir.

J'esquivai de justesse le soulier qu'elle me lança de dessous ses couvertures. Evangeline était sans famille. Elle n'avait certainement pas un père du style de Forrest Hearne. Je soupirai en pensant à Mr Hearne. Il avait supposé que j'étais étudiante à l'université. Et pourquoi pas, après tout ? Personne ne disait qu'une fille comme moi ne pouvait pas aller à l'université. Je me mis à rire. Combien d'étudiantes faisaient le ménage dans les bordels ?

– J'ai dit : « LA FERME ! » cria Evangeline.

J'avais encore quelques chambres à nettoyer. Je longeai le couloir jusqu'à celle de Louise et tournai doucement la poignée de porte, veillant à ne pas faire le moindre bruit, bien que Cokie l'eût lubrifiée pour moi, car ma mère ne supportait pas qu'elle grinçât. Je me faufilai dans la chambre et fermai la porte en souriant. La pièce sentait la poudre Silk 'n' Satin qu'elle achetait à Maison Blanche. Ses bas étaient suspendus sur la chaise comme d'habitude, mais son porte-jarretelles noir manquait. Je jetai un coup d'œil furtif dans son majestueux lit à baldaquin rouge. Elle n'y était pas.

La cloche se mit à tinter à l'étage inférieur. Willie était réveillée. Prenant mon seau, je quittai la chambre de ma mère et me dirigeai vers la cuisine.

Sadie, la cuisinière et blanchisseuse de la maison, s'affairait autour de l'évier.

– Bonne année, Sadie, lançai-je.

Elle acquiesça d'un signe de tête avec un petit sourire. Sadie était muette et n'émettait jamais le moindre mot. Nous ignorions même son vrai nom. Willie l'avait baptisée Sadie, du nom d'un cheval boiteux, tendre et triste, qu'elle avait connu autrefois. Le cheval avait fini par être abattu. « Si seulement vous pouviez toutes être muettes comme Sadie ! » se plaisait à dire Willie.

J'entrepris de préparer le café à la chicorée de Willie. Comme bien des habitants de La Nouvelle-Orléans, Willie était particulièrement difficile, sinon maniaque, en ce qui concernait son café. À l'âge de douze ans, un jour, par hasard, j'avais mis parfaitement au point sa mixture et, à compter de ce moment-là, Willie avait insisté pour que ce fût toujours moi qui préparât son café. Ce n'était pas vraiment un secret : j'achetais le café chez *Morning Call* et y ajoutais un peu de miel et de cannelle.

Le seau dans une main et le plateau de café dans l'autre, je traversai le petit salon pour gagner la chambre de Willie. Du bout du pied, je frappai doucement le bas de la porte.

– Entrez, dit une voix rauque.

Je poussai la porte d'un coup de hanche, la rattrapai avec mon pied, et après m'être faufilée à l'intérieur, la refermai. L'appartement de Willie ne ressemblait en rien au reste de la maison. Des palmiers en pot éparpillés à travers le salon et la chambre lui donnaient une petite touche tropicale. Non loin de son bureau à cylindre, il y avait une cheminée de marbre crème.

Dans un coin, une cage à oiseaux très sophistiquée mais vide était suspendue au plafond, et un tapis d'Aubusson très ancien était étendu par terre. Comme à son habitude, Willie, assise au milieu de son grand lit majestueux et confortablement adossée à ses oreillers, était vêtue de son kimono de soie noire, ses cheveux blond platine soigneusement peignés et sa bouche fardée de rouge.

– Bonne année, Willie.

Elle donna un petit coup de lime à l'un de ses longs ongles.

– Hmm... en est-ce une ? fit-elle.

Je posai mon seau et disposai le plateau de café sur le lit.

Elle en but une gorgée et hocha la tête en signe d'approbation.

– Le journal ?

Tirant le journal de la poche arrière de mon tablier, je le lui tendis.

– Alors, comment est-ce ? Horrible ? demanda-t-elle en se renfonçant dans ses oreillers moelleux.

– J'ai vu pire, lui répondis-je.

C'était exact. J'avais vu bien pire. Ainsi, lorsque le courtier en assurances de Floride s'était enivré au point de tomber et de se cogner violemment la tête. Il y avait du sang partout. À croire que quelqu'un avait égorgé un cochon à même le parquet. J'avais eu beau le frotter et le récurer pendant des jours et des jours, je n'avais pas réussi à venir à bout de la tache. Willie avait fini par acheter un grand tapis oriental pour masquer les dégâts. Elle avait même disposé autrement les meubles. La tache n'en était pas pour autant partie. Il y a des choses qui ne s'en vont jamais, quelle que soit l'énergie que vous employez à frotter.

– Alors, demanda-t-elle, qu'est-ce que tu as à me montrer?

J'attrapai le seau.

– D'abord, ce machin géant, répondis-je en sortant du récipient un soulier rouge d'une dimension inusitée.

Willie hocha la tête.

– Ah, Kansas City! Il a payé deux dollars pour se déguiser en femme, avec bas et tout, et danser avec les filles.

– Et il a laissé un soulier? m'enquis-je.

– Non, l'autre est sous le canapé du salon. Je les garde en réserve dans le grenier pour les gars comme lui. Donne-leur un coup de chiffon et va les ranger là-haut. Quoi d'autre?

Je pris dans le seau un billet de vingt dollars.

– Dans la cuve des toilettes de Dora, dis-je.

Willie roula des yeux ahuris.

– Sur la table de nuit de Sweety, dis-je encore en lui présentant un briquet en argent.

– Bien joué. Ce briquet appartient à un notaire d'Uptown. Quel pauvre imbécile! Ça se croit très intelligent et ça ne sait même pas faire la différence entre pisse et parfum! J'aurai un malin plaisir à lui rendre la pièce à conviction en question. Peut-être que j'irai la déposer chez lui à l'heure du dîner.

– Il y a encore ça, ajoutai-je en brandissant une balle. Je l'ai trouvée dans le corridor de l'étage.

Willie tendit la main.

– Un des banquiers est-il venu ici la nuit dernière? demandai-je.

– Cette balle ne provient pas du revolver d'un banquier. Elle est destinée à un .38, un Browning.

– Comment le savez-vous ?

Willie allongea le bras pour prendre un pistolet sous son oreiller. D'un petit mouvement rapide du poignet, elle ouvrit le magasin, y glissa la balle, puis, d'un coup sec, le remit en place.

– Voilà comment je le sais. Va chercher ta mère.

– Elle n'est pas là, répondis-je. Son lit est vide, et son porte-jarretelles n'est pas posé sur la chaise.

– Quelle menteuse ! s'écria Willie. Elle m'a raconté qu'elle ne se sentait pas bien. Et elle avait ce fouteur de merde chez moi ! Je n'ai pas eu de rapport de Frankie. Quelqu'un a-t-il aperçu Cincinnati la nuit dernière ?

– Je ne sais pas. Pendant une minute, j'ai cru qu'il était entré dans la librairie, mais c'était seulement Patrick. Il m'a fait une peur bleue.

– Patrick ? Humph. Il ne ressemble en rien à son père, c'est certain. À propos, comment va Charlie ?

– Il déraille. Je suis si malheureuse pour Patrick. Je compte passer chez lui aujourd'hui.

– Charlie n'est pas fou, répliqua Willie. Son cerveau est juste un peu ramolli – ça arrive à certaines personnes. C'est arrivé au père de Charlie, par exemple, soupira-t-elle. Mais ne t'avise surtout pas de dire qu'il est fou, autrement on le traînera au pavillon psychiatrique de l'hôpital Charity. Je ne laisserai pas se produire une chose pareille. Surtout pas quand il s'agit d'un brave homme comme Charlie. Il s'est chargé de toi quand aucun d'entre nous n'a été fichu de s'en donner la peine. Tiens, ajouta-t-elle en me lançant le billet de vingt dollars que j'avais trouvé dans la cuve

des toilettes de Dora, achète-lui des provisions à l'épicerie, à moins qu'il n'ait besoin d'autre chose. Et fais-
moi savoir s'il désire qu'on lui envoie une fille.

J'acquiesçai. Charlie s'était effectivement montré
bon pour moi. Un jour (j'avais alors quatorze ans), je
lui avais confié que je haïssais ma mère. «Ne la déteste
pas, Jo, m'avait-il répondu. Aie plutôt pitié d'elle.
Songe qu'elle est loin d'être aussi intelligente que toi.
Elle n'a certes pas tes possibilités, c'est pourquoi elle
erre sans but, ne cessant de se heurter à toutes sortes
de murs. C'est triste.» J'avais compris les paroles de
Charlie et, à compter de cette conversation, je commençai à percevoir ma mère sous un autre jour. Mais,
selon une règle plus ou moins tacite, les parents ne
doivent-ils pas être plus intelligents que leurs enfants?
Cela ne semblait pas juste.

– Tu n'as rien d'autre à me dire? interrogea Willie.

– Evangeline a hissé le drapeau rouge, et Dora a de
nouveau déchiré sa robe de velours au niveau de la
poitrine. J'ai encore quelques chambres à nettoyer, je
n'en sais donc pas plus pour le moment.

– Elle a encore déchiré sa robe? C'est comme des
pastèques, ces machins-là. OK, Evangeline est hors
circuit pendant cinq jours. Dis-lui de déménager au
grenier. Demande à Sadie de réparer la robe. Et maintenant, file. J'ai envie de lire le journal.

Ramassant le seau, je m'apprêtai à m'en aller.

– Ah, fis-je, j'allais oublier, Willie. Hier, un type de
Memphis est passé à la boutique. Grand, architecte et
ex-footballeur pour Vanderbilt – enfin, c'est ce qu'il
m'a dit.

– Un bel homme, élégant, avec un costume et une

montre de luxe? questionna Willie sans me regarder avant de boire une gorgée de café et d'ouvrir le journal.

Mon cœur se serra.

– Oui, c'est bien lui. Il est venu ici?

– Non, on ne l'a pas vu ici.

Dieu merci. Forrest Hearne ne semblait pas être le genre d'homme à fréquenter la maison.

– Mais vous avez entendu parler de lui? demandai-je encore.

– Oui, effectivement, répondit Willlie. Il est mort.

7.

– Personne il souffle mot, déclara Cokie. Même Frankie. Alors on peut être sûr c'est une affaire louche.

– Willie ne connaît pas les détails ; elle sait qu'il est mort, c'est tout, confiai-je à Cokie sur le trottoir. Elle n'avait pas envie d'en parler. Elle a dit que ça ne la regardait pas.

Je gardai les yeux obstinément fixés par terre. Je ne pouvais croire à la mort de Forrest Hearne, le charmant footballeur du Tennessee.

– Qui t'a raconté ça ? demandai-je à Cokie.

– J'as croisé Eddie Bones la nuit dernière. L'avait l'air avoir vu un fantôme. Quand je l'as questionné sur ce qui s'avait passé, il m'a répondu qu'un homme d'affaires très riche, il était mort, là, à sa table du club, vers quatre heures du matin.

Eddie Bones était chef d'orchestre au *Sans-Souci*, un club de Bourbon Street.

– Quelqu'un a tiré sur lui ?

– Bones, l'a pas parlé de revolver, répondit Cokie.

– C'est que… il a pas pu tourner de l'œil juste

comme ça. Tu n'as pas vu ce gars, Coke. C'était un vrai gentleman, sain et solide. Rien d'un soûlard ou d'un drogué. Il était venu en ville pour la Coupe. Mais il avait de l'argent, tant et plus, à ne savoir qu'en faire, et soudain, il est mort. Où est Eddie Bones à présent?

– En route pou' Baton Rouge. Il dit il a un petit emploi temporaire là-bas.

– Il quitte la ville? Alors comment allons-nous savoir ce qui s'est passé?

– Pou'quoi tu es si curieuse? interrogea Cokie. C'est pas la première fois quiqu'un meurt dans le Quartier.

– J'ai juste besoin de savoir. À ton avis, où est Mr Hearne maintenant?

– Je pense il est chez le coroner*.

À ce moment précis, un grondement puissant se fit entendre dans la rue. Levant les yeux, j'aperçus Jesse Thierry sur sa moto. Il m'adressa un signe de tête auquel je répondis.

Cokie le salua d'un geste de la main.

– Allez, viens, pitit' Josie! Pas question tu passes deho' la nuit du 31. Monte dans taxi, et vite: ta mama, elle va vinir avec ce Cinci bon à rien, et ça va êt' tout pagaille!

– Cokie, je voudrais que tu ailles chez le coroner. J'ai besoin de savoir ce qui s'est passé.

– Tu t'imagines il va me parler, à moi, propos un homme très riche on a trouvé mort?

– Tu pourrais lui dire que Willie veut le savoir, rétorquai-je.

– Tu es folle, pitit' Josie. Tu as vraiment envie t'attirer tas d'ennuis ou quoi? Monte. Je t'emmène là-bas, chez Marlowe. Ce pauv' vieux, l'aurait bien besoin de manger des doliques* à œil noir pou' commencer la nouvelle année.

Tandis que Cokie me conduisait chez Patrick, je regardais les rues défiler par la vitre de la voiture. *Le Sans-Souci* n'était pas exactement une maison respectable. Le propriétaire, un arnaqueur, employait toute une équipe d'entraîneuses de bar. Ces entraîneuses, telle la sœur de Dora, se comportaient comme des clientes ordinaires, mais en réalité elles recevaient une commission du club. Elles draguaient les hommes, les encourageant à commander des alcools coûteux ou des bouteilles de champagne. Plus le client consommait, plus les filles touchaient d'argent.

Un vers de Keats résonnait dans ma tête: «*A thing of beauty is a joy for ever… it will never pass into nothingness[2].*» Non. Il y avait là quelque chose qui ne collait pas.

Cokie me laissa devant la maison de ville vert pâle de Marlowe. Elle était entourée d'une palissade «fleur de lis» noire. Je la trouvais ravissante, mais Patrick ne pouvait la supporter. Il disait que ce style faisait si désuet que c'en était embarrassant. Depuis quelque temps, il flottait là comme une odeur de vieilles personnes, mais je n'en avais jamais parlé à Patrick.

Je m'approchais de la porte d'entrée quand j'entendis le piano. Je m'arrêtai et m'appuyai contre la balustrade pour écouter. Le jeu de Patrick était si expressif qu'il m'en apprenait souvent beaucoup plus sur lui que les confidences qu'il pouvait me faire. En dépit

---

2 «Une belle chose est une joie pour l'éternité, elle ne sombrera jamais dans le néant.»

de notre amitié, il y avait toujours eu une légère barrière entre nous. Je n'arrivais pas à trouver quelle était l'origine de cette barrière, qui l'avait mise entre nous. Ce matin-là, il jouait un morceau de Rachmaninov: *Rhapsodie sur un thème de Paganini*. Il semblait heureux, paisible. Il est des êtres à qui il suffit de toucher un instrument pour créer un monde de toute beauté et d'autres qui, comme moi, ne pourront jamais produire que des sons discordants, quels que soient leurs efforts. Voilà qui m'étonnera toujours. Je frappai à la porte, et la musique s'arrêta brutalement.

– Bonne année! m'écriai-je en brandissant un sac que j'avais rempli de provisions dans la cuisine de Willie.

Les cheveux blonds et brillants de Patrick étaient tout ébouriffés, et il avait encore des traces de rouge à lèvres sur une de ses joues.

– Ah, maintenant je comprends pourquoi tu joues une musique aussi romantique que Rachmaninov! fis-je en le bousculant pour entrer dans la maison (il y avait quelque chose dans ce rouge à lèvres qui me chiffonnait). Les filles t'ont volé mille baisers à minuit, pas vrai?

– Non, c'était après minuit. Je crois que les gens m'ont pris en pitié à cause de *ça*, répondit Patrick.

Et il tourna vers moi le côté gauche de son visage. Une vilaine meurtrissure, très large, de la couleur d'une prune, boursouflait sa tempe jusqu'à la racine des cheveux.

– Patrick! Qu'est-ce qui t'est arrivé?

– Ce qui m'est arrivé? Tu m'as collé un sacré pain, hier, avec ton livre. Tu ne te rappelles pas?

Je retins mon souffle.

– Oh, Patrick, je suis vraiment désolée!

– Pas de problème. J'ai raconté à tout le monde que j'avais passé à tabac un type qui tentait de voler une vieille dame, Bourbon Street. Me voilà promu au rang de héros.

De toute façon, Patrick était un héros à mes yeux. Quand il avait six ans, sa mère avait quitté Charlie et s'était enfuie aux Antilles pour épouser un baron du sucre. Charlie avait été littéralement anéanti, mais il avait fait pour le mieux avec son fils et l'avait bien élevé. Contrairement à moi, Patrick ne nourrissait aucun ressentiment envers sa mère; il se contentait de hausser les épaules et disait qu'il la comprenait. Il se réjouissait à l'avance d'aller lui rendre visite aux Antilles. Quant à Charlie, il traitait Patrick moins comme un fils que comme un compagnon, voire un collègue. Après tout, ils avaient bâti l'affaire ensemble et, voilà peu de temps encore, ils travaillaient côte à côte, jour après jour.

Je trouvai Mr Marlowe dans le salon, assis dans un fauteuil, près de la fenêtre, les mains agrippées à une boîte en forme de cœur très abîmée qui avait contenu jadis des chocolats de la Saint-Valentin.

– C'est nouveau, chuchotai-je à Patrick.

– Je ne sais pas d'où vient cette boîte. En tout cas, il refuse de la lâcher. Au point de dormir avec. Mais peu importe. Au moins il se tient tranquille.

Quelques mois plus tôt, le père de Patrick avait traversé une période difficile: il se levait au milieu de la nuit et essayait de quitter l'appartement, vêtu de son seul pyjama. Patrick avait fait poser sur la porte des verrous qui ne pouvaient s'ouvrir qu'avec une clef. Ce qui n'avait servi à rien, car Mr Marlowe tentait désormais de sortir par la fenêtre. Willie s'était procuré auprès du Dr Sully un médicament qui s'était vite révélé assez efficace mais qui avait un fâcheux effet secondaire : Mr Marlowe ne parlait presque plus.

– Bonne année, Charlie ! m'écriai-je en me baissant pour poser la main sur son genou.

Lentement, très lentement, ses yeux bleus pleins d'opacités blanchâtres parcoururent mon visage. Il avait un regard si vide que je me demandai s'il m'avait seulement vue. Il pressa la boîte en satin rose contre sa poitrine et détourna la tête. Je questionnai Patrick :

– Sais-tu ce que contient cette boîte ?

– Je n'en ai pas la moindre idée. Comme je te l'ai dit, il refuse que je m'en approche. Je n'ai même pas pu lui peigner les cheveux aujourd'hui. Regarde-le. Il ressemble à Albert Einstein.

– Ne t'inquiète pas. Je vais le coiffer.

Je quittai le salon pour passer sous la large arcade qui menait à la cuisine. Puis, brandissant le billet de vingt dollars, je le glissai sous la boîte de fer-blanc posée sur l'étagère au-dessus de l'évier.

– De la part de Willie, via la cuve des toilettes de Dora, lançai-je à Patrick.

– Comment était-ce ce matin ? Affreux ?

– Pas particulièrement. J'ai déjà vu bien pire, répondis-je en me versant une tasse de café et en déballant le sac. Planchers poisseux. Une Evangeline grincheuse qui m'a jeté un soulier à la tête. Elle va passer cinq jours au grenier.

– À en juger par ton expression, j'ai cru qu'il s'était

passé quelque chose de vraiment horrible, déclara Patrick en se laissant tomber sur la chaise de la cuisine.

– Il s'est effectivement passé quelque chose d'horrible, répliquai-je à voix basse par-dessus mon épaule. De vraiment horrible.

– Quoi ?

– Tu te rappelles le type charmant de Memphis qui est entré à la librairie hier ?

– Bien sûr. Le poète footballeur cousu d'or.

– Ouais, acquiesçai-je, c'est lui. Il est mort, ajoutai-je en faisant volte-face.

La chaise de Patrick tomba avec un bruit sourd sur le plancher.

– Quoi !

Je pris ma tasse de café et vins m'asseoir à la table de la cuisine.

– Il est mort la nuit dernière au *Sans-Souci*.

– Qui t'a raconté ça ? Je n'en ai absolument pas entendu parler.

– C'est Willie, mais elle n'a pu me donner aucun détail sur cette affaire. Je n'arrive toujours pas à y croire. D'après le chef d'orchestre, que Cokie a interrogé à ce sujet, Mr Hearne se serait tout bonnement affaissé d'un seul coup et il serait mort à sa table.

Patrick se croisa les bras et haussa un sourcil étonné.

– Difficile à croire, je suis d'accord avec toi, fis-je. N'avait-il pas l'air en pleine forme ?

– C'est bien mon avis, répondit Patrick. On l'aurait facilement pris pour un footballeur professionnel en activité. A-t-il fini par se décider à acheter quelque chose hier ?

– Keats et Dickens. Et je peux te dire qu'il avait non

seulement le portefeuille bien garni, mais aussi une montre en or de chez *Lord Elgin* et un luxueux stylo.

– Oh, oh, Keats et Dickens! s'exclama Patrick. Voilà qui parle en sa faveur, me semble-t-il. On ne saurait être un sale type en faisant pareil choix. Quel dommage! ajouta-t-il en détournant les yeux. Il avait l'air tellement sympathique!

Je hochai la tête.

– À propos, merci de m'avoir couverte, quand il a été question de l'université. Étant donné qu'il présumait que j'étais étudiante à Newcomb, j'aurais été très embarrassée si tu ne l'avais pas fait.

– Mais je n'ai rien inventé, Jo. Tu pourrais aller dans n'importe quelle université de ton choix. Y compris Newcomb, à Tulane.

Je baissai les yeux et contemplai mes doigts qui enserraient la tasse de café chaud. Patrick m'avait expliqué que je pourrais facilement obtenir une bourse de l'une ou l'autre université de la région. Mais la seule idée de revoir des élèves du lycée et d'être la fille dont la mère est une putain-qui-se-balade-toute-nue-sous-un-manteau-de-fourrure m'était insupportable. Je n'aurais jamais la moindre chance d'être normale.

Willie trouvait que c'était assommant d'être normal et que je devrais être heureuse au contraire d'avoir un peu de piquant. Selon elle, personne ne s'intéressait aux gens normaux, c'est-à-dire ennuyeux, et lorsqu'ils mouraient, on les oubliait aussitôt, comme un bout de papier ou un mouchoir qui tombe à votre insu derrière une commode. Quelquefois, j'avais envie de glisser, moi aussi, derrière la commode. Être normale: rien ne me paraissait plus merveilleux.

– Mr Vitrone est mort, annonça Patrick en désignant du doigt la page des rubriques nécrologiques déployée sur la table de la cuisine.

Patrick passait tous les jours au peigne fin les avis de décès, dans l'espoir d'acquérir des fonds de bibliothèque ou des éditions rares susceptibles d'être mis en vente à la suite de ces décès.

– Il avait une belle collection d'ouvrages de Proust, continua-t-il. Je crois que je vais aller présenter mes condoléances à son épouse et voir si je peux les lui acheter.

J'acquiesçai.

– Qu'est-ce que tu faisais donc hier avec ce garçon de *Doubleday*? ajoutai-je.

– Je l'ai rencontré par hasard à la soirée de Fabert. On a commencé à se chamailler à propos de nos inventaires respectifs : c'était à qui aurait le plus varié.

– À propos de vos inventaires respectifs? Mais *Doubleday* a beaucoup plus de livres!

– Je sais, répondit Patrick en riant. Échange de confidences sous l'effet de l'alcool, je suppose.

– Ouais, tu sentais l'alcool à plein nez – une vraie distillerie ambulante! Et je n'ai pas beaucoup apprécié que tu me fasses des réflexions embarrassantes devant ce garçon.

– Et toi? Qu'est-ce que tu avais à rôder furtivement en chemise de nuit dans la boutique? rétorqua Patrick. Et pourquoi, ensuite, cet étrange comportement, comme si tu avais peur de nous ou presque?

– J'avais oublié mon livre dans la librairie et j'étais descendue le chercher. Tu as eu de la veine que je n'aie pas emporté mon revolver, en particulier après ce commentaire sur mes cheveux!

– À dire vrai, je suis très surpris qu'une fille qui dévore comme toi la page mondaine des journaux n'ait pas encore remarqué que toutes les gamines des quartiers chics portent désormais la raie sur le côté. Ça t'irait parfaitement et ça mettrait même en valeur la forme de ton visage. Allons, Jo, c'est une nouvelle année – le moment ou jamais de faire peau neuve! Hé, j'allais oublier: ce matin, à six heures, j'ai vu ta mère se diriger vers l'hôtel Roosevelt; elle marchait bras dessus bras dessous avec un type très grand en costume noir. Un costume qui ne lui allait pas très bien.

– Est-ce qu'elle t'a vu? demandai-je.

– Non, répondit Patrick. Le type m'avait plutôt l'air grossier. J'ai pourtant comme l'impression de l'avoir déjà vu quelque part. Qui ça pouvait-il être?

– Je n'en ai pas la moindre idée, répliquai-je, les yeux perdus dans ma tasse de café.

8.

Le calme régnait toujours dans la librairie le 2 janvier. Les gens étaient trop fatigués pour sortir ou avaient dépensé trop d'argent en cadeaux de Noël pour seulement songer à acheter des livres. Patrick et moi, nous passions le temps à jouer à un jeu de notre invention qui consistait à choisir tour à tour, entre deux personnages littéraires proposés, lequel nous allions épouser. Nous pouvions y consacrer des heures, hurlant de rire quand les choix se révélaient tout sauf plaisants.

– Darcy[3] ou Gatsby[4] ? demanda Patrick.

– Oh, allons bon, Patrick ! Tu n'aurais pas pu trouver mieux ? raillai-je. C'est évident. Darcy.

– Je ne comprends pas pourquoi il est la coqueluche

---

3 Fitz William Darcy, protagoniste masculin principal du roman de Jane Austen : *Pride and prejudice* (*Orgueil et préjugés*, dans la traduction française).
4 Protagoniste masculin principal du roman de Francis Scott Fitzgeralg : *The Great Gatsby* (*Gatsby le magnifique*, dans la traduction française).

des femmes. Il est tellement complexé! Gatsby, lui, a du style.

– Il n'a rien de complexé, insistai-je. Il est seulement un peu timide.

– Regarde, il y a une cliente, dit Patrick en désignant la vitrine d'un signe de tête.

Des gouttelettes de pluie commençaient à tomber sur le trottoir. Une jolie jeune fille aux cheveux auburn soigneusement coiffés et au pull-over brodé d'un monogramme contemplait les livres à l'étalage.

– Roman sentimental, fit Patrick.

– Non, rétorquai-je, roman policier, roman à suspense en tout cas.

Le carillon tinta, et la fille pénétra dans la boutique.

– Bonne année, dit Patrick.

– Eh bien, merci! Bonne et heureuse année à vous aussi, répondit-elle d'une voix bien articulée, douée toutefois d'une grande vivacité.

– En quoi pouvons-nous vous aider? m'enquis-je. Cherchez-vous quelque chose de précis?

– Oui, un livre pour mon père.

Sur ce, elle ouvrit son sac et farfouilla dedans.

– Je suis pourtant sûre d'y avoir mis le bout de papier, soupira-t-elle. Oh! comme c'est embarrassant! ajouta-t-elle en vidant le contenu de son sac sur le comptoir.

– Eh bien, intervint Patrick, jetant l'amorce, je suis sûr en tout cas que nous pouvons trouver quelque chose à votre goût. Peut-être un roman comme *Autant en emporte le vent*?

Elle fit la grimace.

– Non merci. On ne peut pas dire que ce soit ma

tasse de thé. Oh, je n'ai rien contre *Autant en emporte le vent*, remarquez! En fait, l'auteur a étudié dans la même université que moi, et ce serait un vrai sacrilège si je n'aimais pas son livre.

– Margaret Mitchell? fis-je. À quelle université allez-vous?

– Je suis en première année à Smith. Ah! le voilà! ajouta-t-elle en dépliant un petit bout de papier. Il s'agit de *Fabulous New Orleans*.

– De Lyle Saxon, précisa Patrick. Permettez-moi d'aller vous le chercher. Le rayon Louisiane est juste en face.

Smith. Northampton. Massachusetts. J'avais lu quantité de choses à ce sujet à la bibliothèque. C'était un des sept *Sisters colleges**, et il était considéré comme un des plus prestigieux du pays avec Vassar et Radcliffe. En outre, à la différence de la Louisiane, le Massachusetts ne connaissait pas la ségrégation raciale.

Après avoir promené son regard à la ronde, la jeune fille respira profondément.

– Ah, cette odeur…, fit-elle en la humant avec délices. J'en raffole – pas vous?

– Moi aussi, acquiesçai-je.

– Quelle chance vous avez de travailler ici! Je pourrais tout à fait vivre dans un endroit comme celui-ci.

– À dire vrai, c'est ce que je fais.

– Vous vivez ici? Mais où? demanda-t-elle.

– Dans un petit appartement au-dessus de la librairie.

– Vous avez votre propre appartement? questionna la jeune fille en me lançant un regard à la fois ébahi et fasciné. Pardonnez-moi, je me suis montrée on ne peut plus impolie. Charlotte Gates, ajouta-t-elle en tendant brusquement la main à Patrick.

Cette manière officielle, voire guindée de se présenter amusa ce dernier.

– Patrick Marlowe, répondit-il avec un grand sourire.

– Marlowe. Oui, bien entendu. La boutique vous appartient.

La jeune fille portait un collier de perles de culture sous son col rond immaculé. Mais, bien que très élégante et raffinée, elle avait une touche d'audace qu'on ne trouvait pratiquement jamais chez les débutantes de La Nouvelle-Orléans.

– Charlotte Gates, répéta-t-elle en me tendant ensuite la main.

– Josephine Moraine, répliquai-je après un bref instant de silence.

Patrick toussota. Je lui décochai un regard noir.

– Josephine, quel ravissant prénom ! J'ai toujours raffolé de ce prénom, ça remonte à ma première lecture des *Quatre Filles du Dr March*. J'ai littéralement adoré le personnage de Josephine March. Mais, oh, ne coupez jamais votre magnifique chevelure châtain foncé comme l'a fait Jo March ! Vous avez de si beaux cheveux ! Et avec la raie sur le côté, c'est encore plus joli. Je regrette que ça ne m'aille pas très bien. Cette coiffure fait fureur en ce moment, vous savez.

– Jo, je veux dire Josephine, a toujours porté la raie de côté, déclara Patrick en réprimant un sourire.

– Il y a des personnes qui naissent avec du style. Josephine fait manifestement partie de cette catégorie-là.

Une jeune fille appartenant à la haute société et inscrite dans une des plus prestigieuses universités du pays venait donc de me gratifier d'un compliment sincère. J'ouvris la bouche pour la refermer aussitôt, ne sachant que dire ni comment réagir. Heureusement pour moi, Charlotte continuait à babiller.

– Ma matière principale a beau être la littérature anglaise, je ne me lasse toujours pas de lire. Travailler dans une boutique comme la vôtre serait pour moi le paradis.

– Oh, sans aucun doute, c'est le paradis ! répliqua Patrick d'un ton ironique.

– Les hommes ne peuvent comprendre, n'est-ce pas, Josephine ? dit Charlotte avec un grand sourire.

– Ils en sont incapables, acquiesçai-je. Imaginez-vous que Patrick m'a demandé si je préférerais épouser Gatsby ou Mr Darcy !

– Non ! Comment est-ce possible ? répliqua Charlotte. Il n'y a pas une seule femme au monde qui choisirait Gatsby plutôt que Darcy. Josephine, ajouta-t-elle en se tournant vers moi… Ethan Frome[5] ou Gilbert Blythe dans *Anne… La maison aux pignons verts* ?

– Oh ! Ethan Frome ! me hâtai-je de répondre.

– Par compassion alors, commenta Charlotte avec un petit hochement de tête compréhensif.

– Un peu, convins-je. Mais pas uniquement : Ethan Frome a une profondeur cachée, quelque chose qui attend d'être découvert. Et puis il y a cet

---

5 Personnage masculin principal du roman éponyme d'Edith Wharton.

hiver de Nouvelle-Angleterre, si froid, si sombre ! J'ai trouvé ça magnifique.

Charlotte dressait l'oreille.

– Le roman se déroule dans le Massachusetts, voyez-vous. Et à présent, là-bas, il fait très froid et il neige comme dans le livre.

– Ça me fait rêver, dis-je – et je le pensais sincèrement.

Patrick roula des yeux ahuris.

– En ce cas, peut-être Josephine devrait-elle envisager Smith, déclara-t-il avec un petit ricanement. Elle ne semble pas intéressée par les universités de Louisiane.

– Arrête, marmonnai-je.

– Êtes-vous sur le point de faire une demande d'inscription dans différentes universités ? demanda Charlotte en se penchant sur le comptoir. Alors, oui, Josephine, envisagez Smith, je vous en prie. Cet établissement jouit d'une aura littéraire exceptionnelle. Parmi les diplômées de Smith, il y a, outre Margaret Mitchell, un écrivain très prometteur : Madeleine L'Engle.

– Smith ? Oh, je ne sais pas, bredouillai-je.

– Pourquoi pas ? Vous êtes de toute évidence une jeune femme accomplie et indépendante, quasiment à la tête d'une librairie et vivant seule dans une ville décadente absolument unique comme La Nouvelle-Orléans. Il y a ici tant de personnages excentriques, je ne peux même pas imaginer toutes les expériences que vous avez pu faire, ajouta-t-elle avec un petit clin d'œil.

Mais il y a aussi des personnes intéressantes dans mon université, poursuivit Charlotte. Je fais partie du nouveau groupe sur le campus. Les étudiants progressistes. Nous combattons pour les minorités et pour les femmes et tentons de leur offrir de nouvelles opportunités. Peut-être avez-vous entendu parler de la confrérie d'Amherst qui a perdu sa charte pour avoir coopté un Noir. Nous avons écrit à nos députés et organisé un piquet de grève.

J'en avais entendu parler. Cokie m'avait montré l'article dans le journal. Plusieurs universités de l'Est soutenaient le club Phi Kappa Psi* dans sa décision d'accueillir un Noir au sein de sa fraternité. Smith était l'un d'eux. J'étais enthousiaste à ce sujet, mais il m'était impossible de parler de ces choses avec la plupart des femmes du Sud.

Charlotte se pencha vers moi par-dessus le comptoir pour me chuchoter à l'oreille :

– Permettez-moi de vous dire, cela ne m'intéresse pas le moins du monde de tricoter des chaussettes écossaises. Quant à toutes ces brochures sur la servitude domestique… elles devraient aller droit à la poubelle.

Patrick éclata de rire et me désigna d'un doigt accusateur.

– Figurez-vous qu'*elle* a essayé de convaincre mon père de ne pas les apporter dans la boutique.

– Bien entendu, répliqua Charlotte. Cela va de soi. N'est-ce pas une femme moderne ? Sérieusement, Josephine, vous devriez envisager Smith. Si vous le voulez bien, je vais vous envoyer tous les renseignements nécessaires.

Sur ce, la jeune fille nota l'adresse de la librairie. Après quoi elle se mit à parler sans fin de Smith, du campus, des professeurs, que sais-je encore ? « Je suis sûre, déclara-t-elle, que si vous étiez à Northampton, nous deviendrions de vraies sœurs siamoises.» Charlotte m'apprit aussi qu'elle était affiliée à deux clubs de *Smith College*, le club d'escrime et celui d'aviation ; elle avait même sa licence de pilote. Nous bavardâmes à bâtons rompus pendant une bonne heure jusqu'à ce qu'il fût temps pour elle de rejoindre ses parents à leur hôtel.

– Je sais que c'est un peu tard pour vous inviter, conclut-elle, mais voilà : ma tante et mon oncle donnent ce soir une petite fête en l'honneur de mes parents. Ils habitent Uptown. Je serais très heureuse si vous veniez tous les deux.

– Le faubourg chic ? lâchai-je étourdiment.

– Oh, oui, je suis consciente que tous ces gens-là sont ridiculement guindés ! Mais, je vous en prie, venez, et nous nous amuserons bien aux dépens de chacun. Oui, *venez*, Josephine !

Moi ? À Uptown, le quartier le plus chic de la ville ? J'en restai bouche bée.

– Nous en serions évidemment ravis, répondit Patrick en tendant à Charlotte le livre qu'elle avait acheté pour son père. Pouvez-vous nous donner l'adresse ?

Tandis que Charlotte griffonnait l'adresse sur un bout de papier, Patrick m'intima, d'un geste, l'ordre de demeurer coite.

– À ce soir ! s'écria la jeune fille en sortant en toute hâte de la boutique.

Et, une fois dans la rue trempée de pluie, elle continua à nous sourire et à nous faire de grands signes de la main jusqu'à ce qu'elle eût disparu.

– Tu n'es pas fou ? protestai-je aussitôt. Une soirée dans ce quartier ultra-chic ?

– Pourquoi pas ? À mon avis, c'est toi qui as le cerveau fêlé, *Jooosephine*, persifla Patrick. Depuis quand ?

– Eh bien, Josie est presque un diminutif de Josephine, et Josephine est tellement plus..., enfin, je ne sais pas.

Josie sonnait à mes oreilles comme un surnom, et un surnom très ordinaire. Pourquoi ma mère ne m'avait-elle pas appelée Josephine ?

– Il semblerait que tu te sois fait une nouvelle amie, déclara Patrick. Elle me plaît. C'est une fille intelligente.

Charlotte était effectivement intelligente. Elle était même capable de piloter un avion. En outre, elle avait de l'esprit et elle était drôle. Et elle avait l'air de réellement m'aimer. À dire vrai, j'avais le sentiment de l'avoir impressionnée en quelque sorte. Un élan de bonheur me traversa. La jeune fille vivait à l'autre bout du pays. Elle ignorait tout de ma mère et de la maison close de Willie ; elle ignorait qui j'étais et d'où je venais.

– Elle t'a fait une sacrée publicité pour Smith.

– Oui. Ça a l'air merveilleux, n'est-ce pas ? Qui sait, peut-être que j'aimerais aller là-bas un jour ?

– Ouais... J'aimerais, pour ma part, entrer à la Juilliard School, mais je ne crois pas non plus que ça se réalisera. En tout cas, en attendant, quelle bonne idée tu as eue de te faire une raie sur le côté !

Je fis une boulette de papier et la lui jetai à la figure.

9

Patrick partit bientôt présenter ses respects à la veuve de Mr Vitrone. Il profiterait sans nul doute de l'occasion pour conclure un marché avec elle et lui acheter sa collection de volumes de Proust. Pendant ce temps, je parcourus les allées de la librairie avec le chariot de livres et mis en rayon les nouveaux titres dont nous avions fait l'acquisition la semaine précédente. Patrick fixait les prix et s'occupait des achats, tandis que j'étais responsable du classement et de l'organisation. Nous avions adopté ce système depuis des années. Je rangeai en bonne place le nouveau roman de Candace Kinkaid, *Rogue Desire.* Comment en était-elle arrivée à trouver de si mauvais titres ? Créer de mauvais titres, voilà qui serait un jeu amusant pour Patrick et moi... ou peut-être même pour Charlotte et moi !

Pourquoi ne pourrais-je pas aller étudier à Smith ? Je n'avais quasiment obtenu que des A au lycée et passé, pour le seul plaisir, les tests d'entrée à l'université. Mes activités extrascolaires se limitaient, c'est vrai, à faire le ménage dans un bordel et à passer du temps en compagnie de Cokie, ce qui n'est pas précisément le genre de choses qu'il convient de mentionner sur une demande d'inscription. J'avais acquis, en revanche, une certaine expérience en travaillant à la librairie et, en moyenne, je lisais un minimum de cent cinquante livres par an. J'étais donc plutôt versée dans la plupart des sujets.

Que diraient les filles du lycée – celles qui avaient leurs deux parents et un compte en banque – quand je tomberais sur elles dans le grand magasin *Holmes*? «Oh! je suis désolée! m'écrierais-je, mais je suis terriblement bousculée. Imaginez-vous que je pars étudier à Smith à la rentrée et que je suis juste venue ici pour prendre mes pull-overs marqués à mes initiales. Eh bien, oui, Smith est là-bas, dans le nord-est du pays! C'est que je ne trouvais pas attrayant du tout le programme d'études des universités du Sud.»

Je brûlais d'impatience à l'idée de recevoir les renseignements de Charlotte et je projetais déjà d'établir une liste précise de questions sur Smith et de retourner à la bibliothèque pour lire tout ce qu'il y avait sur le sujet.

Je levais le bras pour atteindre la dernière étagère lorsque j'entendis le carillon tinter.

– J'arrive tout de suite! lançai-je.

J'essuyai mes mains couvertes de poussière, lissai ma mèche rebelle et me dirigeai à la rencontre du client.

– Veuillez m'excuser. J'étais…

Je m'interrompis brusquement.

Cincinnati était adossé au rayonnage qui me faisait face, la cigarette au bec. Sa veste noire, manifestement trop large, flottait sur ses frêles épaules, et ce qu'il avait pu y avoir de beau en lui jadis s'était en quelque sorte gâté, tel un fruit blet. Ses yeux gris étaient toujours deux fentes étroites, mais il avait à présent, sur l'arête du nez, une cicatrice du même gris argenté. Il resta à me fixer un moment, puis s'approcha.

– Eh bien, eh bien, regardez-moi ça! J'ai bien failli pas te reconnaître. T'es sacrément grandie, hein!

Il reluqua mon chemisier tout en roulant la cigarette entre ses lèvres.

– Tu travailles pour Willie?

– Non, me hâtai-je de répondre.

– C'est dommage.

Il écrasa sa cigarette contre la paroi du rayonnage et se rapprocha encore de moi.

– En fait, je pourrais te baiser moi-même, poursuivit-il en se penchant sur mon visage, presque à le toucher, vu qu'on a tous les deux un petit compte à régler.

– Je ne sais pas de quoi vous parlez.

Je sentais mon revolver, attaché par une courroie à ma cuisse droite, sous ma jupe. C'était l'occasion ou jamais de tendre le bras pour le prendre. Mais il ne me semblait pas très sage de soulever ma jupe dans ces circonstances.

– Tu sais pas de quoi j'parle? ricana Cincinnati en brandissant la main gauche pour exhiber une plaque d'un rouge brillant. Y a une 'tite sorcière qui m'a brûlé, salement brûlé. Et une vieille mégère qui m'a tiré une balle dans la jambe. T'as une idée de c'que ça fait d'se brûler? Tu veux sentir ça? ajouta-t-il en avançant d'un pas vers moi. Je parie qu'tu voudrais bien. Je parie que t'es comme ta mère.

– Je ne lui ressemble en rien, ripostai-je tout en m'éloignant furtivement des rayonnages au centre de la boutique pour que l'on puisse me voir à travers la vitrine.

– Où est-ce que tu files comme ça ? T'as peur de moi, Josie Moraine, hein ? T'as peur que j'te débite en 'tits morceaux et te largue dans les marécages de Marcello ?

Il rit, et je pus voir des taches brunes de tabac sur ses dents du fond. Après quoi, me saisissant par le poignet pour m'attirer à lui, il ajouta :

– Tu s'rais un vrai 'tit régal pour ces 'gators.

La porte de la boutique s'ouvrit brusquement.

– Bas les pattes ! ordonna Cokie.

Il tenait à la main un démonte-pneu.

– Mêle-toi de tes oignons, le vieux, dit-il sans même jeter un regard à Cokie.

– C'est de tes affaires je vais me mêler en te fendant la tête avec ce bout de fer, répliqua Cokie qui brandit le démonte-pneu. J'ai dit : « Bas les pattes ! Lâche-la. »

Cincinnati me lâcha le poignet.

– Ah, je vois ! fit-il. C'est ta propriété personnelle. Tu la gardes enfermée dans c'te boutique et chaque fois que ça t'prend, tu t'arrêtes en passant pour tringler.

– T'y es vraiment pas, rétorqua Cokie. C'est pas du tout ça.

– Non ? Alors, comment c'est ? persifla Cincinnati en s'avançant vers Cokie. Regarde-toi un peu ! J'peux même pas dire si t'es plus côté lait ou côté café. Oh, attends, laisse-moi deviner ! Ta grand-mère était une 'tite servante jolie méchant, et le patron lui a fait un gosse, pas vrai ?

Clic, clic.

Cincinnati se tourna brusquement vers moi.

– OK, dit-il en levant les mains avec désinvolture. Inutile de s'emballer, Josie. *Crazy* Josie – ça sonne bien, y a pas à dire.

J'agrippai mon revolver des deux mains, comme Willie me l'avait appris.

– Alors, sortez avant que je devienne vraiment Crazy Josie et que je fasse un malheur!

Cincinnati éclata de rire.

– Du calme, *baby*, du calme. J'suis juste venu t'apporter un message de la part de ta momma.

– Parce que c'est ça que vous êtes en train de faire? Me transmettre un message? fis-je en le pilotant, sous la menace de mon revolver, jusqu'à la porte.

– Ouais, ta mère te demande de la retrouver à trois heures au *Meal-a-Minit*. Al' a quèque chose à te dire.

Cincinnati prit une cigarette et l'alluma lentement, histoire de me montrer qu'il n'avait cure de mon revolver.

Cokie ouvrait des yeux grands comme des demi-dollars. Le démonte-pneu tremblait légèrement dans sa main. Il avait une peur bleue des armes à feu.

– Plutôt jolie, la Josie! lança Cincinnati en dirigeant sa cigarette vers moi. À tantôt, hein! J'y compte bien!

Il quitta alors le magasin en bousculant Cokie sur son passage.

– Doux Jésus! s'écria celui-ci, pose donc cette arme avant que quelqu'un ne te voie de la rue!

Je baissai les bras, incapable toutefois de relâcher ma prise sur le revolver.

– Ça va? demanda Cokie. Il t'a pas fait de mal?

Je secouai la tête en signe de dénégation.

– Merci, Coke, finis-je par dire quand j'eus retrouvé mon souffle. Tu le suivais ?

– J'as des gens pou' surveiller. Frankie m'a dit il avait vu Cincinnati sortir de l'hôtel Roosevelt et partir citte direction. Je sais pas pourquoi ta mama, elle perd son temps avec cit homme. L'est mauvais, je le vois dans ses yeux.

Il avait raison. Il y avait chez Cincinnati quelque chose de froid comme la glace ou plutôt quelque chose de mort. Avec un soupir, je commençai de desserrer mes doigts toujours cramponnés au revolver.

– Cokie, demandai-je, est-ce que tu as pu passer chez le coroner ?

– Enfin, Jo, qu'ist-ce qui va pas ? Sûr, y a quique chose qui cloche, ma fille. Y a pas trente secondes, tu brandissais un revolver sur un criminel, et faut maintenant tu me poses des questions sur ce type de Memphis qui est mort ? C'est quoi, ton problème ?

Mon problème ? La mort brutale de Forrest Hearne était un mystère. Comme si je regardais à l'intérieur d'un puits obscur. Mais tout au fond de moi, dans les profondeurs de mes entrailles, je savais. *David Copperfield*. Il y avait effectivement quelque chose qui n'allait pas.

– Je n'ai rien à raconter. Il est entré dans la boutique le 31 décembre, et j'ai fait sa connaissance, un point c'est tout. Il m'a semblé vraiment très sympathique, et à présent, il est mort. Alors, tu as parlé au coroner ?

– Oui, répondit Cokie. J'as allé trouver le Dr Moore de moi-même. Et j'as dû attendre dehors jusqu'à quand il sorte pour aller déjeuner. Je voulais pas aller dans citte morgue avec tous ces cadavres. L'a pas eu l'air trop content de me voir. «Je suis un homme très occupé», il a dit…

– Et?

– Le Dr Moore, il a déclaré que l'homme riche de Memphis était mort d'une crise cardiaque.

Je secouai la tête.

– Non.

– 'tout cas, Josie, le coroner, il a dit ça.

La porte s'ouvrit avec violence, puis il y eut un hurlement. Je tirai mon revolver, et Cokie se retourna prestement, brandissant le démonte-pneu.

Patrick fit un bond en arrière. Son regard faisait la navette entre le démonte-pneu et mon revolver.

– Qu'est-ce qui ne va pas? Ce n'est que Proust! s'écria-t-il.

De fait, il tenait dans ses bras une grande caisse pleine de livres.

10

J'étais assise dans le box en vinyle du petit restaurant bon marché où ma mère m'avait donné rendez-
vous, face à la porte. Le *Meal-a-Minit* était climatisé
pendant l'été, mais ce jour-là, un jour de janvier pourtant, il faisait étouffant, et la sueur accumulée derrière
mes genoux dégoulinait le long de mes mollets qui
collaient désagréablement à la banquette. Je ne trouvai
rien de mieux à faire que de m'escrimer sur un trou
creusé dans le vinyle rouge par une brûlure de cigarette
et de regarder tournoyer les hélices du ventilateur fixé
au plafond, jusqu'à ce qu'elles me parussent floues. Un
certain Sonny, un casseur envoyé là par Willie pour
me protéger, était assis dans le box situé derrière moi.
Il lisait le journal. Je ne pensais pas que Cincinnati
viendrait avec Louise, mais je ne pouvais pas en être
certaine. J'avais dix minutes d'avance. Ma mère arriva
avec vingt minutes de retard. Typique.

Dans le box qui faisait face au mien, je repérai Jesse
Thierry qui était en train de poser quelques pièces de
monnaie sur la table.

– Merci, chéri, fit la serveuse. Dis bonjour à ta grand-mère pour moi.

Jesse hocha la tête. Tandis qu'il se préparait à partir et enfilait son blouson de cuir, je l'observai du coin de l'œil. Il s'en aperçut et me sourit.

– Bonne année, Motor City, dit Jesse.

Après quoi, il s'en alla avec un petit geste de la' main.

Un gros homme à la figure rougeaude s'approcha et s'arrêta près de mon box.

– Hé, salut, Josie. Tu te souviens de moi ?

Walter Sutherland. Il travaillait comme comptable dans une fabrique d'allumettes, et c'était un des rares clients de Willie à passer de temps à autre toute la nuit dans la maison close. J'avais dû tomber sur lui une ou deux fois au petit matin. Il avait une manière de me reluquer qui me donnait envie de porter un lourd manteau d'hiver.

– Salut, répondis-je, en évitant de le regarder dans les yeux.

– T'es seule ? demanda-t-il.

– J'ai rendez-vous avec ma mère, répondis-je.

– Oh ! Est-ce que tu… (il baissa la voix) travailles déjà ?

Je me tournai pour lui faire face.

– Non.

Il me dévisagea tout en rajustant sa ceinture, tandis qu'il se mordait la lèvre inférieure.

– Tu me préviendras quand tu te décideras à commencer, hein ? murmura-t-il. Je voudrais être le premier.

– Je ne travaillerai pas chez Willie.

– Eh bien, il n'est pas nécessaire que ce soit chez Willie ! Je sais que les choses ne doivent pas être faciles pour toi, Josie. Si tu as besoin d'argent, fais-le-moi savoir. On pourrait trouver un bon petit arrangement. Je suis prêt à payer généreusement pour être le premier. Et j'en parlerais pas à âme qui vive, ajouta-t-il en tamponnant son front humide de sueur. Ça pourrait être notre secret, Josie.

– Barre-toi, gros lard ! lança Sonny de son box.

Walter détala comme un écureuil effrayé. En sortant, il croisa ma mère qui entrait.

Elle portait une nouvelle robe, rouge, et des bijoux que je ne lui connaissais pas. Elle se glissa en riant dans le box.

– Walter Sutherland. Quel pitoyable vieux cochon ! Il est lent comme une tortue, et après, il faut qu'il vous serre toute la nuit dans ses bras en pleurant ! Je suis bien contente qu'il ne m'ait jamais choisie. Quoique… C'est un type friqué. Il couche généralement avec Sweety. Elle s'est fait une petite fortune avec lui.

J'acquiesçai d'un signe de tête.

Ma mère contemplait son poignet, admirant son bracelet de diamants.

– Tu as changé de coiffure, remarqua-t-elle soudain. Vraiment joli.

– Merci. Tu es très bien, toi aussi. C'est une nouvelle robe ?

– Ouais. Cinci m'emmène dîner ce soir chez *Antoine*. Tu sais à quel point j'adore ce restaurant. Ça fait des années que j'ai pas pu y aller.

Un goût d'amertume emplit ma bouche. La seule idée de Mam dînant avec Cincinnati dans un endroit aussi chic qu'*Antoine* était proprement révoltante. Et que se passerait-il si l'une des clientes reconnaissait son bracelet sur ma mère? C'était sans nul doute un bijou volé.

– La soirée du 31 a été sacrément animée, cette année. Tu t'es bien amusée?

La veille du Nouvel An, Louise avait raconté à Willie qu'elle ne se sentait pas bien. Et elle disait maintenant qu'elle avait passé une soirée d'enfer!

– Oui, répondis-je. Je suis restée chez moi et j'ai fini mon livre.

Mam roula des yeux ahuris.

– Tu ferais mieux de sortir le nez de ces bouquins et de te mettre à vivre. Ce sont tes meilleures années. Profites-en, Jo. D'ici deux ou trois ans, tu ne seras déjà plus dans la fleur de l'âge. Tu commencerais vraiment à ressembler à quelque chose, si seulement tu te maquillais un peu plus et portais un meilleur soutien-gorge. À ton âge, j'étais vraiment sensationnelle... jusqu'à ta naissance.

La serveuse arriva à notre table. Ma mère commanda un thé glacé. Par-dessus son épaule, j'aperçus Sonny, toujours enfoui dans son journal. Son cendrier était déjà débordant de mégots.

– Mam, je me demandais... Pourquoi m'as-tu donné le nom de Josie au lieu de Josephine?

– Qu'est-ce que tu racontes? Elle s'appelait pas Josephine.

– Qui, elle? questionnai-je.

Ma mère sortit alors un poudrier de son sac pour vérifier son rouge à lèvres.

– D'ailleurs, tu devrais être contente que je ne t'aie

pas donné le prénom de Josephine. Il me fait penser à une vieille grosse bonne femme qui lave le linge. Josie est beaucoup plus sexy.

«Plus sexy». Je jetai un coup d'œil à l'autre bout du restaurant et vis une mère assise dans un box près de sa petite fille. Elle aida celle-ci à lire le menu, puis elle lui caressa les cheveux et posa une serviette sur ses genoux.

– Qui était cette Josie dont tu m'as donné le nom? demandai-je encore.

– Josie Arlington. Il y a des années de ça, elle était la tenancière de maison close la plus chic de Storyville. Elle avait même une maison à Basin. Autrefois, Willie ne cessait de parler d'elle. J'ai ainsi appris qu'elle était morte le jour de la Saint-Valentin. Aussi, quand tu es née, un 14 février justement, j'ai tout de suite pensé à elle et t'ai appelée Josie en son honneur.

– Tu m'as donné le nom d'une tenancière de maison close?

– Pas n'importe laquelle, non, mais la plus classe qui ait jamais existé. C'était une femme intelligente. Avec une tête aussi bien faite que la tienne, Jo, tu ferais toi-même une grande *madam**.

– Ça ne m'intéresse pas, Mam.

Je sentais l'humiliation bouillonner en moi. Je m'imaginais expliquant à Charlotte Gates que l'on ne m'avait pas donné le nom d'une héroïne au noble cœur des *Quatre Filles du Dr March*, mais celui d'une femme qui tirait des revenus de la prostitution et mettait sur le marché de Basin Street des putains à cinq dollars la passe. Et que, de l'avis de ma mère, je devrais en être fière!

– Inutile de monter sur tes grands chevaux, Jo. Tu crois que tu vas finir comme Cendrillon ? (Elle rejeta la tête en arrière et rit – de son rire hideux.) Tu crois vraiment, chérie, que tu vas avoir une vie de conte de fées, comme dans tes livres ?

La serveuse apporta le thé glacé de Mam. Je savais très bien ce qu'il me restait à faire. J'aurais dû mettre fin sur-le-champ à cette conversation. J'aurais dû me lever et partir. Au lieu de quoi, je demeurai assise dans le box à la regarder tout en souhaitant désespérément qu'elle soit différente, c'est-à-dire comme les autres mères. Or jamais elle ne se corrigerait, et je le savais parfaitement.

– À propos, qu'est-ce que tu voulais me dire ? questionnai-je.

– Nous partons, répondit-elle.

– Qui, nous ?

– Cincinnati et moi, chuchota Mam en se penchant vers la table. Nous allons en Californie. Je voudrais que tu l'annonces à Willie de ma part, mais attends demain, une fois que nous serons loin.

– Tu vas en Californie, répétai-je.

Pour une raison ou pour une autre, je n'étais pas surprise.

Elle ébouriffa ses cheveux.

– Il est temps de se tirer de ce trou. Aller à Hollywood, ça pourrait être ma chance en définitive.

Ma mère était ridicule.

– Mam, je ne crois pas que ce soit très sage de partir où que ce soit avec Cincinnati. Il est dangereux. Il t'a déjà battue. Je ne veux pas que ça se reproduise.

– Oh, il a changé, *baby* ! Regarde un peu le

magnifique bracelet qu'il m'a acheté, ajouta-t-elle en tendant le bras.

– Ça ne signifie rien, Mam. Il l'a probablement volé.

– Tu ne sais pas de quoi tu parles.

– Peut-être pas, mais ce que je sais en tout cas, c'est que tu es trop vieille pour Hollywood.

Ma réflexion avait fait mouche. J'avais lâché le frein, et nous foncions droit vers le gouffre. Bientôt, tout ne serait plus que confusion et déchirement – quelque chose de hideux. Ma mère se leva en titubant et me saisit le poignet, par-dessus la table.

– Je suis pas *trop vieille*, marmonna-t-elle entre ses dents. T'es tout simplement jalouse, et tu le sais très bien. T'as encore de la chance que je ne t'aie pas jetée au fond d'une poubelle à ta naissance, espèce de petite ingrate ! J'ai tout sacrifié pour toi, et tu te permets de me juger !

Après avoir pris une profonde inspiration pour retrouver mon calme, je m'efforçai de parler doucement.

– Je suis sûre que tu ne voulais pas dire ça, Mam. Arrête. Tu es en train de faire une scène, répondis-je en essayant d'arracher mon bras à son étreinte. Tu me fais mal, ajoutai-je.

– Je *te* fais mal ? Ah ! c'est trop fort ! Non seulement t'as esquinté mon corps, mais tu m'as tenue enchaînée pendant mes meilleures années. J'aurais pu être célèbre. Et après ça, tu prétends que je te fais mal ?

Sur ce, elle me lâcha brutalement le bras avant de se rasseoir et de s'adosser à la banquette. Puis elle commença de farfouiller dans son sac, en sortit une petite flasque et but une gorgée à même le goulot.

– Mon heure de chance est enfin arrivée, Jo, et je vais la saisir !

– Bon, très bien, saisis-la.

– Je ne crois pas que tu comprennes. Ne t'attends pas à ce que je revienne.

– Si, je comprends. Je voudrais simplement que tu trouves quelqu'un d'autre que Cincinnati. C'est un criminel, Mam, un bon à rien. Tu ne veux tout de même pas être mêlée à ce genre de chose !

– Tu ignores tout de lui, rétorqua-t-elle.

Et, tirant une énorme liasse de billets de son sac, elle en jeta un sur la table.

– Voilà. C'est moi qui paie.

Généreux. Je n'avais rien commandé.

Elle se leva et lissa soigneusement sa jupe.

– N'oublie pas de prévenir Willie. J'essaierai d'écrire, mais je serai sans doute trop occupée.

Elle passa la main plusieurs fois sous ses boucles pour leur donner un peu de volume avant d'ajouter :

– Tu liras peut-être des articles sur moi dans les journaux !

Elle m'envoya des baisers de loin, puis sortit.

Je serrai les dents et fermai les yeux, dans l'espoir de refouler les larmes que je sentais perler sous mes paupières ; après quoi je fredonnai la mélodie de Rachmaninov jouée par Patrick, ce qui me détendit un peu. Je voyais en imagination son buste se balancer au-dessus des touches ivoire et son père, qui aurait recouvré la santé, l'écouter, debout à la porte ; je voyais Charlotte sourire et m'adresser de grands signes de la rue... Puis ce fut l'image de Forrest Hearne, frénétique, articulant mon nom en silence et désignant du doigt l'exemplaire de Keats qu'il venait d'acheter, qui, soudain, surgit dans mon esprit. Je poussai un cri étouffé et ouvris les yeux. Sonny m'observait. Les tubes de néon fluorescents bourdonnaient et le ventilateur du plafond tournoyait en grinçant au-dessus de ma tête.

11

Habillée pour la soirée de Charlotte, je me faufilai discrètement dans la maison de Willie par la porte de service. Tandis que je parcourais en toute hâte le corridor, j'entendais le rire tonitruant de Dora retentir dans la cuisine. Cela prendrait à peine cinq minutes pour repasser mon corsage en lin blanc cassé. Je ne pouvais le porter à la soirée tel qu'il était : tout chiffonné et passablement défraîchi. Étant donné que je n'avais pas de fer, je repassais la plupart du temps mes habits le matin, chez Willie. Ce n'était certes pas l'heure habituelle, mais j'étais persuadée que je serais sortie de la maison avec mon corsage remis à neuf avant d'avoir été repérée.

Je poussai brusquement la porte de la buanderie, ce qui fit sursauter Sweety, très élégante dans sa robe de cocktail en mousseline de soie pêche. Elle était en grande conversation avec Sadie et, à mon entrée, s'interrompit au beau milieu d'une phrase. Elles tournèrent toutes les deux vers moi des yeux grands comme des soucoupes.

– Jo, qu'est-ce que tu fabriques ici? demanda Sweety d'une voix chargée d'inquiétude.

Quant à Sadie, elle était bouche bée.

– Je… Je d… dois aller à une soirée et j'ai besoin de repasser mon corsage, bégayai-je.

– Quel genre de soirée? questionna Sweety qui me regardait toujours avec la même intensité.

– À Uptown, répondis-je. Une fille que j'ai rencontrée à la librairie. Il faut que je me dépêche.

Je vis les épaules de Sweety se détendre.

– À Uptown? Eh bien, comme c'est amusant, Jo! Vite, enlève ton corsage. Le fer, l'est bien chaud. Sadie, ma fille, mets ma ceinture de côté. Repasse plutôt le corsage de Jo, faut qu'elle file! dit-elle en accompagnant ses paroles de gestes doux et gracieux.

Sweety n'avait pas seulement un cou long et mince et des membres sveltes; sa démarche, ses mouvements, tout était ravissant chez elle: on eût dit une ballerine. Tandis qu'elle s'écartait de la table à repasser, sa robe de mousseline transparente ondoya joliment autour d'elle. Comment l'imaginer avec ce gros Walter Sutherland, toujours en nage? Je me hâtai de chasser cette pensée loin de mon esprit.

Tout en déboutonnant mon chemisier, je m'approchai de la planche à repasser. Sadie tendit le bras et me prit le vêtement des mains.

– Merci, Sadie, dis-je.

– Et tu vas à cette soirée avec qui? interrogea Sweety.

– Une soirée? rugit Dora en faisant irruption dans la pièce, vêtue d'une robe de satin vert et chaussée de mules assorties ornées de plumes.

Elle tenait une tasse de café d'une main tout en

laissant pendre une cigarette de l'autre. Elle venait de se maquiller et avait ramené ses cheveux roux enroulés autour de gros bigoudis au sommet de sa tête.

– Hé! Hé! Qui va à une soi... – Jo, qu'est-ce que tu fabriques donc ici?

Les yeux de Dora parcoururent mon corps, embrassant tout à la fois mon caraco, ma nouvelle coiffure et mon rouge à lèvres.

– Eh bien, *baby*, regarde-toi un peu! Tu nous fais de l'épate, pas vrai? Et je parle même pas de cette nouvelle coiffure! Est-ce que tu te prépares à...

– Jo, elle est invitée à une soirée, l'interrompit Sweety. Elle est pressée.

Sadie hocha la tête.

– Oh, très bien! fit Dora. Et qui t'accompagne à cette soirée, poupée?

– Patrick Marlowe, répliquai-je.

– Mmm, mmm, voilà un amour de garçon! s'exclama Dora. Pourquoi ne passe-t-il jamais ici? Comme ça, je pourrais m'amuser un peu avec lui?

Et elle fit balloter sa plantureuse poitrine en poussant une sorte de mugissement. Je me contentai de secouer la tête.

– C'est un amour de garçon en effet, intervint Sweety. Voilà pourquoi il vient pas ici. Tu lui ferais une peur bleue, Dora.

– Eh bien, Jo, tu diras à ce joli rat de bibliothèque qu'il doit emmener un jour ou l'autre sa chère 'tite Dora à une soirée! J'aimerais bien passer les doigts dans ses beaux cheveux blonds si brillants. Il pourrait me lire un livre de poésie de sa librairie. Les roses sont rouges, et Dora est verte, poursuivit-elle après s'être éclairci la gorge. Filez-lui vos dollars, et elle vous fera crier de plaisir.

Nous éclatâmes de rire. Je remis mon corsage encore tiède, le reboutonnai et remerciai Sadie.

– Ton poème, il rime pas, déclara Sweety.

– Et alors ? C'est quand même un poème ! Vous allez pas vous mettre à le critiquer ! Je pourrais bien devenir un jour une poétesse, moi aussi, beugla Dora en prenant une pose « littéraire » on ne peut plus étudiée sans lâcher sa cigarette ni sa tasse de café.

À ce moment précis, Willie franchit le seuil de la porte et se planta devant nous, les bras croisés sur la poitrine. Ses cheveux blond platine étaient ramenés à l'arrière de la tête en un chignon serré, et son rouge à lèvres très rouge ainsi que sa robe noire faisaient ressortir la sévérité de son visage pâle.

Nos rires s'éteignirent aussitôt.

– Contrairement à ce que tu pourrais penser, Dora, je ne dirige pas un cirque. Va t'habiller maintenant ! aboya Willie. Et toi, que diable fabriques-tu ici à une heure pareille ? ajouta-t-elle en se tournant vers moi.

– Il fallait que je repasse mon chemisier.

– Tu es censée faire ça le matin. Y a des clients qui ont rendez-vous et qui vont arriver. Où vas-tu ? continua-t-elle après avoir examiné mon corsage fraîchement repassé.

– À une soirée, répondis-je en lissant ma jupe.

– Suis-je donc supposée lire dans tes pensées ? Quelle soirée ? Où ? Avec qui ?

Dora s'esquiva avec une grimace.

– À Uptown. Rue Prytania, plus exactement. Avec Patrick, répliquai-je avant de débiter à toute allure quelques vagues détails à propos de Charlotte Gates et de son invitation.

– Je n'ai jamais entendu parler d'une famille Gates à Uptown, rétorqua Willie en me dévisageant.

– Non, bien sûr. Charlotte est originaire du Massachusetts. La soirée a lieu chez son oncle et sa tante.

– Son oncle et sa tante n'ont-ils pas un nom ? insista Willie.

– Je n'ai pas posé la question. C'est à Patrick que Charlotte a donné les renseignements. Nous ne nous attarderons pas très longtemps.

Willie acquiesça d'un signe de tête.

– Tu prends Mariah.

– Non, merci, Willie. On prendra le tramway.

Je détestais Mariah, la grosse Cadillac noire de Willie. Elle avait un intérieur rouge, des pneus à flanc blanc, et elle crevait les yeux. Tout le monde dans le Vieux Carré savait que Mariah était la voiture de Willie. Je ne voulais pas qu'on me voie dedans. Cokie, lui, adorait Mariah.

– Tu as vu ta mère ? questionna Willie.

Je hochai la tête.

– Eh bien, qu'est-ce qu'elle voulait ?

J'hésitai, me demandant ce que Sonny avait pu entendre de la conversation et ce qu'il en avait rapporté à Willie. Ma mère m'avait bien recommandé de ne pas dire à Willie qu'elle partait avant le lendemain, une fois qu'elle serait loin de la ville.

– Elle voulait de l'argent, mentis-je (je sentis alors mon œil sauter). Pour dîner chez *Antoine* avec Cincinnati. Elle voulait que je vous demande une avance. Vous savez bien qu'elle parle toujours d'*Antoine*.

– Comme si j'allais lui filer le moindre sou pour faire quoi que ce soit avec ce bon à rien, après ce qu'il a fait l'autre soir !

– Cincinnati était responsable ? dit Sweety.

– Responsable de quoi ? demandai-je.

– Fiche-moi le camp, ordonna Willie en agitant ses doigts chargés de bagues devant moi. J'ai une affaire à diriger.

Et, dans un mouvement d'humeur, elle quitta la pièce.

Sweety me regarda.

– Ta mama a toujours adoré aller chez *Antoine*.

Hochant la tête, je fis mine de tripoter mon sac.

– De quoi Cincinnati était-il responsable cette fois-ci ? questionnai-je.

Sweety jouait avec la mousseline de sa robe, qu'elle faisait passer entre ses longs doigts.

– Tu sais ce dont tu aurais besoin pour ta soirée, Jo ? Eh bien, il te faudrait un collier de perles. Range donc ce médaillon dans ton sac et mets ces perles, ajouta-t-elle en ôtant son collier. Toutes les filles d'Uptown adorent les perles.

– Oh, non ! m'écriai-je. Je ne veux pas prendre tes perles, Sweety. Elles vont si bien avec ta robe.

– Jo, ma chérie, fit-elle en m'adressant un petit sourire discret. Toi et moi, on sait très bien que les types qui viennent ici, ils se fichent pas mal des perles.

Et, debout sur la pointe des pieds, face à face avec moi, elle agrafa le fermoir du collier derrière mon cou. Sa peau sentait bon le chèvrefeuille après la pluie. C'était une personne si douce, si généreuse ; elle me faisait penser à ce passage de *David Copperfield* où il est dit qu'il vaut mieux avoir un cœur aimant que toute la sagesse du monde. Je restai là à regarder Sweety, me demandant comment elle avait échoué chez Willie et regrettant qu'elle n'eût pas été en mesure, comme Forrest Hearne, de changer le cours de sa vie pour connaître des jours meilleurs.

– Ces perles de culture te vont à ravir, déclara Sweety. À présent, va et amuse-toi bien.

Je rejoignis Patrick avenue St Charles, juste à temps pour attraper le tramway.

– Tu es jolie comme ça, dit-il. Où as-tu trouvé les perles ?

– Sweety me les a prêtées, répondis-je.

Patrick avait belle allure, lui aussi. Sa meurtrissure sur la joue ne se voyait plus qu'à peine. Il portait un pantalon kaki impeccable avec un blazer et une cravate. Le tramway remontait l'avenue St Charles en ahanant et haletant. Plus nous approchions, plus j'avais l'estomac noué. Je me disais que je ne connaîtrais personne à la soirée et que si, par extraordinaire, je connaissais quelqu'un, ce serait pire encore. Les deux scénarios étaient aussi catastrophiques l'un que l'autre. L'air me sembla soudain très lourd, presque irrespirable.

– Et si c'était une terrible erreur ? finis-je par lâcher d'une voix rauque.

– Oh, ce sera parfait, horrible mais parfait ! Juste une bande de gens riches et prétentieux avec des bibliothèques entières de livres qu'ils n'ont jamais lus et ne liront jamais.

– Peut-être devrions-nous rentrer.

– Allons, Jo, il s'agit précisément là de tous les trucs que tu lis avec passion dans les pages mondaines des magazines. Tu vas enfin pouvoir lire un article sur une soirée à laquelle tu as assisté.

– Je ne connais même pas leur nom, chuchotai-je. Que vais-je faire?

Je regardai les rues défiler par la vitre : au fur et à mesure que nous montions dans la haute ville, elles étaient de plus en plus propres et de plus en plus désertes.

– John et Lillian Lockwell, lut Patrick à voix haute sur le papier que Charlotte lui avait donné. Ah, voilà notre arrêt! Tu es prête?

12

Nous descendîmes donc à l'arrêt St Charles. Prytania Street ne se trouvait qu'à un pâté de maisons de là. La première chose qui me frappa fut l'impression de paix qui se dégageait du quartier d'Uptown. La rue semblait étrangement large. Personne ne criait ni ne vous bousculait; il n'y avait pas de marchands ambulants. J'avais envie d'ouvrir grands les bras et de courir. Les oiseaux gazouillaient, et l'exquise odeur du jasmin d'hiver qui flottait autour des arbustes se répandait sur le trottoir. De majestueux chênes bordaient la rue où habitaient riches armateurs, huiles du pétrole et membres des professions libérales. Je regardais bouche bée les vastes demeures, l'ordonnance des jardins, les parterres de fleurs immaculés. À croire que c'étaient des dollars, et non des feuilles, qui pendaient aux arbres! La saison du carnaval approchait, et j'imaginais ces maisons arborant des drapeaux et des bannières verts, violets et or, symboles d'une longue lignée de reines de carnaval. Nous doublâmes un couple qui nous salua. Je notai l'attitude de la jeune femme et m'efforçai de me tenir plus droite.

Je ne m'étais encore jamais trouvée au milieu d'une telle richesse. La semaine précédente, j'avais fait un saut aux obsèques d'un ami de Cokie, un trompettiste noir du nom de Bix qui habitait le Vieux Carré. Sa famille était si pauvre qu'une assiette avait été placée sur la poitrine du cadavre pour que les gens y déposent des pièces de monnaie destinées à payer l'entrepreneur des pompes funèbres et le cortège de l'orchestre de cuivres. C'était bien entendu tout différent à Uptown : quand il y avait un enterrement, les familles engageaient une demi-douzaine de maîtres d'hôtel à seule fin de servir à boire à leurs invités. Toute tragédie était un événement social de la plus haute importance, et chacun voulait y participer. J'avais évidemment déjà vu dans le Vieux Carré des personnes très aisées et de riches touristes, mais je n'avais jamais franchi le seuil de leurs maisons. Je me demandai si Forrest Hearne avait vécu dans un quartier de ce genre.

Patrick s'arrêta devant une immense demeure néoclassique avec double véranda, à laquelle menait une longue allée bordée de haies taillées à la perfection. Les invités semblaient s'y presser dans une débauche de lumières et de gaieté.

– Cette fois, nous y sommes, dit Patrick.

Sans même s'interrompre une seconde, il s'avança d'un pas énergique jusqu'aux marches du perron, me laissant trottiner derrière lui comme un caneton à la poursuite de sa mère.

Je humais l'odeur du tabac de la Havane, et c'était comme si une lourde tenture tombait des magnolias du jardin. J'entendais les cubes de glace tinter contre les parois des verres en cristal. Puis, tandis que Patrick saluait un groupe d'hommes assis sous la véranda, ce fut le bouchon d'une bouteille de champagne qui sauta et des rires qui fusèrent de l'intérieur.

Une fois la porte d'entrée franchie, nous nous retrouvâmes dans un vaste vestibule bourdonnant de monde. Je me cramponnai au coude de Patrick, regrettant désespérément de ne pas avoir eu à me mettre quelque chose de mieux que mon corsage en lin défraîchi. Le son cristallin d'un piano s'échappait d'une alcôve toute proche, et Patrick, comme attiré par un aimant, suivit la direction de ce son.

Nous pénétrâmes dans un splendide salon tapissé de papier tontisse et rempli de fauteuils et de canapés somptueux. Les hôtes étaient rassemblés çà et là par petits groupes, tandis qu'un homme en costume noir jouait au piano *It's Only a Paper Moon*. Le mobilier était luxueux, certes, mais dans un genre très différent de celui de Willie. Le sien avait une touche exotique, avec des courbes et des couleurs sensuelles, alors que celui des Lockwell, d'un raffinement et d'une élégance presque glacés, était si propre que je pouvais pratiquement me mirer dedans.

– Pas la moindre fumée, pas la moindre tache de sang, chuchotai-je à Patrick.

– En apparence, marmonna-t-il entre ses dents.

Je repérai une table ronde en acajou couverte de cadres en argent massif de toutes les formes et de toutes les tailles et constituant en quelque sorte un vibrant hommage à la généalogie de la famille Lockwell. Il y avait là des photos de bébés, d'adolescents, de grands-parents… ; on y voyait aussi, outre un golden retriever, la famille à la plage, la famille à la tour Eiffel, etc., et sur ces clichés tous arboraient un visage souriant comme s'ils faisaient la réclame de leur propre vie – une vie heureuse, réussie, digne d'être vécue, cela va sans dire. Il y avait même une photo de Charlotte dans un petit cadre ovale.

J'observai les photos. Ainsi donc, dans ces riches demeures, l'usage était-il de placer la photo des êtres chers dans un cadre et de l'exposer aux regards de tous. Je n'avais jamais vu cela ailleurs. Willie n'avait pas de photos encadrées. Ma mère non plus.

– Josephine !

C'était la voix de Charlotte. Une Charlotte soudain pendue à mon bras. Elle était rayonnante dans son pull-over de cachemire vert menthe, avec ses cheveux auburn maintenus par un bandeau de velours noir.

– Je suis si contente que vous soyez là !

– Merci de nous avoir invités.

– Ne vous faites pas de souci surtout. Je ne vais pas vous quitter d'une semelle. Je sais à quel point cela peut être désagréable, voire horrible, de se trouver à une réception où l'on ne connaît personne.

J'acquiesçai d'un signe de tête. Charlotte comprenait. On eût dit qu'elle avait entendu les pensées qui m'avaient tourmentée en chemin. À moins que mon visage ne fût à nouveau marbré de rouge.

– Salut, Patrick ! Avez-vous eu du mal à trouver la maison ? demanda Charlotte.

– Non, aucun, répondit-il. Mais il faut avouer qu'il serait difficile de manquer pareille demeure.

– En effet. C'est là une qualité dont ma tante n'est que trop fière, murmura Charlotte. Mon oncle et ma tante ne sont pas exactement du genre discret, si vous voyez ce que je veux dire.

– Il y a là une très jolie photo de vous, dis-je en désignant le petit cadre ovale.

– Oh, c'est une photo qui remonte à deux ans! Permettez-moi maintenant de vous présenter.

Et Charlotte nous entraîna, Patrick et moi, à l'autre bout de la pièce.

– Tante Lilly, oncle John, s'écria-t-elle en s'approchant d'un couple séduisant d'âge moyen, voici mes amis Josephine Moraine et Patrick Marlowe.

– Comment allez-vous? fit Mrs Lockwell. Marlowe… je connais ce nom. John, ajouta-t-elle en tapant sur le bras de son mari, pourquoi connaissons-nous le nom Marlowe? Votre mère fait-elle partie de la Junior League*, mon cher?

– Non, ma'am, répondit Patrick. Ma mère vit aux Antilles.

– Alors votre père est-il avocat? demanda Mr Lockwell.

– Non, monsieur, mon père est écrivain et libraire. Nous possédons une librairie dans le Vieux Carré.

– Eh bien, voilà qui est original au moins! Il se trouve que nous *adorons* les livres, n'est-ce pas, John?

Mr Lockwell ne prêtait guère attention à sa femme; il promenait son regard autour de lui, observant toutes les jolies femmes de la soirée.

– Et dans quel établissement étudiez-vous, Patrick? questionna encore Mrs Lockwell.

– Je viens de finir mes études à Loyola, répondit-il tout en acceptant avec reconnaissance un verre que lui proposait un des serveurs.

– Et vous, Josephine ? Vous ai-je croisée au Sacré-Cœur avec notre Elizabeth ? poursuivit Mrs Lockwell.

– Josephine vit dans le Vieux Carré, tante Lilly, expliqua Charlotte. N'est-ce pas excitant ?

– Le Vieux Carré ! Ça, par exemple ! s'exclama Mrs Lockwell en portant avec affectation une main sur sa poitrine. Quel est votre nom de famille déjà, ma chère ?

– Moraine.

– John, continua-t-elle en donnant un nouveau petit coup sur le bras de son mari, connaissons-nous les Moraine dans le Quartier français ?

– Je ne crois pas. Que fait votre père dans la vie, Josephine ?

Mr Lockwell me regardait. Mrs Lockwell me regardait. Charlotte me regardait. Leurs visages étaient à un pouce du mien.

– Du commerce, répondis-je à voix basse.

– Quel magnifique piano ! s'exclama Patrick, se hâtant de changer de sujet. Un Steinway demi-queue, n'est-ce pas ?

– Oui. Jouez-vous ? demanda Lilly, les yeux toujours fixés sur moi, bien qu'elle s'adressât à Patrick.

Celui-ci acquiesça.

– En ce cas, vous savez certainement, et mieux que personne, apprécier un beau piano, dit Mrs Lockwell en portant discrètement un toast à son cher Steinway avec un sourire.

– Oui, j'ai du reste un piano à queue Bösendorfer.

Les yeux de tante Lilly se détachèrent brusquement de mon visage pour se fixer sur celui de Patrick.

– Un Bösendorfer ? Eh bien, eh bien, s'écria Mr Lockwell, on peut dire que ça, c'est un piano !

– Absolument. Il faut que vous jouiez pour nous ce soir, Patrick, déclara Lilly. Allons, ne soyez pas timide !

– Oh, tante Lilly, ne volez pas mes amis, s'il vous plaît ! s'exclama Charlotte. J'étais justement sur le point de leur faire visiter votre superbe maison.

Sur ce, elle nous entraîna loin de son oncle et sa tante, qui restèrent plantés là, le menton levé, à nous dévisager, Patrick et moi.

Charlotte n'avait nullement l'intention de nous faire visiter la maison. Avisant le plateau d'un serveur qui passait par là, elle s'empara d'une assiette de canapés, nous introduisit dans une bibliothèque du rez-de-chaussée et ferma la porte à double battant avant de s'effondrer sur un divan.

– C'est épuisant, vous ne pouvez pas savoir. Et embarrassant. *À propos, quel est votre nom de famille déjà ?*, dit-elle en imitant la voix de sa tante. Je vous prie de m'excuser tous les deux. Ils boivent comme des trous et posent les questions les plus indiscrètes qui soient.

Patrick rit.

– Bienvenue dans le Sud profond !

Notre conversation avec Charlotte dans la bibliothèque se prolongea pendant plus d'une heure. Je m'efforçai de rester droite dans le fauteuil de cuir épais que j'occupais et portais de temps à autre ma main à mon cou pour m'assurer que je n'avais pas perdu le collier de perles de Sweety. Charlotte, elle, s'était aussitôt installée confortablement sur le canapé, ôtant même ses souliers d'un coup de pied pour rester en socquettes et replier les jambes sous sa jupe. Quant à Patrick, il examinait les livres de la collection Lockwell, ne s'arrêtant que pour faire un petit commentaire sur un titre ou un volume particulier. Lorsqu'il découvrit, dissimulé au fond d'une des dernières étagères, le livre de Candace Kinkaid, *Rogue Desire*, ce fut un concert de sifflements et de hurlements.

Un invité passa alors la tête dans l'entrebâillement de la porte.

– Puis-je me cacher avec vous ? Il semblerait qu'on s'amuse beaucoup plus ici.

– Papa ! s'écria Charlotte, viens, que je te présente Josephine et Patrick.

Un homme élégant en costume bleu pénétra dans la bibliothèque.

– Eh bien, je suppose que vous êtes le garçon au piano à queue Bösendorfer !

– Pouah ! Ils sont encore en train de parler de ça ? s'enquit Charlotte.

– Oui. Et à ce propos, Patrick, je crains fort que vous ne soyez obligé de jouer. Ma sœur ne vous laissera pas de répit avant d'avoir entendu comment son Steinway résonne sous des doigts Bösendorfer. George Gates, ajouta-t-il en tendant la main à Patrick avant de se tourner vers moi. Vous devez être Josephine. Charlotte ne cesse de parler de vous.

– La plupart des gens appellent Josephine Jo, dit Patrick avec un sourire.

Je lui lançai un regard noir.

Mr Gates discuta livres avec Patrick, s'informant au sujet de quelques rares volumes qu'il ne parvenait pas à trouver dans l'Est. Il le convainquit ensuite d'en finir avec cette histoire de récital, et ils quittèrent la pièce.

– Votre père est charmant, dis-je à Charlotte. Et tellement drôle !

– C'est vrai. Le vôtre l'est-il aussi ?

Je la regardai, me demandant si mon expression m'avait trahie.

– Mon père... Mes parents..., bredouillai-je. Ils ne vivent plus ensemble.

Charlotte se redressa immédiatement pour poser la main sur mon genou.

– Ne vous tracassez donc pas pour cela, Jo. La moitié des couples mariés qui se trouvent ici ce soir ne sont plus ensemble. Pas vraiment en tout cas. Mais ils n'auront jamais l'honnêteté de l'avouer comme vous venez de le faire. Juste avant votre arrivée, Mrs Lefevre nous a raconté que la nuit dernière, dans leur chambre à coucher, elle avait mis un pistolet sur la tempe de son mari, et tout ça, parce qu'elle avait respiré sur lui le parfum Tabou ! Mrs Lefevre, poursuivit Charlotte, ne porte pas ce parfum. Mais tout de même – un pistolet ! Vous imaginez ? Quelle folie pour en arriver à de telles extrémités !

Je secouai la tête à mon tour, sentant l'acier froid de mon propre pistolet contre ma cuisse. Malheureusement, je ne connaissais que trop bien ce genre de folie.

– Aucune vie n'est parfaite, continua Charlotte. Mais ce serait tellement mieux si seulement les gens étaient plus sincères et plus honnêtes !

Sincères. Honnêtes. Oui, très bien, mais que penserait Charlotte si je lui disais la vérité ; si je lui confessais que ma mère était une prostituée, que je ne savais pas qui était mon père et que la plupart des hommes me terrorisaient – de sorte que je m'inventais des papas imaginaires comme Forrest Hearne.

– Charlotte !

Une grande fille dégingandée aux dents en avant entra en trombe dans la bibliothèque.

– Mère dit que tu es très amie avec ce garçon, Patrick Marlowe. Il faut absolument que tu me le présentes !

– Elizabeth, Patrick est trop vieux pour toi. Tu es encore au Sacré-Cœur. Je ne crois pas que tante Lilly approuverait.

– Je me moque de ce que pense Mère, rétorqua-t-elle. Il est vraiment très beau. Et est-ce que tu l'as entendu jouer du piano ?

– Jo, c'est ma cousine, Elizabeth Lockwell.

Elizabeth ne jeta même pas un coup d'œil dans ma direction. Elle enroula une mèche de cheveux autour de son doigt et se déhancha avec coquetterie.

– Mère a dit aussi que Patrick était venu avec une petite orpheline à l'air triste du Quartier français. C'est sa petite amie ?

Je sortis en toute hâte de la bibliothèque.

13

Je trouvai Patrick près du piano, entouré de femmes aux toilettes luxueuses. Dès qu'il m'aperçut, il fendit la foule des invités.

– Prête, Jo ? dit-il en m'entourant les épaules de son bras avant de chuchoter : Sauve-moi !

– Oui, répondis-je à voix haute. Malheureusement, je dois partir.

Elizabeth apparut, tortillant toujours une mèche de cheveux autour de son doigt.

– Bonsoir, Patrick, claironna-t-elle. Je suis Elizabeth Lockwell. Appelez-moi Betty. Voici ma maison, et voilà mon piano.

Mr Lockwell rit.

– Enfin, bon, ma chérie, tu n'as même pas encore pris ta première leçon.

Mrs Lockwell continuait à nous dévisager, Patrick et moi.

– Quel dommage que vous soyez déjà obligé de partir, Patrick ! s'exclama-t-elle. Il faudra que John et moi, nous passions vous voir dans votre librairie du

Quartier français. Voyez-vous, nous adorons les livres et nous avons une bibliothèque assez importante.

– Oui, j'ai vu. À propos, le livre de Candace Kinkaid se vend chez nous comme des petits pains, répliqua Patrick en toute sincérité.

– Merci de nous avoir reçus, dis-je.

– Tout le plaisir était pour nous, Joanne, répondit Mrs Lockwell.

Sur ce, Patrick m'entraîna vers la porte, suivi de près par Elizabeth qui faisait penser à un chiot aux dents en avant.

Nous étions déjà dans le vestibule quand Charlotte m'attrapa par le bras.

– Jo, je suis absolument désolée ! murmura-t-elle, le visage décomposé. Ma famille est odieuse.

– Non, Charlotte, il n'y a pas de quoi. Vraiment pas, répondis-je tout en observant Elizabeth qui sautillait autour de Patrick et tentait de lui parler.

– Vous n'avez même pas encore fait la connaissance de ma mère, protesta Charlotte. Elle est dans le jardin de derrière.

On entendit alors, près de la porte, une femme éclater en sanglots.

– Ce ne sont que des porcs dans de beaux costumes ! Et le voilà, lui ! Il prétend être un bon mari, alors qu'hier soir j'ai trouvé un rouge à lèvres de Prisunic sur sa commode. À présent, je sais où ont disparu mes bijoux.

La femme continua à pleurer et finit par renverser le contenu de son verre sur sa robe.

Je me tournai vers Charlotte, et elle secoua la tête.

– De toute évidence, un mint julep* de trop.

– Cette ville est grossière, obscène! geignait la femme ivre. Pauvre Forrest Hearne! La police a raconté à sa délicieuse femme qu'il était mort d'une crise cardiaque. C'est criminel! On devrait brûler le Quartier français de fond en comble.

Je pivotai sur moi-même pour la regarder.

– Jo! appela Patrick de l'autre bout du vestibule.

– Je vous écrirai dès mon retour, déclara Charlotte, et vous enverrai tous les renseignements sur Smith.

J'acquiesçai. M'empoignant d'autorité par le bras, Patrick franchit le seuil de la porte, puis descendit l'allée, essayant d'échapper à Elizabeth Lockwell, toujours dans notre sillage et qui suivait Patrick comme son ombre. Il y avait dans le jardin de devant, rassemblés par petits groupes, des gens occupés à fumer ou à boire sous de vieux chênes moussus et, tout au bout de la haie, seul, un garçon costaud à peu près de l'âge de Patrick.

– Patrick, je vous présente mon frère, Richard, dit Elizabeth.

Richard regarda fixement Patrick avant de lancer d'un air réprobateur :

– Je vous ai vu avec votre ami la nuit du 31 décembre.

– Joyeuse nuit, n'est-ce pas? répondit Patrick sans s'arrêter pour lui serrer la main.

– C'est donc ça qui vous amuse? questionna Richard en se retournant pour voir Patrick sortir de la propriété. Surtout, Betty, ajouta-t-il en prenant le bras de sa sœur, reste loin de lui.

Nous fîmes quelques pas en silence. Richard Lockwell semblait être l'exemple même de la brutalité.

Le tumulte de la soirée se dissipa peu à peu, remplacé par le cri strident des cigales. Je me demandai comment il se faisait que la femme ivre connût Forrest Hearne.

– Ça va, Joanne? questionna soudain Patrick.

J'éclatai de rire.

– Sérieusement, Jo, c'est ça, la ville haute. Qu'est-ce que tu veux faire avec des idiots pareils?

– Charlotte n'a rien d'une idiote, rétorquai-je.

– Tout à fait d'accord. Elle est géniale, et son père est super, lui aussi. Allez, viens, allons-nous-en enfin d'ici.

Nous commencions à traverser la rue (pour reprendre le tramway) quand les feux de route d'une voiture qui approchait nous éblouirent.

– Qui est-ce, dis-je en prenant le bras de Patrick.

– Je ne peux pas voir d'ici. Ne reste pas là, Jo!

Et, tandis que la berline noire se rapprochait encore, il me tira en arrière pour me ramener sur le trottoir. Je reconnus soudain la voiture : Mariah.

La tête de Cokie apparut à la vitre.

– Montez, ordonna-t-il.

Après avoir jeté un regard autour de moi, je me hâtai de sauter sur la banquette arrière.

– Cokie, qu'est-ce que tu fais là?

– C'est Willie qui m'envoie. Elle a dit elle voulait pas tu rentres à pied ou en tramway.

Quand la voiture passa devant la demeure des Lockwell, je me baissai vivement, priant le ciel que Richard et Elizabeth Lockwell ne soient pas postés sur le trottoir à ce moment-là.

– Enfin, Josie, ma fille, comment tu peux êt' gênée à l'idée d'êt' vue dans citte coûtangeuse automobile?

demanda Cokie avec un sourire rayonnant. Ooh, ooh, personne il peut m'attraper dans ma Cadillac noire.

– Ouais, renchérit Patrick. Ce sont ces gens-là qui devraient être gênés, Jo. Pas toi.

– Y avait boucoup d'esbroufe et de fla-fla dans cit endroit ? interrogea Cokie.

– Je ne sais pas, fis-je.

– Comment ? Tu ne sais pas ? bondit Patrick, qui était assis sur le siège arrière et se retourna. Enfin, Jo, réfléchis : ils ont un piano Steinway demi-queue, mais personne dans la famille ne sait jouer. Ils ont des rayonnages et des rayonnages de livres qu'ils n'ont jamais lus. Quant à la tension entre les couples, elle était si forte que c'est à peine si nous pouvions respirer.

– Permettez-moi de vous dire quique chose propos ces gens riches, intervint Cokie. Z'ont tout ce que lazzan peut acheter, z'ont des comptes en banque bien garnis, mais ils sont pas heureux et ils le seront jamais. Vous savez pourquoi ? Leur âme, elle est brisée. Et lazzan, il peut pas recoller les morceaux, non, monsieur. Mon ami Bix, l'était pauvre. Seigneu', fallait qu'il souffle dans citte trompette dix heures par jour, jiste pou' mett' un pitit quique chose fond de la marmite. L'est aussi mort pauvre. Tu l'as vu, Jo, avec citte assiette posée sur sa poitrine. Mais cit' homme-là, l'avait pas l'âme brisée.

– L'âme brisée, acquiesça Patrick. C'est ça.

– Ils avaient des photographies dans de jolis cadres, dis-je tout en m'enfonçant davantage dans la banquette de cuir musqué.

Je regrettais que Willie m'eût envoyé Mariah. Essayait-elle de m'espionner ?

– Et méfiez-vous de ce Richard Lockwell, dit Cokie. C'est un tueur de chatons.

– C'est un amateur de femmes? demanda Patrick en riant.

– Ah, non, c'est pas ça je veux dire! Quand il était jeune, l'a pendu quatre chatons dans le Quartier français. Seigneu', si vous aviez vu les gens courir après lui! Il va pas très bien dans sa tête.

Je regardai par la vitre en fredonnant: «*It's only a paper moon*», tandis que la Cadillac descendait l'avenue St Charles en direction de Canal. Les femmes de la ville haute se méfiaient beaucoup du Vieux Carré et de tout ce qui lui était associé. Elles pensaient qu'il était responsable de la corruption de La Nouvelle-Orléans. Elles préféraient bien entendu s'imaginer que leurs maris étaient des parangons de vertu – des hommes bons comme Forrest Hearne –, et que le Quartier français les entraînait malgré eux sur la mauvaise voie, les saisissant par les chevilles pour les attirer dans les bas-fonds.

Ma mère était sans doute en train de se régaler chez *Antoine* d'huîtres Rockefeller* généreusement arrosées de whisky et accompagnées de force cigarettes. Je l'imaginais parfaitement: elle posait le bras en travers de sa poitrine de façon à faire admirer son bracelet de diamants – un bijou volé –, puis glissait le pied sur les genoux de Cincinnati, sous la table. Mam était plus jolie que toutes les femmes présentes à la soirée des Lockwell, mais elle ne montrait pas le même équilibre, la même confiance en soi que les autres dames. Je n'étais pas d'accord avec Cokie. Il ne s'agissait pas seulement des gens riches.

Mam, elle aussi, avait l'âme brisée.

14

Il était de très bon matin. Je me hâtai à travers les rues toujours animées et bruyantes à cette heure-là, pour arriver chez Willie à temps. J'avais écrit plusieurs billets destinés à Sweety pour m'arrêter finalement au plus simple : « Merci pour les perles. Jo. »

Je repérai Jesse au coin de la rue Bourbon et de Conti Street. La charrette de fleurs de son grand-père explosait de couleurs vives. Je m'arrêtai pour lui acheter deux lis roses.

– Hé ! Motor City ! Tu es bien jolie ce matin.

– Allez, ça va, Jesse, avec tes plaisanteries !

Et je désignai en riant mes vêtements de travail.

Il sourit.

– En tout cas, tu es mieux que moi avec ce tablier de fleuriste !

Jesse et moi avions été tous deux élèves, épisodiquement, de la même école primaire et du même établissement secondaire. Il vivait avec ses grands-parents rue Dauphine mais passait certaines années avec sa famille en Alabama. Quand il était à La Nouvelle-Orléans, il aidait son grand-père, qui était marchand de fleurs. Un jour (j'avais alors onze ans), Mam, qui était de très méchante humeur, m'avait giflée dans la rue. Eh bien, Jesse s'était avancé d'un pas énergique vers elle et lui avait balancé un seau d'eau avant de s'en aller! Je me demandai s'il s'en souvenait.

De temps à autre, il faisait un saut à la librairie pour jeter un coup d'œil aux livres de mécanique, mais il achetait rarement quoi que ce soit. Il passait la plupart de son temps libre à travailler sur des voitures.

– Comment vont les nièces de Willie? demanda-t-il en tirant du seau les deux fleurs que j'avais choisies («nièces»: c'était ainsi que Willie appelait les filles de sa maison).

– Elles vont toutes bien, répondis-je en souriant. Et toi, que deviens-tu?

– Je viens de commencer mon premier trimestre à Delgado. Ce n'est pas Tulane, bien sûr, mais je suis tout excité à cette idée.

Jesse Thierry allait donc à l'université?

– Oh! Jesse, c'est merveilleux!

Il acquiesça.

– Merci. Et toi? Tout le monde sait que Josie Moraine est la fille la plus intelligente de La Nouvelle-Orléans!

Une mèche de cheveux rebelle couleur de cannelle sombre tomba sur son oreille. Il me lança un regard empreint d'une sincère amitié et ajouta en baissant la voix:

– Et maintenant que ta mère a déménagé, tu auras peut-être plus de temps libre.

Je levai les yeux du porte-monnaie dans lequel j'étais en train de fourrager. Comment pouvait-il être au courant du départ de Mam? Je réglai les fleurs en prenant garde de ne pas croiser son regard, et quittai Jesse en le remerciant.

Cincinnati et ma mère avaient projeté de prendre la route après leur dîner chez *Antoine*. La veille, avant d'aller me coucher, j'avais consulté un atlas dans la librairie pour voir combien de temps demanderait le trajet entre La Nouvelle-Orléans et la Californie et j'avais estimé qu'ils pourraient le faire en quatre jours – à condition de ne pas s'arrêter en chemin. Cependant, il faudrait moins de trois jours à Cincinnati pour frapper Mam.

J'entrai bientôt dans la cuisine, chez Willie. Sadie avait déjà préparé le plateau de Willie avec le café et le journal. À peine avais-je pénétré dans la pièce qu'elle le désigna impérieusement du doigt.

– Willie est déjà réveillée?

Sadie hocha la tête. Je lui tendis un des lis.

– Merci d'avoir repassé mon chemisier, Sadie. Et d'avoir déjà préparé le plateau.

Elle regarda la fleur, puis me regarda, souriante, presque embarrassée. Soudain, son sourire s'éteignit, et elle désigna à nouveau énergiquement du doigt la chambre de Willie.

J'enfilai mon tablier, m'emparai du plateau et traversai le salon. Une cravate d'homme était suspendue au lustre, et en la contournant pour l'éviter, je chancelai. Une fois près de la chambre de Willie, je jetai un coup d'œil au journal.

UN TOURISTE DE MEMPHIS MEURT
D'UNE CRISE CARDIAQUE

Je m'arrêtai à une courte distance de la porte de Willie pour lire l'article mais n'en eus pas l'occasion.

– Tu vas rester plantée là ou m'apporter enfin mon café? grommela une voix derrière la porte.

– Bonjour, Willie, dis-je en pénétrant dans la pièce.

La coiffure et le maquillage de Willie étaient impeccables. Elle était assise devant son secrétaire et portait un élégant tailleur beige.

– Je veux mon café.

– Vous vous êtes levée bien tôt. Y a-t-il quelque chose qui ne va pas?

– Je ne peux donc pas me lever tôt? rétorqua-t-elle d'un ton sec.

– Mais si, bien sûr, c'est juste que... en général, à cette heure-ci, vous n'êtes pas réveillée, encore moins habillée. Où allez-vous?

– Ça ne te regarde certes pas, mais j'ai rendez-vous avec mon notaire.

– Un notaire? D'aussi bonne heure? Vous êtes sûre que ça va?

– Pourquoi répètes-tu tout le temps la même chose? répliqua Willie tout en continuant à écrire, la tête penchée. Au lieu de me poser ces stupides questions, tu ferais mieux de me dire quand ta mère est partie pour la Californie.

– L'avez-vous vue? demandai-je en mettant le plateau sur le lit.

– Non, je ne l'ai pas vue, mais quantité de gens m'ont raconté qu'ils l'avaient entendue se vanter de partir pour Hollywood avec ce triste individu. En réalité, tout le monde m'en a parlé... sauf toi, ajouta-t-elle en se retournant pour me regarder bien en face.

Je jouai nerveusement avec mon tablier.

– Elle voulait que j'attende le lendemain matin pour vous prévenir… comme ça, le travail de la dernière nuit ne serait pas perturbé.

Willie jeta son stylo.

– Tu sais quoi ? hurla-t-elle. Ta mère est la plus stupide des putains ! Mais ne t'avise pas de suivre ses traces pour ce qui est du mensonge et ne t'imagine surtout pas que tu peux me mentir à mon insu. Je connais ta mère beaucoup mieux que tu ne le crois, et il n'est pas question qu'elle me roule.

Willie criait à tue-tête. Pour mettre la gomme, elle la mettait. Elle avait le menton en avant et le visage cramoisi.

– Que se passe-t-il, Willie ? Est-ce que Mam vous a volée ?

– Quoi ? Ta mère, c'est qu'un cul pour moi, point ! La seule personne qu'elle ait jamais volée, c'est toi ! Et, à la grâce de Dieu, la voilà maintenant partie pour de bon. Elle peut aller rejoindre tous les autres menteurs, losers et ratés de Hollywood. Et tu dois la laisser partir, Jo. Ne t'avise surtout pas d'aller à sa recherche. Tu n'es plus une enfant. C'est à elle de jouer maintenant. Laisse Cincinnati la cribler de balles.

– Arrêtez, Willie.

– Regarde-moi cette chambre. Tu es en retard, et la pièce est dans un état épouvantable ! Je t'ai demandé il y a déjà trois jours de nettoyer mes armes, et est-ce que tu l'as fait ? Non ! T'aimes mieux aller te pavaner dans les soirées chic et laisser les gens se moquer de toi.

Willie s'empara si vivement de son sac posé sur le lit qu'elle renversa la tasse de café qui tomba par terre et se brisa avec fracas. Elle quitta la pièce en claquant la porte avec une telle violence que je craignis qu'elle ne la brisât, elle aussi. Sweety et Evangeline, en peignoir, étaient debout sur le seuil, les yeux encore pleins de sommeil mais l'oreille aux aguets.

– Qu'est-ce que vous avez à regarder comme ça? hurla Willie. Retournez donc au lit!

Evangeline s'écarta pour la laisser passer.

– Les pires putains qui aient jamais existé! cria Willie du couloir de derrière.

J'entendis bientôt la porte de service claquer à son tour derrière elle, puis ce fut le ronflement du moteur de Mariah qui démarrait.

Je me penchai pour ramasser les morceaux de la tasse.

– Hé! petite gourde! lança Evangeline en se penchant dans l'entrebâillement de la porte. Emporte mes affaires dans la chambre de ta mère et assure-toi que tout soit bien nettoyé. Je veux pas de son infect parfum tout autour de moi.

– Arrête, ordonna Sweety en tirant Evangeline en arrière et en refermant la porte.

Je m'assis sur le lit de Willie. J'avais toujours entre les mains les morceaux de porcelaine encore humides de sa tasse de café. Elle avait dit que les gens se moquaient de moi. Était-ce vrai?

Je devais m'échapper de La Nouvelle-Orléans. Je devais entrer à Smith.

15

La lumière du soleil pénétrait par la fenêtre, dessinant sur le lit un carré éclatant. Evangeline avait raison. La pièce était indéniablement imprégnée du parfum de ma mère. J'ouvris la fenêtre et m'assis sur son rebord. Je restai là un instant à regarder le haut lit à baldaquin. J'avais déjà vu ma mère tisser ouvertement sa toile pour y piéger les hommes, mais je ne l'avais évidemment jamais vue «travailler» dans sa chambre. Le papier peint vert sombre se décollait dans les coins, révélant au-dessous le plâtre nu. À la faveur de la lumière, les parures de lit rouge sombre trahissaient leur âge, et les rideaux suspendus au dais apparaissaient tels qu'ils étaient : déchirés et tout effilochés aux extrémités. Une mystérieuse balle avait laissé dans le dosseret du lit un trou que je ne pus m'empêcher de fixer des yeux. Je ne connaissais toujours pas l'histoire de cette balle.

La chambre de ma mère était presque vide. J'ouvris un tiroir de son secrétaire. Un flacon de vernis à ongles rouge roula sur une petite pile de numéros du *Hollywood*

Digest. Quand je les pris pour les jeter au panier, un morceau de papier s'en échappa en voltigeant. C'était le questionnaire de police datant de l'agression de Cincinnati contre ma mère. À son retour de l'hôpital, Willie avait beaucoup insisté pour que Louise déposât une plainte. Nous l'avions emmenée au poste de police, mais à peine avait-elle commencé de remplir le formulaire qu'elle avait prétendu ne pas se sentir très bien, ajoutant qu'elle préférait le terminer à la maison. J'examinai le document. Elle n'avait pas noté son nom de famille. Et avait même menti sur son âge.

Nom : Louise
Adresse : 1026 Conti, La Nouvelle-Orléans
Âge : 28
Situation de famille : célibataire
Enfants : aucun

Aucun
Je fixai désespérément le mot.
– Hé ! poupée !
Je levai les yeux et vis Dora appuyée au chambranle de la porte. Elle portait une chemise d'homme empesée, verte bien entendu, et une minuscule petite culotte verte.
– Paraît que t'as eu une prise de bec avec Willie ce matin et que tu t'es fait méchamment disputer. Je devais dormir, j'ai rien entendu. Ça va ?
– Je vais très bien, fis-je.
C'était la réponse que j'avais toujours en réserve.
– Fais pas attention à Willie. Ces derniers temps, al' est de méchante humeur. Qu'est-ce t'as là ?

Je brandis le papier.

– Un ancien questionnaire de police, du temps où Cincinnati avait battu ma mère.

– Louise avait déposé une plainte ? demanda Dora.

Je ris.

– Bien sûr que non !

– Ça m'aurait étonnée. C'est que Louise, al' se l'aime, son Cinci !

– Je ne comprends pas. C'est vraiment un type affreux, Dora, un voyou et même un criminel.

– J'vais te dire, mon chou, y a plein de filles qu'adorent les voyous. Cincinnati plaît aux femmes. Avec lui, al' se sentent sexy. Et de temps à autre, il a un paquet de fric qui lui tombe dessus. Bon, tu peux pt'-êt' pas comprendre ce que les filles peuvent ben trouver à Cinci, mais tu comprends certainement que ta momma, elle adore l'argent, hein ?

J'acquiesçai tout en sortant du tiroir de ma mère un porte-monnaie rose.

– Ce porte-monnaie était à moi. J'y mettais mes économies et je le cachais sous mon lit. Eh bien, un jour, elle l'a pris, Dora !

– Oh ! mon pauvre p'tit lapin en sucre ! s'écria-t-elle en secouant la tête.

Et, s'approchant de moi, elle parcourut des yeux le rapport de police.

– Écoute-moi bien, Jo, déclara-t-elle en posant les mains sur mes épaules, t'es pas comme nous. T'es dif-férente, et Willie le sait très bien.

Je contemplai mes mains.

– Je voudrais aller à l'université, Dora.

– À l'université ? Ben, y a pas de mal à rêver, Jo,

mais moi, l'université, j'y connais rien. C'est une aut' paire de manches. Tout cas, j'suis sûre que tu pourrais travailler comme vendeuse dans un des jolis grands magasins ou même comme préposée au vestiaire. Je sais que t'aimes Louise, ma p'tite chérie, mais faut tout de même que tu te demandes quel genre de femme est capable de voler de l'argent à son enfant. Evangeline, al' est vraiment spéciale. Mais même avec sa kleptomanie, al' volerait jamais un bébé. Tu comprends ce que je suis en train de te dire? J'essaye pas de noircir ta mère, mon p'tit lapin, j'veux juste te suggérer d'aller ton chemin à toi. Et si la Louise, al' écrit qu'al' est pas ta momma, ajouta-t-elle en prenant le questionnaire de police, alors ça pourrait ben coller.

Je restai là à réfléchir à la question de Dora: quelle sorte de femme faut-il être pour voler son propre enfant?

Dora mit ses poings sur les hanches.

– Et maintenant, écoute, est-ce que tu pourrais me donner un p'tit coup de main? Voilà. Au lieu de jeter toutes les choses que tu trouveras, tu pourrais pas les mettre dans une boîte et dire à Evangeline de pas y toucher, parce que tu vas revenir les chercher? Laisse-la voler deux ou trois choses. P't-êt' qu'al' arrêtera de chaparder dans ma chambre pendant quèques jours.

Après le départ de Dora, je défis complètement le lit et balayai le plancher. Et lorsque je ramenai le balai de dessous le jupon du lit, j'entendis un bruit. Une chaussette d'homme était accrochée aux crins du balai. Je tendis le bras pour l'attraper et la trouvai curieusement lourde. Il y avait quelque chose dedans. Je secouai la chaussette au-dessus du lit, et une montre en or tomba sur le matelas. Tandis que mes doigts cherchaient à la prendre, j'eus l'impression que mon cœur se décrochait. Je la retournai et vis le nom qui y était gravé :

F. L. Hearne.

16 .

Tic tac, tic tac, tic tac. Tout le jour j'entendis ce tic-tac, tel un battement rythmique ininterrompu dans ma tête, un martèlement obstiné affectant chacun de mes nerfs. J'avais la montre d'un homme mort. C'était la première fois que je cachais quelque chose à Willie. Lorsque j'eus terminé mon travail du matin, elle n'était toujours pas rentrée de chez son notaire, aussi m'en allai-je avec la montre, petite bombe à retardement qui faisait tic-tac au fond de mon sac. Une fois de retour à la librairie, je l'examinai attentivement. Je regardai la petite aiguille tourner autour du luxueux cadran d'or massif, passant et repassant sur les mots «Lord Elgin». Forrest Hearne portait-il la montre au moment de sa mort? Tictaquait-elle à son poignet quand son cœur s'était arrêté de battre? Ou peut-être l'avait-il enlevée, égarée Dieu sait où dans le Quartier français, et était-ce pur hasard si Mam l'avait trouvée. Oui, me dis-je, il s'agissait peut-être d'une simple coïncidence.

J'aiguisai un couteau de relieur et découpai un

carré assez profond au milieu des pages centrales d'un exemplaire abîmé par l'eau de *La Route des Indes*. Puis, après avoir déposé la montre au fond de la cavité ainsi creusée, j'enfermai le livre à clef dans la vitrine au fond de la boutique où nous entreposions les ouvrages à restaurer. Patrick avait perdu sa propre clef depuis une éternité.

Enfin, je sortis dans le Quartier français pour jeter dans les poubelles échelonnées le long du chemin les chutes des pages centrales de *La Route des Indes*. Repérant Frankie de l'autre côté de la rue, je sifflai pour l'appeler. Il traversa la rue d'un pas nonchalant sur ses jambes d'araignée et se mit à marcher à mon côté.

– Salut, Josie ! T'as quèque chose pour moi ?

– Non, je n'ai rien. En fait, je me demandais si toi, tu avais quelque chose pour moi. Est-ce que tu sais où était ma mère le 31 décembre au soir ?

Frankie s'arrêta. Il tira un paquet de cigarettes de la poche de sa chemise, le tapotant par en dessous jusqu'à ce qu'un petit rouleau de tabac blanc apparût, qu'il attrapa avec les lèvres.

– C'est une info pour toi ? demanda-t-il en allumant sa cigarette.

– Ah, je vois ! fis-je. Tu as déjà parlé à Willie ?

– J'ai pas dit ça.

– Eh bien, oui, c'est pour moi ! Et je n'en parlerai à personne. Ça restera entre nous.

Frankie me dévisagea, sa cigarette pendant mollement au coin de la bouche. Un groupe de touristes armés d'un appareil photo approchait. Ils désignaient du doigt un bâtiment proche. M'empoignant par le bras, il m'entraîna à l'autre bout du trottoir.

– Ta mère s'est enfuie avec Cincinnati, Jo.

– Je suis déjà au courant, Frankie. C'est pas ça que je t'ai demandé. Où était-elle le 31 décembre au soir?

Il balaya la rue du regard tout en rejetant la fumée de sa cigarette de ses lèvres minces.

– Elle était à l'hôtel Roosevelt à boire un ou deux sazeracs*.

– Et ensuite?

– Occupée à boire avec des touristes.

– Quels touristes? Où? Était-elle au *Sans-Souci*? demandai-je.

– Holà! s'écria Frankie en levant les mains en l'air. J'ai pas dit ça. Écoute, faut que j'y aille. En plus, Jo, j'ai beau travailler comme informateur, ajouta-t-il en se penchant en avant, j'suis pas un mouchard.

J'ouvris mon sac et sortis mon porte-monnaie.

– Garde tes sous. J'ai entendu dire que tu faisais des économies pour pouvoir entrer à l'université.

– Où as-tu entendu dire ça? m'enquis-je.

– J'entends tout, rien ne m'échappe, p'tite Yankee, répliqua Frankie avec un grand sourire.

Puis, après m'avoir fait courbette sur courbette, il s'en alla à grands pas.

Je retournai à la librairie et m'arrêtai en passant devant la vitrine de *Gedrick's*. Ils avaient des robes en solde à neuf dollars quatre-vingt-dix-huit. Je regrettais amèrement de n'avoir pas pu porter une tenue neuve et à la mode à la soirée des Lockwell au lieu d'avoir l'air d'une triste petite orpheline. Mrs Gedrick sortit de la boutique pour vider une pelle à poussière dans la rue. Ses épaules remontèrent comme si elle s'apprêtait à saluer, mais quand elle réalisa que ce n'était que moi, elle se contenta de vider sa pelle d'un air renfrogné. À l'âge de douze ans, j'avais attrapé une si méchante grippe que j'avais des accès de délire. J'avais tenté de me rendre toute seule chez le Dr Sully mais, arrivée à la hauteur de *Gedrick's*, je m'étais écroulée et j'avais vomi sur le trottoir le riz et les haricots rouges de mon déjeuner. Mrs Gedrick ne cessait d'insister pour téléphoner à ma mère. Mais je savais bien que Mam serait furieuse si je la dérangeais, aussi avais-je demandé à Mrs Gedrick d'appeler plutôt Charlie, le père de Patrick. Quand celui-ci était arrivé, Mrs Gedrick avait agité le doigt dans sa direction en disant: «Honte aux parents, qui qu'ils soient!» Je me revois encore au fond de la voiture de Charlie en train de regarder par la vitre le riz et les haricots rouges répandus sur le trottoir, image même du naufrage de ma vie. Mes parents n'étaient en rien responsables. Toute la honte était pour moi.

Je tournai à l'angle de Royal Street et aperçus Cokie debout près de sa voiture, qui était garée le long du trottoir.

– Salut, Coke.

– Willie m'envoie te chercher, annonça-t-il.

Une onde de frayeur me parcourut tout entière. Willie devait être au courant de cette histoire de montre.

– Elle n'était pas rentrée quand je suis partie ce matin, fis-je. Elle avait un rendez-vous.

– Je sais. Mais entre-temps, Willie, elle est rivinie et elle a chargé la voiture. Elle est prête à partir.

– Où ça?

– Elle m'a dit venir te chercher. Vous allez toutes les deux à *Shady Grove* pendant un jour ou deux.

– Mais…, protestai-je, et la maison ?

– Dora et Sadie vont s'en occuper.

Shady Grove était la petite maison de campagne de Willie, à trois heures de route de La Nouvelle-Orléans, juste à la sortie de Yellow Bayou.

– Eh bien, je ne sais pas, Coke ! répondis-je. Je dois travailler à la librairie.

– Willie, elle m'a dit venir te chercher. Elle sera prête à partir d'ici une heure. J'étais tout content venir te prendre. J'ai quique chose pour toi, quique chose tu avais envie d'avoir, je crois.

Sur ce, Cokie passa le bras par la vitre de son taxi pour me tendre un journal. C'était un numéro du *Commercial Appeal*.

– Cornbread, le routier, il fait toujou' le trajet entre ici et le Tennessee. L'a ramassé ce journal quand l'était à Memphis.

Un gros titre s'étalait sur toute la largeur de la page :

F. L. HEARNE JR., ARCHITECTE, MEURT.
TERRASSÉ LORS D'UN VOYAGE
À LA NOUVELLE-ORLÉANS.

– Y a toutes sortes renseignements sur ton riche monsieur de Memphis dans cit article, expliqua Cokie.

– Merci ! Merci beaucoup, Coke.

Il m'adressa un grand sourire.

– Bon, ça va. Mais raconte su'tout pas Willie je t'as donné ce journal. Dépêche-toi asteure, elle attend.

Je courus à la librairie, me demandant ce qu'il

fallait dire à Patrick. Je l'aperçus à travers la vitrine : installé au comptoir, il discutait avec un client. Je pliai le journal et le glissai sous mon bras.

– Salut, Jo ! lança Patrick dès qu'il me vit pénétrer dans la boutique.

L'homme debout de l'autre côté du comptoir se retourna ; il était grand, brun et très beau.

– Salut, Josie ! lança-t-il à son tour.

Je regardai avec étonnement le beau garçon.

– Ah, vous ne me reconnaissez pas ? C'est qu'il faisait noir… Vous ne vous souvenez pas ? Vous étiez en chemise de nuit.

Je sentis le feu me monter aux joues.

– Ah ! si, je me rappelle ! Vous travaillez chez *Doubleday*.

– C'est exact, répondit-il en me tendant la main. James Marshall.

Je lui serrai la main, regrettant désespérément de ne pas présenter mieux. La seule pensée d'avoir été surprise en chemise de nuit par ce superbe garçon me donnait envie de rentrer sous terre.

– Cokie est passé, déclara Patrick. Il te cherchait.

– Je sais. Willie insiste pour que je l'accompagne à *Shady Grove* pendant quelques jours. Je pourrais argumenter, mais tu sais comment elle est… Quand elle veut aller à *Shady Grove*, il n'y a pas moyen de la faire changer d'avis !

– C'est très bien comme ça, se hâta de répondre Patrick avec un petit sourire étrange.

– Vraiment ? Tu es sûr que tu pourras te débrouiller ?

– Allons, Jo, je crois que je suis capable de gérer la situation. Il n'y aura pas de problème.

Je ne m'attendais pas à ce qu'il acceptât aussi facilement.

– Et Charlie? demandai-je encore. Ça ira, vous deux?

– Qui est Charlie? s'enquit James.

– Mon père, répliqua Patrick. Ne t'inquiète pas, Jo, tout ira bien. Vas-y.

– *Shady Grove*, murmura James – un nom attirant.

– C'est à la campagne – un coin tranquille, répondit Patrick. Au fait, Jo, est-ce que tu as terminé la comptabilité du mois de décembre? Je voudrais régler les comptes de fin d'exercice.

– Et l'inventaire, ajouta James.

– Oui, tu as raison. Au fait, quand as-tu procédé pour la dernière fois à un inventaire?

Je regardai alternativement Patrick et James.

– Oui, la comptabilité du mois de décembre est terminée. Mais pourquoi as-tu besoin de faire un inventaire?

– J'essaye juste de dominer parfaitement la situation en ce début d'année. C'est bien Cokie que j'aperçois dehors? Il a l'air de t'attendre.

Je me dirigeai vers l'escalier de service, m'arrêtant pour jeter un coup d'œil furtif à E.M. Forster, qui tic-taquait derrière la vitrine fermée à clef.

17

Willie devait être dans tous ses états. Elle attendait depuis près de deux heures. Mais ce départ pour
Shady Grove m'avait complètement prise au dépourvu,
et j'avais un certain nombre de choses à préparer.
J'avais aussi, je l'avoue, passé un moment à lire l'article de journal au sujet de Forrest Hearne. On y disait
que Mr Hearne était un ancien joueur de football de
l'équipe Vanderbilt, qu'il était venu à La Nouvelle-
Orléans en compagnie de trois autres hommes, et
qu'ils avaient tous les quatre le projet d'assister au
Sugar Bowl, mais qu'aucun de ses amis n'était avec lui
au moment de sa mort. Il était membre du Country
Club de Lakeview et siégeait au conseil d'administration de plusieurs organisations caritatives. Il était également précisé dans l'article que l'épouse de Forrest
Hearne ne s'était toujours pas remise du choc causé
par le décès de son mari. Quelques heures avant sa
mort, celui-ci l'avait appelée de La Nouvelle-Orléans
et il semblait être en pleine forme. Marion. Je me rap-
pelais qu'il avait mentionné son nom quand il avait

acheté le livre de Keats. Je cachai l'article de journal sous le plancher, près de la boîte à cigares contenant mes économies.

Le taxi de Cokie ralentit et s'arrêta.

– Faut que je trouve une place pou' me garer. Willie, elle aime pas je monte sur le trottoir. Je mettrai ton sac dans la Cadillac.

Je sortis de la voiture.

– Tu as besoin mon aide pou' transporter citte montagne de livres ? demanda Cokie.

– Non, ça va.

– Jo, tu vas vraiment lire tout ça à *Shady Grove* ? demanda encore Cokie.

– Oui, tout, jusqu'à la dernière page ! répondis-je avec un sourire.

Je refermai la porte du taxi, puis descendis l'allée étroite menant au garage, à l'arrière de la maison de Willie. En approchant, j'entendis Evangeline glousser à la porte de service.

– Désolé, disait une voix d'homme, je suis vraiment venu très tôt cette fois-ci. Il fallait absolument que je te voie.

– Reviens bientôt, *daddy*, répondit Evangeline d'une petite voix enfantine.

Je tournai discrètement le coin de la maison au moment précis où Evangeline, qui portait des nattes, se glissait dans l'entrebâillement de la porte grillagée. Je m'arrêtai pour changer de côté ma pile de livres, qui commençait à se faire lourde.

– Oh, je reviendrai bientôt, *baby* ! dit l'homme en mettant son chapeau et en resserrant son nœud de cravate.

Je restai là, bouche bée. C'était Mr Lockwell, l'oncle de Charlotte. Il s'avança dans l'allée. Il était manifestement ailleurs, car il faillit buter contre moi.

– Monsieur Lockwell, murmurai-je.

Il me regarda, puis regarda la porte de service.

– Hé! bonjour!

Il mit un certain temps à me reconnaître. Les rides de son front se creusèrent.

– Je vous connais, n'est-ce pas?

– je suis Jo – Josephine, une amie de votre nièce Charlotte.

Il se déplaça légèrement.

– Qu'est-ce que vous faites là?

Une boule me monta à la gorge. C'est à peine si je pouvais respirer. Avisant la pile de livres que je tenais entre les bras, je lançai:

– Je viens livrer à Willie Woodley sa commande de livres... Elle adore lire. Je travaille avec Patrick à la librairie. Et vous? Venez-vous souvent ici? lâchai-je étourdiment.

La question m'avait échappé.

– N..., n... non, bredouilla-t-il. Écoutez, je suis très pressé, ajouta-t-il d'un ton condescendant sinon dégoûté, comme si, soudain, j'avais pollué son espace comme j'avais pollué le trottoir de Mrs Gedrick.

Je perçus nettement son changement d'attitude à mon égard. Je n'étais qu'une triste petite orpheline du Quartier français, quelqu'un que l'on pouvait envoyer promener d'un geste, comme on écarte une mauvaise odeur avec son mouchoir. La colère commença de s'accumuler en moi: je pouvais à peine me contenir. Je plissai les yeux, décidée à le défier.

– Ah bon, très bien! lançai-je. C'est que j'ai entendu cette fille vous appeler *daddy* et qu'ensuite vous avez dit que vous reviendriez bientôt… J'ai donc pensé que vous veniez peut-être souvent ici.

Mr Lockwell me regarda fixement. Il avait une expression à la fois irritée et affolée.

– Je dois partir, déclara-t-il. Au revoir, Josephine. Je dirai à Charlotte que je vous ai croisée dans la rue.

Il sourit, content de son petit stratagème, et commença à descendre l'allée.

J'aurais dû le laisser partir.

– Monsieur Lockwell, appelai-je.

Entendant son nom, il se retourna et posa un doigt sur ses lèvres.

– Chhh…

– Je pensais que vous aimeriez savoir, fis-je en le suivant en direction de la rue. Je vais faire une demande d'inscription à Smith.

– C'est très bien.

Il poursuivit sa marche.

– Je comptais plus ou moins sur vous pour m'écrire une lettre de recommandation.

– Quoi? dit-il.

– Oui, une lettre de recommandation que je joindrais à mon dossier pour Smith. Une lettre d'un des hommes les plus brillants du Sud serait pour moi d'une grande utilité. Voulez-vous que je passe chez vous la semaine prochaine pour vous en parler?

– Non.

Il farfouilla dans ses poches de blazer et me mit sous le nez une carte de visite.

– Vous pouvez m'appeler au bureau. Ne m'appelez

pas chez moi. Je... En réalité, je ne viens pas souvent ici.

Sur ce, il dévala en toute hâte l'allée en direction de la rue.

– Qu'est-ce qui ne va pas chez toi? dit Willie. Tu agrippes ce maudit volant comme si tu voulais le casser. Je t'ai demandé de conduire pour pouvoir me détendre un peu, mais comment pourrais-je fermer les yeux? Tu es penchée sur le volant ou plutôt couchée dessus comme une dingue!

Je me redressai et desserrai les doigts tout en regardant la chaussée grise défiler à la lumière des phares qui tentaient de percer le brouillard. Mes doigts me faisaient mal. Il eût fait complètement noir à l'intérieur de la voiture sans la petite lueur rouge du cadran de la radio, branchée sur une station régionale qui passait du Hank Williams. Une foule de pensées me traversaient l'esprit. Et si quelqu'un m'avait vue? J'avais défié l'oncle de Charlotte et l'avais ouvertement mis en face de sa duplicité et de sa fausseté. C'était là ma fierté. Mon orgueil s'était réveillé lorsqu'il m'avait regardée comme une moins que rien. Mais comment ne pas frémir à l'idée qu'il revienne, raconte tout à Evangeline, que celle-ci lui réponde: «Oh, ne vous inquiétez pas surtout, ce n'est que la fille d'une putain!», et qu'ensuite il en parle à Mrs Lockwell qui en parlerait elle-même à Charlotte?

Je haïssais La Nouvelle-Orléans. Non, c'était La Nouvelle-Orléans qui me haïssait.

– Dora m'a dit que tu voulais aller à l'université, déclara brusquement Willie.

– Quoi?

– Tu m'as parfaitement entendue. Et je trouve que c'est une bonne idée.

– Vraiment? répondis-je en jetant un coup d'œil à la silhouette sombre de Willie sur le siège du passager.

– Tu es intelligente, Jo. Tu sais comment tirer le meilleur parti possible d'une situation. Tu te débrouillerais très bien à Loyola. Merde alors, tu pourrais même entrer à Newcomb!

Mes doigts se crispèrent à nouveau sur le volant.

– Mais je ne veux pas aller à l'université à La Nouvelle-Orléans, Willie, protestai-je. Je ne veux pas aller à l'université en Louisiane. Je veux partir dans l'Est.

– De quoi parles-tu? Où, à l'Est?

– Dans le Massachusetts.

– Mais, bon sang, pourquoi?

– Pour ma formation, répliquai-je.

– Tu auras une excellente formation à Loyola ou à Newcomb. Tu restes à La Nouvelle-Orléans!

Eh bien, non, je ne resterais pas à La Nouvelle-Orléans! Je ne passerais pas le reste de ma vie à nettoyer une maison close! J'en avais assez d'être lorgnée du coin de l'œil et montrée du doigt comme la fille d'une prostituée du Quartier français! J'aurais des amis décents comme Charlotte et je fréquenterais des gens comme Forrest Hearne – des gens qui avaient bonne opinion de moi et pour qui je n'étais pas une fille de rien.

– Toi, c'est cacahuètes salées, dit Willie.

– Quoi? Qu'est-ce que je suis censée comprendre?

– Toi, c'est cacahuètes salées et ces gens là-bas, dans l'Est, c'est petits-fours. Ne tombe pas dans les clichés en te figurant que tu es Annie, la petite orpheline qui finit par se retrouver dans une sorte de château. Toi, je le répète, Jo, c'est cacahuètes salées, et y a pas de mal à ça. Sauf que les cacahuètes salées ne sont pas servies avec les petits-fours.

Willie était donc d'accord avec ma mère. Elle s'imaginait que je voulais être l'héroïne d'un conte de fées, alors que j'étais condamnée à une existence minable aux frontières du monde souterrain de La Nouvelle-Orléans.

– Me faire payer les frais de scolarité pour Loyola ou pour Newcomb, déclara Willie. C'est bien là ton plan depuis le début, n'est-ce pas? Menacer de partir pour me décider à payer tes maudites études dans une université de Louisiane?

Nous ne prononçâmes plus un mot jusqu'à la fin du trajet.

18 .

À *Shady Grove* les jours s'écoulaient lentement. La petite maison de campagne de Willie était entourée d'un paisible domaine de plus de dix hectares. On pouvait respirer à fond sans craindre que des odeurs nauséabondes, urine ou vomi, ne se glissent dans vos narines. L'été, je ne portais pas de chaussures pendant des jours d'affilée. À peine arrivée, je me débarrassais d'un coup de pied de mes mocassins, et ils restaient sous la véranda jusqu'à notre départ. Cette année-là, l'hiver était assez doux, moins froid que pluvieux. Je devais bâtir les feux, non pas pour réchauffer la maison, mais seulement pour lutter contre l'humidité. Un vieil ami avait acheté *Shady Grove* à l'intention de Willie. Elle ne m'avait jamais dit qui c'était, ni raconté leur histoire; tout ce que je savais, c'est qu'elle avait eu la meilleure part.

À toute heure du jour et de la nuit, La Nouvelle-Orléans retentissait de bruits. La campagne était merveilleusement tranquille. On entendait à *Shady Grove* des sons que le tintamarre permanent de la grande ville engloutissait. La maison n'était pas isolée, mais les plus proches voisins, Ray et Frieda Kole, habitaient à environ un kilomètre de là, et nous ne les voyions jamais. Ray et Frieda avaient une véritable terreur de l'obscurité. Ils dormaient durant la journée et, la nuit, s'enfermaient dans une vieille Buick rouillée garée dans un champ, derrière leur maison, avec le contact mis et les phares allumés, prêts à prendre la fuite si par hasard le *boogie man** se montrait. Willie ne s'intéressait pas aux voisins et n'avait pas la moindre envie de fréquenter qui que ce soit. Elle disait qu'elle venait à *Shady Grove* pour y trouver le silence, la solitude et la paix. Là-bas, elle portait même une robe de coton et, au lieu de son rouge à lèvres habituel, un fard rose délicat.

Je faisais chaque après-midi une grande promenade de plus de trois kilomètres, du chemin de terre jusqu'au carrefour de Possum Trot, et je lisais tout le long du chemin. C'est à peine si Willie m'avait dit un mot depuis trois jours. Ce silence ne me pesait pas, au contraire ; il me donnait plus de temps pour penser à Mr Lockwell, à la montre de Forrest Hearne, à *Smith College* et à ma mère. Mais ces quatre sujets de réflexion m'angoissaient tant que je fus soulagée en définitive quand Willie se décida enfin à prendre la parole.

– Va chercher mes fusils, ordonna-t-elle. Allons tirer.

J'allai chercher le sac de clubs de golf dans le coffre de la Cadillac. Six ans plus tôt, en jouant au poker avec Willie, un des clients de la maison close avait perdu une série complète de clubs de golf. Elle m'avait chargée de mettre les clubs en gage et de ranger ses carabines et ses fusils de chasse dans le sac de cuir vert.

Depuis, Frankie et moi, nous disions souvent pour plaisanter que Willie était devenue une joueuse de golf hors pair. Après quoi je disposai canettes et boîtes de conserve sur la palissade.

– Tu veux le fusil de chasse? demanda Willie.

– Non, répondis-je. Je préfère prendre mon pistolet.

– À ta guise. Passe-moi le fusil de chasse.

J'avais dix ans lorsque Willie m'avait appris à tirer. Un jour, j'avais oublié de mettre mon pistolet à la sûreté et j'avais tiré accidentellement. Willie m'avait fouettée si durement que, ce soir-là, j'avais dû dîner debout. Mais je n'avais plus jamais oublié le cran de sécurité. «Tu dois maîtriser parfaitement ton arme Jo, répétait Willie. À la minute même où c'est elle qui prend le contrôle de toi, tu es morte.»

J'expédiai la première boîte de conserve en bas de la palissade.

– Joli coup! déclara Willie.

– Oh, c'est très facile! Il suffit d'imaginer qu'il s'agit de Cincinnati.

Me rappelant soudain que celui-ci avait dit un jour: «T'es comme ta mère», je tirai une seconde fois.

Elle rit.

– Le problème, c'est que j'ai beaucoup de Cincinnati et que je ne sais pas lequel choisir. Patrick a-t-il réalisé que c'est Cincinnati qui a cambriolé sa maison?

Willie tira à son tour. On entendit une détonation retentissante, mais elle manqua son but. Elle manquait rarement ses coups.

– Non, répondis-je. Et je prie le ciel qu'il ne s'en aperçoive jamais. Il m'a dit qu'il avait vu ma mère près de l'hôtel Roosevelt avec un type vêtu d'un costume qui ne lui allait pas. J'ai fait comme si je ne savais pas qui c'était. Tout ça est ma faute, ajoutai-je en avançant de quelques pas pour me rapprocher de la boîte de conserve suivante. Je ne cessais de parler à Mam des choses magnifiques qu'il y avait dans la maison de Charlie. J'aurais dû me méfier lorsqu'elle m'a posé sans crier gare des tas de questions sur sa maison. Si vous aviez vu ça, Willie ! Il lui a tout pris : non seulement les choses très chères, mais aussi les chaussures de bébé mordorées de Patrick, et même un paquet de cigarettes sur le comptoir.

– Je m'étonne encore qu'il n'ait pas emporté aussi, d'une manière ou d'une autre, ce somptueux piano…

– Il a probablement essayé. Peut-être quand Charlie est rentré et que…

Je baissai les bras avant d'ajouter :

– Qui d'autre pourrait faire ça à un homme tel que Charlie ?

Cincinnati avait battu Charlie si sauvagement qu'il avait dû rester à l'hôpital pendant plus d'un mois. Lorsque Patrick avait trouvé son père couché dans une mare de sang, il avait vraiment cru qu'il était mort.

– Je dois dire qu'après ça, je n'ai guère eu de scrupule à tirer sur Cincinnati le jour où il a rossé Louise. Quant à toi, allons, tu sais très bien que c'est plus pour Charlie que pour ta mère que tu l'as brûlé avec du café bouillant.

– D'après Patrick, déclarai-je en abattant une nouvelle boîte de conserve, ce cambriolage et ce passage à tabac sont les causes directes de la maladie de Charlie.

– Négatif, rétorqua Willie. Il avait déjà commencé de perdre la tête quand Cinci a cambriolé la maison.

Ta mère le savait. Elle avait vu Charlie à la librairie et dit qu'il avait perdu la tête et racontait n'importe quoi. Il pouvait donc être une cible facile. Elle a donné le tuyau à Cincinnati et elle l'a accompagné là-bas, tu sais. Charlie l'a-t-il vue? Aujourd'hui encore, je me pose cette question.

Je regardai Willie. Charlie s'était montré aussi bon, aussi généreux envers ma mère qu'il l'avait été envers moi. Il avait toujours été patient avec elle et s'était efforcé de la remettre sur le droit chemin. Bien sûr, quand elle était dans la cabine d'essayage d'un grand magasin, elle ne pouvait s'empêcher de fourrer un article ou deux dans son soutien-gorge. Je savais aussi qu'elle piquait aux touristes leurs verres et qu'elle raflait les pourboires sur les tables des cafés. Mais de là à laisser Cincinnati traiter ainsi Charlie!

– Non, protestai-je, c'est pas possible qu'elle ait été là!

– Oh, que si! Ta mère, au contraire, doit être supereffiace dans ce rôle-là!

Je sentis mes veines battre douloureusement sous la peau fine de mes tempes.

– Passez-moi le fusil, dis-je à Willie en lui tendant le pistolet.

Une fois l'arme entre mes mains, je commençai à tirer, criblant de trous, l'une après l'autre, canettes et boîtes de conserve. Et quand il n'en resta plus une seule, je me mis à percer de trous la palissade.

– Arrête donc! cria Willie. C'est *ma* palissade, espèce d'idiote!

Je baissai le fusil et regardai Willie, m'efforçant de retrouver mon souffle.

– Joli score! commenta Willie. À ton avis, qu'est-ce que les petits-fours de la côte Est diraient de ça?

– Sacrément salé!

Nous nous rendîmes en voiture à la ville la plus proche pour acheter du lait et des œufs. Je contemplai la lumière du soleil qui se réverbérait sur le capot de Mariah et songeai à ma mère, à ce qu'elle avait raconté à Cincinnati à propos de Charlie et de la maison de Patrick. Qui, sinon des monstres comme eux, serait capable d'abuser délibérément de la faiblesse d'un pauvre homme comme Charlie – un homme qui avait tant fait pour nous avant de tomber malade?

Willie demanda à la propriétaire du magasin si elle pouvait donner un coup de téléphone. Elle réglerait la communication, bien sûr. Elle appela la maison pour voir si tout se passait bien. J'entendis le gazouillis de la voix de Dora à travers le récepteur mais ne pus distinguer le moindre mot.

– Qu'ils passent ce soir à dix heures! expliquait Willie. Je serai alors de retour – et prête. Appelle Lucinda et dis-lui d'amener une ou deux filles avec elle. Non, pas la rousse, bien entendu. Je ne veux pas d'une autre bagarre. OK. D'accord. Nous partirons dès que possible.

Willie raccrocha.

– Six michetons de Cuba. Ils sont déjà venus l'an dernier et, en moins de quatre heures, ils ont lâché cinq gros billets. Dora les a fait patienter autant qu'elle pouvait, mais ils repartent demain pour La Havane. Faut qu'on y aille.

Willie sortit du magasin pour regagner la voiture, et je la suivis docilement.

– Oh! j'oubliais! ajouta Willie en s'arrêtant près de Mariah. Patrick t'a appelée plusieurs fois. Il dit que c'est important.

19

– Monte mes sacs dans ma chambre et file, ordonna Willie en me tendant ses affaires.

Les filles en robe du soir défilèrent devant Willie pour recueillir son approbation. Elle vérifia leurs ongles, inspecta leurs bijoux et demanda si leurs soutiens-gorge et leurs slips étaient assortis. Elles avaient toutes les lèvres recouvertes d'une épaisse couche de brillant, ce qui leur donnait l'aspect du cuir verni. Sweety, qui se tamponnait toujours les lèvres, constituait une exception à cette règle chez les prostituées.

– Heureuse de vous revoir ! s'écria Dora.

Elle était vêtue d'une robe en satin vert pomme ornée d'un énorme nœud pareil à un arc-en-ciel qui aurait fondu.

– Bon sang, qu'est-ce que c'est que ça ?

– Une tenue spéciale pour les riches Mexicains qui vont venir, répondit Dora en tourbillonnant dans sa robe pour Willie.

– Ce sont des Cubains, pas des Mexicains ! Va te changer et mettre ta robe en velours, pour l'amour du ciel ! T'es une prostituée, pas une *piñata**, que je sache !

Dora soupira et commença de monter l'escalier.

– Où est Evangeline ? questionna Willie.

– À bouder dans sa chambre. Son généreux papa-gâteau est pas passé depuis un bon bout de temps, expliqua Dora.

Mr Lockwell. Peut-être était-il vraiment effrayé à l'idée de revenir. Mais si son goût pour les petites filles aux cheveux nattés l'emportait en définitive sur sa crainte d'être humilié ? Je devais impérativement obtenir de lui dès que possible cette lettre de recommandation.

– Eh bien, me demanda Willie, qu'est-ce que tu as à rester plantée là, bouche bée ? Je t'ai dit d'aller déposer mes bagages dans ma chambre et de filer. Les vacances sont finies.

Je pris le chemin de la librairie dans le noir en portant ma valise alourdie par les livres. Je guettai Cokie, dans l'espoir qu'il passerait dans le coin et me conduirait jusque-là. Mais il n'apparut pas. Les automobiles sillonnaient les rues à toute allure, et des airs de musique s'échappaient de toutes les fenêtres et de toutes les portes devant lesquelles je passais. Les balcons en fer forgé d'une vilaine couleur rouille évoquaient de tristes napperons au crochet, tant ils étaient affaissés. Je longeai la maison de Mrs Zerruda occupée à frotter le sol de sa véranda avec de la brique pilée pour défendre sa maison contre quelque sorcière portant la guigne. Quelque part derrière moi une bouteille se brisa sur le trottoir. J'avais l'impression d'être à des milliers et des milliers de kilomètres de *Shady Grove*.

La librairie était verrouillée. « FERMÉ », indiquait l'écriteau. Mais à l'intérieur, les lampes étaient allumées. Je grimpai le petit escalier menant à mon logement et trouvai un paquet appuyé contre la porte. Je sentis mon cœur bondir dans ma poitrine en apercevant le nom de Charlotte en tête de l'adresse de l'expéditeur. Il y avait aussi, punaisé sur la porte, un petit mot de Patrick.

S'il te plaît, viens à la maison.
Il s'agit de Charlie.

Je cognai bientôt à la barrière de Patrick et me penchai par-dessus pour tenter d'apercevoir quelque chose à travers la fenêtre.

– C'est Jo, hurlai-je.

La porte s'ouvrit brusquement, et je vis apparaître un Patrick nu pieds, aux habits crasseux et à la mine de déterré.

– Patrick, que se passe-t-il donc? demandai-je.

J'entendis alors un hurlement en provenance de la maison.

– Dépêchons-nous.

Il m'entraîna à l'intérieur et referma la porte derrière moi. L'odeur m'arrêta net, comme si j'étais rentrée en plein dans un mur de pourriture et de couches sales.

– Oh! Patrick! m'écriai-je en me bouchant le nez, il faut absolument que tu ouvres une fenêtre!

– Impossible, on l'entendrait. Jo, il ne veut pas s'arrêter. Ça n'a jamais été comme ça. Il ne s'en sortira pas. Il ne sait même plus qui je suis. Il a peur de moi et ne cesse de hurler. Il n'arrive pas à dormir plus de quelques minutes de suite. Je suis paniqué à l'idée qu'on l'emmène de force à l'hôpital psychiatrique de

Charity. Je n'ai pas fermé l'œil depuis des jours, je...
je...

Patrick, au bord de la suffocation, haletait désespérément.

– Ne t'inquiète pas, lui dis-je en lui prenant les mains.

Sous ses yeux injectés de sang s'étaient formées des poches profondes de couleur grisâtre. Et sa peau, autour du nez et de la bouche, était marbrée de taches rouges. Qu'est-ce qui avait bien pu se passer ?

– As-tu essayé de jouer du piano ? questionnai-je.

– Les mélodies habituelles ne marchent pas.

– Lui as-tu donné les médicaments ?

– Oui, mais maintenant, il n'y en a plus et je ne retrouve pas l'autre boîte. Je crois qu'il l'a jetée dans les toilettes et tiré la chasse. Tout ça est ma faute.

– Calme-toi, Patrick. Où est-il ?

– Dans sa chambre. S'il m'aperçoit, il a toutes les chances de sombrer dans l'hystérie.

En passant devant la cuisine, je repérai des assiettes sales et comme encroûtées. Je montai lentement l'escalier, l'oreille aux aguets. Quand j'arrivai en haut, le vieux bois des marches gémit sous mes pieds, trahissant ma présence, et la réaction de Charlie ne se fit pas attendre : un terrible hurlement retentit derrière sa porte.

– Tu vois, je te l'avais bien dit, murmura Patrick, qui était resté au pied de l'escalier.

– Chhh...

D'un geste, je lui fis signe de se taire tout en approchant mon visage du montant de la porte.

– Charlie, ce n'est que moi. Puis-je entrer ?

Il n'y eut pas de réponse. Je posai la main sur la poignée de verre, si fraîche au toucher.

– J'entre, Charlie.

Toujours pas de réponse. Je tournai la poignée. La porte grinça quand je la poussai tout en jetant un coup d'œil furtif à l'intérieur.

La chambre était dévastée. Les tentures avaient été arrachées des fenêtres, les tiroirs, béants, vidés de leur contenu, et le plancher était quasiment recouvert d'objets hétéroclites : vêtements, draps souillés, chaussures, assiettes sales, tasses, et la machine à écrire.

L'odeur. J'eus un haut-le-cœur et dus repasser la tête dans le couloir pour respirer un peu. J'avais beau me répéter que j'avais déjà vu pire, je n'en étais pas très sûre. Après avoir inspiré profondément une nouvelle fois, agrippée au chambranle de la porte, je m'avançai dans la pièce. Charlie, en sous-vêtements, les yeux hagards, était assis sur le matelas nu. Il se cramponnait à la boîte de chocolats de la Saint-Valentin.

– Lucy ? chuchota-t-il.

– Bonjour, Charlie, commençai-je.

– Lucy ! Lucy ! Lucy ! continua-t-il à chuchoter en se balançant d'arrière en avant et d'avant en arrière.

Voilà des mois que je ne lui avais entendu prononcer une phrase aussi longue.

J'acquiesçai, craignant que la moindre contrariété ne provoquât une explosion, puis je ramassai l'oreiller par terre et le posai sur le lit, ce qui déclencha plusieurs séries de « Lucy, Lucy ! ».

– C'est le moment de vous reposer, Charlie, lui dis-je.

J'écartai doucement les mèches de cheveux qui lui tombaient dans les yeux et guidai ses épaules en direction de l'oreiller, m'efforçant bravement de sourire, alors que j'étais prise de nausée.

Il finit par s'allonger et leva les yeux vers moi sans lâcher la boîte rose en forme de cœur qu'il serrait contre sa poitrine.

– Lucy.

Je me demandai un instant s'il ne fallait pas essayer de lui prendre la boîte, mais à quoi bon tenter le diable ? Je me mis à trier les objets répandus sur le sol, découvrant d'horribles surprises derrière chaque serviette de toilette, chaque vêtement que je ramassai. Certaines choses étaient irrécupérables.

Je nouai donc dans des draps tout ce qui était bon pour la poubelle et plaçai le reste dehors, sur le palier. Je travaillai ainsi pendant près d'une heure. À un moment, Charlie ferma les yeux. Je me faufilai hors de la pièce et refermai la porte de la chambre derrière moi.

Patrick était assis dans un fauteuil du salon, près de la fenêtre, et regardait dans le vide avec des yeux sans expression.

– Il est couché, mais je ne sais pas combien de temps il restera comme ça, lui dis-je.

Il ne répondit pas.

– Patrick ?

– Lucy – Lucille – est sa tante. Elle est morte depuis plus de quinze ans.

– Il faut qu'il prenne son médicament.

– Je ne sais pas ce qu'il en a fait. Et la pharmacie est fermée maintenant, répondit-il, les yeux toujours perdus dans le vide.

– Je vais appeler Willie. Elle fera le nécessaire avec l'aide du Dr Sully.

148

Patrick acquiesça d'un signe de tête.

– Ne t'inquiète pas, Patrick. Une fois que nous aurons le médicament, tout ira bien.

Il se tourna vers moi, presque en colère.

– Vraiment ? Tu crois pas plutôt que ça va continuer à empirer ? Il suffit qu'il me voie pour devenir fou, Jo. Je n'ai pas pu le calmer, ni lui faire sa toilette. Il s'est comporté comme s'il me méprisait, comme s'il avait peur que je le blesse.

– Il est malade, Patrick.

– Je sais. Il aurait besoin de soins professionnels, d'un hôpital. Mais la seule idée de le faire soigner en tant qu'aliéné dans le pavillon des malades mentaux de l'hôpital Charity m'est insupportable. Il n'est pas fou. Il y a juste… quelque chose qui ne va pas. Il a changé après ce terrible passage à tabac.

– J'appelle Willie pour le médicament.

Patrick désigna du doigt le téléphone posé par terre, près du vestibule. Je pensais que Willie, qui devait être très occupée avec ses six Cubains, n'apprécierait pas du tout d'être dérangée. Aussi sa promptitude à répondre au téléphone me surprit-elle. J'avais dit, il est vrai, que j'appelais au sujet de Charlie. Je lui racontai tout.

– Pauvre vieux ! soupira Willie. Je me charge des médicaments. Il se peut que ça prenne deux ou trois heures, car il est tard. J'enverrai Cokie vous apporter tout ça.

Je raccrochai et entrepris de nettoyer la cuisine. J'entendis soudain la voix de Patrick par-dessus mon épaule.

– C'est ma faute, Jo. Je l'ai laissé tout seul.

– Tu le laisses seul chaque jour. En général, tout se passe bien quand il est enfermé dans sa chambre.

– Oui, mais c'était la nuit.

– Tu l'avais fait la nuit du 31 décembre, et il n'y a pas eu de problème.

– Cette fois, je l'ai laissé seul plus longtemps.

– Où étais-tu? demandai-je en rinçant une assiette.

– J'avais une affaire à régler, répondit-il en contemplant ses pieds.

– Les livres de personnes décédées à acheter? Eh bien, maintenant, tu sauras que tu ne peux pas t'éloigner aussi longtemps! Alors, arrête de t'en vouloir, ordonnai-je, me surprenant à parler du même ton que Willie.

Patrick leva les yeux vers moi.

– Je ne sais vraiment pas ce que je ferais sans toi, Jo, déclara-t-il avec le plus grand sérieux. Est-ce que tu en es consciente?

Je ris.

– Oh, tu survivrais!

– Non, ce n'est pas du tout certain. Jo, ajouta-t-il en faisant un pas vers moi, on n'a pas de secrets l'un pour l'autre, n'est-ce pas?

Je le regardai.

– Que veux-tu dire?

Il se rapprocha encore.

– Rien de plus que ce que j'ai dit. Simplement, si je devais te faire une confidence, je ne voudrais pas t'effrayer.

Mon pouls commença de battre. Je détournai les yeux de Patrick pour les fixer sur l'évier.

– Je ne peux pas croire que tu dises une chose pareille. Songe un peu à tout ce que je te raconte à propos de la maison de Willie. Ça ne t'effraie pas le moins du monde. Oh, à propos d'histoires qui donnent le frisson, avant mon départ pour *Shady Grove*, je suis tombée par hasard sur John Lockwell: figure-toi qu'il quittait la maison après un rendez-vous avec Evangeline. Elle portait sa tenue d'écolière et avait les cheveux nattés.

– Non! s'écria Patrick, reculant de quelques pas.

– Si.

– Tu t'es cachée? questionna-t-il.

– Me cacher? Non. Je lui ai raconté que j'avais une commande à livrer à Willie et lui ai demandé s'il venait souvent chez elle. Il a commencé par être grossier et il a essayé de me repousser. Alors, je l'ai poursuivi le long de l'allée jusqu'à Conti Street, lui disant que j'avais fait une demande d'inscription à Smith et que j'avais besoin d'une lettre de recommandation.

– Tu lui as dit ça?

– Ouais, et j'ai ajouté que je téléphonerais ou passerais chez lui pour prendre la lettre, si c'était plus commode pour lui. Il n'a pas tardé à établir le rapport entre les deux choses. Il n'a évidemment pas envie que je raconte à sa femme ou à ses sinistres gosses que je l'ai croisé à la porte d'un bordel!

Patrick exultait.

– Jo, tu es un génie! Tu penses qu'il te donnera la lettre?

– Il m'a demandé de l'appeler à son bureau. J'y ferai plutôt un saut.

Je m'essuyai les mains avec la serviette de toilette et me retournai pour lui faire face.

– Tu vois, je te dis tout! Et toi, ajoutai-je après avoir inspiré profondément, quelle confidence est-ce que tu voulais me faire?

Patrick sourit.

– Je crois que ça suffit pour aujourd'hui, fit-il avec douceur tout en observant attentivement mon visage. Tu ne cesseras jamais de m'étonner, Jo.

Patrick était profondément endormi sur le divan lorsque Cokie arriva avec le médicament.

– Hou, hou! Ça empeste le rat musqué ici! chuchota Cokie en grimaçant.

– Pas autant que tout à l'heure. Je viens d'ouvrir les fenêtres.

Je nettoyai le plan de travail de la cuisine et suspendis la lavette humide au-dessus du robinet de l'évier.

– Willie, elle a demandé Sadie préparer un sac de provisions, déclara Cokie.

Et il me tendit le sac.

– Tu as fait une partie de dominos? m'enquis-je.

Je savais toujours quand il avait joué pour de l'argent, car le bout de ses doigts noirs était alors couvert de poussière de craie.

– Ouais, Cornbread et moi, on a joué. Et monsieur Charlie? L'est très mal en point?

– Plutôt mal, oui. Il a besoin de son médicament.

– Dr Sully en a donné deux sortes. Y en a une il faut utiliser seulement s'il est malade *affreux*.

Je pénétrai dans le salon et examinai les deux flacons. Patrick dormait, mais tout différemment de Charlie, là-haut. Charlie ronflait, faisant entendre entre chaque respiration une sorte d'explosion violente, tandis que Patrick semblait ronronner, avec sa lèvre supérieure qui se gonflait à chaque expiration. Je posai les deux flacons de médicaments devant lui sur la table basse et le recouvris d'une couette que je remontai jusqu'à ses épaules. Je m'apprêtais à partir quand, soudain, je le regardai, me penchai et l'embrassai sur le front.

20

J'avais soigneusement disposé sur mon bureau le contenu du paquet de Charlotte : catalogue de l'université, brochures, formulaire d'inscription, etc. Charlotte avait joint à son envoi un exemplaire tout abîmé du deuxième tome de la série de Candace Kinkaid, *Rogue Betrayal*, avec une dédicace en ces termes : «À ma chère amie, Jo. Puisse son cœur se gonfler de trouble désir ! Tendrement, Charlotte.» Elle avait également envoyé la petite photographie prise à Smith qu'elle avait mentionnée lors de la soirée. Je la posai sur mon bureau, juste en face de moi.

Ma tête était lourde, et j'avais très envie de faire un petit somme. J'étais allée chez Willie une heure plus tôt que de coutume, afin de pouvoir aller jeter un coup d'œil sur Charlie à l'heure du petit déjeuner. Charlie s'était calmé et avait accepté de prendre son médicament. Il restait assis sans rien dire dans le fauteuil, près de la fenêtre, cramponné à la boîte rose en forme de cœur. J'avais travaillé à la librairie toute la journée, plus précisément jusqu'à l'arrivée de Patrick, dans l'après-midi. Il avait été convenu entre nous que ce jour-là, il se contenterait de me remplacer pendant que je réglerais mes affaires, autrement dit la transaction avec Mr Lockwell.

Je me regardai dans le miroir brisé suspendu au mur et soupirai à la vue de l'image qu'il me renvoyait. J'avais choisi une robe qui me semblait convenir mieux que les autres à un rendez-vous dans un bureau, une robe professionnelle en quelque sorte, et regrettais de ne pas avoir de gants assortis à ma tenue. En réalité, je n'avais pas de gants. Quant à la robe, que j'avais portée des années et qui avait subi je ne sais combien de lavages, elle était passablement fanée. Et mes chaussures étaient tout éraflées. Avec un peu de chance, personne ne le remarquerait. Je me tamponnai les lèvres avec un mouchoir de papier.

812, Gravier Street. Tout le monde connaissait l'adresse. C'était l'imposant building coiffé d'un dôme blanc de la Hibernia Bank. Le bureau de Mr Lockwell se trouvait au huitième étage. Au fur et à mesure que l'ascenseur s'élevait, j'avais l'impression que mon cœur se décrochait. Repassant dans ma tête le film de notre dernière rencontre, j'entendis à nouveau le ton condescendant qu'il avait employé avec moi, puis le petit reniflement de mépris qu'il avait émis ensuite dans l'allée de Willie. Après quoi, je pensai au fusil de chasse de Willie, si intimidant, si dangereux. Aux trous dans la palissade. «Cacahuètes salées», me dis-je.

Les portes de l'ascenseur s'écartèrent, laissant voir un parquet étincelant et un bureau de réception encadré de fougères en pots, derrière lequel était assise une femme bien habillée. Je m'étais attendue à un couloir bordé d'une série de cabinets d'affaires ou d'études. Or,

Mr Lockwell disposait de tout l'étage pour lui seul. La réceptionniste m'examina des pieds à la tête, tandis que je restais plantée devant les portes de l'ascenseur, cramponnée à mon sac.

– Vous êtes au huitième étage, annonça-t-elle.

– Oui, acquiesçai-je en avançant d'un pas. Je suis venue voir Mr Lockwell.

Elle haussa deux sourcils très fins.

– Avez-vous rendez-vous ?

– Je suis une amie de la famille. Il m'attend. Josephine Moraine, dis-je, me rendant compte – trop tard – que j'avais parlé plus vite et plus fort que je n'en avais l'intention.

La femme prit le téléphone.

– Salut, Dottie. Il y a ici une certaine Josephine Moraine qui demande Mr Lockwell.

Elle s'interrompit un instant avant de reprendre, sans me lâcher des yeux :

– Elle dit qu'elle est une amie de la famille et qu'il l'attend.

Dix minutes passèrent, puis vingt, puis une heure entière. Je feuilletai un exemplaire du magazine *Life* posé sur la table, affectant de m'intéresser à l'article sur le président Truman. Entre deux communications téléphoniques, la réceptionniste se limait les ongles, jetant de temps à autre un coup d'œil de mon côté et secouant la tête d'un air entendu. Assise avec raideur sur ma chaise, je devenais un peu plus irritée à chaque minute. Je m'approchai du bureau.

– Peut-être irai-je plutôt voir Mr Lockwell chez lui, ce soir. Pourriez-vous le rappeler et voir si par hasard cet arrangement lui conviendrait mieux ?

Elle rappela, et dans la minute qui suivit, les portes s'ouvrirent, et Mr Lockwell apparut en chemise amidonnée et cravate.

– Désolé, Josephine, de vous avoir fait attendre aussi longtemps. Charlotte va me tuer. Venez.

Mr Lockwell m'introduisit dans un vaste bureau en angle. La pièce était cinq fois plus grande que mon logement tout entier, avec de hautes fenêtres étincelantes d'où l'on avait une vue superbe sur la ville. Il referma la porte et gagna sa large table de travail en acajou.

– J'étais sur le point de prendre un verre. Accompagnez-moi, dit-il en désignant d'un geste un long buffet chargé de carafes et de verres.

Il y avait même un seau à glace.

– Non, merci.

– Oh, allons, ne vous faites pas prier! Je vais appeler Dottie pour qu'elle nous prépare deux Martini.

Je posai mon sac sur la chaise et m'approchai du buffet.

– Secoué ou mélangé?

Il sembla amusé.

– Mélangé. *Dirty**.

Tandis que je préparais son cocktail, je sentais ses yeux transpercer mon dos.

– Ouah! Ah, ça, au moins, c'est un Martini! s'exclama-t-il en buvant une petite gorgée de mon cocktail et en allant s'asseoir devant son bureau. Depuis combien de temps savez-vous faire des Martini?

– J'ai appris tout récemment.

– Si seulement vous pouviez montrer à Lilly comment préparer un cocktail digne de ce nom! Vous êtes sûre que vous ne voulez pas m'accompagner?

Je secouai la tête et pris place sur une des chaises qui se trouvaient face à son bureau.

– Je sais que vous êtes extrêmement occupé, commençai-je tout en tirant de mon sac un morceau de papier sur lequel était notée l'adresse du secrétariat de Smith pour le pousser vers lui. La lettre n'a pas besoin d'être longue. Juste une recommandation que je glisserai dans mon dossier d'inscription.

Mr Lockwell se laissa aller en arrière dans son fauteuil sans même jeter un coup d'œil à mon papier.

– Ah, c'est donc un projet vraiment sérieux ?

– Tout à fait sérieux.

Il but une nouvelle gorgée de Martini et desserra légèrement son nœud de cravate.

– Avez-vous dit à ma nièce que vous m'aviez rencontré par hasard l'autre jour ?

– Non, je n'en ai pas encore eu l'occasion.

– Eh bien, jeune fille, voyez-vous, il m'est difficile d'écrire une lettre de recommandation pour quelqu'un que je ne connais pas ; or, je ne peux pas dire que je vous connaisse, dit-il en m'observant attentivement avant d'ajouter : Peut-être devriez-vous consulter votre famille à ce sujet. Pourquoi pas votre père ?

Je simulai une grande tristesse.

– Malheureusement, il n'est plus avec nous.

– Oh, non ? dit-il en prenant une grande lampée de Martini. Et où est-il ?

– Je crois que vous comprenez ce que je veux dire.

– Je comprends très bien ce que vous voulez dire, répliqua-t-il en se penchant vers moi par-dessus le bureau, mais je ne vous crois pas. Vous essayez de me manipuler, ma petite. Vous êtes joliment maligne. J'ai déjà flairé quelque chose de louche lorsque vous êtes venue chez moi avec votre petit ami pianiste. Richard et Betty se disputent encore à son sujet. Je l'avais vu avant, assis au fond de la cathédrale, en pleine journée.

– Vous avez vu Patrick à la cathédrale ?

Voilà qui était surprenant.

– Oui, nous autres, pécheurs, nous fréquentons la cathédrale, dit-il d'un ton sarcastique en me dévisageant. Êtes-vous donc pauvre, fière ou bien les deux ? Ma nièce, Charlotte, adore s'occuper des enfants perdues ou abandonnées, mais en général, elles ont au moins une paire de souliers décents.

Ce fut comme si une brûlure me tordait la poitrine. Je me déplaçai sur mon siège de manière à m'approcher du bureau et croisai soigneusement les mains.

– Eh bien, rétorquai-je, je dois avouer que ce fut une heureuse coïncidence que de tomber sur vous et votre petite amie avec des nattes le jour où je livrais les bouquins à Willie Woodley ! De toute façon, j'escomptais bien vous demander – à vous ou à votre femme – une lettre de recommandation.

Il attaqua, déplaçant son fou pour le rapprocher dangereusement de ma reine.

– Ah, oui, une livraison de livres ! Au fait, je suis passé à votre librairie dans le Quartier français. Deux fois. Elle était fermée.

J'acquiesçai.

– Une personne de la famille était gravement malade. Mais je sais que Mrs Lockwell adore lire. Je me ferais un plaisir de lui apporter des livres.

Sur ce, je reposai les mains sur mes genoux. Mal à l'aise, nous restâmes un moment assis l'un en face de l'autre sans souffler mot : je me cramponnais à mon sac, et Mr Lockwell transpirait.

– Si je vous écris une lettre de recommandation et que, pour une raison ou pour une autre, vous réussissiez à entrer à Smith, vous me réclamerez ensuite de l'argent. C'est ainsi que ça marche, n'est-ce pas ?

Profondément choquée, je me laissai aller en arrière sur ma chaise. Je n'avais jamais, au grand jamais, eu la moindre intention de demander à Mr Lockwell d'assurer le paiement des frais de scolarité.

– Je vous assure, monsieur Lockwell, que je n'ai pas besoin de votre argent.

– Très bien. Vous croyez que j'en suis à mon premier rodéo ?

– Je désire simplement que *vous* m'écriviez une lettre de recommandation bien sentie, parce que vous avez un nom que le bureau des admissions risque fort de reconnaître et de respecter.

– Et que votre père n'est plus avec nous, continua-t-il avec une feinte pitié. J'imagine qu'il en est de même de votre mère, hein ? Vous allez colporter cette histoire de Cendrillon à Smith ?

– Il ne s'agit absolument pas d'argent, repris-je. Je voudrais entrer à Smith, un point c'est tout. Charlotte m'a envoyé le dossier d'inscription. J'ai toujours eu d'excellentes notes à l'école.

Une horloge suspendue au mur carillonna. Mr Lockwell se mit à pianoter sur son bureau recouvert de cuir. Je regardai au-delà de ses mains, derrière lui : cadres d'argent. Photos de famille. Sourires.

– Vous savez, je pourrais aussi bien tout raconter à ma femme. Un associé m'a demandé de venir prendre un verre avec lui chez Willie pour parler affaires, mais quand je suis arrivé là, je n'ai pas eu envie de rester et j'ai insisté pour que nous nous rencontrions dans un autre bar du Quartier français. Voilà ce que je raconterai à Lilly. Après tout, c'est exactement ce qui s'est produit.

Je n'avais pas pensé à cela.

– Vous pouvez tout à fait lui dire ça, monsieur Lockwell, si vous voulez.

– Ce que je voudrais, c'est ne plus jamais vous revoir.

Je le tenais. Je pouvais clore l'affaire.

– En ce cas, ma proposition devrait vous arranger autant que moi. Grâce à votre chaleureuse lettre de recommandation, j'entrerai à Smith – c'est-à-dire à l'autre bout du pays – et vous n'entendrez plus jamais parler de moi. Jamais.

Sur ce, il alluma un mégot de cigare qui traînait dans un cendrier Waterford, sur son bureau, et vida jusqu'à la dernière goutte son verre de Martini.

– Jamais, hein ?

Je voyais pratiquement sa pensée se former au-dessus de sa tête comme une bulle. À l'intérieur, il y avait Evangeline en train de gambader avec sa minijupe écossaise.

– Peut-être puis-je rassembler deux ou trois idées, finit-il par dire en tirant à lui le morceau de papier avec l'adresse du secrétariat.

– J'attendrai. C'est Moraine, M-o-r-a-i-n-e.

– Quoi ? Vous vous imaginez que je vais taper la lettre moi-même ? Je vais juste suggérer deux ou trois choses, et Dottie préparera la lettre.

– Deux exemplaires, s'il vous plaît. Je repasserai demain.

– Non, je les ferai porter à la librairie, quand ils seront prêts. Inutile de revenir.

Il leva son verre en haussant les sourcils.

– Et faites-m'en un autre avant de partir. Sacrément bon.

Je tournai bientôt les talons, m'apprêtant à quitter son bureau, quand je l'aperçus debout près de la fenêtre, son second verre de Martini à la main.

– Au revoir, Josephine, lança-t-il avec ce qui me sembla être sinon un sourire, du moins une ombre de sourire.

Il ne me proposa pas de me raccompagner jusqu'à la porte. Je pris l'ascenseur et redescendis seule dans le hall du rez-de-chaussée, avant de franchir le seuil de l'immeuble pour me retrouver dans la rue, à la fois soulagée et heureuse.

– Miss Moraine.

Quelqu'un effleura mon coude, et je me retournai. C'était un officier de police.

– L'inspecteur Langley aimerait vous poser quelques questions. Venez avec moi, s'il vous plaît.

21

Assise sur une chaise métallique dans l'entrée du poste de police, je fredonnais tout en contemplant le sol carrelé gris. Ça me rappelait ceux de l'école primaire. Quand je m'ennuyais là-bas, je les regardais fixement, imaginant qu'il y avait devant moi, sous le carrelage, une vaste cuve d'eau trouble, et que, grâce à un mot de passe secret, un joint coulissait : celui-ci s'ouvrait alors, et mon pupitre, aspiré par quelque force invisible, était précipité dans un gouffre. Je devais tenir bon, car j'étais emportée à une vitesse vertigineuse, avec mon épaisse chevelure emmêlée flottant au vent derrière moi. J'ignorais tout du gouffre, mais j'étais persuadée que sous le carrelage gris de l'école, il y avait quelque chose de beaucoup mieux que La Nouvelle-Orléans. En revanche, le sol du poste de police ne me disait rien qui vaille. Un léger résidu provenant d'un balai à franges sale avait laissé des ombres circulaires près des pieds de chaque chaise. La personne chargée de faire le ménage du poste de police était paresseuse. On ne peut pas nettoyer correctement par terre sans déplacer les chaises.

Un claquement de hauts talons assorti d'une vilaine toux sèche s'arrêta à ma hauteur.

– Hé! salut, petite Josie! Ta momma n'est pas là, n'est-ce pas?

La sœur de Dora, Darleen, était plantée devant moi, vacillante sur ses talons aiguilles. Je notai que le côté gauche de son cou était moucheté de suçons ou, peut-être, de traces de coups.

Je secouai la tête.

– Non, elle n'est pas là.

– Merci pour votre patience, Miss Moraine.

Un type grassouillet au front dégarni se penchait dans l'embrasure d'une porte voisine. Haussant les sourcils, Darleen partit au trot. *Tip tap, tip tap*, faisaient ses ongles de pied qui, sortant de ses escarpins éculés et trop hauts, griffaient le carrelage. J'entrai dans le bureau.

– Inspecteur Langley, annonça-t-il en me tendant sa main potelée. Asseyez-vous.

Il avait la paume désagréablement moite.

Le bureau sans fenêtres ne ressemblait en rien à celui de John Lockwell. Des boîtes et des boîtes de fichiers et de dossiers empilées jusqu'au plafond ou presque tapissaient chaque mur, et tout autour de l'inspecteur, sur son bureau, des tas de chemises s'élevaient à une hauteur impressionnante. L'air chargé de nicotine et de mauvaises haleines était lourd. L'inspecteur tira une chemise cartonnée contenant un dossier de la pile qui était devant lui, prit un gobelet qui ne semblait pas avoir été lavé depuis des mois (l'intérieur était tapissé d'une couche de caféine) et but une lampée de café.

– C'est une chance que nous ayons pu vous

retrouver. Votre ami, à la librairie, nous avait informés que vous étiez partie faire une course Gravier Street.

J'acquiesçai. J'avais déjà assisté à des conversations de Frankie et de Willie avec la police. Ils écoutaient toujours avec une extrême attention mais parlaient le moins possible. J'avais l'intention d'adopter le même comportement. Jadis, Willie avait un ami dans la police ; il la protégeait, et elle lui permettait en échange de passer gratuitement du temps avec Dora. Mais il avait été renvoyé, et désormais, elle n'avait plus de copain flic dans la place.

– Je ne sais pas si vous êtes au courant, Miss Moraine, mais un gentleman du Tennessee est mort d'une crise cardiaque au *Sans-Souci*, la veille du Jour de l'an.

Il attendait manifestement une réponse.

– J'ai lu la nouvelle dans les journaux.

L'inspecteur me tendit alors un cliché de Forrest Hearne. Cher Forrest Hearne, si beau, si raffiné, si aimable ! Sur la photo, il souriait, laissant apparaître des dents parfaitement alignées et d'un blanc immaculé.

– Le talon du chéquier de Mr Hearne montre que le dernier après-midi avant sa mort, il a effectué un achat dans la librairie où vous travaillez. Vous rappelez-vous quelque chose à son sujet ?

Je joignis les mains de crainte qu'il ne les vît trembler tout en songeant au chèque de Forrest Hearne, soigneusement plié dans la boîte à cigares sous mon lit.

– Il… m'a dit qu'il était de Memphis et qu'il était venu à La Nouvelle-Orléans pour le Bowl.

L'inspecteur ne me regarda pas. Au lieu de quoi, les yeux rivés au dossier, il craqua une allumette et alluma une cigarette. Puis il m'en offrit une.

– Non, merci.

– Qu'a-t-il acheté ? demanda-t-il en fourrant le paquet dans la poche de sa chemise.

– Keats et Dickens, répondis-je.

Il griffonna quelques mots sur un bloc-notes écorné posé devant lui.

– C'est le titre du livre ?

– Non, ce sont les noms de deux écrivains. Il a acheté un livre de poèmes ainsi qu'un exemplaire de *David Copperfield*.

L'inspecteur continua à griffonner en bâillant. Je notai que sa langue avait la couleur de la moutarde. Mes épaules crispées se détendirent. Cet homme était ce que Willie appelait un Paper Joe, c'est-à-dire un gratte-papier, et non une personne chargée d'instruire un procès. Il ne faisait certainement pas le poids au jeu d'échecs, contrairement à John Lockwell.

– OK. Avez-vous remarqué s'il portait quelque chose de précieux sur lui ? Selon sa veuve, le défunt avait une montre coûteuse.

Ma gorge se contracta, et une vague de froid me parcourut tout entière. La montre. Bien entendu, elle avait remarqué sa disparition. Sous les mots gravés au dos, F. L. Hearne, il était écrit également : «*Avec amour, Marion.*» C'était manifestement un cadeau. Un cadeau luxueux. Et à présent, elle voulait savoir où était cette montre. *Tic tac, tic tac* : je l'entendais battre rythmiquement dans ma tête.

– Avez-vous remarqué une montre de ce genre, Miss Moraine ? répéta l'inspecteur.

– Oui. Il en portait effectivement une.

– Comment le savez-vous ?

– Je l'ai vue quand il était en train de remplir son chèque.

D'un petit coup de doigt, l'inspecteur rapprocha le cliché de Forrest Hearne pour le regarder.

– Ce type m'a tout l'air de faire partie de la haute société. Jolie montre ?

– Mmm hmm, bredouillai-je. En or.

La chaise grinça, tandis qu'il se laissait aller en arrière. Il bâilla de nouveau et passa la main dans les rares cheveux qu'il avait encore sur le crâne.

– OK. Vous pouvez donc me confirmer qu'il avait cette montre sur lui quand il a acheté les livres ?

– Oui.

– Quelle heure était-il ?

– Je ne me rappelle pas l'heure exacte. En fin d'après-midi.

– Rien d'autre ? Vous a-t-il semblé malade ?

– Non, pas du tout.

– Marty.

Un gars aussi débraillé que lui était appuyé au chambranle de la porte.

– Y a eu une fusillade à Metairie. Les types là-bas disent qu'il s'agit d'un des hommes de Marcello.

L'inspecteur ensommeillé redressa soudain la tête.

– Des témoins ?

– Deux. Z'ont des choses à dire tous les deux. Dans combien de temps tu peux êt' là-bas ?

– J'ai fini. Laisse-moi juste le temps d'attraper un café, et j'arrive. Merci, Miss Moraine. Désolé de vous avoir dérangée au milieu de vos occupations, mais la famille du gentleman se fait du souci à propos de la montre et aussi d'une certaine somme d'argent liquide qui aurait disparu. Ils ne cessent de nous contacter. Je vais vous reconduire jusqu'à la porte.

– C'est inutile. J'ai cru comprendre que vous aviez une affaire urgente. Je trouverai moi-même le chemin.

Sur ce, ramassant mon sac, je sortis du bureau et me hâtai de quitter le poste de police.

La famille s'inquiète à propos de la montre. Bien sûr qu'ils s'inquiétaient ! Jusqu'où la femme de Forrest était-elle prête à aller pour la retrouver ? J'avais la gorge contractée et le ventre noué par l'anxiété depuis la fin de l'après-midi, mais ces nœuds ne cessaient de se resserrer. J'avais l'impression d'être au bord de la nausée. Comment se faisait-il que la montre de Forrest eût échoué dans une chaussette d'homme sous le lit de ma mère ? J'aurais pu dire à l'inspecteur que je l'avais découverte moi-même et que j'étais heureuse de la lui donner pour Mrs Hearne. Mais alors, il aurait cherché à savoir pourquoi elle avait échoué là, il aurait inter-rogé Willie, et elle aurait fini par se rendre compte que j'avais la montre et que je ne lui en avais pas parlé. En outre, elle disait toujours qu'elle ne voulait pas avoir de problèmes.

Je savais ce qu'il me restait à faire.

22

Je promenai mon index sur les lettres gravées dans l'or. Je voyais la montre à son poignet et entendais sa voix grave. « Bonne chance à l'université, quelle que soit celle que vous choisirez », et « Bonne année ! Ce sera une grande année ! » Il n'avait pas la moindre idée de ce qui allait lui arriver. Il semblait en bonne santé, débordant d'espoir. *David Copperfield*. C'est à peine si je le connaissais, et cependant, pour quelque raison obscure, je me cramponnais à cet objet qui lui avait appartenu. J'avais désespérément envie de le garder. Mais, bien sûr, il n'en était pas question.

J'enfilai mon chandail, glissai la montre au fond de mon sac et quittai l'appartement.

L'air était froid et humide, et une petite bruine tombait doucement dans l'obscurité. J'aurais dû prendre un parapluie. Tant pis. Je ne voulais pas retourner sur mes pas. Je savais pertinemment que si je le faisais, je risquais de flancher. Je poursuivis donc ma route le long de Royal Street, en direction de St Peter Street. Le ciel nuageux donnait aux rues l'apparence d'un dédale inextricable, d'un écheveau de fil noir et mouillé. D'habitude, je pouvais observer les ombres derrière moi sur la chaussée, mais ce soir-là, il n'y en avait aucune – rien qu'une nappe de nuit. Des portes claquaient et des voix retentissaient entre les immeubles. Un homme cria quelque chose à son fils à propos des poubelles, et, quelque part au-dessus de moi, une voix de soprano s'éleva, chantant une magnifique aria.

– Psst. Hé, fillette!

Tapi dans l'encadrement d'une porte, juste devant moi, un vieil homme loqueteux, chaussé de pantoufles en tapisserie, jetait des coups d'œil furtifs dans la rue. Je serrai mon sac contre moi et quittai le trottoir pour marcher au milieu de la rue. Il m'emboîta le pas tout en proférant des inepties d'une voix rauque.

– Hazel est sous la table, gloussa-t-il juste derrière moi.

J'accélérai l'allure, et il me sembla soudain que le bruit de ses pas, amorti par les pantoufles, s'arrêtait pour être remplacé par une chanson sinistre.

– Tu es perdue à jamais, vraiment désolé, Clementine, fredonnait-il.

Peut-être aurais-je dû attendre jusqu'à ce qu'il fît jour. J'avais les cheveux mouillés et je commençais à frissonner quand je passai devant chez Dewey, le limonadier. Une lumière rose et tiède émanait de la boutique. J'avais presque atteint le coin de la rue, lorsque j'entendis des gonds de porte grincer derrière moi.

– Jo!

Je me retournai. Jesse venait en courant à ma rencontre.

– Salut, Jo! Où tu vas comme ça?

J'ouvris la bouche pour la refermer aussitôt. Où allais-je ? Que pouvais-je lui dire ? Les yeux obstinément fixés sur le jean de Jesse, largement retroussé au-dessus de ses bottes noires de motard, j'essayai de réfléchir.

– Je vais… voir un ami.

– Il est bigrement tard, non ?

J'acquiesçai tout en enroulant les bras autour de mon pull-over mouillé.

– Tu veux pas venir te réchauffer une seconde ? dit-il en désignant d'un petit mouvement de tête la boutique de sodas.

Mes yeux s'arrêtèrent un instant sur la lueur rose réconfortante qui s'échappait de la boutique.

– Eh bien…

– Allons, Motor City, ce sera rapide. Tu trembles de froid…

Je regardai St Peter Street qui s'enfonçait dans l'obscurité.

– OK, mais alors, en vitesse !

Je filai aux lavabos pour me donner un coup de peigne et tenter, en vain, de me sécher en me tamponnant avec le mouchoir que j'avais tiré de mon sac. Quand je revins, une tasse de chocolat chaud m'attendait sur le comptoir, près de Jesse. Je me glissai sur le tabouret de vinyle. Le verre de Jesse était quasiment vide.

– Tu es là depuis longtemps ? m'enquis-je.

– J'étais sur le point de partir quand je t'ai aperçue. Mais si je suis sorti de la maison, c'est parce que je pouvais pas faire autrement : ma grand-mère me rendait fou ! Imagine-toi qu'elle essaye de jeter un sort à nos voisins pour les obliger à déménager. Ils sont très bruyants et l'empêchent de dormir la nuit.

– Vraiment? Et de quel sort s'agit-il?

En guise de réponse, il poussa la tasse de chocolat plus près de moi.

– Oh, allons, Jesse! Dis-moi. De toute façon, je ne crois pas du tout à ce genre de trucs.

J'avais beau ne pas y croire, j'avais en permanence dans mon sac un grigri que le sorcier de Willie m'avait donné, insistant pour qu'il ne me quittât jamais.

– Nan, c'est juste des trucs dingo, répliqua-t-il en s'efforçant d'essuyer avec la serviette de papier ses doigts vraisemblablement souillés d'huile de moteur.

– Ah, et est-ce que par hasard je ne peux pas comprendre les trucs de dingue?

Il sourit.

– Bon, d'accord.

Il pivota sur son tabouret pour se tourner vers moi, prenant soin de planter ses bottes à l'opposé de mes jambes, puis se pencha sur moi. Il était si proche que je pouvais sentir l'odeur de sa lotion après-rasage. J'essayai de maîtriser les mouvements de mon visage qui semblait invinciblement attiré par cette odeur.

– Elle connaît un sort qui marche à tous les coups, promis juré, pour se débarrasser des gens. Elle trouve un rat mort et lui fourre dans la bouche un morceau de citron trempé dans de la cire rouge. Puis elle verse une cuillerée à café de whisky sur le rat, l'emballe dans un journal et dépose le tout sous la véranda du voisin.

Il leva les sourcils.

– Jamais entendu parler de celui-là.

À ma grande surprise, c'était on ne peut plus facile de parler avec Jesse, et en plus, il était très amusant.

– Elle est vraiment superstitieuse, mais ça, c'est La Nouvelle-Orléans.

– Ouais, c'est La Nouvelle-Orléans, renchéris-je en secouant la tête.

Il inclina légèrement son verre de soda presque vide et regarda le reste du liquide s'étaler lentement sur la paroi.

– Mais est-ce que tu voudrais partir un jour d'ici?

Je levai les yeux. Jesse m'observait.

– Je veux dire – est-ce que tu penses toujours à quitter La Nouvelle-Orléans?

Était-il au courant de mes projets? J'avais envie de lui répondre oui, mais il me sembla qu'il ne fallait pas. Il était déjà au courant pour ma mère. Peut-être même était-ce la raison pour laquelle il m'avait posé cette question. Je ne lui répondis donc pas, au lieu de quoi je demandai, les yeux fixés sur le comptoir:

– Tu es donc le premier de ta famille à aller à l'université?

– Ouais. Mon père, il est toujours en taule. Il prétend qu'il va bientôt en sortir, mais je sais que sa parole, c'est du vent.

– Pourquoi est-ce qu'il est en prison?

– À cause de jeux d'argent et autres trucs du genre. Il est pas capable de rester en liberté plus d'un mois ou deux, faut toujours qu'y se fasse pincer, expliqua Jesse.

– Ton père n'est pas lié avec Carlos Marcello, n'est-ce pas?

Je ne pouvais m'empêcher de penser à ce que j'avais entendu chez l'inspecteur Langley: un des hommes de

Marcello avait été impliqué dans la fusillade de Metairie. J'aurais bien voulu que ce fût Cincinnati.

– Diable, non! Marcello, c'est une grosse pointure. Si on se frotte à lui, on finit pas en prison, on finit raide mort. Mon *dad*, c'est juste l'escroc moyen de Crescent City. La Nouvelle-Orléans, c'est une ville qui risque de vous dévorer si vous êtes pas prudent. Mais je vais pas passer le reste de mes jours ici. Après tout, est-ce que j'ai vraiment l'air d'un vendeur de fleurs ambulant?

– Hé! salut, Jesse!

Deux séduisantes blondes s'approchaient du comptoir, bras dessus bras dessous.

– Salut, Fran! lança Jesse par-dessus son épaule sans me quitter du regard. T'aimes les fleurs, Motor City?

– Ma mère a adoré les roses qu'elle t'a achetées la semaine dernière, dit la fille en se rapprochant de Jesse.

– Content de le savoir.

Jesse se tourna alors vers les deux amies et leur chuchota d'un ton ironique:

– Et maintenant, si vous voulez bien m'excuser, mesdemoiselles, j'ai fort à faire avec cette fille à courtiser.

Je ris, m'efforçant de ne pas rejeter de chocolat chaud par les narines.

– Elle n'a pas l'air très intéressée, commenta Fran.

Le visage de Jesse se rembrunit.

Je glissai du tabouret.

– Comme c'est impoli de ma part! Je vous en prie, prenez un siège. Nous n'avons pas besoin de deux tabourets.

Sur ce, je grimpai sur les genoux de Jesse. Les deux blondes me dévisagèrent. Jetant mon bras par-dessus l'épaule du garçon, je désignai d'un geste le tabouret vacant.

– Est-ce que cette fameuse voiture est déjà en état de marche, Jesse, ou est-ce que tu roules toujours en Triumph ? demanda Fran.

– Je roule toujours à moto, mais la Merc' avance.

– Ça va être fantastique, m'écriai-je en aspirant avec la paille le soda resté au fond de son verre. Culasses à taux de compression élevé, double carburateur.

Toutes les têtes se tournèrent aussitôt vers moi.

– Jo est originaire de Detroit, expliqua Jesse. The Motor City, la ville de l'industrie automobile.

– Comme c'est mignon ! s'exclama Fran en me trans-perçant du regard. Jo de Detroit et Jesse de Dauphine.

– En fait, je suis originaire d'Alabama, protesta Jesse.

– Mais ça ne sonne pas aussi bien, rétorqua Fran.

– Je trouve que ça sonne vraiment bien au contraire, fis-je. Après tout, les filles, ajoutai-je en baissant la voix, vous savez ce qu'on dit à propos des garçons d'Alabama…

Je hochai lentement la tête.

Fran en resta bouche bée. Je notai qu'elle avait deux plombages du côté droit. Quant à son amie, prise de fou rire, elle était incapable de se contrôler. Fran l'en-traîna vers la porte.

Je regardai les deux blondes au rouge à lèvres rose et aux manteaux coûteux s'éloigner d'un pas noncha-lant. Dès qu'elles eurent quitté le bar, Jesse se mit à rire.

– Impressionnant. D'où sors-tu tes culasses à taux de compression élevé ?

– J'ai lu ça dans un bouquin sur les voitures « gon-flées » qu'on avait à la librairie.

– C'est une sorte de jeu pour elles, m'expliqua-t-il. S'encanailler avec Jesse.

– Que veux-tu dire ? Fran semblait très intéressée par toi au contraire.

J'observai Jesse. Il n'avait pas l'élégance et le côté classe de Patrick. Il était plus sauvage ; il était aussi plus mystérieux, à sa manière discrète. Il avait les yeux bleus, des cheveux châtains aux reflets cuivrés et une cicatrice profonde près de l'oreille droite. En dépit d'une blessure qu'il s'était faite au pied quand il était jeune, il avait été un grand joueur de base-ball à l'école.

– Allons, Jo, elles ne s'intéressent pas à moi le moins du monde. Elles s'amusent juste à flirter avec un gars du Quartier français. Comme ça, quand elles seront plus âgées, elles pourront dire qu'elles ont eu autrefois une expérience des quartiers pauvres.

– Ah, ouais, elles auront des histoires à raconter tout en dégustant leurs whiskies à l'eau pendant leurs soirées de bridge !

– Exactement. Elles parleront de l'époque où elles allaient s'encanailler dans le Quartier français…

– Avec le beau marchand de fleurs.

– Qui a ruiné leur réputation pour toujours, me chuchota-t-il à l'oreille.

Les lèvres tièdes de Jesse tout près de mon oreille me donnaient le frisson. Un léger effroi s'empara de moi, et je sautai de ses genoux.

– Désolée, je t'ai sans doute brisé les jambes ! dis-je en reprenant ma place sur le tabouret et en lissant ma jupe.

– T'en fais pas. Un beau marchand de fleurs peut gérer ça.

– Quoi?

Mes joues s'enflammèrent.

– Tu as dit: «Avec le beau marchand de fleurs.»

– Non, je n'ai pas dit ça.

– Si, tu l'as dit, et maintenant, tu rougis, répliqua Jesse avec un grand sourire. Mais t'en fais pas. Je sais que tu ne le pensais pas vraiment, tu plaisantais. L'ami que tu dois rencontrer ce soir, ajouta Jesse en jouant avec la serviette de papier glissée sous son verre de soda, c'est le type de la librairie, non?

Je me sentais tellement bien, tellement au chaud, tellement à l'aise. J'avais oublié toute l'affaire. La montre. L'inspecteur. Le mensonge à Jesse. J'aurais voulu lui avouer toute la vérité – mais qu'aurais-je dit? «En réalité, Jesse, je dois m'enfuir. J'ai la montre d'un homme mort au fond de mon sac, et sa veuve la cherche, ainsi que la police. Tu sais bien comment ça se passe ces choses-là, avec ton *dad* en prison, et tout.»

Je me contentai d'acquiescer.

– Oui, c'est Patrick. Je crois qu'il faut que j'y aille.

J'ouvris mon porte-monnaie.

– Non, c'est moi, Jo. S'il te plaît.

Je souris.

– Merci, Jesse.

– Et si je t'accompagnais jusque-là? dit-il en posant l'argent sur le comptoir et en se levant. Il fait noir.

– Oh, non! Je me débrouillerai très bien toute seule.

Il hocha la tête, et son sourire s'évanouit.

– Oui, bien sûr. C'était super de te voir, Jo. Bonne nuit.

– Bonne nuit, Jesse. Et encore merci pour le chocolat chaud.

Je descendis St Peter Street, puis gagnai Eads Plaza, m'efforçant de réfléchir à l'endroit que je choisirais pour le faire – l'endroit où il ferait le plus sombre possible et où personne ne risquait de me voir. La bruine avait cessé de tomber, mais le ciel était toujours noir et chargé de nuages écumeux. Un rat grignotait des détritus mouillés au milieu de la chaussée. Il s'arrêta et me regarda. J'imaginais la grand-mère de Jesse en train de lui fourrer un citron dans la bouche. Je traversai la rue et me dirigeai vers l'extrémité de la berge du Mississippi. Mes souliers dérapèrent sur le gravier humide, et je trébuchai, manquant de tomber. Je feignais de marcher avec désinvolture, jetant de temps à autre un coup d'œil par-dessus mon épaule pour voir si par hasard il y avait quelqu'un aux alentours. Un couple s'embrassait au bord de l'eau. Je les dépassai, espérant qu'ils finiraient par s'en aller.

Le vent soufflait, soulevant mes cheveux, balayant mon visage et rabattant sur moi l'odeur trouble du Mississippi jaune. J'entendais le sanglot d'un saxophone plus loin sur la berge et distinguais les petites lumières scintillantes du bateau à vapeur *President* ainsi que les hôtes payants qui s'amusaient. Je restai plantée là à contempler l'eau, me demandant à quelle distance je devrais jeter la montre pour qu'elle ne risquât pas d'être rejetée sur le rivage. J'aurais dû l'attacher à une pierre pour m'assurer qu'elle coulât et restât logée au fond du fleuve. Je perçus soudain une sorte de crissement derrière moi et me retournai vivement.

J'eus beau plisser les yeux, je ne parvins pas à distinguer quoi que ce fût dans le noir. Je ne pouvais m'empêcher de penser à toutes les histoires de fantômes liées au Mississippi, à Jean Laffite et aux pirates sans tête qui hantent les rives. Une fois de nouveau face au fleuve, j'ouvris mon sac.

Je glissai la main à l'intérieur et empoignai la montre de Forrest Hearne en me répétant que je devais impérativement la jeter au fond de l'eau. Dieu sait pourquoi, j'avais comme l'impression que les mots gravés au dos, «*With Love, Marion*», me picotaient le bout des doigts, comme pour me supplier de ne pas précipiter dans les eaux boueuses du Mississippi un objet aussi beau, aussi chargé de tendresse. Mais n'était-ce pas ce qui était précisément arrivé à Forrest Hearne, le soir du 31 décembre? Ne s'était-on pas emparé d'un homme magnifique pour l'entraîner dans la fange des bas-fonds du Quartier français? Les mots de Dickens résonnaient dans ma tête:

J'ai, au plus profond de mon cœur, un enfant favori. Et il s'appelle David Copperfield.

La montre me brûlait la main à présent. Je regardai l'eau et songeai à Forrest Hearne, à sa profonde gentillesse, mais aussi à Louise et Cincinnati, à Willie et ses «nièces», à Patrick et Charlie, à Jesse, à Cokie…

Et je me mis à pleurer.

23 .

Les portes s'ouvrirent, et je pénétrai dans l'ascenseur.

– Huitième étage, s'il vous plaît.

Le liftier se tourna lentement vers moi. Mes mains devinrent glacées.

– Mam ?

Elle avait le visage grisâtre et sans vie, la bouche cerclée de croûtes. Elle secoua doucement la tête et rit. De ce rire que je haïssais.

– Oh, non, *baby* ! siffla-t-elle. Le huitième étage n'est pas pour toi.

Sur ce, elle attrapa la manette et la bascula brutalement en avant. Je sentis l'ascenseur se décrocher et plonger violemment dans le vide. Nous étions en train de tomber, et ma mère riait sauvagement. Au point que les croûtes autour de sa bouche se craquelèrent et commencèrent à saigner. Des traînées de sang dégoulinaient sur son menton et le long de son cou, imprégnant son uniforme en Orlon crème. Je hurlai.

C'est ainsi que je me réveillai, ce matin-là. Hurlante.

J'entendais toujours les cris retentir à l'intérieur de ma tête, tandis que je faisais le ménage chez Willie, et, lorsque je rentrai à pied à la librairie, ils me déchiraient encore les oreilles. Toutes les cinq minutes environ, ils se mêlaient au tic-tac de la montre de Forrest Hearne. Je l'avais remise dans sa cachette, au fond de la librairie.

Et puis il y avait ma mère. Je ne pouvais effacer la vision de son visage de goule, ni celle du sang. Peut-être lui était-il arrivé quelque chose sur la route, me disais-je avec inquiétude. Je regrettai soudain qu'elle ne m'eût pas écrit avant de me demander pourquoi. Les choses seraient évidemment plus simples si elle n'était plus à La Nouvelle-Orléans, à m'envelopper dans les ombres de son cœur noir et de son esprit puéril. Je n'en avais pas moins envie d'avoir de ses nouvelles.

J'enlevai mes vêtements de travail, me changeai et descendis à la librairie. La porte était ouverte, et Patrick déchargeait une caisse de livres sur le comptoir. Il avait des mouvements lents, et ses épaules semblaient contractées par le souci.

– Comment va Charlie ? demandai-je.

– Comme d'habitude.

– Et toi, ça va ?

– Ouais, juste fatigué. Est-ce que les flics t'ont trouvée hier ?

– Bien sûr que oui ! Tu leur as dit que j'étais Gravier Street. Pourquoi as-tu fait ça ?

Patrick me regarda, confus.

– J'ai pensé que tu serais contente de rendre service. Je sais que tu trouvais Mr Hearne très sympathique – moi aussi, du reste. Ça me semblait logique que tu veuilles aider à percer le mystère de sa mort. Je me suis trompé ?

– Ça ne me regarde pas. J'ignore tout de lui. Si je me suis intéressée à lui, c'est par pure curiosité.

Patrick haussa les épaules.

– Et avec Mr Lockwell – c'était comment ?

– Je lui ai dit que j'étais là de ta part, pour demander la main de sa fille.

– Bien entendu, et comme ça, après, tu n'auras plus qu'à épouser le frère assassin de chatons, et nous formerons une famille heureuse et unie. Sérieusement, Jo, comment cela s'est-il passé ?

– Il m'a fait attendre plus d'une heure, alors j'ai fini par dire à la réceptionniste que j'irais le voir chez lui. Eh bien, il est aussitôt apparu et m'a conduite dans son bureau qui, entre nous, est plus grand que cette librairie et dispose d'un vrai bar, joliment fourni.

– Évidemment, acquiesça Patrick.

– Je lui ai donc préparé un double Martini, et après une conversation assez pénible, il a accepté d'écrire la lettre de recommandation.

– Ouah ! Tu as réussi ton coup. C'est génial !

– Oui… Qu'est-ce que tu as là ? ajoutai-je en désignant les cartons posés sur le comptoir.

– Yves Beaufort est mort. Il possédait une importante collection d'œuvres de Victor Hugo que Charlie a toujours voulu acquérir. Je dois retourner là-bas pour prendre le reste des livres, mais je le redoute un peu. Quand je suis arrivé ce matin, j'ai trouvé la veuve en déshabillé noir. Elle m'a expliqué que c'était sa tenue de deuil et a ajouté qu'elle m'accorderait une ristourne si je réparais son évier.

– Euh… Mrs Beaufort n'a-t-elle pas près de quatre-vingts ans ?

– Elle a quatre-vingt-deux ans et paraît bien ses quatre-vingt-quinze ans – pas un jour de moins en tout cas ! Et je ne connais strictement rien à la plomberie ! Ce qu'on ne ferait pas pour Victor Hugo, hein ?

À ce moment précis, Frankie entra dans la boutique d'un pas nonchalant. Les poings sur les hanches, il promena son regard autour de lui.

– Frankie ! Tu as tout de même fini par venir acheter un livre.

– Hé ! p'tite Yankee !

Sur ce, il introduisit dans sa bouche un morceau de chewing-gum rose plié en deux, humant le papier d'emballage en aluminium avant de le froisser et de le fourrer dans sa poche.

– J'suis pas venu pour les livres mais pour toi. Hé, Marlowe, dit-il encore en adressant un signe de tête à Patrick, comment va le vieil homme ?

– Bien, merci, répondit-il.

– Alors, Jo, j'ai entendu dire que t'es allée au poste hier. Y a rien qui cloche ? demanda Frankie.

– C'est Darleen qui t'a raconté ça ?

– J'ai pas dit qui m'avait filé l'info. Bon, y a rien qui cloche ?

– Non, Frankie, il n'y a pas de problème.

– Les flics, y t'ont interrogée à propos de ta momma ?

– Non. Pourquoi est-ce qu'ils me questionneraient au sujet de ma mère ?

– Ils ont questionné Josie au sujet du type qui est mort le soir du 31 décembre, intervint Patrick.

Je le regardai, les sourcils froncés. Il n'avait pas à donner des renseignements de lui-même.

Les yeux de Frankie, toujours à mâchonner son chewing-gum, faisaient la navette entre Patrick et moi.

– Le type de Memphis. OK. Les flics sont passés aussi à la librairie ? s'enquit-il.

Patrick ne répondit pas. Frankie se tourna vers moi.

– Forrest Hearne a acheté deux livres à la librairie, le jour de sa mort. Ils m'ont demandé si j'avais trouvé qu'il avait l'air malade quand il était à la boutique. Je leur ai répondu qu'il semblait en parfaite santé. C'est tout.

Frankie se pencha sur le comptoir pour attirer un livre à lui.

– Victor Huge-o.

– Ça se prononce Hugo, dit Patrick.

J'étouffai un petit rire. La mauvaise prononciation était une des bêtes noires de Patrick.

– Ah ouais ? J'ai connu un jour un gars qui s'appelait Hugo. Me doit toujours un billet de dix dollars.

Frankie ouvrit le livre d'une chiquenaude et se mit à le parcourir à toute vitesse.

– Hé ! s'il vous plaît, attention au dos ! dit Patrick en lui prenant le livre des mains avec précaution. Je peux vous aider à trouver autre chose ?

– Nan, répondit Frankie en se levant et en faisant craquer ses jointures. Alors, Jo, aucune information à transmettre à Willie ?

Il me regarda à sa manière tout à fait caractéristique – unique. Il était impossible de deviner ce qu'il savait, mais je devais supposer qu'il faisait part à Willie de toutes les informations qu'il avait, quelles qu'elles fussent, et que Willie le payait un bon prix pour cela. La culpabilité s'insinua de nouveau en moi. J'aurais dû parler à Willie de la montre. Jamais je ne lui avais caché une chose aussi importante. Mais comment Frankie aurait-il appris que j'avais cette montre ? La seule chose dont je pouvais être certaine, c'est que Frankie en savait plus que moi.

– Non, je n'ai aucune information pour Willie. Si j'en avais, je te le dirais bien sûr.

– Ouais ?

Il sourit avant de faire claquer son chewing-gum.

– Et tu vas me dire depuis combien de temps tu vois Jesse Thierry ?

Patrick se retourna vivement.

– Tu fréquentes Jesse Thierry ?

– Non, je ne fréquente pas Jesse Thierry.

– Non ? fit Frankie avec un petit sourire tordu. Le bruit court pourtant que t'étais assise sur ses genoux hier soir et qu'il te chuchotait quèque chose à l'oreille.

Je haïssais cette ville. Qui m'observait ainsi ? Je regardai Frankie. Avait-il raconté ça à Willie ?

– Et c'était où ? demanda Patrick.

– Je suis pas une commère, Marlowe, je suis un informateur, répliqua Frankie en tendant la main.

– Ça suffit ! Tu n'as pas à vendre des informations sur moi. C'était chez Dewey, le limonadier, et c'était une plaisanterie. Jesse est un ami.

Frankie leva les mains en l'air, comme pour montrer qu'il capitulait.

– C'est pas un problème pour moi. Jesse est un chic type. Il plaît aux filles quèque chose de dingue. À tantôt, p'tite Yankee.

Frankie gagna la porte, et je le suivis dans la rue. Je ne pouvais supporter ce silence. Il fallait absolument que je sache.

– Dis-moi, Frankie, tu as des nouvelles de ma mère?

– On l'a vue ici et là. Tu sais, Jo, tu devrais rester proche de Willie.

– Mais je suis proche de Willie.

– Al' t'a toujours protégée, et tu devrais faire pareil.

Sur ce, Frankie fit claquer son chewing-gum, m'adressa un salut de sa longue, longue main et commença à descendre Royal Street.

Je n'ignorais pas que Frankie n'avait pas de plus grande bienfaitrice que Willie. Aussi était-il on ne peut plus logique qu'il demeurât proche d'elle et lui apportât tous les renseignements dont il pouvait disposer. Mais qu'avait-il voulu dire par ces mots: «Tu devrais rester proche de Willie»?

Je vis alors Patrick me faire signe de rentrer dans la boutique.

– Tu vois, maintenant, je comprends. Jesse passe souvent à la librairie, mais il n'achète jamais rien. Il met seulement de la graisse de moteur sur les livres. Ne vient-il pas d'une ville de péquenauds, quelque part dans l'Arkansas?

– En Alabama, protestai-je, et il ne met pas de graisse sur les livres. C'est toi qui inventes.

– À dire vrai, je le trouve plutôt sympathique. Il sourit tout le temps. Tu as remarqué ça?

– Non, je ne l'ai jamais remarqué.

– Tu l'aimes bien?

– C'est juste un ami.

Patrick hocha la tête.

– Il a de belles dents.

Ses pensées prirent ensuite un autre cours.

– Hier, je suis tombé sur Miss Paulsen.

Miss Paulsen était professeur à l'université de Loyola. C'était aussi une amie de Charlie. Je ne l'avais jamais rencontrée, mais Charlie m'avait confié un jour qu'à son avis elle aurait voulu que leur étroite amitié se muât en un engagement à long terme et qu'elle travaillait dans ce sens. Une année, elle avait embauché Patrick comme assistant dans le département d'anglais.

– Miss Paulsen est allée à Smith, continua Patrick.

– Vraiment?

– Ouais, j'avais complètement oublié cette histoire. En tout cas, je lui ai parlé de toi, et elle m'a dit qu'elle serait heureuse de répondre à toutes les questions que tu pourrais te poser. Dans la semaine, elle va passer prendre un livre que j'ai commandé pour elle. Ce sera l'occasion pour toi de lui parler.

– Oh! Patrick, merci! m'écriai-je.

Et je tentai, maladroitement, de l'embrasser, parce que cela me semblait approprié dans une telle circonstance.

Il eut l'air surpris sur le coup, puis, m'entourant de ses bras, il posa son menton sur mon épaule.

24

J'avais si souvent lu et relu les documents que je les connaissais pratiquement par cœur.

« Le but que s'est fixé le bureau des admissions est de faciliter l'entrée à *Smith College* à toutes les jeunes filles capables, sorties de types d'écoles très différents et venues de tous les horizons du pays – d'où une certaine flexibilité dans les conditions d'admission. »

Je fixai des yeux le mot « capables ». Capables de remplir les conditions draconiennes exigées ? Capables d'être acceptées ? Sans doute aussi capables de financer leurs études, ce qui n'était pas mon cas.

« Le bureau des admissions s'efforce de choisir parmi la liste complète des candidates les étudiantes en possession de rapports sur le caractère, la santé, les résultats scolaires attestant leur réelle aptitude à entrer à l'université. »

« Caractère » : Je savais que j'étais un caractère, mais ils voulaient que j'aie du caractère.

« Santé » : Mis à part l'incident très ponctuel du riz et des haricots rouges sur le trottoir de Mrs Gedrick, j'étais en bonne santé.

« Résultats scolaires » : Le seul B que j'eusse jamais eu dans la classe de Mr Proffitt continuait à me hanter. Je pouvais toujours sentir au-dessus de mon pupitre son haleine visqueuse à l'odeur pénétrante de naphtaline. Se nourrissait-il des vieux pull-overs entassés dans son grenier ? « Il faut vous appliquer, Miss Moraine, disait-il à voix basse. Il faut que vous cherchiez l'âme de l'équation. » L'âme de l'équation ? Depuis quand le calcul avait-il quelque chose à voir avec une âme ? Je n'étais pas convaincue. Mais j'aurais dû faire comme si et partager le repas de cardigans de Mr Proffitt. Ce B entacherait gravement ma demande d'inscription.

« L'admission est fondée sur l'ensemble du dossier de candidature : dossier scolaire, lettres de recommandation, tests d'entrée à l'université et autres informations sécurisées concernant l'aptitude générale, la personnalité et la santé. Il est impératif que les références au complet parviennent au bureau des admissions avant mars si l'étudiante souhaite voir son dossier pris en compte par le bureau des admissions lors de la commission d'avril. »

Avant le mois de mars. On était déjà en février. Le Mardi gras, qui tombait le 21 cette année-là, approchait : bals et réceptions étaient déjà en train. Willie gardait ouverte la maison de Conti Street un peu plus longtemps chaque jour, afin de tirer profit du « tohu-bohu de la haute saison », comme elle disait. Elle avait engagé des filles supplémentaires pour la période du carnaval et réservé deux chambres dans le motel d'à côté. Les « nièces » de Willie travaillaient par roulement, ne s'interrompant que quelques heures pour prendre un bain et dormir au motel. Je faisais toujours le ménage à l'aube, mais cela demandait plus de temps que d'habitude, et par ailleurs, il y avait toujours des courses en tout genre à faire pendant cette période.

Je regardai les passants défiler à travers la vitrine de la librairie. John Lockwell serait, lui aussi, très occupé durant le Mardi gras. Lorsque j'étais dans son bureau, j'avais vu une photo le représentant avec Rex, un des plus anciens clubs de carnaval de la ville. Si je n'obtenais pas la lettre de recommandation avant le début des festivités de Mardi gras, je ne l'obtiendrais jamais.

«Résidence

La politique de *Smith College* consiste à loger des groupes d'étudiantes de chacune des quatre années dans des maisons indépendantes. Chaque maison dispose d'un salon, d'une salle à manger, d'une cuisine et est dirigée par le chef de maison.»

Le «chef de maison». L'expression me faisait penser à Willie. Je jetai un coup d'œil à l'adresse de l'expéditeur et vis que Charlotte vivait à *Tenney House*.

«Frais

Frais de scolarité: 850 $

Frais de pension: 750 $

Livres: 25 $-50 $

Souscriptions et cotisations diverses: 24 $

Loisirs et autres: 100 $»

Assez. Je glissai la pile de papiers sous le comptoir. La seule pensée de tous ces frais me barbouillait l'estomac. Près de deux mille dollars. Huit mille dollars pour quatre années d'études. Le montant total des économies que je serrais dans la boîte à cigares était inférieur à trois cents dollars. Bien sûr, j'avais toujours sept cents pour le tramway et une pièce de cinq cents pour un soda, mais deux mille dollars pour une seule année ? Willie disait qu'elle paierait mes études à Loyola ou à Newcomb, mais le coût de ces universités ne dépassait pas le tiers de celui de Smith. Je ferais une demande de bourse et d'assistance financière. C'était mon seul espoir. Il me fallait, par Dieu sait quel moyen, changer les cacahuètes salées de la boîte de cigares en petits-fours.

Je regardai à nouveau par la fenêtre. Une femme vêtue d'un élégant tailleur traversait la rue ; elle semblait se diriger vers la librairie. Les gens s'écartèrent naturellement pour la laisser passer quand elle s'approcha de la porte. D'après mon estimation, elle devait avoir une cinquantaine d'années. « Fiction littéraire ». Je posai mon pouce sur le comptoir pour le signaler à Patrick, qui n'était pas là. Une vieille habitude.

– Bonjour, dis-je en la voyant entrer.

Elle alla droit au comptoir, posa son sac devant moi et sourit. C'était un sourire poli mais réservé, voire crispé, comme si elle refusait de toutes ses forces de découvrir ses dents qui, pourtant, ne demandaient que ça. Elle paraissait hésitante, ce qui signifiait qu'elle m'évaluait. Tout en me regardant, elle inclinait légèrement la tête. Ses cheveux coiffés en chignon étaient si étroitement tirés en arrière qu'à l'endroit des tempes on voyait apparaître la peau, telle une matière élastique distendue.

– Miss Moraine ?

Je hochai la tête.

– Je suis Barbara Paulsen, directrice du département d'anglais de Loyola. Patrick Marlowe a été mon assistant pendant un an.

– Ah, oui! Très heureuse de vous rencontrer. Patrick m'a dit que vous aviez fait vos études à *Smith College*.

– Oui, en effet.

Elle inclina la tête à nouveau, cette fois dans le sens opposé. Évaluation complète.

– Et j'ai cru comprendre que vous alliez faire une demande d'inscription. Mais c'est un peu tard, voyez-vous. La plupart des filles le font avant leur dernière année de lycée.

– Oui, je sais, mais la date limite de dépôt des candidatures est mars, et je réussirai à respecter le délai.

– Patrick m'a dit aussi que vos notes étaient excellentes. Et qu'en est-il de vos activités parascolaires?

Je fixai des yeux ahuris sur elle.

– Vous avez bien mentionné dans votre dossier des activités parascolaires? Des prix pour des contributions exceptionnelles?

Je secouai la tête et continuai à la secouer, tandis qu'elle me bombardait de comités de délégués de classe, de clubs de langues, de commissions sociales et de toutes les autres affiliations que n'importe quelle fille faisant une demande d'inscription dans une université de la côte Est se devait d'avoir.

– Mes activités extrascolaires étaient limitées, finis-je par expliquer. J'étais obligée de travailler en période scolaire, j'avais même plusieurs emplois.

«Limitées? Plutôt inexistantes.»

– Je vois. Quels autres types d'emploi aviez-vous en dehors de votre travail ici, à la librairie?

Elle voulait savoir en fait si j'avais les moyens d'entrer à Smith, ce qui, bien entendu, n'était pas le cas. Les yeux fixés sur ses tempes martyrisées, je m'efforçai de formuler une réponse prudente.

– Je travaillais et je travaille encore comme femme de ménage dans une des maisons du Quartier français.

Miss Paulsen ne réagit pas comme je m'y attendais. Elle n'était apparemment ni bouleversée ni horrifiée. Elle semblait au contraire apprécier ma franchise.

– Patrick m'a expliqué que votre père était absent, dit-elle tout en tripotant la lanière de son sac. Et qu'en est-il de votre mère, mon petit ?

« Ma mère ? Oh, en ce moment, elle est dans un motel poussiéreux de Californie à se rafraîchir avec un *schlitz* glacé glissé dans son décolleté ! »

– Ma mère… faisait, elle aussi, des ménages, répondis-je. Actuellement, elle cherche un emploi dans un autre État.

Il y eut un long silence entre nous. Jusqu'à ce qu'elle prît la parole.

– Charlie Marlowe et moi, nous sommes de vieux amis. Patrick était un des meilleurs étudiants que j'aie jamais eus. Ce n'est pas un écrivain-né comme son père, mais il a une excellente connaissance de la littérature, et je crois qu'il ferait un remarquable éditeur. Je l'ai toujours encouragé dans cette voie mais…

Elle s'interrompit et, d'un geste de la main, écarta le sujet.

– Ce que je dirai, reprit-elle, c'est que j'ai le plus grand respect pour Patrick, et qu'il semble avoir le plus grand respect pour vous.

Sa phrase sembla se prolonger en un trouble non-dit.

– Patrick et moi, nous sommes amis intimes depuis longtemps, expliquai-je.

– Vous sortez avec lui?

Les mots avaient fusé – vite, trop vite, et elle le savait bien. Mais il y avait autre chose, et cette autre chose l'avait incitée à poser une question aussi indiscrète. De la jalousie? Non, pas exactement. Plutôt une sorte de curiosité.

– Bien entendu, cela ne me regarde pas, ajouta-t-elle. Absolument pas.

– Oh, la question ne me dérange pas! l'assurai-je. Nous sommes simplement amis.

– Je me suis toujours demandé pourquoi il restait à La Nouvelle-Orléans. Comment va son père? Pas de problème?

– Pas de problème. Tout va à merveille, répondis-je en souriant.

– Très bien. J'aimerais que Charlie honore à nouveau de sa visite ma classe de création littéraire.

J'imaginai Charlie en sous-vêtements dans la salle de conférence de l'université, serrant la boîte en forme de cœur contre sa poitrine.

– Vous aurez besoin de solides recommandations pour votre dossier. Malheureusement, je ne serai pas en mesure d'en écrire une pour vous. Voyez-vous, je l'ai déjà fait pour une fille du Sacré-Cœur, et cette première recommandation perdrait de sa valeur si je devais en écrire une autre. Néanmoins, je vous encourage vivement à présenter votre dossier, Miss Moraine. Ce genre d'exercice, si vain soit-il, forge le caractère.

«Si vain». Elle était en train de me dire que c'était inutile. Que j'étais inutile.

– Je crois que vous avez un livre pour moi ? demanda Miss Paulsen. Je l'ai réglé à la commande.

J'avais effectivement vu le livre : *Le Deuxième Sexe*, d'un auteur français, Simone de Beauvoir. Patrick l'avait commandé à une maison d'édition parisienne. Il m'avait expliqué qu'il s'agissait d'une analyse de la condition des femmes. Sortant les clefs de ma poche, je me dirigeai vers la bibliothèque vitrée. J'ouvris la porte et pris l'ouvrage sur l'étagère. Soudain, je sentis une ombre derrière moi ou plutôt la chaleur d'une présence. Miss Paulsen se trouvait à quelques centimètres de mon dos.

Elle désigna un volume par-dessus mon épaule.

– *La Route des Indes*. Quelle édition ? J'aimerais voir aussi celui-là.

Et elle tendit la main.

25

J'étais une menteuse.

Je suis désolée, Miss Paulsen. *La Route des Indes* est actuellement en cours de restauration. Oui, Patrick, j'ignore avec qui ma mère était quand tu l'as croisée près de l'hôtel Roosevelt. Oui, Jesse, j'ai rendez-vous avec Patrick ce soir. Non, Willie, je ne savais pas que ma mère était partie pour la Californie. Non, inspecteur Langley, je n'ai pas trouvé la montre de Forrest Hearne sous le lit de ma mère, le lit d'un bordel dans le dosseret duquel on voit encore le point d'impact d'une balle.

C'était sans fin. Chaque mensonge que je proférais en entraînait un autre, comme s'il fallait à tout prix épaissir la pâte pour mieux masquer le précédent. Cela n'en était pas moins inefficace. Aussi inefficace que mes leçons de crochet qui ne donnèrent jamais lieu qu'à un chapelet de boucles. Les exercices inutiles forgent le caractère, avait dit Miss Paulsen. Peut-être était-elle rentrée chez elle à présent. Je l'imaginais en train de boire un thé *Earl Grey* faible, triste décoction obtenue à partir d'un sachet de thé de la veille, tout en massant son cuir chevelu douloureusement distendu.

Je m'assis sur mon lit et restai là à contempler *La Route des Indes* ouvert sur mes genoux. Quelle absurdité de ma part d'avoir laissé le livre en bas, dans la librairie ! Les morceaux du puzzle ne coïncidaient toujours pas. Si Forrest Hearne n'était pas allé chez Willie, comment se faisait-il que la montre eût échoué dans la chambre de ma mère ? Et si celle-ci avait été au courant de l'existence de la montre, elle ne l'aurait certainement pas laissée là. Non, c'eût même été le complément parfait de la garde-robe de mort de Cincinnati. En outre, selon Frankie, Mam avait passé la nuit du 31 décembre à l'hôtel Roosevelt.

Je rampai sous mon lit et soulevai la planche disjointe. Puis je glissai la main, non sans mal, dans l'étroite ouverture, retirai la boîte à cigares et y introduisis, à la place, le livre. Enfin, je ménageai au fond d'un des tiroirs de mon bureau un espace libre pour la boîte où je rangeais mon argent. Deux pensées ne cessaient de passer et repasser dans ma tête :

Mr Hearne ne m'avait pas jugée nulle, bien au contraire.

Une personne qui avait tenu compagnie à Forrest Hearne s'était ensuite rendue chez Willie.

Les préparatifs du Mardi gras allaient bon train. Les gens célébraient par avance la fête imminente. Durant quatorze jours, je promenai partout dans ma poche la carte de visite professionnelle de John Lockwell, me promettant de l'appeler et de l'interroger au sujet de la lettre de recommandation ; quatorze nuits durant, je restai allongée sur mon lit sans dormir, persuadée que j'entendais la montre de Forrest Hearne tictaquer sous le plancher, comme si elle voulait moucharder.

À mesure que Mardi gras approchait, la maison de Willie devenait plus sale. En arrivant un matin, à cinq heures, je vis une file de voitures garées très avant dans la longue allée menant à la maison. Willie ne permettait que très rarement aux automobiles de pénétrer dans cette allée, disant que c'était un prétexte tout trouvé pour les flics de venir voir ce qui se passait. Heureusement, la police se montrait un peu plus relâchée dans sa surveillance aux alentours du Mardi gras.

Les filles travaillaient très tard dans la nuit et faisaient la grasse matinée. Evangeline avait pris possession de sa nouvelle chambre. Elle n'était plus imprégnée du parfum de ma mère. Willie était épuisée, mais je n'osais pas modifier notre horaire habituel.

Le plateau de café entre les mains, je tapai le bas de sa porte du bout du pied.

– Y a intérêt à ce que ce soit mon café et à ce qu'il soit chaud.

Je poussai la porte et trouvai Willie assise dans son lit, entourée d'épaisses piles de billets de banque.

– Ferme cette porte. Je ne tiens pas à ce que les filles voient tout ce vert. Elles demanderaient un bonus – comme si elles n'empochaient pas déjà toutes de petits extras en douce et comme si je ne le savais pas ! Est-ce que par hasard le mot « stupide » est tatoué sur mon front ? Eh bien, qu'est-ce que tu as à me montrer ? ajouta-t-elle en laissant retomber ses mains sur ses genoux.

– Les reliques habituelles du Mardi gras, répondis-je en vidant sur le lit le contenu des poches de mon tablier : boutons de manchette dépareillés, cravates de soie, briquets, cartons d'invitation, clefs d'hôtel, ainsi qu'un porte-monnaie bourré à craquer.

Willie tendit le bras pour prendre le porte-monnaie et compta les pièces.

– C'est au sénateur. Mets-le dans une simple enveloppe que tu cachetteras et donneras à Cokie. Dis-lui de l'apporter à l'hôtel Pontchartrain, où il est descendu. C'est une chance qu'il ait été avec Sweety plutôt qu'avec Evangeline. Quoi d'autre ?

– Les taies d'oreiller d'Evangeline sont déchirées.

– Oui, elle a eu le maniaque de la griffe la nuit dernière.

– À propos d'Evangeline, commençai-je avec précaution, j'ai remarqué de nouveaux bijoux dans son coffret.

– Ce ne sont pas des bijoux volés. Elle a un client très riche.

– Quelqu'un de nouveau ? demandai-je.

– Non, il passe assez régulièrement, répondit Willie en plaçant une haute pile de billets au bout du lit et en continuant à trier. Trois mille. Apporte-moi un gant de toilette tiède. Ces billets sont crasseux.

– Le nouveau *boy-friend* d'Evangeline est bijoutier ? lançai-je de la salle de bains.

– Nan, c'est un promoteur de la ville haute. Construit des hôtels et des centres commerciaux. Je ne l'aime pas. Il a un sentiment du pouvoir très pervers. Mais il jette l'argent en l'air comme on jetterait du riz.

Debout au chevet de Willie, je lui lavai les mains

avec le gant de toilette tiède. Elle s'adossa contre ses oreillers et soupira.

– Willie, vos mains sont enflées. Que s'est-il passé ?

– C'est la candidose. Trop de sel.

Elle libéra ses mains de mon étreinte pour rassembler à la hâte les billets, les empilant par catégories avant de les entourer d'un gros élastique.

– J'ai ramassé trois mille dollars en une nuit. Si ça continue à tourner comme ça, ce sera la meilleure saison que j'aurai jamais faite. Le coffre-fort est ouvert. Mets tous ces billets dedans et apporte-moi la boîte verte qui se trouve sur l'étagère du bas.

Trois mille dollars. Willie avait gagné en une seule nuit l'équivalent d'une année de frais de scolarité à Smith. Je rangeai les liasses de billets dans le coffre-fort à côté des autres et attrapai la boîte verte qu'elle avait demandée. Le nom « Adler's » était gravé en lettres d'or sur le couvercle. Je connaissais la boutique *Adler's*. C'était une joaillerie de grand luxe de Canal Street. Tout y était très beau et horriblement cher. Je n'y avais jamais mis les pieds, mais il m'arrivait de jeter un coup d'œil dans la vitrine. Je tendis la boîte à Willie.

– Faut-il que je parle à Sadie des taies d'oreiller d'Evangeline ? m'enquis-je en prenant deux verres sur le secrétaire de Willie.

– Arrête ton cinéma. C'est pas à des taies d'oreiller que tu es en train de penser en ce moment, dit Willie.

Retenant ma respiration, je reposai les deux verres sur le bureau, de crainte qu'elle ne vît mes mains trembler.

– Tu t'imagines peut-être que certaines choses m'échappent, mais tu te trompes. Il y a bien longtemps que je pratique ce genre de sport, et mon esprit est comme un piège.

J'acquiesçai d'un signe de tête.

– Ne reste pas cachée derrière ce bureau, aboya-t-elle.

Je m'approchai de son lit très haut.

– Tiens! fit-elle en me mettant sous le nez la boîte verte. Ouvre-la.

Le couvercle craqua et grinça avant de s'ouvrir brusquement sur ses gonds. Sur un lit de satin blanc reposait une magnifique montre en or. Les mots «Lady Elgin» y étaient tracés en arc de cercle. C'était la version féminine de celle de Forrest Hearne, son exacte jumelle.

Willie savait. C'était sa manière à elle de m'avertir qu'elle savait. J'inspirai profondément. J'étais incapable de la regarder en face.

– Eh bien? commanda-t-elle.

– Elle est splendide, Willie. Voulez-vous que je la mette à votre poignet maintenant? Je sais que vous détestez manipuler les petits fermoirs.

– Moi? De quoi diable parles-tu? Tu n'as donc rien à dire, espèce d'idiote?

Cette fois, c'était cuit.

– Willie, je suis désolée...

– Ferme-la! Je veux pas entendre ça. Prends cette montre et dis merci. Tu crois que ta bonne à rien de mère se serait rappelé? Non! Mais ne t'attends pas à recevoir quelque chose chaque année. Le dix-huitième anniversaire est un événement marquant. Et ne la montre pas aux filles. Elles se mettront à réclamer en pleurnichant la permission d'aller faire un tour chez *Adler*, or il faut absolument qu'elles soient concentrées ce soir. La Saint-Valentin est toujours une sacrée journée. N'oublie pas d'enlever les décorations du grenier. Pourquoi est-ce que tu restes plantée là ? Tu as besoin de me l'entendre dire ? Joyeux anniversaire. Voilà. Et maintenant, fiche-moi le camp !

Mon anniversaire. Non, je ne l'avais pas oublié, j'avais juste pensé qu'on l'oublierait. Je reculai en direction de la porte.

– Merci, Willie. Elle est très belle.

– Bon, prends les verres. C'est pas parce que t'as dix-huit ans que tu peux te permettre de faire ton travail n'importe comment. Et rappelle-toi autre chose, Jo.

– Quoi ?

Willie me fixa longuement des yeux.

– Tu es assez grande pour aller en prison maintenant.

26

Lorsque j'eus terminé le nettoyage et ôté du grenier les décorations de la Saint-Valentin, je trouvai les filles en train de prendre leur café dans la cuisine.

– Bon anniversaire, mon lapin! s'écria Dora. Sweety nous a rappelé hier soir que c'était l'anniversaire de ta naissance.

– Tu devrais plutôt parler d'un anniversaire de mort, rétorqua Evangeline. La *madam* dont on lui a donné le nom est morte le jour de la Saint-Valentin.

– Comment c'est possible de mourir le jour de la Saint-Valentin? s'exclama Dora. Vous pouvez imaginer ça?

Sur ce, elle noua ses longs cheveux roux en une grosse torsade, qu'elle fixa au sommet de sa tête en y piquant un crayon.

– Y a vraiment quèque chose de triste là-dedans, reprit-elle. Mais toutes, vous savez bien que j'vas passer l'arme à gauche le jour de la Saint-Patrick et m'en aller dans un cercueil doublé de satin vert.

– Est-ce que Willie t'a donné quèque chose pour

ton anniversaire ? demanda Evangeline en frottant ses paumes contre ses cuisses.

– Vangie, intervint Dora, Willie, al' fait pas de cadeaux d'anniversaire, tu l'sais très bien. C'est juste que les cadeaux, ça t'excite, parce que tu penses que ton gros richard, il pourrait ben t'apporter un présent pour la Saint-Valentin.

– Un gros richard ? Tu as un nouveau *boy-friend*, Evangeline ? m'enquis-je.

– Mêle-toi de tes oignons, aboya-t-elle.

Et, arrachant le crayon des cheveux de Dora, elle sortit d'un pas lourd.

John Lockwell avait son Evangeline. Je n'avais toujours pas ma lettre de recommandation.

Après avoir jeté un rapide coup d'œil par-dessus mon épaule pour m'assurer que j'étais seule, je composai le numéro RAYmond 4119. Il y eut un déclic, puis la double sonnerie habituelle.

– Bonjour. Compagnie Lockwell.

– Bonjour. Mr Lockwell, s'il vous plaît.

Il me sembla que ma voix tremblait. Je toussai dans le creux de ma main. Je me représentai la réceptionniste en train de se limer les ongles tout en roulant des yeux soupçonneux.

– Ne quittez pas, s'il vous plaît.

– Ici, Lockwell et Compagnie.

J'inspirai profondément, m'efforçant de paraître calme, agréable.

– *Hello*, Dottie ! Comment allez-vous ? C'est Josephine Moraine qui demande à parler à Mr Lockwell.

Silence.

– Mr Lockwell attend-il votre coup de téléphone?

«Absolument pas.»

– Oui, bien sûr, merci.

– Un moment, s'il vous plaît.

Nouveau silence. Sal passa près de moi, portant un gros gâteau. Je désignai le téléphone et formai avec mes lèvres les mots : «Pour Willie.» Sal hocha la tête.

À l'autre bout du fil, la voix grave, comme empâtée par l'alcool, semblait tanguer.

– Laisse-moi deviner : tu veux que je sois ton Valentin, n'est-ce pas?

Je fixai des yeux le récepteur.

– Non, monsieur Lockwell, c'est Josephine Moraine, l'amie de Charlotte.

Il rit, puis toussa pour chasser de ses poumons quelque miasme de cigare de la nuit précédente.

– Je sais très bien qui tu es. Tu as eu de la chance de me trouver. En général, je ne viens jamais au bureau aussi tôt, en particulier aux alentours du Mardi gras. C'est que j'ai dû venir ici pour signer un chèque, finaliser un contrat important. Et si tu passais ici et me préparais un de tes fameux Martini pour fêter ça? Bon sang, j'ai trop bu la nuit précédente, je ne suis pas encore remis...

– J'appelle au sujet de la lettre de recommandation. Il faut que je l'envoie très bientôt avec mon dossier d'inscription.

J'avais prononcé ces mots exactement comme je m'étais exercée à le faire dans mon appartement.

– As-tu déjà acheté de nouvelles chaussures?

– Excusez-moi?

– Tu as de jolies chevilles, mais ces machins-choses

éculés – peu importe leur nom – te raccourcissent les jambes. Tu as besoin de porter des talons. Des talons hauts.

Ma paume se crispa sur le récepteur.

– Ce dont j'ai besoin, c'est de la lettre.

– Eh bien, répondit-il, viens donc ici avec une jolie paire de hauts talons, et je te donnerai la lettre!

J'entendis un grincement, puis un coup léger et je l'imaginai en train de se laisser aller en arrière dans son fauteuil de cuir rouge avant de poser les pieds sur le bureau, face à toutes les photos encadrées.

– Donnez-moi la lettre, contre-attaquai-je, et je vous préparerai un Martini.

– Négatif, gloussa-t-il.

Peut-être était-il vraiment ivre. Auquel cas je ferais bien d'en tirer parti.

– Sois ici ce soir, à six heures trente, dit-il.

– Trois heures trente.

– Six. Au revoir, Josephine.

C'était un jeu pour lui. Un simple petit jeu. Absurde en vérité.

Alors pourquoi éprouvais-je au fond de moi un tel malaise – comme un haut-le-cœur?

27

Elle tranchait tellement sur mon apparence terne qu'elle produisait plus d'effet qu'une paire de chaussures neuves. L'or brillait avec tant d'éclat qu'il avait l'air ridicule sur moi. Willie avait fait graver au dos de la montre : *Jo a 18 ans – Willie*.

En dépit du climat d'effervescence qui régnait aux alentours du Mardi gras, elle se rappelait toujours mon anniversaire. Et moi, je lui cachais quelque chose, portant ainsi atteinte à ce qui était le plus important à ses yeux : la confiance. Je ressentis un soulagement en voyant le taxi de Cokie s'arrêter le long du trottoir, juste devant la librairie. Cokie franchit le seuil de la porte avec une boîte en carton dans les bras et se mit à chanter et à danser.

– Plitôt boi' dolo boueuse que te laisser me raconter des foutaises. Josie, ma fille, c'est ton anniversaire, alo' me raconte pas des foutaises.

Les sérénades de Cokie en l'honneur de mon anniversaire étaient une vieille tradition. Mais j'en rougissais encore.

– Je ne crois pas que Smiley Lewis apprécierait beaucoup que tu fasses de sa mélodie une chansonnette d'anniversaire, dis-je.

– Qu'ist-ce que tu racontes ? Smiley, il serait très honoré au contraire. Il va enregistrer un jour citte chanson. Je lui dirai la jouer citte façon j'ai joué jiste pou' toi ce soir. Bon anniversaire, pitit' Josie !

Cokie souriait jusqu'aux oreilles.

– Avant que j'oublie…, fis-je (je poussai l'enveloppe de l'autre côté du comptoir), Willie voudrait que tu déposes ça à l'hôtel Pontchartrain.

– Très bien. Maintenant que les affaires, elles sont derrière nous, parlons un peu la grande affai' ton anniversai'. Tu as eu le cadeau Willie, je vois. Mais qu'ist-ce qui voudrait d'un gros machin en or quand il peut avoi' ça ?

Sur ce, Cokie déposa le carton avachi sur le comptoir, devant moi.

J'adorais les cadeaux de Cokie presque autant que Cokie lui-même. Simples, sans chichis mais toujours pleins de sens. Et, chaque fois, il prétendait que c'était un chiot.

– Bon, fais attention quand tu l'ouvres, sinon le chiot, il va sauter du carton, avertit Cokie.

– Mais tu l'as déjà nourri, hein ? demandai-je.

– Sûr. Je l'as nourri ce matin de bonne heure.

J'écartai les rabats et jetai un coup d'œil furtif à l'intérieur de la boîte. Un Thermos en aluminium avec un bouchon en plastique rouge. Une carte.

Cokie bondissait littéralement d'excitation.

– C'est flambant neuf, ça vient de chez *Sears*. La publicité, elle dit ça garde vot' boisson chaude pendant

208

presque une journée. On peut même mett' de la soupe ladans. Mais toi, tu devras mettre du café ladans.

– Je devrai?

– Sûr! Comment tu vas fai' sans café pendant trente heures ou plis?

– Trente heures?

Cokie posa le carton par terre et sortit la carte.

– J'as tout calculé. J'as même parlé Cornbread, et il m'a confirmé le chemin.

Il déplia la carte et l'étala sur le comptoir devant nous.

– Tu vois, on est ici, dit-il en pointant La Nouvelle-Orléans sur la carte. Asteure, regarde bien.

Et son doigt bistré suivit une ligne qu'il avait tracée avec un stylo rouge.

– Tu traverses d'abord le Mississippi et l'Alabama, puis la Géorgie, cap su' le nord.

Mes yeux sautèrent plus haut. La ligne à l'encre rouge se terminait abruptement dans le Connecticut.

– Tu as fait ça, Cokie?

– Moi et Cornbread. Cornbread, il connaît bien les routes à force camionner. Mais c'est Willie, elle m'a donné l'idée. Quique fois, quand je conduis, elle parle. Elle cause pas à moi, non, elle cause jiste toute seule, comme si elle pensait tout haut. Eh bien, l'était plis folle furieuse qu'une démone, pasqué tu lui as dit tu voulais aller dans une université chic tout là-bas, dans l'Est. Elle a continuissé, disant tu étais trop épicée pour ces écoles, alors j'as répondu: «Pou'quoi pas? Pit-êt' ces écoles, elles ont besoin d'un peu d'épices. Elles seraient chanceuses d'avoir' pitit' Josie.» Ooh, oooh, Willie, l'est divinie comme enragée! L'a dit qu'entrer dans ces écoles, c'était quique chose politique, et qu'on a pas la politique pour entrer ladans, etcitéra, etcitéra. Mais tu sais quoi? Je crois tu peux entrer ladans. J'as jiste un souci : comment tu vas aller tout là-haut? Alors j'ai parlé à Cornbread. L'a dit je pouvais 'sayer t'emmener dans mon taxi, ou pit-êt' il pourrait te trouver un routier des compagnies pétrolières pou' t'emmener là-haut. Et on a établi tout l'itinéraire. Mais je connaissais pas très bien quelle école tu allais choisir – pasqué les écoles, elles te veulent toutes – alors on a 'rêté le trait dans le Connecticut. Plis de mille cinq cents *miles*. C'est une longue route, conclut-il en tapotant le bouchon du Thermos. Tu as don' besoin de café.

Il m'adressa un grand sourire. Il était animé d'une telle certitude, sa foi en moi était tellement absolue!

– Josie, ma fille, pou'quoi tu pleures?

C'était comme si le sourire s'était éteint dans sa voix.

Je secouai la tête, incapable de répondre. Puis je tendis le bras pour prendre le Thermos et le berçai contre ma poitrine. Des larmes roulaient le long de mes joues.

– Ah, tu devrais pas pleurer le jou' ton anniversaire! Où elle est, ton école? ajouta-t-il tout bas en désignant la carte.

– C'est *Smith College,* à Northampton. Près de Boston.

– Bon, d'accord, fit-il.

Et, tirant le crayon rouge de sa poche, il prolongea le trait du Connecticut jusqu'au Massachusetts.

– Boston. C'est là.

Il me regarda.

– Pou'quoi tu te tracasses, Jo ? Tu es pas sûre ?

Je refoulai mes larmes pour parler.

– Non, je ne doute pas de mon projet, je veux toujours aller à Smith, mais je ne suis pas sûre que ce soit possible. Pourquoi m'accepteraient-ils ? Et s'ils le faisaient, comment est-ce que je paierais les frais ? Je ne veux pas me monter la tête et risquer d'être déçue. Je suis toujours déçue.

– Bon, laisse pas la peur te garder ici, Nouvelle-Orléans. Quique fois, on prend une route en pensant qu'on va quique part et on se retrouve aut' part. Mais ça fait rien. L'important, c'est de commencer. Je connais tu peux y arriver. Allez, pitit' Josie, 'saye voir ces vieilles ailes !

– Willie ne veut pas.

– Alo' quoi, tu vas rester ici jiste pou' nettoyer sa maison et courir tout partout avec les folles toutes nues du Quartier français ? Ton histoire à toi, elle est bien plus grande que ça.

Je brandis la bouteille Thermos.

– Et en prime, j'ai du café chaud pour le voyage.

Cokie se mit à chanter en traînant les pieds.

– Plitôt boi' dolo boueuse que te laisser me raconter des foutaises. Josie, ma fille, tu vas à Boston, alo' me raconte pas des foutaises.

Je serrai le Thermos contre moi.

– Très bien, déclara Cokie, je ferais mieux d'aller à l'hôtel Pontchartrain, sinon Willie, elle aura ma peau. Ah, j'ai quique chose d'aut' pour toi !

Et il tira de la poche arrière de son pantalon un morceau de journal très mince et déchiré sur les bords.

– Cornbread, il est rentré du Tennessee. Il m'a

donné ça. La famille de l'homme riche, elle est pas contente. Apparemment, sa montre et son argent ont été volés, alors ils sont soupçonneux. Ils veulent faire une autopsie.

Et il posa le morceau de journal sur le comptoir.

MORT SUSPECTE
D'UN HABITANT DU TENNESSEE

Le corps de Forrest L. Hearne Jr., 42 ans, sera exhumé lundi à Memphis en vue d'une autopsie. Hearne, architecte et entrepreneur très aisé, est mort durant les premières heures du 1er janvier au *Sans-Souci*, une boîte de nuit de La Nouvelle-Orléans. Hearne et ses deux amis avaient fait le voyage de La Nouvelle-Orléans pour assister au match de football du *Sugar Bowl* programmé pour le 2 janvier. Hearne aurait quitté Memphis avec la somme de trois mille dollars, or aucun argent n'a été trouvé sur lui quand il est mort. Il manquait aussi au défunt deux autres choses : les billets pour la coupe de football et surtout une luxueuse montre en or. La mort de Hearne a été attribuée sur le moment à un arrêt cardiaque. Le Dr Riley Moore, coroner de la paroisse d'Orleans, a déclaré que Hearne s'était effondré dans le night-club et qu'il était déjà mort à l'arrivée de l'ambulance.

– Josie, appela Cokie en s'avançant vers le comptoir. Ist-ce que ça va ? Tu es plus grise qu'un jour de pluie, ma fille.

28

– Tu dois vraiment partir ce soir ? demanda Patrick. Je pensais que tu pourrais peut-être passer à la maison et saluer Charlie. C'est le jour de ton anniversaire après tout.

– Oui, il faut que je parte. Il va me donner la lettre.

– Et si je venais avec toi ? Peut-être que cela aurait l'air plus sérieux si j'étais là.

L'idée d'être accompagnée de Patrick me plut tout d'abord. Puis je me rappelai ce qu'avait dit Mr Lockwell. Les hauts talons. Il n'apprécierait sûrement pas la présence de Patrick. Et j'étais trop prudente pour parler à ce dernier de la perverse fantaisie de Lockwell.

– Retrouvons-nous plus tard au *Paddock*. Smiley Lewis y joue ce soir. Pourrais-tu me rejoindre une fois que Charlie sera couché ? demandai-je.

– Le *Paddock* est crasseux. Et puis, je ne peux pas laisser Charlie trop longtemps seul. Il débloque. Miss Paulsen a téléphoné pour demander à lui parler. Elle m'a dit qu'elle était passée à la boutique. Tu ne lui as rien raconté au sujet de mon père, n'est-ce pas ?

– Bien sûr que non! Je ne ferais jamais une chose pareille.

– Promets-moi que tu ne mettras jamais personne au courant, Jo.

– Je te le promets! J'aime Charlie autant que toi, tu sais.

– Quelques-uns de nos voisins ont des soupçons. Je leur ai expliqué qu'il était complètement absorbé par la pièce qu'il était en train d'écrire et qu'il lui arrivait de la lire à voix haute en jouant les différents rôles.

– Bien répondu! D'ailleurs, je me souviens qu'une fois il a passé trente-cinq jours enfermé à écrire.

– Ouais, mais je ne sais pas pendant combien de temps les gens vont avaler ça. J'aime bien Miss Paulsen, mais elle est toujours à fourrer son nez partout. En plus, son frère est médecin. Il ne manquerait plus qu'elle débarque, jette un œil sur Charlie et commande une camisole de force!

– Ne dis pas des choses pareilles, Patrick. As-tu déjà écrit à ta mère?

– Je lui ai parlé du cambriolage et du passage à tabac, mais elle ignore à quel point son état est grave.

Patrick se mit à remuer des papiers sur le comptoir.

– Dis-moi, Jo, j'oublie tout le temps de te poser la question, est-ce que tu as cet inventaire, tu sais? Le comptable en a besoin pour les impôts.

– Ton comptable fait partie du club de carnaval Proteus pour le Mardi gras. En ce moment, il ne pense certainement pas à la période des impôts.

– Je sais, mais j'aimerais l'avoir à l'avance. J'en ai assez de faire toujours les choses à la dernière minute. Et je déteste demander, mais crois-tu que tu pourrais me rendre un service et rester avec Charlie une heure ou deux demain soir ? J'attends une rentrée de livres vers l'heure du dîner, et je voudrais les décharger et les livrer. On pourrait utiliser l'argent.

– Bien sûr, je resterai avec Charlie.

– Merci, Jo. Seigneur, ce que je me sens mal ! Ton rustre de Roméo, Jesse, t'apporte des fleurs pour ton anniversaire, et je ne peux même pas t'accompagner au *Paddock*.

– Des fleurs ?

– Tu n'as donc pas vu ? dit Patrick en roulant des yeux étonnés. Sors de la boutique et regarde ta fenêtre.

Je fis quelques pas dans la rue et levai les yeux vers mon appartement. Il y avait là, en équilibre sur la jardinière de fer forgé, un bouquet de lis roses. Comment Jesse avait-il réussi à les monter là-haut ?

Je n'avais encore jamais reçu de fleurs et ne possédais pas de vase. Je les disposai donc dans un verre sur mon logement. Le parfum des lis envahit rapidement l'espace exigu de ma chambre. Je contemplai les fleurs avec une joie mêlée d'appréhension. Les cadeaux des hommes, mis à part ceux de Cokie, n'étaient jamais gratuits.

Je mis la robe que j'avais déjà portée lors de ma première visite au bureau de Mr Lockwell. C'était ma seule jolie robe. Je nouai autour de mon cou une écharpe rouge que je laissai retomber sur mon épaule pour essayer de donner à ma tenue un petit air différent et peignai sur le côté mes cheveux gonflés par l'humidité, pour les empêcher de trop mousser. Pour une mystérieuse raison, mes cheveux étaient toujours au mieux avant que j'aille me coucher – et à quoi bon ?

Je regardai mes pieds. De jolis souliers contre une lettre. Des rapports sexuels contre un collier de perles. Où était la différence ?

29

Mes talons résonnaient sur le sol de marbre du hall désert. À six heures du soir, le jour de la Saint-Valentin, et à quelques jours du Mardi gras, tout le monde était évidemment dehors, en quête d'un cœur. En arrivant au huitième étage, je trouvai le bureau de la réception vide. Un filet de sueur dégoulina brusquement entre mes omoplates pour atterrir à la base de ma colonne vertébrale. Je m'emparai d'un magazine sur la table basse et m'éventai le visage, avant de lever un bras, puis l'autre, pour tenter d'atténuer, avec l'éventail improvisé, les marques de transpiration. La température extérieure n'était que de vingt et un degrés, mais j'avais marché vite. Était-ce bien la chaleur ou n'était-ce pas plutôt la nervosité ?

– À mon avis, c'est le meilleur usage de ce magazine que l'on puisse faire.

Je levai les yeux. Un homme en costume gris, une serviette de cuir à la main, se tenait près du bureau de la réception.

– Je crois qu'ils baissent la clim après les heures de travail. Attendez-vous quelqu'un ? demanda-t-il.

– Mr Lockwell, acquiesçai-je avant d'ajouter : Je suis une amie de sa nièce.

– Je crois qu'il est revenu dans son bureau. Grosse journée pour lui. Une autre bonne affaire. Je ferais bien demi-tour pour vous accompagner jusque-là mais je suis en retard, mon épouse m'attend pour le dîner. Allez-y, c'est tout droit.

Je traversai un pool de secrétaires et de dactylos avant d'accéder au gigantesque bureau de Mr Lockwell. Chaque pas était plus pénible que le précédent, et je commençais à avoir des crampes aux orteils. C'était une erreur. Au fur et à mesure que j'approchais, la voix de Mr Lockwell montait. Il donnait des dates et des chiffres en dollars. De très grosses sommes. Il disait que le marché avait été conclu dans l'après-midi et que son mandataire venait de quitter le bureau avec le contrat. Je restai devant la porte jusqu'à ce qu'il raccrochât. Puis je frappai.

– Entrez.

La fumée de cigare embrumait la pièce.

– Ah, Josephine, bonjour ! lança Mr Lockwell avec un grand sourire avant de contourner son bureau pour se diriger vers la porte.

Ses yeux pleins de convoitise s'arrêtèrent aussitôt sur mes pieds.

Mon ventre se noua. Je sentis monter dans ma gorge le goût amer de l'humiliation. Il continuait de fixer obstinément mes souliers.

– Bon sang ! Qu'est-ce que c'est que ça ?

– On appelle ça des mocassins. Des mocassins bruns.

– Je sais très bien comment on appelle ces chaussures, répondit-il, mais ce n'était pas l'arrangement prévu entre nous.

– Montrez-moi d'abord la lettre.

– Te montrer la lettre?

– Oui, montrez-moi la lettre, et je vous montrerai ensuite les hauts talons.

Il s'adossa à son bureau.

– Tu n'as pas d'autre robe que celle-ci?

– Il ne s'agit pas de robe, mais de lettre. De *la* lettre.

– Et de hauts talons, ajouta-t-il.

– Oui, et de hauts talons. Aussi, montrez-moi la lettre.

– Ah, je vois : «Je te montre le mien si tu me montres le tien!» J'adore ce jeu.

Ma gorge se serra. Je le regardai, tout en luttant désespérément pour ne pas le planter là sur-le-champ et abandonner la partie.

Il passa la main dans ses cheveux – sans aucun doute une habitude du temps de sa jeunesse, à l'époque où son front et ses tempes n'avaient pas encore commencé de se dégarnir. Je notai que les boutons de sa chemise de soirée étaient sérieusement mis à l'épreuve par son embonpoint. Il n'était pas laid, non, mais il était, j'en aurais presque juré, de ces hommes qui ne peuvent cueillir une fleur sans qu'elle se fane entre leurs doigts. Ma mère l'eût peut-être trouvé séduisant. Il est vrai qu'aux yeux de bon nombre de femmes, un compte en banque bien garni améliore sensiblement l'aspect physique d'un homme.

– Eh bien, vois-tu, Josephine, aujourd'hui est un grand jour pour moi, mais les grands jours sont souvent les plus occupés. Je ne peux donc pas dire que j'ai la lettre.

Je hochai la tête.

– J'avais imaginé que les choses se passeraient plus ou moins ainsi. C'est pourquoi je n'ai pas voulu faire mon entrée ici sur des hauts talons. C'est ce qu'on appellerait un RSI négatif.

– Un RSI ? Un retour sur investissement ?

– Oui, exactement, un mauvais investissement de mon temps et de mon respect de moi-même, sans parler de l'argent que j'aurais dépensé pour acheter une paire de souliers que je ne porterais jamais. Voilà des biens de consommation durables, ajoutai-je en désignant d'un geste mes pieds chaussés de mocassins. Pratiques et d'un excellent rapport qualité-prix.

– Seigneur, je devrais t'embaucher. Cherches-tu un emploi ?

– Ce que je cherche, c'est une université où poursuivre mes études. Smith. Northampton.

Mr Lockwell rit.

– Tu es maligne, Josephine, très maligne, dit-il en pointant le doigt sur moi. Tu as peut-être même gagné ta lettre. Et avec un bon crachat-coup de chiffon pour faire briller, tu pourrais gagner bien plus, si tu vois ce que je veux dire.

Mon expression avait dû traduire le dégoût que je ressentais. Il roula des yeux étonnés.

– Ou bien tu pourrais travailler dans un bureau, se hâta-t-il de reprendre. As-tu dix-huit ans ?

– J'ai effectivement dix-huit ans.

– Et si tu passais vendredi ? proposa-t-il.

– Je ne suis pas intéressée par un emploi. Je sais que vous êtes un homme très occupé, monsieur Lockwell. Alors pourquoi ne pas me donner une feuille de papier à votre en-tête ? Ce serait un gain de temps pour vous.

Je taperai moi-même la lettre de recommandation et je vous l'apporterai pour que vous la signiez. Facile et discret.

Il croisa les bras sur sa poitrine.

– Tu sais, Josephine, j'ai vraiment envie que tu travailles pour moi.

– Un diplôme de Smith ferait de moi une candidate plus désirable encore.

– Ma jolie, tu es déjà une candidate tout à fait désirable... dans le genre Cendrillon équivoque. Appelle-moi John.

– Réflexion faite, monsieur Lockwell, donnez-moi deux feuilles de votre papier à en-tête. Il vaut mieux avoir un double.

30

Une fois que j'eus installé un nouveau ruban
encreur dans la machine à écrire de Charlie, celle-ci
marcha sans problème. Charlie, dans son maillot de
corps constellé de taches, était assis en face de moi à la
table de la salle à manger, les yeux fixés sur la machine
à écrire. Je lui parlais comme s'il comprenait tout. Ma
plus grande crainte était que l'ancien Charlie réappa-
rût pour tenter de communiquer et qu'une rupture de
synapse perturbât soudain son comportement. Il avait
encore de bons réflexes. Si on le conduisait devant un
escalier, par exemple, il le montait ou le descendait
selon le cas. L'ennui, c'est qu'il était alors très difficile de l'arrêter. Il y avait parfois des moments où l'on
voyait un éclair de lucidité passer dans ses yeux ou
sa tête se tourner au bruit d'une conversation. Mais
ces étincelles disparaissaient aussi vite qu'elles étaient
venues.

– Lockwell est vraiment un sale type, Charlie. Il
s'imagine qu'il est la merveille des merveilles parce
qu'il a de l'argent. Il a d'ailleurs dans son bureau une
photo encadrée de lui. S'il n'était pas de bonne famille,

ce serait un petit voyou du Quartier. Vous voyez le genre.

Je tapotai les touches de la machine à écrire.

– OK, voilà ce que nous avons.

Je fis tourner le rouleau porte-papier pour libérer la feuille et l'extraire de la machine.

– Êtes-vous prêt, Charlie ?

Il avait toujours les yeux fixés sur la machine à écrire ; il ne soufflait mot.

À l'attention du Responsable des admissions :
C'est avec un grand plaisir que j'écris cette lettre de recommandation pour Miss Josephine Moraine.

Je jetai un coup d'œil furtif à Charlie.

– J'ai mis Josephine parce que c'est sous ce nom qu'il me connaît. Une histoire compliquée. Mais j'ai écrit Josie sur le dossier d'inscription.

J'ai fait la connaissance de Miss Moraine par l'intermédiaire de ma nièce, Charlotte Gates, qui est actuellement en première année, avec un bon classement, à Smith College. Miss Moraine est douée d'une intelligence très vive, d'un sens moral développé, et d'une impressionnante éthique de travail. Tandis que la plupart des filles de son âge se lancent le plus souvent dans des activités extrascolaires de nature sociale, Miss Moraine s'est totalement investie dans la poursuite de la connaissance et des lumières à travers la littérature.

Une sorte de gazouillis s'échappa de Charlie. Je regardai son visage mais ne pus déchiffrer son expression : était-ce de la souffrance ou une envie de rire ?

— Je sais, le mot « lumières » est un peu exagéré, mais j'essaye de faire parler Lockwell comme un homme évolué.

Depuis sa prime adolescence, Miss Moraine a dédié son temps, ses efforts et ses talents à codiriger une des librairies les plus réputées du Vieux Carré, à La Nouvelle-Orléans, celle de l'illustre écrivain Charles Marlowe. (J'adressai un petit clin d'œil à Charlie.)

Pendant qu'elle était en fonction dans cette librairie, Miss Moraine a mis au point un système de fichiers et d'inventaire et joué le rôle d'adjointe en ce qui concerne les achats commerciaux, les acquisitions de livres anciens ainsi que leur restauration. Outre son travail à la librairie, Miss Moraine occupe un emploi d'aide familiale dans un des foyers du Quartier français.

La chaise de Charlie grinça, comme pour émettre un commentaire.

— Quoi ? Ça ne va pas ? Mais la maison de Willie n'est-elle pas une sorte de foyer ? Attendez, j'ai presque fini.

Étant donné ses mérites tant scolaires que profession-nels, j'ai offert un emploi à Miss Moraine dans ma société commerciale. Néanmoins, elle m'a fait savoir qu'elle pré-férait préparer son B.A[6]. dans une excellente institution

---

6 *Bachelor of Arts* : équivalent d'une licence de lettres.

comme Smith College *où elle peut bénéficier d'un environnement opportun pour son intégration comme pour son éducation. En conclusion, je prie le Bureau des admissions de bien vouloir considérer d'un œil favorable la candidature de Miss Josephine Moraine, car je crois sincèrement que sa présence à* Smith *constituerait un véritable atout pour l'université.*

Cordialement à vous,
John Lockwell,
Président-Directeur général
de la Société Lockwell, Ltd.
La Nouvelle-Orléans, Louisiane.

– Ce n'est pas parfait, mais je crois que c'est assez bien.

J'enlevai la feuille de papier de la machine à écrire, la pliai et la glissai dans une enveloppe que je mis dans mon sac.

Charlie continuait à fixer des yeux le clavier.

– Hé, est-ce que vous aimeriez taper quelque chose?

Je glissai une page blanche dans la machine que je déplaçai de l'autre côté de la table, devant Charlie.

– Allez, Charlie, tapez quelque chose. Voulez-vous que je vous aide?

M'agenouillant près de lui, je guidai sa main vers les touches. Quand je la lâchai, elle voltigea en tremblant au-dessus du clavier pendant quelques secondes, puis retomba sur ses genoux.

– Ça y est presque. Essayons de nouveau.

Je soulevai sa main, mais cette fois, elle retomba aussitôt sur ses genoux. Inerte.

J'étais allée rapporter mon verre à la cuisine quand

je l'entendis. Une seule frappe, vive, rapide, sur le clavier. Une seule lettre, tapée avec conviction. Je me retournai vivement et revins en courant dans la salle à manger. Charlie était assis sans bouger devant la machine. Je jetai un coup d'œil par-dessus son épaule.

B

– Continuez.

Il resta immobile. Je passai de l'autre côté de la table de manière à pouvoir le regarder. Il y avait une sorte de tristesse dans son silence et son immobilité.

– Allez, Charlie Marlowe. Je sais que vous êtes là. Tapez une autre lettre.

On eût dit qu'un court-circuit était en train de se produire dans son esprit, faisant vaciller ses faibles lueurs d'intelligence comme le courant électrique pendant un orage. Était-ce le médicament ? En fait, le médicament émoussait toutes ses sensations et le plongeait dans un état presque comateux. Je décidai d'attendre un peu avant de le lui donner, pour voir si les lueurs que j'avais cru apercevoir prendraient ainsi un peu plus d'éclat.

Nous restâmes assis devant la table pendant plus d'une heure. Je lisais un livre. Charlie ne faisait rien, mais je notai qu'il était un peu plus remuant et qu'il regardait davantage autour de lui. Patrick était en retard. Il avait pourtant dit qu'il ne s'absenterait pas très longtemps. Où était-il donc ? Je refermai le livre d'un coup sec.

– Vous savez quoi, Charlie ? Je vais vous couper les cheveux.

Je dénichai une paire de ciseaux dans la cuisine et

enveloppai les épaules de Charlie d'une grande serviette de toilette. Il leva les mains et l'arracha.

– Oh, voilà que vous bougez maintenant! Je n'aurais pas dû rapporter la machine à écrire dans votre chambre. Peut-être aurais-je pu réussir ainsi à obtenir de vous une autre lettre.

Je remis la serviette sur ses épaules, après quoi j'allai chercher à la cuisine le peigne qui était au fond de mon sac.

– Vous savez, lui lançai-je par-dessus mon épaule, j'aurais dû faire ça il y a déjà longtemps. Vous n'auriez jamais laissé vos cheveux pousser comme ça.

Je remplis un bol d'eau pour mouiller le peigne, puis me servis un autre thé glacé.

– Ce que j'adorerais faire, poursuivis-je, c'est raser cette barbe blanche. Vous n'avez jamais porté la barbe.

Je retournai dans la salle à manger.

– Vous allez avoir l'impression d'être un nouveau...

Du sang. Partout.

Sur la table. Sur le parquet. Sur Charlie.

Son visage en était couvert. Il approchait à présent les ciseaux de son avant-bras et commençait à le taillader.

Lâchant le bol d'eau, je me ruai vers lui et trouvai le moyen de me couper les doigts en lui arrachant de force les grands ciseaux.

– Oh, non! Oh, non! Oh, non! ne pouvais-je m'empêcher de répéter.

Charlie réagit aussitôt à la peur qu'il percevait dans ma voix et se mit à remuer sur sa chaise. Du sang coulait d'une entaille qu'il s'était faite au front. J'attrapai la serviette de toilette et tentai de l'éponger afin d'apprécier l'étendue des blessures. Son front, son oreille, un côté de son cou. Charlie continuait de me résister. J'entendis soudain la voix de Willie en mon for intérieur : «Ne cède pas à la panique comme une idiote. Ressaisis-toi.»

Après avoir respiré profondément, je reculai d'un pas. Charlie cessa de remuer comme un diable. Tout en fredonnant, je ramassai une fois de plus la serviette qui avait glissé à terre, vins me poster derrière Charlie et l'enlaçai de mes bras, ce qui me permit d'examiner ses blessures. Puis, sans le lâcher, je pressai la serviette contre son front et son cou. S'il perdait encore du sang, nous aurions vraiment un sérieux problème.

À ce moment précis, j'entendis la clef tourner dans la serrure.

– Patrick, lançai-je avant même qu'il fût entré dans la pièce, ne t'inquiète pas, ce n'est pas aussi grave qu'il y paraît. Juste une ou deux coupures.

Il poussa un cri perçant. Le genre de cri qui s'échappe de vous lorsque vous voyez un être cher répandre des flots de rouge. Son visage perdit ses couleurs, et bientôt Patrick céda la place à un fantôme que je ne reconnus pas.

– Tais-toi! dis-je d'un ton sec. Tu veux vraiment que les voisins accourent ici? J'étais sur le point de lui couper les cheveux, et le temps que j'aille chercher mon peigne, il avait pris les ciseaux.

– Il y a… tellement de sang, fit Patrick.

– Ça vient de l'entaille qu'il s'est faite à la tête. Je suis en train d'étancher le sang. Est-ce que tu as une trousse à pharmacie?

Patrick secoua la tête.

– Donne à Charlie son médicament.

Il ne répondit pas. Il restait là à regarder.

– Patrick! Écoute-moi, s'il te plaît. Donne à Charlie son médicament.

– Une dose de plus?

– Je ne lui ai pas donné.

– Quoi! Comment tu as pu oublier?

– Je n'ai pas oublié. Je voulais voir s'il deviendrait plus lucide sans ce médicament.

– Oh, Jo, comment est-il possible que tu te sois montrée aussi stupide?

Sur ce, Patrick se précipita à la cuisine et revint avec le remède. Tandis qu'il l'administrait à son père, je notai que ses mains tremblaient.

– Il faut absolument qu'il prenne son médicament, sinon il devient fou. C'est essentiellement pour cette raison que le docteur le lui a prescrit.

– Je suis désolée, Patrick, mais j'ai vraiment cru, un moment, qu'il était sur le point d'émerger du brouillard. J'aurais voulu te demander ton avis, mais tu n'étais toujours pas là, tu avais même plus de deux heures de retard. Où étais-tu donc?

– Ne joue pas ainsi au docteur, Jo. Il doit impérativement prendre ce médicament, un point c'est tout. Dieu merci, aucune artère n'a été touchée.

– Il aura besoin de points de suture, fis-je.

Je regardai Charlie. Seigneur! Qu'avais-je donc fait?

– On ne peut pas appeler un médecin. Si on en appelle un, il fera immédiatement transférer Charlie à l'hôpital psychiatrique. Comment pourrai-je expliquer que mon père s'est tailladé le crâne et le cou avec une paire de ciseaux?

– Willie connaît des tas de gens. Quand il arrive des

choses comme ça dans sa maison, elle sait comment les gérer. Je vais lui téléphoner.

Nous étendîmes Charlie sur le divan. Puis j'appelai Willie qui me répondit qu'elle enverrait Cokie avec la trousse à pharmacie. Elle ajouta que le Dr Sully n'était pas en ville, mais qu'elle connaissait un médecin militaire qui avait combattu en France pendant la guerre. Elle lui ouvrirait un crédit à la maison close, et il accourrait probablement chez Charlie pour le recoudre.

Nous attendîmes donc. Patrick regardait alternativement la pendule et Charlie. Je désinfectai les coupures de mes doigts, puis j'essayai de nettoyer les taches de sang sur la chaise et le parquet. Il faut toujours les ôter le plus vite possible, de préférence avec de l'eau oxygénée, de peur qu'elles ne s'en aillent plus. Agenouillée par terre, je passai et repassai la brosse à récurer sur les taches. En vain. Peut-être pâliraient-elles avec le temps. De toute façon, il y avait des taches de sang dans la plupart des maisons du Quartier.

Cokie arriva moins d'une heure après. À peine m'eut-il jeté un coup d'œil qu'il dut tendre le bras pour s'appuyer contre le mur et retrouver son équilibre.

– Josie, ma fille…, dit-il d'une voix haletante. Seigneu', on dirait une pitit' bouchère. Ist-ce que ça va?

Je baissai les yeux. Cokie avait raison. Ma blouse et mon pantalon étaient rouges. Je n'étais qu'une grande tache de sang.

– Ça va. Vite, vite, apporte la trousse à pharmacie.

Cokie poussa un cri étouffé en apercevant Charlie.

– Oh, monsieur Charlie, qu'ist-ce que vous vous avez don' fait? Jo, c'est méchant vilain, citte blessure à la tête. Willie, elle a envoyé un docteur militaire elle connaît bien. Pit'-êt' il vaut mieux rien faire avant qu'il arrive. Et toi, l'ami, ajouta-t-il à l'adresse de Patrick, comment ça va?

– Je peux au moins lui bander la tête, dis-je. C'est ce qui saigne le plus.

Ce que j'entrepris de faire.

Vingt minutes plus tard, on frappait à la porte.

– Les voisins sont sans doute tous penchés à leur fenêtre dans l'espoir de ne rien perdre du spectacle, se lamenta Patrick.

– Faut pas te faire mauvais sang propos ces voisins, dit Cokie.

Randolph était ce jeune médecin militaire qui en avait vu de toutes les couleurs pendant la guerre. Il se trouvait aussi que, ce soir-là, il était ivre.

– Voudriez-vous une tasse de café? demandai-je.

– Nan, le café me rend nerveux. C'est pas fameux pour coudre. Je vais juste m'asperger la figure d'eau froide, répondit-il en allant à la cuisine.

– Il ne manquait plus que ça! murmura Patrick.

Randolph revint bientôt et ouvrit son sac.

– Êtes-vous habilité à pratiquer? demanda Patrick.

– Si vous aviez voulu avoir affaire à des médecins en règle, vous auriez emmené ce pauvre vieux à l'hôpital. Étant donné que vous n'êtes pas à l'hôpital, je pense que vous n'avez pas le choix. Pour l'instant, je suis sans doute ce que vous pouvez trouver de mieux. Giflez-moi.

– Je vous demande pardon? dit Patrick.

– Vous m'avez très bien entendu. Flanquez-moi une gifle. Et n'ayez pas peur de frapper. Ça me dessoûlera.

Patrick hésitait. Cokie regardait fixement Randolph.

– Oh, pour l'amour du Christ! Faut-il que je me gifle moi-même? hurla Randolph.

Je lui assenai une claque retentissante sur la joue. Exactement comme il l'avait demandé. J'en avais la main qui brûlait.

Après s'être secoué comme un chien mouillé, le médecin se mit au travail, non sans avoir pris soin de demander sous quel traitement était Charlie. Il sortit de sa sacoche une bouteille de chloroforme.

Patrick avait raison. Les voisins parleraient immanquablement. Pourrions-nous vraiment leur dire que la distribution de la pièce de Charlie comprenait un médecin militaire, un chauffeur de taxi quarteron et une fille couverte de sang des pieds à la tête? Charlie Marlowe n'avait jamais écrit d'histoires d'épouvante, non; c'était l'épouvante qui, d'une façon ou d'une autre, écrivait Charlie Marlowe.

31

Les trois hommes finirent par transporter Charlie là-haut, dans sa chambre. Je les suivis, ses chaussures dans une main, son maillot de corps dans l'autre. Ils déposèrent le père de Patrick sur son lit et calèrent sa tête contre les oreillers.

Le médecin, qui promenait son regard autour de lui, arrêta soudain ses yeux sur le jeu de serrures de sécurité fixé à la porte de la chambre.

Patrick l'observait avec attention.

– Merci, doc. Je vous suis très reconnaissant.

– Il va être inconscient pendant un moment, déclara Randolph. Vous feriez mieux d'aller dormir un peu tant que vous le pouvez. Mais je vous conseille de rester ici.

– Je vais rester avec lui, dis-je à Patrick. Tu pourras dormir un peu.

– Non. Rentre chez toi. Je pense que tu en as fait assez pour la soirée, répliqua le garçon avec une expression de colère et de crainte tout à la fois.

– Patrick, chuchotai-je, m'efforçant de ne pas pleurer.

Il leva la main et jeta un coup d'œil au médecin.

Randolph se tourna vers Cokie.

– Je crois qu'une reconnaissance de dette m'attend. Willie m'a dit que vous me reconduiriez Conti Street.

Cokie hocha la tête.

– Allez, viens, Josie. Tu nous accompagnes jusqu'à la maison de Willie, et ensuite, je te ramènerai chez toi.

– Je voudrais rester. Il faut que j'aide Patrick à s'occuper de Charlie.

– Ne t'inquiète pas, Jo, ça va.

Le léger tremblement que je percevais dans sa voix me faisait mal. Il n'allait pas bien du tout. Il n'avait aucune raison d'aller bien. L'incident qui venait d'avoir lieu n'avait rien d'anodin. Et j'en étais entièrement responsable. En l'espace de quelques mois, la santé de son père s'était effondrée. Patrick était devenu infirmier à plein temps. En dépit de sa bonne volonté et de sa générosité, il n'était absolument pas qualifié pour soigner le malade, mais il aurait fait n'importe quoi pour lui permettre de vivre cette perte de dignité dans l'intimité.

– J'ai vu le piano au rez-de-chaussée. Jouez-vous? demanda Randolph à Patrick, qui acquiesça.

– La musique est connue pour apaiser ce genre de malades – quelques-uns d'entre eux en tout cas. Leur cerveau se referme sur elle, et ça coupe une partie des autres réflexes. Assurez-vous seulement que la musique soit non seulement mélodieuse mais lente.

Patrick se tourna vers Cokie.

– Comme votre taxi est dans la rue, il vaudrait mieux que vous sortiez par la porte principale. Les deux autres sortiront par la porte de service.

– Pitit' Josie, tu peux pas so'tir dehors comme ça. On dirait tu as manié la hache pour Carlos Marcello. Patrick, donne-lui quique chose à se mett' su' l'dos.

Tandis que Patrick allait chercher un vêtement dans sa chambre, je me dis que Sadie pourrait peut-être m'aider à enlever les taches.

Randolph désigna d'un signe de tête la chambre de Patrick.

– Est-ce qu'il est OK ? Semblerait qu'il soit sur le point de piquer une crise.

– Il est furieux contre moi. J'ai laissé Charlie seul pendant quelques minutes, et il s'est méchamment coupé. C'est ma faute.

– Allons, te reproche rien, pitit' Josie, dit Cokie. Il aurait dû être à la maison avec son père au lieu de courir dans toute la ville avec ses amis.

– Il livrait des commandes de livres. Il faut bien qu'il continue à faire rentrer un peu d'argent dans la maison.

Je ceinturai le jean que Patrick m'avait prêté, roulai les jambes de pantalon pour qu'il fût à peu près à ma taille et rentrai la chemise dedans. Je pouvais sentir l'odeur de Patrick – une senteur fraîche de pin – sur ses vêtements, et cela avait quelque chose de réconfortant. Cokie nous conduisit chez Willie. Il était presque minuit, et la jubilation du carnaval éclatait dans les rues. Cokie et Randolph parlaient de la guerre. Randolph prédisait que les troupes américaines seraient bientôt en Corée. J'espérais qu'il se trompait. Nous n'avions certes pas besoin d'une autre guerre.

Le taxi de Cokie s'arrêta bientôt dans l'allée.

– Allez à la porte de service, dis-je à Randolph.

– Quel est le nouveau mot de passe? demanda-t-il.

– « C'est Mr Bingle qui m'envoie. »

Randolph entra dans la maison en passant par la porte de service conformément aux instructions. Je sortis de la voiture pour respirer un peu d'air frais, prenant bien garde à rester dans l'ombre, de peur que Willie ne m'aperçût à travers une des fenêtres. La maison déversait des flots de musique et des rires sonores qui couvraient presque le bruit, plus proche, de deux voix d'hommes. De toute évidence, ils se querellaient.

– Cokie, n'y a-t-il pas quelqu'un à l'arrière de la maison?

Nous descendîmes l'allée pour trouver la Lincoln Continental de John Lockwell précisément garée à l'arrière de la maison. Le capot était grand ouvert. John Lockwell en bras de chemise examinait le moteur tout en parlant à un autre homme.

– Je te le dis, John, laisse-la ici, et nous la remorquerons demain matin.

– Mais tu es fou! Je ne vais tout de même pas faire venir une dépanneuse dans une maison de passe pour que tout le monde sache que j'y suis allé! J'ai prévenu Lilly que je rentrerais à une heure du matin. Ses amis l'ont convaincue qu'il y avait eu un meurtre dans le Quartier français.

– Vous avez besoin je vous emmène, monsieur? proposa Cokie derrière lequel j'étais cachée. Ma voiture est dans l'allée.

– Non, j'ai besoin de rouler dans ma propre voiture, insista-t-il.

Je m'avançai vers lui.

Mr Lockwell leva les mains.

– Que fais-tu ici ?

– Je me promenais. J'habite tout près.

Les chiffres grimpèrent au compteur de mensonges.

– Eh bien, à moins que tu ne sois capable de réparer ma voiture, tu n'as rien à faire ici !

– Je connais quelqu'un qui pourrait vous dépanner.

– Ah oui ? Vraiment ? Combien de temps te faut-il pour l'amener ici ?

Je me tournai vers Cokie.

– Est-ce que tu peux me conduire chez Jesse ?

– Sûr, mais on peut pas savoir si Jesse, il sera là.

– Je reviens tout de suite.

Pivotant sur mes talons, je me mis à remonter l'allée au petit trot avec Cokie, mais pour m'arrêter presque aussitôt.

– Attends, Coke.

Je fis demi-tour et, d'un pas décidé, rejoignis Mr Lockwell.

– Je connais le meilleur mécanicien du Quartier français et je peux le faire venir ici illico.

– Alors qu'as-tu à rester plantée là ? dit Mr Lockwell. Va le chercher !

Je glissai la main dans mon sac et y pris une enveloppe.

– Voilà qui nous fera gagner du temps. Je vais vous faire signer maintenant la lettre de recommandation.

– Tu plaisantes ?

Je secouai la tête. Tirant la feuille de papier de l'enveloppe, je la dépliai contre la vitre de l'automobile, côté conducteur.

– Signez ici.

Lockwell me regardait fixement.

– Je ferai réparer votre voiture, et cette affaire sera réglée, déclarai-je en désignant du doigt l'emplacement de la signature.

– De quoi s'agit-il ? demanda son ami.

Mr Lockwell ne lui répondit pas. Il s'adressa à moi en baissant la voix.

– As-tu touché à ma Lincoln pour obtenir cette signature ?

– Bien sûr que non ! m'écriai-je.

Il m'attrapa par le poignet.

– Tu as intérêt à avoir un mécanicien, gamine. Si tu m'arnaques, je te jure que je te ferai passer un mauvais quart d'heure et que tu le regretteras.

– Ça va, Josie ? lança Cokie.

– Oui, oui, lançai-je en retour.

– Tu m'as entendu ? dit Lockwell en se rapprochant de moi. Tu le regretteras.

J'acquiesçai d'un signe de tête.

Mr Lockwell sortit un stylo de la poche de sa chemise.

– Nom d'un chien, je ne peux même pas lire ça. Il fait trop sombre ici.

Il me regarda. Il regarda la Lincoln. Et finit par gribouiller sa signature au bas de la feuille.

– Voilà, conclut-il. Et maintenant, dépêche-toi.

– On y va, Cokie, fis-je.

Je remontai l'allée une seconde fois, avec la lettre dûment signée, et sautai dans le taxi.

– Cokie, dis-je en brandissant la feuille de papier, ne parle pas de ça à Willie.

– Josie, qu'ist-ce que tu mijotes ? Tout ça, c'est folie.

Tu sais même pas ce que son auto, elle a. Pit-êt' on peut pas la réparer. Pit-êt' Jesse l'a pas les pièces. L'est minuit passé. Pit-êt' il dort déjà. Pit-êt' il est même pas à la maison. Alors qu'ist-ce que tu vas fai'? Cit homme, il attend, et il veut pas qu'on lui joue un vilain tour.

Je fixai des yeux la lettre signée. Je ne voulais pas non plus qu'on me joue un vilain tour avec ça.

Les lumières étaient allumées chez Jesse. Je grimpai l'escalier quatre à quatre et martelai de mes poings la porte. Elle grinça bientôt sur ses gonds. Une femme jeta un coup d'œil furtif au-dehors.

– Qu'est-ce que vous voulez?

– Bonsoir, ma'am. Je suis une amie de Jesse. Est-ce qu'il est là?

– Allez-vous-en, siffla-t-elle, il est trop tard pour sortir. Il n'arrive jamais rien de bon après minuit.

– Qui est-ce, Granny?

La porte s'ouvrit toute grande. Jesse apparut, vêtu de son seul jean, une bouteille de lait serrée contre lui. La bouteille transpirait. Son torse nu aussi.

– Hé! Jo!

Il leva un sourcil étonné en voyant ma tenue.

– Jesse, je voudrais te demander un service.

En moins de dix minutes, Jesse avait réussi à faire redémarrer le moteur de la Lincoln.

– Tu as une carte, petit? lança Mr Lockwell par la vitre ouverte entre deux bouffées de cigare.

– Une carte? questionna Jesse.

Lockwell me jeta un billet de cinquante dollars. Celui-ci me frappa aux genoux et atterrit dans l'allée.

– Tu as eu de la chance qu'il ait su la réparer. Achète-toi une robe. Et je voudrais voir des hauts talons, Josephine.

Sur ce, il s'en alla.

Jesse contemplait ses bottes.

– Ce n'est pas ce que tu crois, dis-je en poussant du pied le billet vert.

Jesse leva les yeux. Je les vis errer par-dessus mon épaule avant de se poser sur la maison. Un homme riche à la porte de service d'un bordel, qui vous jette un billet en vous disant de vous acheter des hauts talons : je savais exactement l'impression que ça pouvait donner. Je ne voulais pas que Jesse eût pareille vision de moi.

– Il m'a l'air joliment friqué.

– C'est l'oncle de mon amie.

Cette réponse-là faisait sans doute mauvaise impression, elle aussi. Jesse n'ignorait pas en effet que les filles de Willie étaient surnommées les nièces.

– Jesse, repris-je, est-ce que je peux te dire quelque chose ?

Il hocha la tête en signe d'assentiment.

– J'ai demandé à Mr Lockwell de m'écrire une lettre de recommandation pour l'université. Au début, il a refusé, mais j'ai fini par le convaincre. (*Oh! là, là! ça allait de mal en pis!*) Attends, ce n'est pas ça non plus, je m'explique mal. Je sais qu'il est client de la maison close. Il a donc accepté de me donner la lettre de recommandation pour que je ne dise rien à la tante de mon amie, bref, à son épouse.

Je glissai la main dans mon sac et en tirai l'enveloppe.

Le visage de Jesse s'éclaira soudain.

– T'as donc mis la pression sur le sale vieux bouc, hein ? Eh ben, en ce cas, tu l'as gagné !

Et, attrapant le billet, Jesse me l'envoya d'une chiquenaude.

Je ris. Lockwell était un sale vieux bouc.

– Non, non, c'est toi qui prends l'argent. Tu as réparé la voiture.

Il s'empara de sa boîte à outils, et nous prîmes le chemin de mon appartement.

Jesse parlait voitures et course de motos sur cendrée. À peine avions-nous dépassé quelques pâtés de maisons que je cessai d'entendre sa voix pour ne plus percevoir qu'une sorte de gazouillis. Il s'était produit tant d'événements ce soir-là. Il y avait eu Charlie, Patrick, Lockwell, et même Willie : je l'avais aperçue, penchée à sa fenêtre, tandis que Jesse et moi quittions l'allée. M'avait-elle vue parler à Lockwell ? L'avait-elle vu signer la lettre de recommandation ? Quand allait-elle ouvrir le jeu et reconnaître qu'elle savait que j'avais la montre de Mr Hearne ? Jesse s'arrêta soudain de marcher, et je me rendis compte que nous étions arrivés à la librairie.

– Tu n'as pas écouté un mot de ce que j'ai dit.

– Si, je… – non, en fait, je n'ai rien entendu. Je suis désolée, Jesse. Je tombe de sommeil.

– OK, fille ensommeillée. Est-ce que je peux te dire un secret ?

Je n'avais aucun besoin de nouveaux secrets. Je n'en voulais plus. J'en avais déjà trop à moi toute seule. Je levai les yeux vers Jesse.

– Oui, oui. T'as beau être là, tout ensommeillée, avec les habits de ton *boy-friend* sur le dos, murmura

Jesse en se rapprochant de moi, tu m'aimes. C'est ça, le secret.

– Quoi?

J'écartai mon visage du sien, m'efforçant d'empêcher les coins de ma bouche de remonter en une ébauche de sourire. En présence de Jesse, mon corps semblait réagir à sa guise, comme si j'en avais perdu le contrôle. Ça me rendait nerveuse.

– Mm'oui, répondit-il, chaque fois que t'as eu des ennuis, c'est pas ton *boy-friend* que t'es allée chercher en courant. Non, c'est moi. Tu m'aimes, Josie Moraine, ajouta-t-il en reculant, lentement, très lentement, un petit sourire aux lèvres. C'est juste que tu l'sais pas encore.

Je restai devant la porte de la boutique à le regarder s'éloigner à reculons. Il hocha la tête et m'adressa son fameux sourire, un sourire «jessien» en diable. Il avait vraiment de belles dents.

– Oh, j'allais oublier, Jo, lança-t-il soudain, alors qu'il était déjà arrivé au milieu de la rue. De rien pour les fleurs!

Sur ce, Jesse tourna les talons et s'en fut, toujours riant, avec sa boîte à outils. Et bientôt, rire et boîte à outils s'évanouirent avec lui dans l'obscurité.

32

J'étais en retard. Mieux vaut ne pas dormir du tout que dormir deux petites heures, comme je l'avais fait. Je me sentais toute barbouillée et, à force de pleurer, j'avais attrapé une bonne migraine. J'avais versé des torrents de larmes. Sur Charlie, sur mon inconscience et ma négligence qui avaient failli le tuer. Sur Patrick à qui j'avais fait faux bond. Sur Charlotte avec laquelle je n'étais pas franche, puisque je manipulais Mr Lockwell dans son dos. Sur la mort de Mr Hearne et sur mon morbide, mon pitoyable attachement à la montre d'un homme décédé : et tout ça, pourquoi ? Parce que ce monsieur respectable s'était rendu compte que, loin d'être une bonne à rien, j'étais une fille bien. J'avais pleuré sur mes mensonges à Willie et sur mes autres mensonges. Si j'avais pu déverser dans le Mississippi tous les mensonges que j'avais racontés, le fleuve serait monté, monté, aurait débordé et fini par inonder la ville. J'avais aussi pleuré parce que j'avais oublié de remercier Jesse pour les fleurs, pleuré plus fort encore à l'idée qu'il s'imaginait que je l'aimais. Est-ce que je l'aimais ? Quelquefois, j'avais l'impression de m'efforcer désespérément de ne pas l'aimer. Bref, c'était une erreur sur toute la ligne, c'était même bien pire que ça.

Mardi gras approchait. La maison de Willie n'allait pas tarder à ressembler à un champ de ruines. À la seule perspective de balayer les débris du péché, j'avais de violents élancements dans la tête. À peine avais-je pénétré dans la maison que je perçus l'odeur. Du bourbon. Quelqu'un en avait répandu par terre. Non pas un verre, mais une bouteille entière. J'en avais pour une demi-heure. Il y avait quelque chose d'autre. Du vin. J'espérais que ce ne fût pas du rouge. J'en avais pour trois quarts d'heure, peut-être plus. Je ne pouvais pas savoir. Je n'étais plus sûre de rien, sauf d'une chose : La Nouvelle-Orléans était une amie déloyale que je brûlais de quitter.

Dès que j'entrai dans la cuisine, ce matin-là, Sadie m'empoigna par le bras et m'attira d'un coup sec contre son petit corps maigre et nerveux. Elle gémit et sanglota un long moment, la tête enfouie au creux de mon épaule, puis se mit à me déshabiller.

– Arrête, Sadie, m'écriai-je en la repoussant brutalement. Qu'est-ce que tu fais ?

Elle leva sur moi un regard plein de confusion. Ses sourcils étaient comme tordus sous l'effet de son trouble et son visage gonflé de larmes. Elle plongea la main dans l'évier et en ressortit le corsage que je portais la veille pour le brandir devant moi.

J'avais oublié mes vêtements ensanglantés dans l'auto de Cokie. Il les avait laissés là, pensant que Sadie les laverait. La pauvre femme s'était sans doute imaginé que j'étais morte.

– Oh, Sadie, non ! Je vais bien. Vraiment.

Sur ce, je déboutonnai mon corsage et levai les bras en l'air.

– Tu vois, je ne suis pas blessée.

Sadie s'effondra sur une chaise et baisa la petite croix suspendue à son cou.

Je m'assis à la table de la cuisine pour tenter de la calmer. Elle était, semblait-il, plongée dans un abîme de prière, de telle sorte qu'elle ne me répondit même pas. Ce fut à ce moment précis que j'aperçus la manchette du journal posé sur la table.

MORT D'UN TOURISTE DE MEMPHIS
ÉTABLIE COMME MEURTRE

Je m'emparai du journal.

Les fonctionnaires de l'administration du Tennessee ont déclaré que le touriste de Memphis Forrest Hearne, ancienne star du football, avait été tué par les *knockout drops** versées dans son verre au *Sans-Souci*, une boîte de nuit de Bourbon Street. Le détective Martin Langley, de la paroisse de Jefferson, a confirmé au *Times Picayune* de La Nouvelle-Orléans qu'une autopsie pratiquée à Memphis avait confirmé la cause du décès de Hearne. Celui-ci, habitant aussi aimé que réputé de Memphis, est mort au *Sans-Souci* à l'aube du Nouvel An. On avait d'abord imputé sa mort à une crise cardiaque, mais l'épouse de la victime est devenue soupçonneuse lorsqu'elle s'est rendu compte qu'il manquait plusieurs choses sur la personne de son mari, entre autres une importante somme d'argent liquide et une montre de grand prix. Un coroner de Memphis a procédé à une série d'examens sur le cadavre, et un chimiste de l'État de Louisiane a confirmé par la suite le résultat de ces examens. Les tests ont révélé la présence manifeste d'hydrate de chloral. La drogue, plus connue sous le nom de «Mickey Finn*», n'a ni goût, ni couleur, ni odeur et peut se révéler mortelle à haute dose. Le détective en chef de Memphis a violemment attaqué la ville de La Nouvelle-Orléans pour la négligence dont l'administration locale a fait preuve dans l'établissement de la cause du décès. Le journal *Memphis Press-Scimitar* a signalé en outre qu'administrer des *knockout drops* aux touristes manifestement riches était une pratique largement répandue dans le Vieux Carré, où la boîte de nuit est située. Les faits seront communiqués au département de police de La Nouvelle-Orléans.

Forrest Hearne n'était donc pas mort d'une crise cardiaque. Quelqu'un lui avait filé un «Mickey».

Je frappai à la porte de la chambre de Willie, espérant qu'elle était dans son bain ou trop fatiguée pour parler.

– Entre.

Comme je m'y attendais, elle avait l'air épuisée. Un bloc de papier pelure était posé en équilibre sur ses genoux. Elle consignait toujours les recettes de la nuit sur du papier pelure qu'on pouvait brûler, avaler ou faire disparaître dans les toilettes au cas où les flics passaient.

– Ah, bon Dieu, j'ai sacrément besoin de ce café! J'suis vannée, lessivée, j'en ai plein l'dos, plein l'cul!

246

À entendre sa voix, on eût dit qu'elle avait avalé une poignée de clous rouillés.

– Je suis désolée, Willie. J'étais en retard ce matin. Je n'ai même pas encore eu le temps d'aller là-haut. Mais je vais me dépêcher.

Je posai le plateau sur le lit.

– Assieds-toi, Jo.

Je pris la chaise du bureau, la retournai, face au lit, et m'assis.

– Cokie m'a raconté ce qui s'est passé cette nuit. Il était très fier de toi, disant que tu avais assuré et que tu t'étais montrée vraiment brave. Randolph était exactement du même avis. Selon lui, c'était pratiquement une scène d'abattoir. Il a ajouté que Patrick n'avait guère été plus utile qu'une béquille en caoutchouc, mais que tu avais pris le contrôle des choses. Randolph a encore une sacrée marque sur la joue, tu n'y es pas allée avec le dos de la cuillère !

Willie rit.

– Il était ivre et nous a demandé de le gifler, disant que c'était le seul moyen de le dessoûler. Et pendant ce temps, le pauvre Charlie gisait là, couvert de sang. J'étais effrayée, Willie.

– Bien sûr que tu étais effrayée ! Bon sang, je l'aurais été, moi aussi. Cokie a dit que tu pensais que c'était arrivé par ta faute. Je n'ai jamais rien entendu de plus stupide. Charlie est manifestement plus atteint que nous ne le pensions. J'ai conclu un marché avec Randolph. Il ira jeter un coup d'œil sur Charlie environ tous les deux jours en échange d'une ligne de crédit avec Dora.

– Merci, Willie.

– Bon, l'ennui, c'est que Randolph n'est pas habilité à délivrer des ordonnances : il a sans doute des problèmes de son côté. Il faudra donc que je continue à m'adresser au Dr Sully. Mais au moins Randolph pourra contrôler l'évolution de l'état de Charlie et nous faire savoir ce dont il a besoin.

– Les voisins vont probablement devenir soupçonneux, dis-je.

– Raconte-leur que Charlie est chez un ami, à Slidell. Je ne veux pas qu'on le mette à l'asile avec tous les fous et les aliénés. Charlie est un homme plein de dignité. Il m'a toujours aidée quand j'en avais besoin. D'après Randolph, les accès de folie vont s'espacer, peut-être disparaître, et il se tiendra plus tranquille.

– Vous voulez dire qu'il n'aura plus de crises ?

Willie but une nouvelle gorgée de café.

– Cokie m'a aussi appris que tu avais réparé la voiture de Lockwell, reprit-elle sans avoir répondu à ma question.

– Non, ce n'est pas moi qui l'ai fait. C'est Jesse Thierry.

Willie hocha la tête.

– Allons, sûr que tu veux faire apparaître Jesse comme un héros. Mais je devine pourquoi. On vous a vus vous balader ensemble dans la ville. Tu l'aimes.

À l'instar de Jesse, elle avait affirmé ça comme un état de fait. Ça m'agaçait. Et qui lui avait raconté qu'on m'avait vue avec Jesse ? Ce devait être Frankie.

– Jesse est un ami, Willie, répondis-je, rien de plus. Il ne parle que voitures et course de motos sur cendrée.

– Ah, oui, c'est vrai, et toi, tu es en passe de devenir une Rockefeller. J'oubliais !

– Ce n'est pas du tout ce que j'ai voulu dire.

– Eh bien, ne te fais pas de souci ! Il y a des tas de filles charmantes qui seront ravies de ramasser tes minables *boy-friends* de rechange. Bon sang, tu n'as pas remarqué que les femmes de la haute restent bouche bée devant lui comme s'il était le sexe incarné ! Jesse est un brave gosse, même s'il a pas assez de prétentions intellectuelles pour toi !

Willie avait une manière bien à elle de me faire rougir de honte sans même s'en donner la peine. Je la regardai déplier le journal. Elle lut la manchette, puis me jeta un coup d'œil avant de revenir à la manchette.

– Ainsi, quelqu'un lui a filé un Mick à trop haute dose. Et l'a tué, hein ?

J'acquiesçai d'un signe de tête.

Willie lut à voix haute un passage de l'article :

– « Le journal *Memphis Press-Scimitar* a signalé en outre qu'administrer des *knockout drops* aux touristes manifestement riches était une pratique largement répandue dans le Vieux Carré, où la boîte de nuit est située. » Quelles conneries ! commenta-t-elle. Ils nous présentent tous comme des voleurs ! La prochaine fois, ils nous éliront comme la ville la plus dangereuse du monde, et le tourisme sera réduit en poussière.

Dans sa fureur, Willie rejeta brutalement le journal. Elle se leva, alluma une cigarette et se mit à faire les cent pas près de son lit. Je regardai sa longue robe de nuit en soie noire ondoyer autour d'elle.

Elle pointa soudain vers moi le bout brûlant de sa cigarette.

– Ça va tourner mal, Jo. Les gens finiront par demander qu'on assainisse le Quartier. Ce type était plein aux as. Toutes les femmes de la haute vont voir ça et penser à leurs époux. Elles les boucleront, sûr. La police mettra la pression. Les flics seront sur la maison comme une chienne sur un os. Les affaires en pâtiront, c'est moi qui te le dis.

– Pensez-vous qu'ils pinceront la personne qui a fait ça ? m'enquis-je.

Willie ne réagit pas. Elle continua à marcher de long en large, tétant rageusement cigarette sur cigarette. Jusqu'à ce qu'elle s'arrêtât pour se tourner vers moi.

– N'en parle à personne, Jo. Si quelqu'un te pose des questions, dis-leur que tu ne sais rien et viens me voir immédiatement.

– Qui pourrait me poser des questions ?

– Les flics, espèce d'idiote !

Je baissai les yeux.

– Quoi ! rugit Willie, ils sont déjà passés ?

J'acquiesçai d'un signe de tête.

– Comme je vous l'ai dit, Mr Hearne est entré dans la boutique pour acheter deux livres le jour même de sa mort. La police voulait savoir ce qu'il avait acheté et s'il avait l'air souffrant. Je leur ai répondu qu'il avait acheté un Keats et un Dickens et qu'il semblait se porter comme un charme.

– Quoi d'autre ?

Willie tira une longue bouffée de sa cigarette. Je regardai le papier se consumer.

– C'est tout.

– Eh bien, ce n'est pas rien ! On pourrait t'appeler à la barre pour témoigner. Patrick était-il là ? ajouta-t-elle en se retournant vivement. A-t-il vu Hearne ?

– Oui.

– C'est Patrick qui ira à la barre. Pas toi.

– Qu'est-ce que vous me racontez là, Willie ?

– Ferme-la ! Fiche le camp et mets-toi au travail. Tu es en retard. Les clients vont frapper très tôt à la porte, ils veulent leur ration avant le Mardi gras. Passe-toi un peu d'eau froide sur la figure. T'as tellement pleurniché qu'elle est tout enflée. Tu ressembles à Joe Louis au douzième round.

33 .

Je dormis comme une souche toute la soirée et toute la nuit du Mardi gras.

Je me servis du ventilateur de la librairie pour étouffer le vacarme du dehors. Patrick et moi ne cessions de nous plaindre de ce ventilateur, le trouvant beaucoup trop bruyant, mais ce jour-là, par terre, à côté de mon lit, il était parfait. Je dormis quatorze heures d'affilée, sans me réveiller une seule fois, pas même pour penser à mon dossier d'inscription à *Smith College*.

Je l'avais posté la veille après y avoir glissé un billet de dix dollars tout neuf pour les frais d'inscription. J'avais souvent songé à ouvrir un compte bancaire et l'idée d'avoir des chèques imprimés à mon nom me séduisait, mais Willie ne se fiait pas le moins du monde aux banques et aux banquiers de La Nouvelle-Orléans. Elle disait que c'étaient les clients les plus vicieux de la maison, et qu'elle n'allait tout de même pas les laisser payer avec son propre argent. Il y avait aussi autre chose : elle ne voulait pas que quiconque fût au courant de ses gains.

L'employée des postes avait déclaré que mon dossier

arriverait à Northampton vers le 27 février. Elle avait lu l'adresse sur l'enveloppe avant de me regarder avec un petit sourire compatissant. Sans doute pensait-elle : « Oh, vous ne comptez pas vraiment entrer à *Smith College*, n'est-ce pas ? J'ai entendu dire qu'on embauchait des vendeuses chez *Woolworth*, Canal Street. »

La dernière carte postale de Charlotte, datée du 15 février, m'était parvenue le 20.

Elle représentait un magnifique bâtiment couvert de neige. La légende inscrite au bas de l'image disait : *Construite en 1909, la bibliothèque William Allan Nelson de* Smith College *contient 380 000 volumes auxquels viennent s'ajouter, chaque année, 10 000 nouveaux volumes.*

Je retournai la carte postale pour relire une dernière fois la minuscule écriture de Charlotte.

Chère Jo,

As-tu envoyé ton dossier d'inscription ? J'espère que oui !

Tante Lilly dit que le Mardi gras bat son plein. Vous devez vous amuser comme des fous et je vous envie terriblement. J'ai montré à toutes les filles la carte postale du Vieux Carré que tu m'as envoyée. Le club d'aviation doit participer ce week-end à une course-poursuite, et la semaine prochaine, notre député rencontrera les progressistes. Je brûle d'impatience à l'idée que tu nous rejoignes bientôt. Réponds-moi vite.

Affectueusement,

Charlotte

Moi aussi, je brûlais d'impatience de les rejoindre, de travailler à un projet important et plein de sens.

– Hé ! Motor City !

La voix, suivie d'un sifflement, avait filtré à travers la vitre fermée. Je jetai un coup d'œil dans la rue et aperçus Jesse, debout devant sa moto, sur le trottoir d'en face. Il m'adressa un signe de tête. J'ouvris la fenêtre et me penchai au-dehors. La rue était jonchée de débris, tristes vestiges de la fête. *Trash Wednesday*, « mercredi des Détritus », disait-on, plutôt qu'*Ash Wednesday*, « mercredi des Cendres ».

– T'as dormi ? lança-t-il. Je ne t'ai pas vue dehors.

– Je n'ai fait que dormir du début jusqu'à la fin.

– T'as faim ?

J'étais affamée.

– Est-ce que tu vas à la cathédrale pour recevoir les cendres ? m'enquis-je.

Jesse rit.

– Je suis originaire d'Alabama, tu ne te rappelles pas ? Baptiste. Le salut par la grâce. Allons plutôt chercher une *muffuletta**.

On s'est installés sur un banc en bordure de Jackson Square. Une bonne nuit de sommeil m'avait fait le plus grand bien. J'avais retrouvé ma lucidité, et le sol avait cessé de se dérober sous mes pas. La tête de Jesse dodelinait contre le dossier du banc ; il avait les yeux clos, mais un sourire réconfortant flottait sur son visage doré par le soleil. C'était agréable de ne pas parler. Je ne sais comment, Jesse et moi pouvions avoir de longues conversations sans prononcer un seul mot. Je fermai les yeux à mon tour et m'adossai au banc, m'efforçant de me concentrer sur les ombres orangées derrière mes paupières. Les oiseaux gazouillaient, et une douce brise me caressait les bras. Pendant un bon moment, on est restés assis là dans le même état de bien-être : à la fois rassasiés et comme purifiés du chaos qu'avait été le Mardi gras.

– Jesse ?

– M'moui ?

Je gardai les yeux clos et sentis mon corps se détendre encore un peu plus.

– J'ai fait quelque chose.

– C'est jamais une bonne intro, répliqua-t-il.

– Pour une raison ou pour une autre, je voudrais t'en parler.

– OK, vas-y !

– Il y a quelque temps, vers le Nouvel An, j'ai fait la connaissance d'une fille du Massachusetts, Charlotte. Elle est venue à la librairie, et on s'est vraiment bien entendues. On ne s'était encore jamais rencontrées, mais j'avais l'impression qu'elle me connaissait parfaitement. Je me suis sentie immédiatement à l'aise avec elle. Est-ce que ce genre de chose t'est déjà arrivé ?

– Positif.

Les nuages se dissipèrent, et l'éclat du soleil embrasa mon visage.

– Seulement, poursuivis-je, elle appartient à une famille très aisée, une bonne famille. Elle est étudiante en première année à *Smith College*, dans le Massachusetts. Elle pilote même un avion. Depuis le début, Charlotte n'a pas cessé de me dire que je devrais déposer un dossier d'inscription à Smith. Une fille comme moi, prétendre entrer dans une école aussi prestigieuse ! Je sais pertinemment que ça doit sembler ridicule. Toujours est-il que Charlotte m'a envoyé le dossier d'inscription et toutes les informations nécessaires.

Soudain, la folie, l'irréalisme de toute l'affaire m'apparut clairement, et je faillis éclater de rire.

– Et peu à peu, poursuivis-je, j'ai commencé à le désirer, à le désirer furieusement. J'en ai parlé à Willie, mais ça l'a terriblement contrariée. Elle m'a répondu que je devais faire mes études ici, à La Nouvelle-Orléans, qu'essayer d'entrer dans ce genre de collège, c'était sortir de mon milieu et que, de toute façon, je ne ferais pas le poids. Bref, sa réaction n'a fait que renforcer mon envie d'y aller. Je l'ai donc fait, Jesse. J'ai posé ma candidature à *Smith College*, Northampton. Je t'avais expliqué que j'avais réussi à convaincre ce butor de John Lockwell de signer ma lettre de recommandation. J'ai envoyé le dossier d'inscription l'autre jour. J'ai presque peur de l'avouer, y compris à moi-même. Mais je désire vraiment faire mes études là-bas, ajoutai-je en baissant la voix.

Une ombre passa sur mon visage, tandis que le soleil glissait derrière un nuage. Laissant échapper un long soupir, je sentis alors le poids de mon lourd secret tomber enfin de mes épaules.

– Je suis folle, c'est ce que tu penses, hein? dis-je.

– Ce que je pense? répondit-il.

Il y avait quelque chose de fermé dans sa voix.

J'ouvris les yeux. Le visage de Jesse était à quelques centimètres du mien, me cachant le soleil. Je vis sa bouche et sentis son souffle sur mon cou. En proie à une sorte de panique, tout mon corps se crispa nerveusement, et je serrai les poings dans une attitude défensive.

Jesse recula immédiatement.

– Oh, Jo, je suis désolé! murmura-t-il. Je n'avais pas

l'intention de t'effrayer. Tu… avais quelque chose dans les cheveux – et il brandit un morceau de feuille.

Une vague de trouble submergea soudain l'espace qui nous séparait. Je tentai une explication.

– Non, c'est juste que…

Que quoi ? Et pourquoi chuchotais-je ainsi ? Je savais bien que Jesse n'avait pas voulu me faire peur. Et pourtant j'avais les poings serrés, comme si je me préparais à le repousser. Je me sentais parfaitement ridicule, et Jesse s'en rendait compte, à ce qu'il semblait.

– Ç'aurait été très drôle, non, si tu m'en avais envoyé un dans la figure ?

Jesse s'adossa au banc et fourra les mains dans les poches de son blouson de cuir.

– Bon, tu m'as demandé mon avis. Voilà ce que je pense (il se tourna vers moi et sourit) : tu ferais mieux de t'acheter un manteau d'hiver, Motor City. Il fait froid dans le Massachusetts.

C'est à peine si j'entendis ses paroles. Le parfum de sa lotion après-rasage s'attardait autour de mon visage. Je venais de prendre conscience de notre étroite proximité sur ce banc et brûlais du désir de savoir si ses mains au fond de ses poches étaient chaudes ou froides.

– Ça coûte combien, une école de ce genre ? s'enquit-il.

– Une fortune, répondis-je à voix basse.

– C'est-à-dire ?

– Pas loin de deux mille dollars pour les frais de scolarité, de résidence et les livres.

Jesse émit un long sifflement.

– C'est dingue, je sais, fis-je.

– Sûr que c'est dingue, mais c'est juste une question d'argent, répliqua Jesse. Et y a quantité de moyens d'en gagner.

Nous reprîmes en silence le chemin de la librairie par St Peter Street que nous remontâmes jusqu'à Royal Street. Elle était encombrée de résidus de la fête : gobelets et canettes dans lesquels on shootait, pièces de costumes abandonnées au fil de la soirée, que l'on piétinait... Apercevant un collier de perles d'un blanc laiteux suspendu à une porte, Jesse l'attrapa et me le tendit. Je le passai autour de mon cou. Il y avait quelque chose de très paisible dans cette journée, un peu comme à Noël, quand le monde cesse enfin de tourner et consent à s'arrêter. Tous les habitants de la ville prenaient un jour de repos, dormant avec leur maquillage, semant des perles dans leur lit. Tout était fermé le lendemain du Mardi gras, même la maison de Willie. Willie resterait en robe de nuit toute la journée et ne ferait rien sinon, peut-être, prendre un café avec ses « nièces » à la table de la cuisine, ce qui ne lui arrivait jamais en temps normal. Les filles se moqueraient des michetons de la nuit précédente ; Evangeline se plaindrait ; Dora ferait rire tout le monde, et Sweety partirait au milieu de l'après-midi pour aller voir sa grand-mère. Tout cela manquait-il à Mam ? À l'heure qu'il était, pensait-elle à La Nouvelle-Orléans, à la maison de Willie, à moi, sa fille ?

– Semblerait que t'aies une cliente impatiente, dit Jesse en désignant d'un geste la librairie.

Miss Paulsen, le nez collé contre la vitrine, scrutait l'intérieur de la boutique.

– Bonjour, Miss Paulsen.

– Oh! bonjour, Josie! répondit-elle en se tournant vers moi avant d'apercevoir Jesse, que, sans la moindre gêne, elle se mit à examiner sous toutes les coutures.

– Miss Paulsen, je vous présente Jesse Thierry. Jesse, je te présente Miss Paulsen. Elle dirige le département d'anglais à Loyola.

Jesse hocha la tête avec un petit sourire.

– Ma'am.

Miss Paulsen se raidit.

– Je suis aussi une amie des Marlowe, précisa-t-elle à l'adresse de Jesse. À propos, voilà déjà un bon moment que j'essaye de les joindre, ajouta-t-elle. Je suis même passée chez eux, mais personne n'a répondu à mes coups de sonnette.

– Bon, faut que j'y aille, déclara Jesse.

Je n'avais aucune envie de le voir partir, aucune envie qu'il m'abandonnât avec Miss Paulsen qui me poserait une foule de questions et exigerait autant de réponses.

– Heureux de vous avoir rencontrée, ma'am, dit Jesse en s'éloignant à reculons. À bientôt, Jo. C'était sympa.

Tandis que Jesse traversait la rue, Miss Paulsen me décocha un regard inquisiteur. Ses épaules tressautèrent lorsqu'elle l'entendit démarrer sa moto. Je voyais Jesse rire sur le trottoir d'en face. Il fit rugir le moteur plusieurs fois de suite, jusqu'à ce que Miss Paulsen finît par se retourner. Alors il m'adressa un petit signe de la main et fila à l'autre bout de Royal Street.

– Ça, par exemple! s'écria Miss Paulsen, portant la main à son chignon torsadé avant de la poser sur sa nuque. Ce garçon va-t-il à l'université?

Je me frottai le bras. Je sentais encore Jesse tout contre moi.

– En fait, oui. Delgado. Y a-t-il quelque chose que je puisse faire pour vous, Miss Paulsen?

– Certes, oui, répondit-elle en croisant les bras sur sa poitrine. Assez, c'est assez. Qu'est-ce qui se passe avec Charlie Marlowe?

34

On s'était mis d'accord sur l'histoire à raconter. Charlie n'était pas en ville ; il était parti aider un ami malade à Slidell. C'est donc cette histoire que je racontai à Miss Paulsen. Le mensonge me vint si facilement aux lèvres que j'en fus effrayée. Jadis, j'avais l'estomac tout barbouillé lorsque j'entendais ma mère proférer un mensonge. «Comment peut-on faire une chose pareille ? Et comment, après ça, vivre en paix avec soi-même ?» me demandais-je alors. Et à présent, j'étais là à mentir effrontément à Miss Paulsen, à lui sourire tout en lui mentant. J'ajoutai même des détails de mon cru, expliquant que Charlie songeait à acheter une librairie à Slidell. C'était pure invention de ma part. Patrick et moi n'avions jamais parlé de cela.

Patrick n'était pas venu à la boutique depuis des jours et des jours. Lorsque je m'arrêtais près de la maison, il était toujours au piano à jouer sans fin des mélodies pour Charlie. Quelque chose avait changé. C'était comme si un rideau était tombé entre nous. Ça me donnait envie de pleurer. Je frappais à la porte selon le code convenu entre nous, puis entrais avec ma propre clef. Patrick se détournait légèrement du piano et, voyant que c'était moi, faisait pivoter son tabouret pour se remettre à jouer. Il pouvait continuer ainsi des heures durant. Il communiquait avec son père grâce à la seule médiation de Debussy, Chopin et Liszt. Je lui apportais des provisions, mettais de l'ordre dans la maison, tandis qu'il restait assis à son piano. On n'échangeait pas un seul mot. Mais quand je partais, je n'étais pas encore sous la véranda que j'entendais les notes s'arrêter. Si la musique était le seul moyen pour lui de parler à Charlie, c'était aussi un moyen de m'ignorer.

Ce jour-là, je fus heureuse de le voir franchir le seuil de la librairie. Toutefois, je ne pouvais lui parler librement, parce qu'une cliente était plantée devant un rayon, à feuilleter les livres. Patrick et moi avions travaillé côte à côte pendant des années, mais à présent, c'était comme si l'espace derrière le comptoir était devenu trop exigu pour nous deux, comme si nous avions perdu notre liberté de mouvement et notre rythme de travail, si détendu.

– Salut!

Je tentai un sourire avant de poser la main sur le comptoir, ce qui signifiait: «Roman policier».

Patrick regarda la femme, secoua la tête et, dans notre langage codé, indiqua: «Livre de cuisine».

C'était là l'échange le plus long que nous ayons eu depuis plus d'une semaine. Je m'étais excusée à de nombreuses reprises à propos de ce qui était arrivé à Charlie. Je savais qu'il m'avait entendue, mais il n'avait pas réagi. Son seul geste pour me signaler qu'il s'agissait d'un livre de cuisine me remplit de joie.

– Charlie? murmurai-je.

– Randolph est à la maison. J'ai quelques courses à faire.

Tirant d'un tiroir une pile de courrier, je la lui tendis.

– J'ai trié les billets et les chèques, expliquai-je. Je pensais que tu allais incessamment passer à la banque.

Il acquiesça d'un signe de tête.

La cliente s'approcha alors du comptoir avec le dernier *Betty Crocker Cookbook*.

– J'étais pourtant sûre et certaine qu'elle choisirait un Agatha Christie, déclarai-je après son départ.

– Elle a désespérément envie de lire des romans policiers, répondit Patrick. Mais elle a été contrainte d'acheter le livre de cuisine parce que son mari n'est pas commode : à peine a-t-il franchi le seuil de la maison et posé sa serviette qu'il lui faut son repas chaud, et si ce n'est pas le cas, il se met en colère. Elle est malheureuse ; lui aussi. Elle pleure dans la salle de bains, assise sur le rebord de la baignoire ; il boit pour oublier. Ils n'auraient jamais dû se marier. Et maintenant qu'elle a acheté le livre de cuisine au lieu d'un Agatha Christie, elle est encore plus malheureuse. Elle se sent prise au piège.

Je jetai un coup d'œil à travers la vitrine et observai la femme, immobile dans la rue, comme prostrée. J'imaginai la suite du scénario construit par Patrick, et soudain, je la vis flanquer le livre dans une poubelle, dénouer ses cheveux et se précipiter dans le bar le plus proche. À ce moment précis, deux jeunes gens traversèrent la rue en direction de la boutique et nous regardèrent à travers la baie vitrée. J'en cataloguai un comme acheteur potentiel du roman de Mickey Spillane. L'autre garçon m'était familier. C'était le fils de John Lockwell, Richard.

– Jo.

Patrick me tira par le bras et m'attira tout contre lui. J'avais à peine senti sa main effleurer mes cheveux qu'il était là, soudain, à m'embrasser. Le temps de me rendre compte de ce qui se passait, il s'était déjà écarté.

– Patrick.

J'étais si secouée qu'il m'était difficile de prononcer son nom. Je n'avais pas les poings serrés, non, au contraire, ma main reposait tranquillement sur son épaule. Je l'avais laissé m'embrasser sans lui opposer la moindre résistance.

– Je suis désolé, Jo, chuchota-t-il après avoir jeté un petit coup d'œil au-dehors.

Son visage crispé par la douleur était tout près du mien.

– Patrick, je suis désolée, moi aussi, je…

Il ne me permit même pas de terminer ma phrase. Il me donna un baiser rapide, s'empara de la pile de courrier et quitta la boutique.

En proie à une sorte de saisissement mêlé de trouble, je m'appuyai contre le comptoir pour retrouver mon équilibre. J'avais encore le goût du dentifrice de Patrick dans la bouche. Je touchai mes lèvres, incapable d'interpréter le sens de son baiser : était-il désolé de m'avoir embrassée ou désolé de ne pas l'avoir fait plus tôt ? Quoi qu'il en soit, je ne l'avais pas repoussé et j'étais plus abasourdie qu'effrayée.

Je mis la dernière main à l'inventaire que Patrick m'avait demandé et triai une nouvelle cargaison de livres. J'étais si distraite que je rangeai en dépit du bon sens un certain nombre de volumes, notamment *Confessions of a Highlander*, le nouveau best-seller de Shirley Cameron que je casai dans le rayon «Voyages» au lieu de le caser dans celui des romans. Je m'aperçus de mon erreur et me traitai de tous les noms. Je le plaçai dans la vitrine, espérant qu'une femme au foyer frustrée viendrait l'acheter de préférence à un livre de cuisine.

Je ne cessai de revenir à la même conclusion. Patrick et moi, ça avait du sens. On était à l'aise l'un avec l'autre. Voilà des années qu'on se connaissait. Tous les deux, on adorait les livres. Il était intelligent, doué, élégant et remarquablement organisé. Il connaissait mon sombre arrière-pays. Il n'y aurait nul besoin d'explications gênantes si Dora me hélait à grands cris dans la rue, si Willie me demandait avec insistance de l'accompagner à *Shady Grove*, ou si Mam resurgissait, mendiant une bavette d'aloyau pour compenser sa malchance à Hollywood. Patrick prendrait un *Greyhound** à la gare routière de Rampart pour venir me voir à *Smith College*. La veille de Noël, quand mon autocar arriverait tard dans la soirée, il m'attendrait à la gare, vêtu de son blouson d'aviateur bleu. On écouterait ensemble de la musique. Je lui offrirais des boutons de manchette pour son anniversaire, et on passerait la matinée du dimanche à boire du café tout en dépouillant les rubriques nécrologiques à la recherche de livres au rebut.

Je souris. Patrick ne me faisait pas peur. Cela avait du sens.

Le carillon tinta, et Frankie entra dans la boutique, promenant un regard interrogateur entre les rayonnages.

– Ouah! m'écriai-je. Deux fois en un mois! Laisse-moi deviner… Tu as rêvé de Victor Hugo?

Frankie ne répondit pas. Il continuait de promener son regard à la ronde. Ses mains semblaient agitées d'un mouvement nerveux.

– T'es seule? murmura-t-il.

– Oui.

– T'es sûre? répéta-t-il en mastiquant bruyamment son chewing-gum.

Je hochai la tête. Je ne percevais plus dans sa voix la note d'humour habituelle. Une peur sourde me saisit au ventre, et je retins mon souffle.

– Ta momma est sur le chemin du retour.

Je laissai échapper un soupir.

– Déjà? Je ne peux pas dire que j'en sois surprise, fis-je en remettant un livre à sa place, comme pour différer la question qu'il me fallait absolument poser. Est-ce que… est-ce que Cincinnati vient avec elle? finis-je par ajouter.

– Sais pas. J'en ai causé à Willie, et elle m'a dit d'aller te prévenir.

– Comment as-tu découvert ça?

– J'ai une source d'informations au service du Télégramme américain. Ils ont vu le message.

– Mam a envoyé un télégramme à Willie? demandai-je sans y croire.

Cela me semblait bizarre.

– Non. Le télégramme a été envoyé hier soir par le chef de la police de Los Angeles à l'un des principaux inspecteurs de police de La Nouvelle-Orléans. On lui a remis le message hier soir chez lui, de la main à la main.

– Je savais bien que Cincinnati lui attirerait de gros ennuis. Il a donc été arrêté, et elle revient ici.

– C'est pas Cinci. C'est ta momma qu'est en détention provisoire.

– Quoi !

Frankie hocha la tête.

– «Louise Moraine en détention provisoire sur le chemin de La Nouvelle-Orléans», que le télégramme disait. Et d'après la fuite dans le bureau de l'inspecteur général, la police était à sa recherche depuis un bon bout de temps.

– Mais à quel titre ?

Frankie fit une petite bulle avec son chewing-gum et regarda à travers la vitrine.

– À quel titre, Frankie ?

La bulle éclata au moment précis où les mots sortirent de sa bouche.

– Le meurtre de Forrest Hearne.

35

Je courus chez Willie. Durant tout le trajet, mon cœur ne cessa de cogner à grands coups dans ma poitrine. Oui, certes, Mam était stupide. Et rapace. Mais meurtrière ? Je ne voulais pas, ne pouvais pas le croire. L'idée me terrifiait trop. Des échos de toutes ses foutues promesses remontaient du puits de la honte pour venir rôder autour de moi, et, à chacun de mes pas, j'entendais le tic-tac de la montre de Hearne – la montre que j'avais trouvée sous le lit de ma mère.

Je me faufilai dans la maison par la porte de service. Dora, assise à la table de la cuisine, pieds nus, avec sa robe vert émeraude remontée jusqu'aux cuisses, était en train de passer sur ses ongles de pied un vernis rose nacré. Elle me jeta un petit coup d'œil et ouvrit tout grands les bras.

– Oh ! mon p'tit lapin en sucre, viens voir ta Dora ! J'me lèverais bien, mais j'abîmerais mes nougats.

Je tombai dans ses bras. Elle me serra contre sa vaste poitrine, et c'était comme si je m'enfonçais dans de doux oreillers.

– Bon, écoute, mon p'tit chat, j'ai lu deux ou trois

romans policiers, et j'sais de quoi y r'tourne. Y a pas encore de preuve. Willie dit que si la police convoque Louise, c'est seulement pour l'interroger.

– Mais pourquoi ?

– 'Cause qu'elle a buté un gars plein aux as, espèce d'idiote ! intervint Evangeline en entrant dans la cuisine.

– Tais-toi don', Vangie, gronda Dora. Louise, al' a buté personne. Al' était juste au mauvais endroit au mauvais moment. Quand la police a commencé à enquêter, ajouta-t-elle en se tournant vers moi, y a quelqu'un qui a dit qu'on l'avait vue prendre un verre avec c't'homme riche la nuit du 31.

– On a vu Mam boire avec Mr Hearne ?

– C'était son nom ? demanda Dora.

– Ouais, répondit Evangeline. Forrest Hearne.

– Ooh ! sexy-sexy comme nom ! s'exclama Dora. Il avait le physique en rapport ?

– La photo dans le journal, elle est assez parlante. Paraît que c'était un architecte et très riche avec ça, précisa Evangeline.

– Pourquoi est-ce qu'il est pas plutôt venu à la «maison de joie» pour voir la reine du vert ? dit Dora. S'il l'avait fait, y s'rait pas mort à l'heure qu'il est.

– Arrête, Dora ! m'écriai-je.

– Oh, mon p'tit lapin en sucre, j'suis désolée ! J'veux juste dire que tu devrais pas t'faire du mauvais sang comme ça. Après tout, la police interroge tout le monde en ce moment, pas vrai ?

Je vis Dora hausser imperceptiblement les sourcils et me rappelai que sa sœur, Darleen, m'avait croisée au poste de police.

– Je crois aussi, acquiesçai-je.

– C'qui m'inquiéterait plus, reprit Dora, c'est d'penser que Cincinnati va p't-êt' revenir avec elle.

– Eh bien, déclara Evangeline, faudra que Louise, elle dorme au grenier. Son ancienne chambre est à moi maintenant. J'ai fini par me débarrasser de l'odeur.

Je me levai pour aller trouver Willie. À la porte, Evangeline m'attrapa par le bras.

– Tiens-toi à l'écart de John Lockwell, murmura-t-elle, projetant un postillon qui vint étoiler ma poitrine.

Elle contempla la gouttelette de salive avant de s'exclamer avec un petit sourire tordu :

– Oh ! regarde, il pleut !

Je frappai à la porte de Willie. La réponse, prévisible, fusa :

– Tu devrais pas être là.

J'entrai quand même. Willie était assise à son bureau, fin prête pour la soirée. Elle portait sa tenue noire traditionnelle, et ses cheveux, remontés plus haut que d'habitude, étaient retenus par deux peignes « fleur de lis » incrustés de diamants. Le livre noir, grand ouvert, était posé devant elle.

– Je commence à aller aussi mal que Charlie, lança-t-elle par-dessus son épaule. La semaine dernière, j'ai noté que Silver Dollar Sam aime Seven and Seven. C'est Pete the Hat qui aime Seven and Seven, ajouta-t-elle après avoir fait une correction.

Le livre noir de Willie était un fichier. Elle dressait la liste de tous ses clients, qui recevaient chacun un nom de code, avec leurs goûts et leurs particularités : la fille qui leur plaisait le plus, leurs fantaisies, et même ce qu'ils buvaient et à quels jeux de cartes ils jouaient. Silver Dollar Sam était en réalité un vendeur de voitures nommé Sidney. Mais il avait sur le dos un tatouage représentant un dollar d'argent, d'où son surnom. Il y avait juste assez d'informations dans le livre pour que Willie pût s'en servir comme d'une police d'assurance. Si un client lui donnait du fil à retordre, elle avait un cahier des visites qu'elle proposait de montrer à son épouse ou à sa mère. Avant que la soirée commençât, elle examinait la liste des réservations. Elle vérifiait si elle se rappelait bien les moindres détails des préférences de chacun, tout en donnant une parfaite impression de naturel et d'improvisation.

La nouvelle de l'arrivée de Mam ne semblait pas avoir perturbé Willie. De fait, elle disait toujours qu'aucun ouragan ne l'empêcherait de faire du thé, si ça lui chantait.

Je pris un tube de rouge à lèvres *Hazel Bishop* qui traînait sur son lit et me fardai légèrement les lèvres et les joues.

– Alors, que faisons-nous ? demandai-je.

Willie tourna une page du livre noir.

– Nous en avons déjà discuté. Tu ne dis rien à personne. Souviens-toi, tu n'es pas sortie le soir du 31 décembre. Tu n'as rien vu. Ta mère et toi, vous ne vivez pas ensemble, vous êtes brouillées. Quand elle sera de retour, tu partiras pour *Shady Grove*. Tu resteras loin de la ville pendant un bout de temps.

– Toute seule ?

– Tu veux peut-être que Cincinnati t'accompagne ?

– Non, mais ne semblera-t-il pas étrange que je disparaisse comme ça, d'un seul coup ?

– Oh, faut-il que tu sois un personnage important pour que tout le monde s'en avise ! Tu m'as dit que la police t'avait posé des questions et que tu lui avais répondu. Tous les gens du pays connaissent ta mère, et ils ont assez de bon sens pour ne pas m'embêter en mentionnant ton nom. Personne ne soufflera mot.

– Mais qui nettoiera la maison le matin ?

– Quoi ? Ne me dis pas, Cendrillon, que ta brosse à récurer va te manquer !

Je m'appuyai contre le montant du lit de Willie.

– Non, c'est vous, ma marâtre, qui allez me manquer.

Willie posa son stylo et pivota sur sa chaise.

– Comment sais-tu que je ne suis pas ta fée marraine ?

Nous échangeâmes un long regard. Willie était tout de noir vêtue, avec des lèvres couleur de chianti et des yeux à faire rentrer un serpent dans son trou. J'éclatai soudain de rire.

– OK, fis-je. Vous êtes la marâtre au cœur de fée marraine.

– Je préférerais être comme toi, répliqua Willie. Cendrillon au cœur de marâtre.

Aïe ! Plaisantait-elle ? À l'entendre, c'était un compliment.

Elle retourna à son livre.

– Cokie t'emmènera à *Shady Grove*.

– Il va me laisser là, Willie ?

– Tu n'as pas besoin de voiture. Si tu as besoin de téléphoner, tu peux aller à pied à l'épicerie.

– Mais s'il arrive quelque chose ?

– Sale bien les cacahuètes. Je ne me fais pas de souci. Tu es bonne tireuse. Je dirai à Ray et Frieda de surveiller le passage des voitures sur la route. Tu le sais, la nuit, ils ont les yeux grands ouverts. Bon, maintenant, tu ferais mieux de filer, à moins que t'aies envie qu'un vieux coureur de jupons effeuille les pétales de ta marguerite.

Je sortis dans la rue au moment précis où Cokie déposait un client.

– Je vas te conduire là-bas, pitit' Josie, mais faut d'abord je vas chercher un groupe de délégués pou' les ramener ici.

– D'accord, Coke. Tu es donc déjà au courant de mon voyage?

– Sûr! Willie, elle veut pas que tu sois dans les parages quand ta mama, elle sera là; elle a peur que ta mama, elle t'entraîne dans la mélasse. Willie, elle va dire à ta mama tu es à Slidell à aider Mr Charlie. Jo, faut je te demande, ajouta-t-il en se grattant l'arrière de la tête. Comment tu pouvais connaît' que citte affai', elle roulait sur trois roues? Depuis le premier jou', tu me harcèles propos le rapport du coroner? Ist-ce que tu connaissais quique chose propos cit homme du Tennessee et ta mama?

– Non, c'est juste que je... l'aimais bien. Il est venu à la boutique. Il était très gentil et m'a traitée avec un grand respect. Il était stimulant, Coke. Je ne connais pas beaucoup d'hommes de ce genre.

Cokie hocha la tête.

– Bon. Je crois qu'on va étrenner ce fameux Thermos pendant not' voyage à *Shady Grove*.

Sur ce, il partit chercher les délégués. Je me mis en route pour la librairie. Je pensais à la montre. Je devais m'en débarrasser à tout prix. Je pourrais, par exemple, la jeter dans une poubelle. Ou bien l'emmener à *Shady*

Grove et la cacher là-bas. Une automobile me dépassa. J'entendis les freins crisser et la marche arrière s'enclencher. L'étincelante Lincoln Continental recula pour s'arrêter devant moi.

– Alors es-tu acceptée à *Smith College*? demanda John Lockwell en laissant tomber la cendre de son cigare par la vitre.

– Je n'ai pas encore de nouvelles, j'attends.

– Je ne sais toujours pas ce que disait cette lettre de recommandation.

– C'était très élogieux… et très bien écrit, l'assurai-je.

– J'espère que ton talent pour préparer les Martini y était mentionné.

– Non, mais en revanche la lettre mentionnait mes relations dans le monde de la mécanique.

– La Lincoln marche au quart de poil maintenant! Tu ne veux pas que je t'emmène? Charlotte me considérerait comme un oncle abominable si je ne t'emmenais pas dans ma voiture. Viens prendre un verre avec moi. J'ai désormais un studio dans le Quartier. Plus discret.

– Non, merci. J'ai des projets.

Lockwell sourit.

– Peut-être une autre fois. Il y a chez toi quelque chose qui me plaît, Josephine, dit-il en me désignant du doigt. Et j'aime le rouge à lèvres.

La Lincoln s'éloigna. Je m'essuyai la bouche avec le dos de la main.

36

Je m'assis sur le lit, la boîte à cigares posée sur les genoux. J'examinai le chèque de Mr Hearne. Sa femme s'apercevrait-elle qu'il n'avait pas été tiré? Si je le déposais à la banque maintenant, les flics pourraient remarquer la transaction et venir poser des questions. Je regardai sa signature, élégante et pleine d'assurance. Et soudain un souvenir de ma mère me revint: je la revis dans le *Meal-a-Minit* en train de sortir de son sac une liasse de billets et de se vanter d'aller dîner chez *Antoine* avec Cinci. Ils formaient sans nul doute une sacrée paire tous les deux. Cincinnati dans le costume d'un homme mort, Mam avec le portefeuille d'un homme mort.

J'avais rangé le chèque sous la latte disjointe du plancher avec la montre. J'avais décidé de les emporter avec moi à *Shady Grove* pour m'en débarrasser. Cela aurait dû être une priorité pour moi. Ce n'était pas le cas. J'avais passé toute la matinée à penser à Patrick et à me demander s'il ferait un saut à la librairie. Il ne le fit pas. Je devrais attendre pour le voir le moment de ma visite à Charlie. J'observai les aiguilles de la montre, comptant les minutes jusqu'à l'heure de la fermeture. Je m'étais lavé les cheveux et les avais coiffés la veille au soir. Je ne cessais de me regarder dans le miroir et j'avais changé deux fois de corsage. J'avais soudain envie d'impressionner Patrick, d'être belle pour lui.

Miss Paulsen, toujours à fourrer son nez dans les affaires des autres, s'arrêta à la boutique. Je lui dis que j'allais bientôt voir Charlie à Slidell et qu'à mon retour je lui ferais un rapport complet. Elle écrivit un billet à Charlie et insista pour que je le lui remette dans une enveloppe cachetée. Je lui vendis ensuite l'ouvrage de Shirley Cameron, et nous parlâmes de son amie de *Smith College*, auteur de fictions historiques. Elle pensait que nous nous entendrions bien toutes les deux. Quand elle ne jouait pas à l'inspectrice générale, Miss Paulsen pouvait être aussi intéressante que charmante.

Une lettre de Charlotte arriva. Elle voulait savoir si j'avais eu des échos de mon dossier d'inscription. Elle ajoutait que sa cousine Betty Lockwell lui avait écrit pour lui demander de la présenter une nouvelle fois à Patrick. Si le béguin de Betty faisait rire Charlotte, pour ma part, il m'irritait. Je fourrai la lettre dans le tiroir de mon bureau, fermai la porte et me mis en route.

Tout en marchant, je me répétais en esprit les paroles que je dirais à Patrick quand je le verrais. Je voulais avoir l'air naturelle, à l'aise, qu'il ne se doutât surtout pas combien son baiser m'avait laissée vertigineuse toute la journée. Je ne prendrais aucune initiative. Arrivée devant la porte, je guettai le son du piano, mais le silence semblait régner dans la maison. Je remis la clef dans ma poche et frappai.

Patrick vint m'ouvrir, nu pieds, les cheveux encore humides. Il portait un tee-shirt fraîchement repassé et était en train de glisser une ceinture dans les passants de son pantalon.

– Salut, Jo. Entre!

– Tu es beau comme tout, fis-je, espérant un compliment en retour.

– Merci. Je reviens tout de suite. Faut que j'aille chercher mes chaussures.

Une bonne odeur flottait dans l'air. J'errai dans le salon et finis par me retrouver près du piano. Je promenai les doigts sur le mot «Bösendorfer», puis les fis courir en silence sur les touches. La partition *Liebersträume* de Franz Liszt était posée sur le pupitre. En regardant les notes, je m'émerveillai de la facilité avec laquelle Patrick était capable de convertir tous ces petits points noirs en une merveilleuse musique.

– J'ai fait des croquettes, déclara-t-il en redescendant. J'ai utilisé la recette du livre de cuisine de Betty Crocker, tu sais, le livre qu'avait acheté la femme au foyer à la dérive.

– Qu'est-ce que ça veut dire? demandai-je, montrant du doigt le titre de la partition.

Patrick s'avança derrière moi et regarda par-dessus mon épaule.

– *Liebersträume*, c'est un mot allemand, répondit-il.

– Je sais que c'est de l'allemand, mais comment le traduit-on?

Patrick referma la partition et la posa sur le couvercle du piano.

– Ça signifie «rêves d'amour».

J'eus l'impression de le voir rougir.

– Oh! fis-je, soucieuse d'empêcher un sourire intérieur d'irradier mon visage. Comment va Charlie?

– Il dort beaucoup. Près de vingt heures par jour. Je
dois le réveiller pour le nourrir.

– À ton avis, c'est le médicament?

– Je ne sais pas. Je vais demander à Randolph.

Patrick sortit une assiette du buffet et me la tendit.

– Figure-toi qu'en cherchant dans le placard un oreiller supplémentaire pour Charlie, j'ai trouvé sur l'étagère
du dessus le manuscrit de son dernier livre.

– Tu l'as lu?

– J'ai un peu honte de le dire, mais oui, je l'ai lu. Je
sais qu'il ne voulait pas que je le fasse avant qu'il l'ait
terminé. Mais j'en mourais d'envie. Et tu sais quoi? Eh
bien, il est vraiment bon. Je regrctte qu'il n'ait pu le
finir.

– Bah, on ne sait jamais! Peut-être le terminera-t-il
tout de même quand il ira mieux.

Nous nous assîmes à la table de la cuisine pour
déguster les croquettes. J'avais espéré que nous pren-
drions notre petit repas dans la salle à manger, mais
peut-être cela eût-il semblé trop officiel. Je ne cessais
de me dire que cette visite à Patrick n'était pas un rendez-vous d'amoureux et que je devais arrêter de penser
à ça. Mais je ne pouvais pas m'en empêcher. Une fois
que je serais partie pour *Shady Grove*, Dieu sait combien
de temps s'écoulerait avant notre prochaine rencontre.
Nous commençâmes de manger, et je lui parlai de Mam.

– Holà, Jo, s'écria Patrick, mais c'est dingue!

– Oui, c'est dingue. Dora dit que la police veut interroger Mam parce que quelqu'un prétend l'avoir vue
avec Mr Hearne.

– Et qu'en pense Willie ?

– Willie veut que j'aille me réfugier à *Shady Grove*. J'ignore combien de temps je serai absente, ajoutai-je en regardant Patrick.

– Sa réaction est très sensée, à mon avis. Elle ne veut pas que tu sois mêlée à cette histoire.

– J'ignore combien de temps je resterai absente, répétai-je. Peut-être devrons-nous fermer la librairie.

– Je trouverai bien une solution, dit Patrick. Tu pourrais sans doute profiter de ce congé. Emporte avec toi une partie des nouveaux livres que tu avais envie de lire.

Nous finîmes notre repas, échangeant des bribes de conversation anodines. Toutes les deux minutes, je me demandais si oui ou non je devais évoquer ce qui s'était passé à la boutique.

– Dis, Jo, pourrais-tu me rendre un service ? lança tout à coup Patrick. Tu te rappelles James, de la librairie *Doubleday* ? C'est son anniversaire, et sa petite amie organise une fête ce soir. Ils m'ont invité, et j'aimerais vraiment y faire ne serait-ce qu'une apparition, mais...

– Mais, l'interrompis-je, tu as besoin de quelqu'un pour veiller sur Charlie en ton absence.

Patrick acquiesça d'un signe de tête.

– Je t'aurais volontiers emmenée avec moi, mais Randolph est occupé ce soir, et il ne pourra pas passer à la maison.

– Bien sûr que je resterai avec Charlie.

– Ah, merci ! Je ne m'attarderai pas.

Je fis la vaisselle, et Patrick monta à l'étage pour voir comment allait Charlie. Il redescendit en blazer et cravate.

– Tu es beau comme tout. Et tu sens bon.

Il sentait l'eau de Cologne. Une nouvelle eau de Cologne que je ne connaissais pas.

– Heureux que ça te plaise !

Sur ce, il se dirigea vers la porte, puis, se ravisant, fit demi-tour et revint vers moi. Il posa les mains sur mes épaules et me donna un rapide baiser.

– Merci, Jo. Je reviens très vite.

La porte se referma en claquant derrière lui. Je ne l'avais pas remarqué dans la librairie : ses lèvres étaient froides.

Il ne revint pas tout de suite. De longues heures s'écoulèrent. Je parcourus des magazines, époussetai le piano et finis par monter tranquillement à l'étage pour voir comment allait Charlie. Je m'arrêtai devant la porte close de la chambre de Patrick, résistant à une impérieuse envie d'y jeter un coup d'œil. Au lieu de quoi je me rendis dans celle de Charlie. Il dormait sous un drap soigneusement tiré. La chambre était propre et bien rangée. Près des flacons de médicaments alignés sur la commode, il y avait une feuille de consignes écrite de la main de Randolph. J'entrouvris la fenêtre près du bureau pour aérer un peu la pièce. La feuille de papier était toujours dans la machine à écrire. Je dus y regarder à deux fois. Il y avait une autre lettre.

BL

Je m'assis sur le bord du lit de Charlie. Autour de ses plaies, la peau naturellement très pâle avait pris une teinte orange sanguine à cause du Mercurochrome. Je le découvris légèrement. Il serrait contre lui la boîte rose de la Saint-Valentin. Il avait le visage blafard, et ses cheveux gris étaient toujours hirsutes.

– Oh, Charlie! murmurai-je. Qu'est-ce qui vous est arrivé? Je voulais juste vous couper les cheveux. Je suis tellement désolée!

Ses yeux papillotèrent, s'ouvrirent et se fixèrent sur moi. Puis, pendant peut-être un quart de seconde, il sourit. C'était ainsi qu'il me souriait quand je me cachais dans sa librairie à l'âge de huit ans ou quand je balayais le trottoir devant la boutique et qu'il me regardait à travers la vitrine. C'était le sourire qui disait: «Tu es une bonne petite, Josie.»

J'écartai les mèches de cheveux de ses yeux.

– Je vous aime, Charlie Marlowe, fis-je. Est-ce que vous m'entendez? On va arranger ça.

Mais il avait déjà replongé dans le sommeil.

En me réveillant, je perçus immédiatement l'odeur du café. J'étais étendue sur le divan, une couverture drapée autour de mes épaules. Les rideaux du salon diffusaient une pâle lueur rose. Le soleil se levait. Je me dirigeai vers la cuisine pour y trouver Patrick, debout au bar. Il n'avait pas encore quitté son blazer et sa cravate.

– Je t'ai réveillée? demanda-t-il.

– Je me suis donc endormie? Je n'arrive pas à y croire. Est-ce que Charlie va bien?

– Oui, très bien. Désolé, Josie, je suis rentré beaucoup plus tard que prévu.

Patrick ne s'était pas encore couché mais il n'avait pas l'air fatigué du tout.

– Tu t'es bien amusé?

– Ouais, mais j'ai été le musicien de service en quelque sorte. Ils m'ont fait jouer toute la nuit. J'ai joué assez de jazz pour la vie entière. Jo, devine un peu qui était à la soirée? ajouta-t-il en se tournant vers moi avec un sourire.

– Eh bien, qui?

– Capote.

– Truman Capote? Lui as-tu dit que tu adorais son livre et qu'il se vendait comme des petits pains à la librairie?

– Nous n'avons bavardé qu'un très court moment. Essentiellement à propos de Proust. Il est vraiment très petit de taille, Jo, et il a une voix des plus étranges. Il n'a que vingt-cinq ou vingt-six ans, mais il parlait cercles littéraires. La seule personne qui pouvait le suivre était cet excentrique d'Elmo Avet.

– Willie connaît Elmo. Elle l'appelle *La Reine des Abeilles*, mais elle adore les meubles anciens qu'il lui vend. On dirait tout à fait la soirée d'anniversaire.

– Je t'ai fait du café. Tu pars ce matin, n'est-ce pas? demanda-t-il.

J'acquiesçai.

– Tu nous manqueras, dit Patrick en me servant une tasse de café.

– Vous me manquerez aussi. Si tu veux me joindre, passe par Willie. Elle laissera des messages pour moi chez l'épicier. Et, bien entendu, tu peux m'écrire. J'ai laissé l'adresse sur le bar. Oh, j'allais oublier! Miss Paulsen est passée à la boutique.

Patrick se retourna brusquement. Il avait le visage contracté par la peur.

– Encore ?

– Oui. Je lui ai raconté que je partais à Slidell pour rendre visite à Charlie. Elle m'a confié un billet pour lui.

Et, tirant de mon sac l'enveloppe cachetée, je la tendis à Patrick.

Il la déchira et lut le message avant de me le donner.

Vous n'aviez jamais été un auteur de romans à énigmes, et voilà que vous en êtes devenu un.

Envoyez-moi une lettre de Slidell, ou bien je saurai que tout cela n'est que mensonge.

Anxieusement vôtre,

Barbara

37

J'adorais le taxi de Cokie.

Mais nous n'étions pas dans le taxi. Nous roulions dans la Cadillac de Willie, Mariah, et le visage de Cokie était épanoui en un radieux sourire.

– Verse-moi une aut' pitit' goutte de ce Thermos, Josie, ma fille. Tu vois, c'est un vrai plaisir conduire citte machine. Un jou', je te jire, je vas me trouver une grosse Cadillac noire toute pareille celle-ci, pneus flanc blanc et tout.

– Cette voiture attire trop l'attention. On aurait dû prendre ton taxi. Je l'adore. Il est si confortable !

– Mon taxi, c'est une bonne fille. Ah, si elle pouvait raconter, ooh, ooh, tout ce qu'elle a vu ! Bon, ça, c'est pas la route de Northampton. Citte route-là, elle traverse le Mississippi et l'Alabama pour monter vers le nord. Cornbread, il dit c'est mieux conduire dès que le soleil se lève et 'rêter rouler avant qu'il se couche. Je suis d'accord. Tu resteras chez la cousine de Cornbread en Géorgie, et si tu veux faire halte en Virginie, Cornbread, l'a une vieille tante là-bas.

– C'est vraiment très gentil de ta part d'organiser mon voyage, Coke, mais je n'ai pas encore été acceptée.

– Tu seras acceptée, je le sais, déclara-t-il en hochant la tête plusieurs fois de suite. Tu *dois* l'êt'.

Il se tourna vers moi.

– Tu dois quitter citte ville, Josie. La Nouvelle-Orléans, c'est une bonne ville pou' des gens, vraiment bonne pour quiques personnes. Mais c'est pas pou' toi. Y a trop de paquets tu dois traîner avec toi. Tu as des rêves et la capacité les rend' réels. Je parie tu t'es 'crochée cit homme riche de Memphis jiste pasqué l'était ton idéal de papa. Et je suis d'accord, t'aurais pas pu tourner aussi bien si l'aut' moitié, l'était pas quique chose très, très bien. Tu seras acceptée, Josie, et on sera tous fiers de toi. C'est sûr, je serai fier de toi.

Nous passâmes les trois heures de trajet à parler sans fin. Cokie me raconta des histoires au sujet de ses parents. Son père était un Blanc originaire du Canada qui s'était installé à La Nouvelle-Orléans. Il avait une femme et des gosses et, parallèlement, il avait noué une liaison avec la mère de Cokie – une métisse. Cokie n'avait pas encore trois ans quand son père était mort. Contrairement à moi, il avait toujours été proche de sa mère au point qu'il ne pouvait l'évoquer sans être au bord des larmes. Il disait qu'elle avait toujours tout fait pour son bien : comment ne l'aurait-il pas profondément aimée ? Il l'avait perdue à l'âge de seize ans. Il n'avait jamais pu se marier, expliquait-il, parce qu'il aurait voulu trouver une épouse dotée des mêmes qualités que sa *mama*, et que c'était impossible. « Et celle-ci ? lui suggérais-je. Elle ne te conviendrait pas comme compagne ? Et celle-là ? » Mais à chaque fois, il rejetait ma suggestion avec une plaisanterie moqueuse ou des commentaires à mourir de rire – à en faire pipi dans sa culotte.

– Eh bien, alors pourquoi pas Bertha ? demandai-je encore.

– Écoute, Bertha, l'est gentille comme tout, mais l'est trop vieille. Si j'aime une fille, faut pas sa peau elle plisse trop.

– Et Tyfee ? tentai-je.

– Tyfee ? Tu plaisantes ou quoi ? L'a seulement trois o'teils ! En plis, elle sue comme si su' l'point d'accoucher d'un veau à deux têtes. Et puis l'est toujou' à se teindre ses cheveux gris avec du marc de café. On dirait quique chose sale. Non, merci.

Tyfee n'avait donc que trois orteils. Première nouvelle !

Cokie était difficile, certes, mais il semblait savoir exactement ce qu'il voulait trouver chez une femme. Cela me fit penser à Patrick et à nos adieux étranges, un peu gênants. Il m'avait serrée très fort, très longtemps contre lui, comme s'il ne devait jamais me revoir. Mais il ne m'avait pas embrassée. Il s'était contenté de me regarder avec de grands yeux pleins de silence. Je n'aurais pu dire si c'était mon départ qui le bouleversait de la sorte ou si c'était Charlie.

Nous arrivâmes juste avant l'heure du déjeuner. Cokie s'arrêta d'abord chez Ray et Frieda Kole.

– Il est froid, commenta-t-il après avoir touché le capot de leur voiture. Ils doivent dormir depuis un bon bout de temps.

Pauvres Ray et Frieda. Je me demandai pourquoi ils avaient si peur de l'obscurité.

Cokie déposa sur leur véranda un carton que Willie lui avait donné pour eux. Il contenait une marmite de gombo* préparée par Sadie, une cartouche de cigarettes, une bouteille de muscat, ainsi qu'une lettre les chargeant de veiller sur moi.

Après quoi, nous descendîmes la longue allée bordée d'arbres menant à *Shady Grove*.

– À présent, Jo, assure-toi si tes oreilles, elles sont grandes ouvertes. C'est gentil et tranquille ici, mais les ennuis, ça peut arriver aussi. Et alo', tu peux crier toutes tes forces, personne, y va t'entendre, personne. Même Ray et Frieda. Leur maison, c'est presque deux kilomèt'.

– À t'entendre en tout cas, on croirait qu'il y a ici des ours ou quelque chose comme ça.

– Je parle pas propos les animaux. Je parle propos les criminels.

Je ris.

– Qui est-ce qui voudrait cambrioler *Shady Grove* ? Il n'y a rien dans cette maison à part quelques meubles et de vieilles assiettes.

Shady Grove était l'image même de la paix. C'était un petit cottage créole avec une large véranda et, tout autour, de vieux chênes moussus.

Cokie serra le frein à main.

– Non, Josie, je dis pas n'importe quoi. Citte histoi' avec ta *mama*, c'est sérieux. Y a plein de gens qui veulent pas la voir rivini' La Nouvelle-Orléans. Willie, elle est pas bête, elle t'a sortie de la poêle à frire, mais même ici, faut te tenir prête. Y a des gens, pourraient êt' assez sots pou' s'imaginer ils peuvent atteindre ta *mama* à travers toi.

Je descendis de l'automobile et retirai du siège arrière ma petite valise ainsi qu'un grand carton de livres. Cokie ouvrit le coffre. Il était bourré de caisses et de cageots.

– Mais enfin, Coke, tu as amené au moins la moitié du garde-manger. Je croyais que je restais ici une semaine tout au plus.

– Sadie, elle a cuisiné toute la nuit pou' toi. Et là, y a enco' tas de provisions. Tiens, prends ça, ajouta-t-il en extrayant du coffre le sac de golf de Willie. Tu sais bien je peux pas souffri' les armes à feu.

Je jetai un coup d'œil à l'intérieur du sac.

– Elle a envoyé tout ça?

– Tout ça, plis des aut' cartouches dans la poche de devant. Elle a dit elle t'avait demandé de prendre ton revolver.

– Ce n'est pas un peu beaucoup?

– Eh bien, jamais tu ne t'as trouvée toute seule à *Shady Grove*. Et si quelqu'un venait?

– Qui, par exemple? Quelqu'un comme Frieda Kole?

– Non, quelqu'un comme Cincinnati.

Le mot était sorti tout seul, et il ne pouvait pas le reprendre. Je sentis comme une grêle de petits cailloux sur la nuque. J'entendis sa voix : «Je t'aurai, Josie Moraine.» Je tirai du sac de golf une des carabines pour examiner ce que Willie avait envoyé.

Cokie se frottait le front.

– J'aurais pas dû di' ça. Mais bon, Josie, je dis pas que Cincinnati, il va venir ici. Willie, elle a peur que lui et ta *mama*, ils te demandent d'êt' un témoin moralité pour elle, et Cincinnati, il est lié à un type mauvais affreux.

– Comme Carlos Marcello?

Cokie avait l'air au bord des larmes. Je me souvins alors de la manière dont Patrick m'avait serrée dans ses bras – si fort que j'en avais eu mal : on eût dit qu'il me faisait ses adieux pour toujours. Cokie renifla, puis se mit à transporter les caisses sous la véranda. Je l'attrapai par le bras.

– De quoi s'agit-il exactement, Coke ?

– Ta *mama*, elle s'est fourrée dans un sacré pétrin, Jo. Un homme riche s'est écroulé mort, pasqué on lui a filé un « Mickey », et quiqu'un, il a raconté qu'elle était avec lui.

– Qui a raconté ça à la police ?

– Sais pas. Si quique chose grave arrive, ça sera dans le journal. Quand tu iras à l'épicerie, tu peux en prendre un. Mais vérifie bien tu as emmené ton revolver avec toi et, en rentrant, fais soigneusement le tour la maison. Mets des pitits signes à toi, comme ça tu sauras si quiqu'un est passé après ton départ.

Je relevai les jalousies et ouvris les rideaux. Cokie déposa les provisions dans la cuisine.

– Bon, te fais pas trop souci, Jo. Willie, elle prend jiste des précautions. Amuse-toi bien ici. Repose-toi et lis tous ces livres tu as apportés. Le temps d'un clin d'œil et je serai là pou' te ramener à la maison.

Bientôt, Mariah descendit l'allée étroite dans un nuage de poussière. Je restai là sous la véranda à la regarder s'éloigner, les doigts agrippés au fusil de chasse de Willie.

38 .

J'avais cessé de me demander pourquoi Ray et Frieda avaient peur du noir. Moi aussi, j'avais peur.

Tous les soirs, au crépuscule, je me rendais chez eux à pied et les rejoignais dans leur voiture. Je m'allongeais sur le siège arrière et dormais, pendant qu'ils faisaient mine de rouler jusqu'à Birmingham, Montgomery ou un autre endroit (chaque nuit, ils changeaient de destination). À l'aube, je leur préparais un solide petit déjeuner, puis je reprenais le chemin de *Shady Grove*, mon oreiller sous le bras. Et tous les jours, à l'heure du déjeuner, j'allais à l'épicerie pour voir si j'avais des messages ou des lettres.

J'adorais *Shady Grove*, et La Nouvelle-Orléans ne me manquait pas le moins du monde. En revanche, Patrick me manquait, au point que je lui écrivais sans faute chaque jour pour lui demander des nouvelles fraîches de Charlie. Cependant, au bout d'une semaine, je n'avais toujours reçu aucune réponse. Lorsque je téléphonai de l'épicerie à Willie, elle me dit que Randolph passait voir Charlie quotidiennement, que celui-ci allait mieux et qu'il dormait beaucoup.

Elle refusa de s'étendre sur ma mère, se bornant à mentionner qu'elle était revenue, qu'elle avait versé une caution, et qu'elle logeait au *Town and Country Motel*. Ce qui signifiait qu'elle était avec Cincinnati. Car le *Town and Country* appartenait à Carlos Marcello. Willie ajouta qu'elle avait envoyé Cokie à Slidell pour qu'il postât là-bas la lettre tapée à la machine et destinée à Miss Paulsen que Patrick lui avait confiée.

J'essayai d'appeler Patrick de l'épicerie, mais personne ne répondit.

Je venais de finir de me laver les cheveux quand j'entendis comme un rugissement de moteur. Il s'interrompit bientôt, et tout redevint tranquille. Je courus à la cuisine et m'emparai du fusil de chasse, puis je traversai à pas de loup la pièce de devant et vins regarder par la fenêtre. Rien. J'ouvris alors prudemment la porte grillagée avec mon pied nu. Les gonds de la porte gémirent, trahissant ma présence. Je m'avançai lentement, très lentement sous la véranda, le canon de mon fusil pointé sur l'allée. Il me sembla alors percevoir une sorte de crépitement sur le côté droit de la véranda. Je pivotai sur ma gauche, le doigt sur la détente.

– Hé ! du calme là-bas !

Jesse Thierry se tenait près de sa moto, sur la droite de la véranda.

– Une fois dans l'allée, expliqua-t-il, j'ai coupé le moteur et poussé mon engin jusqu'ici, parce que je voulais pas t'effrayer. Mais visiblement, ça n'a pas marché.

Je baissai ma carabine et laissai échapper un grand soupir.

– Regarde-toi un peu, enfermée à double tour et armée jusqu'aux dents, comme Mae West de *Motor City*.

Difficile d'être en colère contre Jesse, quand il vous faisait rire.

– Je suis surprise de te voir, c'est tout.

– J'espère que c'est une bonne surprise.

– Bien sûr. Tu as fait tout le chemin jusqu'ici d'une traite ?

Jesse ôta son blouson de cuir et le suspendit à la selle de sa moto.

– Il faisait un temps magnifique, alors c'était très agréable. Hier, j'ai croisé par hasard Willie dans le Quartier, et elle m'a indiqué la route. Elle m'a aussi demandé de lui faire un rapport, ajouta-t-il en souriant. Alors suis-je invité à m'asseoir sur cette véranda ou bien est-ce que t'es toujours en train de te demander si tu veux me tirer dessus ou non ?

– Non… enfin, je veux dire, oui, monte.

Les mots n'étaient pas encore sortis de ma bouche que Jesse, d'un bond, m'avait déjà rejointe.

– Je ne sais vraiment pas comment tu peux faire quoi que ce soit avec ces jeans, lui dis-je.

– Ces jeans-là ? Ils sont pas serrés, je les ai juste rétrécis pour qu'ils soient mieux ajustés. Tu comprends, quand on achète une paire de jeans neufs, ils sont jamais ajustés comme il faut, alors, la seule solution, c'est d'entrer tout habillé dans un bain très chaud.

Je ris.

– Tu les portes dans la baignoire ?

– Ouais. L'eau très chaude les rétrécit, les moule en quelque sorte sur ton corps et après, ils sont OK.

– Mais tu dois te balader avec des jeans mouillés toute la journée.

– Seulement une journée. On dirait que tu sors

d'un bain, toi aussi, ajouta-t-il en désignant d'un geste mes cheveux mouillés.

Après quoi, il s'installa confortablement dans un des fauteuils de la véranda.

– Je venais juste de me laver les cheveux quand j'ai dû aller tirer sur un type. Tu veux une boisson fraîche ?

À mon retour, je trouvai Jesse en train de lire mon recueil de poèmes de Keats. Nous restâmes longtemps assis sous la véranda à jouer au gin rummy et à boire du thé glacé. Jesse me dit qu'il avait aperçu ma mère Bourbon Street et qu'elle avait l'air amaigrie et fatiguée.

– Le type avec qui elle est, il a l'air grossier, Jo.

– Cincinnati ? Il est pire que grossier. Il devrait être en tôle. C'est un des hommes de main de Carlos Marcello. Et mon idiote de putain de mère l'adore.

Jesse prit une autre carte.

– Bon, d'accord, t'as une idiote de putain de mère, mais j'ai une annonce supérieure à te faire : que dis-tu d'un père alcoolique totalement irresponsable – si irresponsable même qu'il a enroulé sa voiture autour d'un arbre, tué ma mère, bousillé mon pied et balafré mon visage ?

Jesse posa toutes ses cartes.

– Gin.

– Oh, Jesse, je suis désolée. Je ne savais pas.

– C'est pas ta faute. C'est pas ma faute. C'est juste comme ça, point. Mon pied va bien man'nant. Rien à voir avec Tyfee qui n'a que trois orteils ou un truc du genre. Mais je pourrai jamais être enrôlé dans l'armée. Et si on faisait une petite partie de poker ?

– OK.

Je regardai Jesse battre les cartes. Il m'avait dit que ce n'était pas sa faute. Si seulement je pouvais éprouver la même chose en ce qui concernait ma mère! Je savais que je n'avais rien fait de mal, mais, pour Dieu sait quelle raison, je me sentais toujours coupable. Jesse distribua les cartes, et j'essayai de me rappeler tous les tours de poker.

– Alors, fis-je, si on met ma mère et ton père dans le même panier, on a là une belle famille.

Jesse but une gorgée de thé glacé sans me quitter des yeux une seconde.

– Tu veux dire un foyer atrocement désolé! Enfin, je le sens comme ça. Jo, si les flics arrivent à pincer ta mère, ça ira chercher loin, ajouta-t-il en continuant à me fixer, elle pourrait bien être accusée de meurtre.

– Je sais. Willie a peur qu'ils aient besoin de moi comme témoin de moralité. Voilà pourquoi elle me cache ici.

– Tu te sens en sécurité?

– Ça va.

J'aurais voulu (quelque chose en moi m'y poussait) avouer à Jesse que je passais la nuit à l'arrière d'une vieille Buick rouillée roulant sur une route imaginaire qui ne menait nulle part.

Jesse se renfonça dans son fauteuil et regarda au-dehors, au-delà de la véranda.

– Faut dire que c'est une magnifique cachette. Ça m'embêterait pas du tout de me perdre par ici. Qu'est-ce qu'il y a un peu plus loin?

– Tu veux que je te montre?

39

J'étalai une couche de poussière quasi indécelable sur les marches de la véranda. Ce qui me permettrait de repérer d'éventuelles empreintes de pas et de voir si un étranger était entré dans la propriété en mon absence. Je tendis à Jesse mon revolver et lui demandai de le mettre dans la poche intérieure de son blouson de cuir.

– Dis donc, Jo, t'es une vraie Bonnie Parker !

– Une fille qui connaît les ficelles risque moins de se faire avoir.

Jesse se tordait de rire.

– C'est Willie qui a dit ça ?

– Négatif, c'est Mae West. Bon, comment on fait pour monter sur cette machine avec une jupe ?

Jesse fit pivoter la Triumph.

– J'avais d'abord pensé venir ici avec la Merc', mais je veux pas que tu la voies avant qu'elle soit terminée. C'est vraiment une superbe voiture, Jo.

Les nuages s'étaient enfuis, et le soleil tapait dur. Jesse m'expliqua comment je devais m'asseoir et où il fallait poser les pieds.

– N'oublie pas, répéta-t-il, fais attention à pas mettre tes jambes trop près du pot d'échappement.

Il ajusta ses lunettes de soleil.

– Bon, va falloir te cramponner à moi. Alors essaye de te contrôler, OK?

– Très drôle! Pourquoi est-ce que je ne conduis pas? Comme ça tu pourrais être celui qui se cramponne.

– Même si ça me plairait beaucoup – et, crois-moi, ça me plairait vraiment –, c'est pas une bonne idée. T'es encore jamais allée sur une moto.

Sur ce, Jesse démarra au kick la Triumph, et je grimpai derrière lui. Je n'avais pas l'intention de me cramponner à lui, mais à peine la moto eut-elle parcouru quelques mètres que je l'attrapai par la taille. Je sentis qu'il riait. Une fois au bout de l'allée, je lui dis de prendre sur la gauche, et nous descendîmes sans forcer l'allure vers le croisement de Possum Trot. Cela n'avait strictement rien à voir avec un trajet en voiture. Il y avait le ciel par-dessus nos têtes, et je pouvais respirer l'odeur que dégageait le blouson en cuir de Jesse à la chaleur du soleil. Le moteur rugissait. Jesse tendit le bras gauche en arrière et effleura le haut du mien.

– Ça va? lança-t-il.

– Plus vite, hurlai-je en réponse.

Sa réaction fut immédiate: il monta en régime sur les intermédiaires, s'envola littéralement. La moto filait comme un bolide. Je n'avais d'autre choix que de m'accrocher à lui. J'étais terrifiée. Et en même temps, je jubilais.

L'air, comme palpable, nous cernait de toutes parts: j'adorais sa douce étreinte, son souffle sur ma peau, dans mes cheveux qu'il emmêlait, dans ceux de Jesse, qu'il fouettait. Nous poussâmes jusqu'aux limites de l'imprudence, et pourtant je me sentais en sécurité. À l'abri de Cincinnati, à l'abri de Mam. Rouler en moto avec Jesse, c'était comme laisser sortir un cri perçant après avoir été longtemps bâillonnée, et j'aurais voulu que cela n'eût pas de fin.

Bientôt, nous approchâmes de l'épicerie. Je désignai du doigt la boutique sans cesser de lui serrer très fort la taille. Il ralentit et s'arrêta.

Je sautai de la moto.

– Comment tu te sens ? demanda Jesse.

– J'ai adoré ça. C'était comme si mon cœur allait s'échapper de ma poitrine. J'ai la peau en feu.

– C'est l'adrénaline. Quelquefois, quand j'accélère et que je sens ce souffle de liberté sur ma figure, j'ai l'impression que je pourrais ne jamais, jamais m'arrêter de rouler.

Il se mit à rire.

– Regarde-toi un peu.

– Qu'est-ce qu'il y a ?

– Eh bien, tu as un grand, un énorme sourire, et ton visage est tout enflammé ! Viens, je vais t'offrir quelque chose à boire.

Nous nous tenions l'un à côté de l'autre devant la glacière. J'étais toujours un peu étourdie et le poussai sur le côté d'un coup de hanche. M'empoignant par le bras, il se rapprocha brusquement de moi.

– Tu ferais mieux d'être gentille, murmura-t-il, ou bien je te plante là.

– En ce cas, je reviendrai à pied comme tous les jours.

Il eut l'air surpris.

– Tu fais tout ce chemin à pied, seule ?

– Oui, tous les jours. Moi, moi-même et je. Tu n'es pas jaloux?

Jesse avança la main pour ôter une mèche de cheveux de mes yeux.

– Si, on peut dire que je le suis.

Sa main s'attarda sur ma joue. Nos yeux se rencontrèrent.

– Salut, Josie! Y a pas de messages aujourd'hui, mais j'ai une lettre pour toi, dit le propriétaire de la boutique en me tendant une enveloppe.

Je reconnus l'écriture de Patrick, tournai le dos à Jesse et déchirai l'enveloppe.

Chère Jo,

Excuse-moi de ne pas t'avoir écrit plus tôt, mais j'ai été terriblement occupé. Charlie dort beaucoup, mais Randolph m'a dit qu'hier, il avait fait quelques pas dans sa chambre. J'ai vu ta mère Chartres Street avec un petit malin. Les flics ont ramené le chef d'orchestre de Baton Rouge pour l'interroger, et il a prétendu être persuadé que Mr Hearne était endormi et non pas mort. Truman a donné une fête avant de quitter la ville et m'a demandé de jouer du piano à sa soirée. Toujours pas de lettre de Smith. Voilà l'essentiel des nouvelles.

Tu me manques.

Patrick

P.S.: Betty Lockwell est passée deux fois à la librairie. Devine un peu ce qu'elle a acheté. Réponds-moi surtout.

Jesse et moi, on est restés un moment assis sur les marches en bois de la petite épicerie à boire de la *root* *beer** et à jeter des cailloux contre un arbre. J'imaginais que l'arbre était Betty Lockwell et je l'atteignis à chaque fois sans jamais rater mon coup. D'abord un bras, puis l'autre, une jambe, puis la tête. Cacahuètes salées.

– Depuis quand t'es la petite amie de Patrick? demanda soudain Jesse.

Je n'avais pas très envie de parler de Patrick, en particulier avec Jesse.

– Je ne sais pas, répondis-je.

Je jetai une pierre de toutes mes forces contre l'arbre, ôtant à Betty son dernier membre restant.

– Est-ce qu'il t'embrasse bien?

J'interrompis mon jeu pour me tourner vers lui.

– Excuse-moi?

Il me décocha un petit sourire triomphant.

– Ça veut dire non.

– Et toi? Je suis sûre que tu as des tas de petites amies.

– Je suis pas un solitaire, mais j'ai pas de petite amie attitrée, non.

Il but une gorgée de *root beer* à même la bouteille avant de s'adosser de nouveau aux marches.

– L'autre soir, chez Dewey, poursuivit-il, tu m'as dit que tu avais rendez-vous avec Patrick. Je t'ai suivie. Il faisait noir, et je voulais être sûr que tu ne courais aucun risque. T'as marché longtemps, jusqu'au fleuve. Il t'a fait faux bond.

Ainsi, Jesse m'avait suivie le soir où j'avais décidé de jeter la montre de Mr Hearne dans le Mississippi.

– Non, je...

– Si, Jo. Il ne s'est jamais montré, et tu t'es mise

à pleurer. Et je suis resté là à penser : « Que ce type est donc stupide ! » Alors, quelle que soit la chose qui te chiffonne dans sa lettre, eh bien, oublie-la ! Tu vas bientôt t'installer ailleurs, et, bigre, le Massachusetts n'a aucune idée de ce qui l'attend ! Je parie même que tu seras leur première Mae West. Allez, viens, ajouta-t-il en vidant le fond de sa bouteille de *root beer*, on ferait mieux d'y aller. J'ai trois heures de route devant moi.

Nous rentrâmes à *Shady Grove*, mais Jesse roula beaucoup moins vite qu'à l'aller. Les bras autour de sa taille, je posai ma joue sur son dos.

La couche de poussière sur les marches était intacte. Le cottage avait l'air de somnoler paisiblement, comme s'il faisait la sieste. On a mangé un sandwich, assis sous la véranda à regarder en silence le vent jouer avec les draperies de mousse espagnole suspendues aux branches des chênes. Après quoi, Jesse me rendit mon revolver, et je descendis les marches derrière lui.

– Oh, j'allais oublier ! s'exclama-t-il en s'approchant de sa moto.

Il glissa la main dans la poche intérieure de son blouson et me tendit une petite carte sur laquelle il était écrit :

Jesse Thierry

Entretien des voitures de luxe

Tél : RAYmond 4119

– Tu sais, ce type, Lockwell, il m'a demandé si j'avais une carte. J'en avais pas, et ça m'a fait réfléchir. Me suis dit que tous ces types des quartiers chics, ils pourraient bien avoir besoin un jour ou l'autre d'un mécanicien discret, et que je pourrais leur demander un bon prix.

J'ai donné ma carte à Willie, et elle a dit qu'elle pourrait m'envoyer plein de clients. Sûr que ça rapporte
plus que de vendre des fleurs.

– Tu te débrouilles comme un chef, lui dis-je.

– Nous nous débrouillons pas mal tous les deux,
hein! répliqua-t-il en tirant sur son blouson. Mais ça
me plaît de penser qu'on a surtout du cœur.

– Je trouve ça génial, Jesse. Et tu as même un
numéro de téléphone?

– Nan, c'est celui des voisins. M'ont dit qu'ils répon-
draient à tous les coups de fil et viendraient me chercher. Bon, eh bien, man'nant, je vais me mettre en
route!

– Merci d'avoir fait tout ce chemin jusqu'ici pour
me tenir compagnie.

– À bientôt, Jo, dit-il en mettant ses lunettes de
soleil. C'était vraiment agréable.

Je m'assis sur les marches et le regardai s'éloigner.
J'écoutai le vrombissement de la Triumph jusqu'à ce
qu'il se fût complètement éteint, remplacé par un
concert de cigales et de grenouilles taureaux. Je restai
là jusqu'au coucher du soleil, puis fermai la porte à
double tour avant de partir avec mon oreiller pour la
maison de Ray et Frieda, à près de deux kilomètres de
là.

Ce soir-là, l'étape prévue était Biloxi.

40 .

Deux jours plus tard, je reçus une carte postale de
Jesse.

Motor City. Mae West. Massachusetts.

Jesse

Une partie de moi espérait que Jesse reviendrait,
mais l'autre partie aspirait à une nouvelle lettre de
Patrick. J'avais lu tous les livres du carton. Pour lutter
contre l'ennui, je nettoyai le cottage plusieurs fois de
suite.

Je défis complètement le lit de Willie, récurai les
sols, lavai les murs et aérai les placards. Toutefois, je
n'osai pas y remettre de l'ordre. Ça ne plairait pas à
Willie de voir que j'avais farfouillé dans ses affaires. Je
me contentai donc de déplacer délicatement les objets
dans les tiroirs de la commode pour les essuyer. C'est
à ce moment-là que je trouvai les photos. Fourrée tout
au fond du premier tiroir, il y avait une enveloppe
jaunie et, à l'intérieur, trois photographies.

La première était une ferrotypie d'une femme

d'âge mûr. Elle portait une longue robe noire fermée devant par une série de petits boutons. Elle avait un bras appuyé sur une colonne et un regard qui semblait exprimer le désir de battre le photographe avec une clé à écrous ou quelque autre instrument contondant. Le nom « Wilhelmina » était griffonné au dos. Je regardai attentivement le cliché, et il me sembla percevoir dans son visage comme un lointain reflet de Willie.

Il n'y avait pas de nom au dos de la deuxième photo mais une simple date : 1935. L'homme qui y figurait était d'une incroyable beauté. Je reconnus le fauteuil dans lequel il était assis. Il se trouvait à présent dans le petit salon de la maison de Conti Street, et c'était le fauteuil personnel de Willie.

Le dernier cliché représentait Willie nichée à la fourche d'un arbre, à l'âge de dix ans environ. Elle avait les cheveux tout hérissés et le visage resplendissant d'une joie espiègle. Willie n'avait jamais parlé de son enfance. J'examinai la photo, stupéfaite de découvrir qu'elle avait pu être un jour une petite fille. D'une manière ou d'une autre, je m'étais toujours imaginé que Willie Woodley était née avec une voix rouillée, un tempérament dégourdi et un esprit futé bien faits pour dépister les arnaqueurs de tout poil. Et voilà que j'avais sous les yeux une enfant charmante avec un grand sourire ! Qu'est-ce qui était arrivé à la petite Willie de la photo ? J'avais souvent eu très envie de regarder des photos de moi enfant, mais il n'en existait aucune. Ma mère n'avait jamais fait tirer mon portrait.

Je pensai aux cadres en argent que j'avais vus dans la maison comme sur le bureau de Lockwell. Il exposait ainsi aux regards de tous son histoire et celle de sa famille. Willie, au contraire, cachait la sienne au fond d'un tiroir. Quant à ma propre histoire et surtout à mes rêves, longtemps couchés sur une liste dans mon bureau, ils étaient maintenant enterrés à *Shady Grove,* dans le jardin de derrière.

Le problème était résolu. J'avais déniché dans la cuisine une vieille boîte de dragées en fer-blanc. Après avoir insufflé une nouvelle vie à la montre de Mr Hearne en la remontant et en la remettant à l'heure, je la déposai à l'intérieur de la boîte avec le chèque. Ce faisant, je voyais Forrest Hearne et entendais sa voix. Il brandissait en souriant le chèque destiné à régler l'achat du Keats et du Dickens, et sa montre brillait par éclairs sous le poignet de sa manche de chemise. Pourquoi ne pas la renvoyer plutôt à sa famille après en avoir fait disparaître les empreintes digitales ? L'adresse était sur le chèque. Sa femme et ses enfants chériraient cet objet. Ils seraient très reconnaissants.

Je l'enterrai sous le lilas des Indes, dans le jardin de derrière.

J'entendis soudain un bruit de klaxon, que je reconnus immédiatement, et me précipitai sous la véranda pour voir arriver Mariah. Je descendis d'un bond les marches et jetai les bras autour du cou de Cokie.

– Quel plaisir de te voir, Coke ! Est-ce que tu as soif ? Veux-tu quelque chose à manger ?

Cokie s'arracha à mon étreinte. Une gravité presque solennelle plissait son visage.

– Il est temps de rentrer, pitit' Josie.

– Enfin. Je suis bientôt à court de provisions. Est-ce que Mam est partie ?

Cokie baissa la tête. Il parlait si bas que je n'arrivais pas à distinguer ses paroles.

– Qu'est-ce que tu as dit?

Il commença par inspirer profondément.

– Mr Charlie, il est mort.

Je pris place sur le siège avant de la Cadillac. Ma poitrine se soulevait. Des larmes brûlantes roulaient sur mes joues et le long de mon cou. Cokie m'expliqua que l'état de Charlie s'était brusquement aggravé. Patrick et Randolph l'avaient veillé toute la nuit. Patrick était assis à son chevet à lui tenir la main dans ses derniers instants. Randolph avait téléphoné à Willie. Elle était venue avec Cokie pour aider Patrick. Elle avait également pris les dispositions nécessaires avec l'entrepreneur des pompes funèbres, et les obsèques auraient lieu le lendemain.

Ils étaient tous venus en aide à Patrick. Tout le monde avait été présent. Sauf moi.

Cokie m'avait apporté le journal.

CHARLES MARLOWE, fils bien-aimé de feu Catherine et feu Nicholas Marlowe, frère de feu Donald Marlowe, père de Patrick J. Marlowe, propriétaire de la librairie *Marlowe* et écrivain, âgé de 61 ans et résident de la ville de La Nouvelle-Orléans depuis trente-neuf ans. Parents et amis de la famille sont invités à assister aux obsèques qui auront lieu mercredi matin, à 11 heures, au salon funéraire* de Jacob Schoen & Fils, 3827 Canal Street. Inhumation au cimetière de Greenwood.

– Va, pleu' tout ton soûl, Josie, ma fille. J'a pas 'rêté pleurer pendant toute la route. Je sais tu voulais êt' là. Bon, ta *mama*, elle est toujou' dans citte affaire jusqu'au cou, mais Willie, elle a dit tu devais rivinir pou' les funérailles Mr Charlie.

– Bien sûr que je devais revenir ! C'est injuste, Cokie. J'aurais dû être là pour Charlie et Patrick. Willie n'avait pas le droit de me tenir à l'écart.

– C'est très dur pou' Patrick, mais je crois il est en paix. C'était si terrible pou' lui, Mr Charlie malade ce point et pas pouvoi' le guérir.

Cokie me conduisit directement chez Patrick. Quand il ouvrit la porte, c'est à peine si je le reconnus. Le chagrin avait pris possession de son visage. Il s'effondra entre mes bras. Cokie m'aida à le ramener à l'intérieur et à l'étendre sur le canapé.

– Je suis si content que tu sois là, murmura t-il, tandis que je lui caressais les cheveux.

– Moi aussi.

– Il est parti, Jo. Je savais qu'il était dans un état grave, mais… mais je ne pensais pas que cela irait aussi vite.

Sadie s'affairait dans la cuisine de Patrick.

– Sadie, elle va aider pou' demain, expliqua Cokie. Après l'enterrement, les gens, ils vont vinir ici pou' manger. Asteure, je m'en vas. À très bientôt. En attendant, l'ami, tu prends soin de toi.

Sur ce, Cokie franchit d'un pas traînant le seuil de la porte.

– Pourquoi suis-je obligé de recevoir ? se lamenta Patrick. Mon père vient de mourir. Je n'ai aucune envie de voir du monde.

– Il ne s'agit pas de recevoir. Tu donnes simplement aux gens l'occasion de présenter leurs condoléances et de te consoler.

Les mots que je venais de prononcer avaient une saveur aigre. En réalité, j'étais d'accord avec Patrick. À La Nouvelle-Orléans, la mort semblait parfois n'être qu'un prétexte à mondanités. Et Patrick le savait mieux que personne, puisqu'il se rendait quotidiennement à des réceptions post mortem, dans l'espoir d'y glaner des livres.

– As-tu parlé à ta mère ? m'enquis-je.

– Nous avons échangé des télégrammes. Bien entendu, elle voudrait que je vienne aux Antilles. Mais comment est-ce possible – du moins dans l'immédiat ? Je dois organiser un déjeuner de funérailles. Je suis vraiment reconnaissant à Willie d'avoir envoyé Sadie.

Il laissa sa tête tomber lourdement sur mes genoux, puis il hurla :

– Merci, Sadie !

– Elle est muette, Patrick, mais elle n'est pas sourde.

Il leva le bras pour toucher mon visage.

– Tu ne peux pas imaginer à quel point je suis heureux de te voir. Je ne pourrais pas affronter tout ça sans toi. Tu seras avec moi demain, n'est-ce pas ?

– À chaque minute de la journée.

Il promena ses doigts le long de ma joue.

– Quelle drôle d'impression ! Je peux me sentir assez bien et même solide, et puis, une heure plus tard, être complètement démoli sans que je comprenne pourquoi. C'est ridicule.

– Tu viens tout juste de perdre ton père.

Le mot « père » s'étrangla dans ma gorge. Et soudain, je me surpris à pleurer. J'avais la figure ruisselante de larmes et je haletais entre deux sanglots.

– Il s'est tellement bien occupé de moi ! Qui sait

où je serais maintenant s'il ne m'avait pas donné la chambre au-dessus de la librairie?

Patrick m'attira sur le canapé.

– Je sais, Jo. Tu l'as perdu, toi aussi.

Nous restâmes là à pleurer jusqu'à ce que le sommeil nous emportât tous les deux.

41

Préparer les funérailles était une expérience sur-
réelle. Sans bien savoir comment, en nous prêtant
mutuellement assistance, nous titubions d'un visage
à l'autre, d'un endroit à l'autre. Mais tout se passait,
ce jour-là, comme si une brume épaisse, étrangement
consistante enveloppait la réalité pour la déformer,
la transformer en une sorte de film au ralenti très
perturbant.

Miss Paulsen vint dès qu'elle apprit la nouvelle. Elle
réconforta Patrick et l'aida à organiser la cérémonie.
Willie parla à l'ordonnateur des pompes funèbres de
l'apparence qu'il fallait donner à Charlie, et bientôt,
grâce à Willie, il eut presque l'air d'être redevenu lui-
même : raffiné, sophistiqué, littéraire. Il y avait là, tous
unis comme les doigts de la main, une tenancière de
bordel, un professeur de littérature anglaise, une cuisinière muette, un chauffeur de taxi quarteron et une
fille qui transportait un plein seau de mensonges et
les jetait à la ronde comme des confettis, autrement
dit moi.

J'empruntai à Sweety une robe de deuil. Patrick demanda à Miss Paulsen de lire un petit discours au cours du service funèbre. Il craignait d'être incapable de le faire. Miss Paulsen s'adressa à l'assemblée avec une tranquille assurance, comme elle devait le faire avec ses étudiants.

– Nous sommes ici aujourd'hui pour rendre hommage à notre cher ami Charles Marlowe, à sa vie, à l'héritage qu'il nous a laissé. Son fils, Patrick, m'a demandé de lire la déclaration qu'il a préparée :

«Je voudrais d'abord vous témoigner à tous ma reconnaissance, commença-t-elle après s'être éclairci la gorge, pour m'avoir soutenu dans ces moments difficiles. La mort de mon père a sans doute été un choc pour la plupart d'entre vous. À dire vrai, il souffrait depuis plusieurs mois d'une maladie dégénérative du cerveau contre laquelle il se débattait en vain. Je suis très conscient que vous êtes sans doute peinés, blessés même, de n'avoir pas pu continuer à proposer votre aide ni même faire vos adieux à mon père, mais sachez, je vous prie, qu'ainsi vous lui avez fait le plus grand don qui soit en lui permettant de vivre sa dégradation dans une stricte intimité. Ceux d'entre vous qui le connaissaient bien n'ignorent pas qu'il était très fier de son langage, de son passé littéraire, de son image professionnelle – toutes choses qui lui ont fait défaut les derniers mois de sa vie.

«Mes plus sincères remerciements au Dr Randolph Cox, au Dr Bertrand Sully, à Willie Woodley et à Francis (dit «Cokie») Coquard qui, tous les quatre, ont assisté mon père dans ses derniers jours. J'ajouterai que je n'aurais jamais été capable d'endurer cette redoutable épreuve sans Josie Moraine. Josie était comme une fille pour mon père.

« Comme nombre d'entre vous le savent, mon père était un écrivain et un libraire talentueux. Dieu merci, il continue de vivre à travers ses livres, et je suis sûr de pouvoir toujours trouver du réconfort en écoutant sa voix – la voix qui monte de ses écrits. Merci à tous d'être venus aujourd'hui. »

J'étais restée au côté de Patrick pendant toute la cérémonie. Lorsque je me retournai, j'aperçus Willie et Cokie tout au fond du salon funéraire : l'une avait mis ses lunettes noires et l'autre avait le visage ruisselant de larmes. Après le service funèbre, Willie s'approcha de moi. Elle avait l'air fatiguée, et ses chevilles étaient enflées. Elle me tendit un reçu.

– Tiens. J'ai payé en liquide. Dis à Patrick que tout est réglé.

– Oh, Willie, je crois que Patrick ne serait pas content !

– Je m'en moque bien, rétorqua-t-elle. Il ne le veut sans doute pas, mais c'est ce que je veux, moi. À demain. Sois là-bas de bonne heure. La maison est une vraie porcherie.

– Vous ne venez pas au déjeuner ? Sadie a préparé toutes sortes de choses.

– Non, je n'y vais pas, et Sadie non plus. Qu'est-ce que j'irais faire à ce déjeuner ? Rester là à manger de la salade de fruits et à discuter livres ? Très peu pour moi. J'ai une affaire à diriger. Elmo doit apporter un nouveau cadre de lit. Dora a cassé le sien la nuit dernière. Cette fille devrait travailler dans un cirque, pas dans un bordel.

Cokie m'adressa un signe de la main quand il s'en alla avec Willie. Il ne viendrait pas, lui non plus, au déjeuner.

– Salut, Josie. Tu te souviens de moi ?

James, le garçon de la librairie *Doubleday*, était planté devant moi. Il était accompagné d'une grande blonde très séduisante.

– Oui, bien sûr, je me souviens. Merci beaucoup d'être venu. Je sais à quel point c'est important pour Patrick.

– Ma petite amie, Kitty. J'irai là-bas pour le déjeuner, mais Kitty ne pourra pas venir. Je voulais te présenter, dit James.

Kitty me tendit une main gantée. Elle portait un tailleur ajusté, probablement très coûteux, avec de gros boutons de perle.

– Très heureuse de vous rencontrer, Josie. Patrick nous a tellement parlé de vous ! Il dit que vous êtes comme une sœur pour lui. Je suis désolée pour vous comme pour lui…

Elle me sourit. Ses dents étaient parfaites, comme celles de Jesse.

J'acquiesçai d'un signe de tête, et ils me quittèrent. Ensemble, ils avaient l'air de deux mannequins sortis d'une vitrine. Parfaits en apparence mais aussi peu attirants que du plastique. Les mots de Kitty : « comme une sœur » me chiffonnaient. Patrick avait-il vraiment dit ça ?

Très peu de gens se rendirent au cimetière. Miss Paulsen dit qu'elle ne pourrait pas le supporter et préféra se rendre directement chez Patrick pour aider à préparer le déjeuner. Bien qu'elle fût très contrariée, elle déclara qu'elle comprenait pourquoi nous en étions venus à de telles extrémités pour protéger Charlie ; elle ajouta même qu'elle trouvait cela admirable.

Patrick regarda longuement la tombe de Charlie. Il avait l'air grave, solennel même, mais il était très beau dans son costume noir. Je passai mon bras sous le sien.

– Prends tout le temps qu'il te faut.

Nous restâmes seuls avec Charlie pendant près d'une heure.

– Il y a tant de choses dont j'aurais besoin de lui parler. Des choses qu'il ne comprenait pas. Mais, non, il y a des petits pots de jelly-jell-O[7] et des sandwiches roulés qui nous attendent, se plaignit Patrick. C'est une manière de rembourser tous les déjeuners de funérailles auxquels je suis allé dans ma passion de la chasse aux livres.

– Allons, lui dis-je, tu sais bien que Sadie ne fait pas de jelly-jell-O.

La maison était bondée. Quand Patrick entra, le volume sonore diminua, et les gens s'approchèrent de nous pour présenter une nouvelle fois leurs condoléances. Je m'avançais dans la pièce au côté de Patrick quand, soudain, mes pieds se figèrent sur place. Là-bas, dans le coin. Près du bol de punch. J'empoignai le bras de Patrick.

Mam.

Elle portait une robe turquoise, beaucoup trop voyante pour la circonstance, et s'était teint les cheveux en blond – une nuance de blond assez vulgaire.

---

7 Gelée aromatisée et sucrée de toutes les couleurs que l'on mange en dessert dans les pays anglo-saxons.

La teinture n'était pas toute récente, car on voyait apparaître les racines brunes. Elle avait les traits tirés et le teint grisâtre.

Que faisait-elle donc là ? Je connaissais la réponse. Nourriture, boissons gratuites et – je ne pouvais m'empêcher d'y penser – belle occasion de repérer les lieux (en vue d'un éventuel cambriolage). Je jetai des regards furtifs autour de la pièce pour voir si Cincinnati était là.

Elle se dirigea droit vers moi en coupant à travers la foule. Ses ongles rouges enserraient un verre de punch.

– *Baby!* s'écria-t-elle en mettant son bras autour de mes épaules mais sans vraiment me toucher et en embrassant non pas ma joue mais l'air près de ma joue.

J'enlaçai son corps amaigri et flétri. Elle recula à ce contact.

– Mam, que tu es mince !

– Dexedrine, chuchota-t-elle. C'est une nouvelle pilule amaigrissante qu'on teste en ce moment à Hollywood. Superefficace. Je crois que ce sera la folie une fois qu'elle sera homologuée. Je suis ahurie qu'il y ait autant de monde ici. Je veux dire, c'est pas comme si Charlie était quelqu'un.

– Il était très aimé, Mam. C'était aussi un écrivain célèbre.

– Ah oui, les gens de livres, alors ! Mais ils ne comptent pas vraiment. Où t'as eu ça ? ajouta-t-elle en me saisissant le poignet avant de promener des doigts avides sur la montre en or que Willie m'avait offerte. C'est de l'or à quatorze carats. Laisse-moi l'essayer.

Je dégageai doucement mon bras de son étreinte.

– C'est un cadeau.

Patrick se retourna et regarda fixement ma mère.

– Bonjour, Louise.

– Salut ! Je suis désolée pour votre papa. Et c'est vraiment affreux qu'il soit devenu un attardé mental. J'ai entendu dire que ces choses-là peuvent arriver – elle fit claquer ses doigts – comme ça, d'un seul coup ! Pauvre créature ! Je suppose que vous devez vous faire beaucoup de mouron à l'idée que cette maladie, ça soit dans le sang. Vous pourriez finir de la même façon.

Patrick posa la main au creux de mes reins et m'attira à lui. Il avait le visage tordu de dégoût.

– Vous savez, Louise, vous avez toujours été une s..., une... bonne femme pas très...

Miss Paulsen appela alors Patrick pour qu'il la rejoignît.

– Il tourne à l'aigre, commenta ma mère. Est-ce que vous sortez ensemble ? Espèce de petite chipie, tu joues sur deux tableaux à la fois. Le bruit court que tu vois aussi Jesse Thierry. Ça, c'est un beau mec. Mais si Pat t'offre des cadeaux comme cette montre, ben alors, à ta place, je resterais avec lui, enfin, principalement. Sûr qu'il y a du répondant par-derrière. Mais c'est une bonne chose de garder Jesse en réserve, parce que c'est le genre de type avec qui on s'amuse.

Je dévisageai ma mère, m'efforçant désespérément de comprendre comment il était possible que nous partagions le plus petit gène. Je savais pourtant qu'il en était sans doute ainsi, puisque, si horrible que Mam fût, il y avait, pour une raison ou pour une autre, une partie de moi qui l'aimait.

– Je suis sûre que t'as entendu parler de toute cette foutue histoire ?

– Oui, bien sûr. Étais-tu avec cet homme de Memphis?

– J'étais pas avec lui, on a juste pris un verre ensemble. C'est tout de même pas un crime de boire un verre avec quelqu'un.

Sur ce, elle vida son verre de punch et le posa dans une jardinière. Je le ramassai.

– Comment l'as-tu rencontré?

– Oh, je me rappelle même pas! J'étais en vadrouille. Cette nuit-là, on a tellement fait la foire que tout est brouillé dans ma tête. J'ai un alibi, ajouta-t-elle à voix basse en se penchant vers moi.

Elle avait prononcé le mot comme si elle s'était entraînée à le faire.

– C'était un type bien? m'enquis-je.

Je ressentais le besoin de comprendre comment la trajectoire de ma mère avait pu croiser celle de Forrest Hearne.

– Un type bien? Aucune idée! Il était riche. Très riche. Le genre de type plein aux as qu'on repère au premier coup d'œil. Hé, Cincinnati est en ville, mon chou, on pourrait peut-être aller dîner tous ensemble, qu'est-ce que t'en dis? Il est maint'nant copain avec Diamond Jim Moran. T'as entendu parler de lui? Il va ouvrir un restaurant à La Nouvelle-Orléans. Il porte des diamants partout; même son bridge, y a des diamants dedans. Je crois que Diamond Jim est célibataire. Peut-être qu'on pourrait sortir en couples.

Grâce à Dieu, Miss Paulsen s'approcha, de sorte que je n'eus pas à répondre à l'insidieuse proposition de ma mère.

– Tout va bien, Josie? demanda-t-elle.

– Miss Paulsen, je vous présente…

Je m'interrompis, refoulant le mensonge qui était sur le point de prendre son envol.

– … je vous présente Louise, ma mère.

– Enchantée de vous rencontrer, fit Miss Paulsen d'un ton sec.

– Mam, Miss Paulsen est professeur à Loyola.

Ma mère pêcha au fond de son sac une plaquette de chewing-gum non emballée et se mit à la mâchonner.

– Oh, très bien! J'arrive de Hollywood. Vous avez sans doute vu ma photo dans les journaux.

– Non, je ne peux pas dire que je l'ai vue, répondit Miss Paulsen. Louise, votre fille est tout à fait impressionnante. Vous devez être très fière d'elle.

Ouais, c'est vraiment une bonne petite. Faut juste qu'elle apprenne à se pomponner et à s'afistoler un peu plus, dans le genre classe. Saviez-vous qu'elle porte le nom de la *madam* la plus chic de Storyville?

Dans sa fierté, elle me donna un petit coup de coude.

– Y aurait pas de la vodka? Je crois que j'aurais bien envie d'un bloody mary.

Et elle se dirigea d'un pas nonchalant vers la cuisine.

J'étais retournée au sens littéral du terme: plus nue que si j'étais nue, puisque ne pouvant plus dissimuler derrière une façade respectable la mauvaise moitié de moi. Comme hébétée, je restai plantée devant Miss Paulsen. Un professeur plein de dignité, ancienne étudiante de *Smith College*, et mon linge sale qui lui claquait à la figure.

Elle prit doucement ma main.

– Je crois, Josie, que maintenant, nous nous comprenons très bien toutes les deux.

42

Toujours pas de nouvelles de Smith. En revanche, je reçus une autre lettre de Charlotte me demandant s'il me plairait de rejoindre sa famille dans les monts Berk pendant l'été. Ignorant complètement où se trouvaient les Berkshires, je dus chercher dans le dictionnaire. Un séjour là-bas, à commencer par le voyage, serait certainement coûteux. Et puis j'aurais besoin de vêtements appropriés, or je n'en avais pas et n'avais pas non plus les moyens de m'en procurer.

La porte s'ouvrit, et Betty Lockwell entra d'un pas nonchalant dans la librairie avec son sourire aigrelet et ses membres filiformes qui émergeaient d'une robe visiblement très chère. Je ne pus m'empêcher de penser que quelques jours plus tôt, près de l'épicerie de *Shady Grove*, j'avais massacré à coups de pierre ses bras et ses jambes – je veux dire les branches de l'arbre.

– Salut! lança-t-elle en promenant son regard à la ronde à la recherche de Patrick. Rappelez-moi votre nom.

– Jo.

– Ah oui, c'est ça, Jo !

– Patrick n'est pas ici, dis-je.

– Ah, c'est bien dommage ! répliqua-t-elle avec une petite moue. Il m'a recommandé un livre qu'il aimait beaucoup. Mais il était épuisé. Ted Capote.

– Il est maintenant en rayon.

Je retirai le livre de la vitrine et le lui tendis. Elle le retourna et vit la photo très controversée de la quatrième de couverture qui montrait un Capote adolescent paresseusement allongé et fixant des yeux l'appareil de photo.

– Ouah, ce qu'il est jeune ! Quand Patrick sera-t-il ici ?

– Vous n'êtes peut-être pas au courant, Betty. Patrick a perdu son père. Les obsèques ont eu lieu la semaine dernière. Il se peut qu'il aille bientôt aux Antilles pour voir sa mère, ajoutai-je sans pouvoir m'en empêcher.

– Les Antilles ? Eh bien, quelle idée !

John Lockwell fit alors irruption dans la boutique, suivi de près par Richard, son renfrogné de fils.

– Allez, viens, Betty, je t'ai dit que nous n'avions pas le temps. Le moteur tourne, et je consomme de l'essence en pure perte.

M'apercevant tout à coup, Mr Lockwell s'interrompit.

– Hé, bonjour, Josephine. Comment vas-tu ?

– Comment se fait-il que vous la connaissiez ? demanda Betty.

Je me hâtai d'intervenir.

– J'ai rencontré votre père le jour où Charlotte m'a invitée à votre soirée. Merci, je vais très bien, monsieur Lockwell, ajoutai-je en me tournant vers ce dernier qui venait de m'adresser un grand sourire. Et vous-même ?

– Très bien aussi.

Il s'avança vers le comptoir du même pas nonchalant que sa fille.

– Quoi de neuf ? poursuivit-il.

Il semblait prendre un vif plaisir à notre secrète partie de ping-pong. Son fils, resté près de la porte, l'observait en se rongeant les ongles.

– Rien de nouveau de mon côté. Comment vont les affaires ?

– Mieux que jamais. Une masse de choses à fêter. Avez-vous des nouvelles récentes de Charlotte ?

– J'en ai justement reçu hier. Elle m'invite l'été prochain dans les Berkshires.

Le regard de Betty faisait la navette entre son père et moi. Elle avait l'air écœurée par l'aisance de notre conversation.

– Voilà une perspective très séduisante ! Vous aurez besoin de jolies chaussures pour les Berkshires, n'est-ce pas ?

– J'imagine que oui.

– De quoi parlez-vous tous les deux ? demanda Betty à son père.

Feignant de ne pas l'avoir entendue, il s'appuya sur le comptoir.

– Belle montre, commenta-t-il en désignant mon poignet. Est-ce un cadeau d'un de vos petits amis ?

Je décochai un regard perfide à Betty.

– Patrick me l'a offerte pour mon anniversaire. Il est adorable avec moi.

Richard Lockwell ricana.

– Prenez-vous ce livre, Betty ? m'enquis-je.

Mr Lockwell arracha le volume des mains de Betty et, voyant la photo de Capote en couverture, le jeta sur le comptoir.

– Il n'est pas question que tu achètes ça. C'est une ordure.

– Comment pouvez-vous le savoir ? dit Betty.

Et, tournant les talons, elle sortit comme un ouragan de la boutique. Richard la suivit.

Lockwell secoua la tête.

– Lilly a complètement abîmé cette fille. Bon, il faut que j'y aille. Je suis content de voir que vous travaillez vraiment ici. J'ai un petit appartement non loin d'ici, St Peter Street, ajouta-t-il en baissant la voix. Si par hasard vous aviez envie que nous nous… retrouvions, faites-le-moi savoir.

Sur ce, il quitta la librairie avec un grand sourire.

Betty Lockwell et moi étions au moins d'accord sur un point. Je retournai mes poings sur le comptoir, ce qui signifiait : ordure.

Cokie arriva à l'heure de la fermeture.

– Tu vas fermer ? demanda-t-il.

– Oui. Rends-moi un service, veux-tu ? Retourne l'écriteau dans la vitrine.

Cokie le retourna du côté où il était écrit : « FERMÉ », puis il verrouilla la porte.

– Bon, fit-il en s'avançant d'un pas décidé vers le comptoir, faut je te parle d'une affai'. Tu vois mes mains ?

Et il me les présenta, paumes ouvertes. Je les regardai : elles étaient tannées et profondément ridées.

– C'est des mains *mojo*, expliqua-t-il, des mains de chanceux. Après les funérailles Mr Charlie, j'étais si cafardeux il a fallu je me change les idées. Alo' je m'as lancé dans un jeu ou deux et, ooh, ooh, ça roulait tout seul. Pendant trois jou' de suite, j'as pas 'rêté doubler la mise et gagner. Cornbread, l'a dit l'avait jamais rien vu de pareil. J'as jiste abandonné quand j'as senti le diable lui-même, il me soufflait : «Joue ton va-tout. » J'as alo' compris pou'quoi j'avais gagné tout ça et ce que j'allais faire avec lazzan. Pitit' Josie, emballe ce Thermos, tu pars pou' *Smith College*.

Il tira une enveloppe de la poche intérieure de sa veste et la déposa sur le comptoir.

Je fixai des yeux l'épaisse enveloppe toute fripée.

– Cokie, qu'est-ce que c'est que ça ?

– Eh bien, voyons ça asteure ! C'est lazzan pour les classes et lazzan pou' la maison où tu vas vivre.

– Quoi !

– Lazzan, c'était un peu jiste, alo' j'as fait la quête dans le pitit groupe. Cornbread, il a aidé. Sweety et Sadie, elles ont mis aussi quique chose. Sadie, on sait bien, elle va rien dire à personne – arien.

– Est-ce que Willie est au courant ?

– Non, et elle a pas besoin connaît' ça. J'as fait attention éviter Frankie, comme ça, l'ira pas lui vendre ses secrets. J'aime boucoup Willie, mais elle a citte idée fixe te garder ici La Nouvelle-Orléans.

Je tendis le bras pour prendre l'enveloppe et soulevai avec mon pouce le rabat au dos. Un éventail de billets sortait de la pile épaisse.

– Toute citte affaire avec ta *mama*, ça va bientôt 'clater. Willie, elle a bien fait te sortir de la poêle à frire, pasqué pour ta *mama*, ça va de mal en pis. Massachusetts, c'est une bonne distance.

Je ne pouvais pas accepter cet argent. Je regardai Cokie pour le lui dire. Mais je vis ses yeux danser comme le jour de mon anniversaire, quand il m'avait apporté le Thermos et la carte. Il souhaitait au moins autant que moi, peut-être plus, mon intégration à Smith. Et il avait foi en moi. J'examinai l'enveloppe.

Je poussai un cri, jaillis de derrière le comptoir et me jetai à son cou.

– Merci, Coke, merci!

Nous nous mîmes tous deux à sauter et à bondir, à crier et à brailler comme des enragés.

Puis Cokie se retourna brusquement et fit claquer ses doigts.

– Josie, ma fille, tu pars pou' Boston, alo' me raconte pas des foutaises.

43 .

Je cachai l'enveloppe sous la latte disjointe du plancher et courus chez Patrick. J'étais impatiente de lui en parler. On avait déjà discuté tous les deux du problème de l'argent, et il m'avait proposé de vendre une partie des affaires de Charlie pour m'aider. À présent, ce n'était plus nécessaire.

Je frappai à la porte. Il n'y eut pas de réponse. J'entrai avec ma propre clef et jetai un coup d'œil à l'intérieur.

– Patrick? appelai-je.

Silence.

– Je suis là-haut, cria-t-il.

Je grimpai quatre à quatre l'escalier de chêne. Il était dans la chambre de Charlie, assis par terre et adossé au lit. Il avait le visage bouffi.

– C'est dur, très dur, dit-il. Je sais que je devrais bazarder tout ça, mais je suis incapable de le faire.

– C'est trop tôt, répondis-je. Pourquoi *maintenant*?

– Je ne cesse de penser que plus tôt je prendrai un nouveau départ, plus tôt je me sentirai mieux, mais je ne peux pas toucher ou regarder un objet sans que me revienne un souvenir attaché à cet objet.

Je fis le tour de la chambre, promenant mon index sur la commode de Charlie, puis sur la photographie encadrée de la grand-mère de Patrick. Après quoi, je pris la boîte de la Saint-Valentin en forme de cœur et la serrai contre ma poitrine. La fenêtre au-dessus du bureau était ouverte. La page restée dans la machine à écrire voltigea.

BLV

– Patrick, tu as vu ça ? Il y a une nouvelle lettre – un V. Quand l'a-t-il tapée ?

– Ouais, j'ai vu. Il a dû le faire quand Randolph était ici. Prends la feuille si tu veux. J'ai le manuscrit.

J'ôtai la feuille de la machine à écrire et m'assis près de lui sur le plancher.

– J'ai une nouvelle qui te fera peut-être plaisir.

Il s'anima un peu.

– Tu as été acceptée à *Smith College* ?

– Non, mais j'ai l'argent. Imagine-toi que Cokie a gagné une fortune au jeu de dés et qu'il me l'a donnée.

– Jo, c'est génial. Je suis tellement heureux pour toi !

Mais il n'avait pas l'air heureux du tout. Il avait même l'air extraordinairement malheureux. Comment ne l'eût-il pas été ? Il venait de perdre son père, et je lui parlais maintenant de partir m'installer à l'autre bout du pays ou presque.

– Je suis triste, moi aussi, dis-je. Mais ne t'inquiète pas. Je serai ici pour t'aider à t'occuper des affaires de Charlie. Je reviendrai aux vacances, et, bien entendu, tu viendras me rendre visite là-bas. Nous ferons le tour du Massachusetts à la recherche de livres. Ce sera si amusant ! Je suis contente, ajoutai-je en posant la main sur sa jambe, de la tournure qu'a prise notre relation. J'ai du mal à croire que j'aie pu être aussi aveugle toutes ces années.

Sur ce, je me déplaçai légèrement pour l'embrasser.

– Jo...

Il m'arrêta et laissa retomber la tête. Je notai que ses épaules étaient secouées d'un tremblement. Il pleurait.

– Qu'y a-t-il ? demandai-je.

Des larmes coulaient de ses yeux.

– Je suis vraiment désolé, Jo. Si je pouvais, ce serait... toi que je choisirais.

Le bout de mes doigts devint froid. « Choisir ». Verbe. Se décider entre plusieurs possibilités, prendre *de préférence*. Je le regardai.

– Il y a quelqu'un d'autre ?

Il resta silencieux pendant un moment, puis acquiesça d'un signe de tête.

– Je me sens presque monstrueux. Je suis horrible.

Ses pleurs devinrent convulsifs. Il sanglotait avec une passion, une frénésie dans le désespoir qui secouait son corps tout entier.

Je restai immobile, déchirée entre mon orgueil meurtri et le désir de consoler mon meilleur ami. Il continuait à sangloter.

– Je ne sais même pas comment cela a pu se produire. C'est une telle pagaille ! J'ai blessé tant de gens, ajouta-t-il en me regardant avant de murmurer : James.

Je sondai ses yeux hagards, et soudain, je compris ou crus comprendre.

– James sait-il ce que tu ressens ? demandai-je, détournant le regard.

– Je crois.

Ma gorge se contracta : elle était si serrée que les mots n'arrivaient pas à sortir.

– J'ai rencontré sa petite amie, Kitty, à l'enterrement, finis-je par dire à voix basse. Il m'a semblé qu'il n'y avait pas la moindre étincelle entre James et Kitty. Peut-être n'y a-t-il pas de problème.

Nous échangeâmes un regard.

– Tu ne le prends pas mal ?

Je retins mon souffle.

– Je trouve absurde que tu te sois cru obligé de jouer la comédie avec moi. Cela dit, Kitty est une fille superbe : c'est la première pensée qui m'est venue à l'esprit quand je l'ai rencontrée. Et elle est intelligente. Comment pourrais-je te reprocher d'être amoureux d'elle ? Mais tu devrais être très franc avec James. Honnête. Ne rien lui cacher. Tu te sentiras tellement mieux après.

Patrick leva les yeux sur moi pour les baisser presque aussitôt et fixer obstinément ses genoux.

Son aveu m'avait à la fois embarrassée et humiliée, au moins un peu. Mais surtout déçue. Patrick et moi ensemble, cela semblait si logique, si plein de sens. On était parfaitement à l'aise l'un avec l'autre, et il m'avait embrassée. J'avais imaginé comment notre relation grandirait, se transformerait, s'épanouirait, bâti dans ma tête tout un scénario qui n'avait rien à voir avec la réalité. Comme je me sentais stupide à présent d'avoir seulement pensé ces choses ! Le cœur de Patrick appartenait à quelqu'un d'autre. Si une Betty Lockwell eût certes été une tuile – oh ! combien fâcheuse ! – Kitty, elle, était une belle jeune femme, raffinée et cultivée.

La conversation retomba, cédant la place à un silence pesant. Je pris la boîte en forme de cœur si chère à Charlie. Pendant des mois, il l'avait serrée contre lui avec tant d'affection que les fleurs en plastique rouge décorant le couvercle en étaient toutes déformées. Je l'ouvris et regardai à l'intérieur.

– Où a-t-il trouvé ça ?

Patrick haussa les épaules.

Il y avait là deux glands de chêne siamois qui semblaient sortir l'un de l'autre avec leurs bérets qui se touchaient et leurs hanches qui fusionnaient.

Nous restâmes assis à même le sol, la tête appuyée contre le lit de Charlie. Le son des voix d'enfants en train de jouer au *stick-ball** et le bruit sec des frappes de ballon entraient par la fenêtre ouverte et flottaient devant nous, comme s'ils étaient portés par les grains de poussière dansant dans le soleil.

Je regardai la feuille de papier posée sur mes genoux.

– B-L-V, lus-je à voix haute, m'efforçant de rompre le silence embarrassant. Crois-tu que cela signifie «*believe*», demandai-je ?

Il se tourna lentement vers moi.

– Non, je sais ce que ça veut dire.

– Vraiment ?

Patrick hocha la tête.

– C'est le titre du premier chapitre du livre sur lequel il travaillait. «*Be Love*», dit-il doucement.

Je fixai la feuille de papier et les glands siamois. Puis, entourant les épaules de Patrick de mon bras, je l'embrassai sur le front.

Il pleura.

44

Patrick avait besoin de quelqu'un d'autre. Je souhaitais qu'il fût heureux, bien sûr, mais pourquoi ne pouvait-il l'être avec moi? Je connaissais la réponse. Il lui était impossible de me choisir. Il désirait mener une vie littéraire en quelque sorte, une vie d'étude, de voyages et de brillantes relations sociales. Quant à moi, j'étais une petite raclure du Quartier français qui tentait de faire son chemin. J'avais beau porter la raie du bon côté, je serais toujours du mauvais côté, du côté de la lézarde dont j'étais sortie en rampant.

Si seulement j'avais une amie dans le Vieux Carré, une amie comme Charlotte! Quelqu'un avec qui je pourrais partager des secrets et me laisser aller, m'effondrer sur le sol de sa chambre et vider mon sac à propos de Patrick. Je voyais tant de filles marcher bras dessus bras dessous dans la rue, je les voyais rire, émerveillées par l'étroite intimité, si mystérieuse, qu'elles partageaient, le sentiment de réconfort que peut donner une confidente, une amie sûre.

Un homme était appuyé contre une voiture devant la librairie. Dès qu'il m'aperçut, il s'avança à ma rencontre sur le trottoir. C'était Langley, l'inspecteur de police.

– Miss Moraine, je vois que j'ai bien fait de vous attendre. Je comptais vous poser deux ou trois petites questions supplémentaires.

J'examinai la rue en tous sens pour essayer de voir qui était planqué dans le coin, prêt à faire un rapport à Frankie.

– Entrons dans la boutique, si vous voulez, dit-il.

J'ouvris la porte, allumai la lumière et m'approchai du comptoir. Je dus prendre une inspiration profonde, tant j'étais nerveuse.

– Que puis-je faire pour vous, inspecteur?

Il commença par éponger son front trempé de sueur, puis sortit de sa poche un calepin en lambeaux.

– Le jour où vous êtes venue au poste de police, vous avez déclaré que Mr Hearne avait acheté deux livres.

J'acquiesçai.

– Ouais, poursuivit-il, on a trouvé les livres dans sa chambre d'hôtel. Il y avait même un reçu glissé dans l'un d'eux. Pourtant son épouse nous a confié que le chèque n'avait jamais été tiré. Elle trouve ça bizarre, d'autant que l'achat en question était bien mentionné sur le talon du chéquier qu'on a découvert sur lui.

Mon esprit tournait à cent mille tours minute, comme s'il essayait de rattraper mon cœur. Je désignai du doigt l'écriteau près de la caisse.

– Nous n'acceptons pas les chèques, inspecteur. Peut-être Mr Hearne a-t-il fait le chèque avant d'avoir vu le panneau et payé ensuite en liquide?

– Ça doit être ça, répondit-il en pointant son stylo vers l'écriteau.

– Je vous raccompagne.

– Encore une chose, reprit-il en se frottant le crâne. Vous savez sûrement que la police interroge votre mère. On l'a vue avec Forrest Hearne la nuit même où il est mort. Savez-vous où elle était le soir du 31 décembre, Miss Moraine ?

Je regardai l'inspecteur Langley. Je n'imaginais que trop bien son histoire. Tous les dimanches soir, il prenait sa voiture pour aller dîner chez sa mère qui devait s'appeler Ethel ou quelque chose de ce genre. Elle avait des chevilles épaisses, des boucles grises fatiguées et, sur le menton, un grain de beauté d'où s'échappait un poil noir. Et, j'en aurais juré, elle portait une robe d'intérieur à fleurs. Toute la journée, elle allait et venait en traînant les pieds dans sa cuisine surchauffée, se préparant à la visite hebdomadaire de son fils. Elle confectionnait toujours un plat spécial, et il y avait peut-être comme dessert une meringue vaporeuse. Il n'en laissait pas une miette. Après le départ de son fils, Ethel faisait la vaisselle, puis, sans même prendre le temps d'ôter son tablier, s'accordait une petite larme de liqueur de mûre avant de s'endormir dans le fauteuil du salon.

– Miss Moraine ? dit l'inspecteur, interrompant le cours de ma rêverie. Je vous ai demandé si vous saviez où était votre mère le soir du 31 décembre.

– Avez-vous déjà rencontré ma mère, inspecteur ?

– Oui.

– En ce cas, vous ne serez pas surpris si je vous dis qu'elle et moi, ça fait un bon bout de temps qu'on est brouillées. Depuis l'âge de douze ans, j'habite un petit logement au-dessus de cette librairie. Je n'ai jamais passé la nuit du Nouvel An avec ma mère, ajoutai-je en le regardant bien en face, et je n'ai pas la moindre idée de l'endroit où elle se trouvait cette nuit-là.

Il introduisit son stylo dans son oreille pour gratter une démangeaison ou déloger un petit bouchon de cérumen.

– Ben, c'est que le chef m'a demandé de venir vous parler. Je lui ai répondu : « Autant aller chercher de la laine dans une étable ! », mais comprenez, il a une liste de personnes à interroger.

Venir me parler, c'était donc en somme aller dans une étable ?

– Alors, Miss Moraine, poursuivit-il, si vous n'étiez pas avec votre mère le soir du 31 décembre, où étiez-vous ?

– J'étais ici, là-haut, dans ma chambre, répliquai-je en désignant d'un geste l'escalier de service pour le regretter aussitôt.

L'inspecteur jeta un coup d'œil à l'escalier tout au fond de la boutique. Que se passerait-il s'il décidait de fouiller ma chambre ? Comment lui expliquerais-je la présence de plus de deux mille dollars sous la latte disjointe du plancher ? Si je lui disais, ce qui était la pure vérité, que c'était un cadeau de Cokie, lequel les avait gagnés au jeu, il ne me croirait pas et s'imaginerait sans doute qu'il s'agissait de l'argent liquide qu'on n'avait pas retrouvé sur Mr Hearne. Des gouttelettes de sueur perlèrent sur ma nuque.

Il s'appuya sur le comptoir.

– Est-ce que quelqu'un vous a vue ici le soir du 31 ?

– Oui, Patrick Marlowe, le propriétaire de la librairie. Il est passé avec un ami vers minuit.

– Êtes-vous sortie ensuite ?

– Non. Patrick vous dira lui-même que j'étais souffrante ce soir-là et qu'il m'a croisée en chemise de nuit, avec des épingles à cheveux plein la tête.

L'inspecteur se mordit la lèvre d'un air pensif. Je voyais l'ampoule grésiller faiblement au-dessus de sa tête.

– Et si je vous disais que quelqu'un vous a vue la nuit du 31 ? lança-t-il.

– Eh bien, je répondrais que ce quelqu'un ment et essaye de faire pression sur moi dans l'espoir que je vous donne une tout autre version des faits ! Je vous ai dit la vérité vraie, inspecteur. La nuit du 31, je suis restée ici sans bouger. Je vous le répète, vous pouvez interroger Patrick Marlowe et James, de la librairie *Doubleday*. Ils m'ont vue tous les deux ici.

J'avais presque pitié du pauvre gars. Il ne pourrait jamais se maintenir à flot dans le Quartier avec ses méthodes cousues de fil blanc.

Après m'avoir remerciée de lui avoir accordé cet entretien, il s'en alla. J'éteignis les lumières, fermai la porte et le regardai s'éloigner en voiture. Puis je traversai la rue en courant pour aller chez *Sal* et téléphoner à Willie.

Je lui racontai en détail la visite de l'inspecteur Langley.

– Il vient de partir ? demanda-t-elle.

– Oui, il a démarré il y a un instant.

– La police est toujours en train de chercher. Elle n'a encore aucun indice.

– Willie, est-ce que ma mère a un alibi ?

– Fais-moi confiance, tu n'as pas besoin de savoir ce que ta mère a. Rentre vite chez toi et ferme tes portes.

Elle raccrocha.

Je traversai la rue en sens inverse, mon trousseau de clefs à la main. Il faisait déjà sombre. À tâtons dans la demi-obscurité, j'essayais de trouver la bonne clef, quand j'entendis un bruit. Je me sentis soudain empoignée par les cheveux et acculée contre la porte vitrée. Quelque chose de dur était pointé dans mon dos.

– Hé! Crazy Josie! C'était un coup tout ce qu'y a de stupide. Tu crois vraiment qu'c'est malin d'aller parler à la police?

L'haleine aigre de Cincinnati me brûlait le creux de l'oreille.

– Je ne parlais pas à la police.

– Je t'ai vue. J'étais là à t'observer pendant qu'tu racontais des trucs à ce poulet.

La main plaquée sur l'arrière de mon crâne, il poussa brutalement un côté de mon visage contre le verre.

– Je ne lui racontais rien. Il m'a juste... posé une question.

J'entendis, tout près de mon œil, le claquement sec de son couteau contre la porte.

– T'es une menteuse, chuchota-t-il.

Je tremblais de tout mon corps.

Apercevant un couple qui descendait Royal Street et marchait dans notre direction, j'ouvris la bouche pour hurler. Alors Cincinnati m'arracha de ma place puis, passant son bras droit autour de mon cou, m'obligea à marcher avec lui.

– Ne t'avise surtout pas de crier, susurra-t-il entre ses dents.

Je m'efforçai de marcher à son rythme, ce qui était presque impossible, car il m'avait pratiquement cravatée, imprimant un violent mouvement de torsion à mon cou. De la main gauche, il tenait son couteau dont il appuyait légèrement la lame contre ma taille. Assez en tout cas pour que je sentisse sa pointe me piquer. Nous remontâmes la rue jusqu'à Bourbon Street, un pâté de maisons plus loin, et il me poussa à l'intérieur d'un petit bar. Je vis ma mère assise à une table du fond, près d'une fenêtre, devant un cimetière de verres vides.

Il me jeta littéralement sur une chaise et se hâta d'en prendre une, juste derrière moi.

– Regarde un peu c'que j'ai trouvé, dit-il.

– Salut, Jo!

Louise avait une voix ensommeillée. Ses paupières ombrées de bleu papillotaient comme les derniers battements d'ailes d'un oiseau mort.

– Je t'avais bien dit que c'était l'inspecteur qui était passé en voiture. Je l'ai filé – et devine c'que j'ai vu? Y avait une fille qui lui faisait du plat.

Cincinnati alluma une cigarette et me souffla la fumée dans la figure.

Louise se redressa.

– Pourquoi est-ce que tu parlais à l'inspecteur, Jo? demanda-t-elle d'un ton légèrement changé.

J'écartai ma chaise de celle de Cincinnati pour me rapprocher de ma mère.

– Le jour même de sa mort, Mr Hearne est passé à la boutique. Il a acheté deux livres. La police a trouvé les livres ainsi que le ticket de caisse dans sa chambre d'hôtel. L'inspecteur est venu me questionner au sujet de ces livres.

– Et c'est seulement maintenant qu'ils pensent à te

questionner? Pourquoi est-ce qu'ils ne sont pas venus plus tôt?

– Je ne sais pas, répondis-je en regardant ma mère.

Le regarder, lui, m'était absolument insupportable.

Louise tendit le bras pour prendre la main de Cincinnati.

– Tu vois, *baby*? C'est rien. Ils ont juste demandé pour les livres.

– La ferme, Louise! Elle ment. La gosse est futée comme moi, elle est pas stupide comme toi.

– Je ne suis pas stupide, contesta ma mère. C'est toi qui es stupide.

– Attention à c'que tu dis.

Louise fit la moue.

– Eh bien, déclara-t-elle à mon intention, je ne suis plus considérée comme suspecte! La police a confirmé mon alibi, et nous retournons à Hollywood. Cette ville est trop petite pour nous.

– Quand partez-vous? m'enquis-je.

– Demain matin, répondit Cincinnati. Pourquoi, tu veux v'nir avec nous, Crazy Josie?

Il posa la main sur ma cuisse, et je l'écartai d'un geste brusque.

– Je veux pas partir demain matin, dit ma mère d'une voix geignarde. Je veux dîner demain soir au *Commander's Palace*. Je veux que toutes ces femmes de la haute me voient et sachent que je suis sur le point de retourner à Hollywood.

– Boucle-la. J'te l'ai déjà dit, faut qu'on se tire d'ici, et vite! Si tu gardes gentiment fermée ta p'tite gueule, j't'emmènerai au *Mocambo* quand on s'ra rentrés à Hollywood.

Ma mère sourit, acceptant le compromis.

– Cinci a réussi à être vraiment au mieux avec une poignée de types de L.A. Où est passée cette jolie montre ? ajouta-t-elle, tandis que ses yeux furetaient partout comme ceux d'un enfant impatient.

– Dans ma chambre. Je ne la porte pas souvent. Elle est un peu trop chic.

– Alors tu devrais me la donner. Je la porterais tout le temps.

– Un jour, j'ai eu une belle montre comme ça entre les mains, intervint Cincinnati, mais ta mère l'a perdue.

– Je l'ai pas perdue ! rétorqua Louise d'un ton sec. Evangeline a dû la voler. Je t'ai répété ça au moins un million de fois.

– Ou pt'-êt' que Crazy Josie l'a trouvée, l'a vendue et s'est acheté une belle montre avec, insinua Cincinnati en me dévisageant.

– Cette montre était un cadeau, fis-je en regardant ma mère. Pour mes dix-huit ans.

– Ooh, ricana Cincinnati, t'es majeure maint'nant !

Un officier de police en uniforme apparut sur le seuil de la porte et salua un ami à une table proche.

Je me levai.

– Bon voyage en Californie, Mam, dis-je en me penchant pour embrasser sa joue. S'il te plaît, envoie-moi ton adresse pour que je puisse t'écrire.

Je me hâtai de sortir du bar en me gardant bien de courir. Une fois dehors, je tirai mon revolver de dessous ma jupe et pris mes jambes à mon cou.

Je sentais toujours sur ma cuisse la chaleur de la main de Cincinnati, tandis que l'air frais du soir

pénétrait à travers la fente que son couteau avait laissée dans mon corsage. En passant comme une flèche
devant le *Sans-Souci*, je pensai à Forrest Hearne, assis à
sa table – et mort.

«Deviendrai-je le héros de ma propre vie, ou bien
cette place sera-t-elle occupée par quelque autre? À ces
pages de le montrer.»

45

Les paroles de Cincinnati me hantaient ; du matin au soir elles tournaient en boucle dans ma tête. « La gosse est futée comme moi, elle est pas stupide comme toi. »

Le seul fait que Cincinnati pût trouver une quelconque ressemblance entre lui et moi me rendait malade ; me donnait envie de courir me cacher quelque part. Quand j'étais petite à Detroit et que j'étais poursuivie par des terreurs sans nom, je me précipitais dans ma cachette, un espace très exigu sous la véranda de la pension de famille où nous vivions, ma mère et moi. En rampant, je parvenais à introduire mon petit corps dans l'étroit tunnel de terre froide et brune et je gisais là des heures, échappant ainsi aux horreurs qui, inévitablement, se pratiquaient au-dessus de moi. Je me bouchais les oreilles avec mes index et fredonnais pour faire barrage à l'écho des propos venimeux de Louise et de ses gifles retentissantes. C'est ainsi que fredonner devint pour moi une habitude que, dix ans plus tard, je n'avais toujours pas perdue. En revanche, j'avais perdu la sécurité de mon cocon sous la véranda, alors que la vie redevenait hostile, et j'aurais voulu me terrer quelque part : n'était-ce pas là en quelque sorte la métaphore de ma vie? J'avais bien *Shady Grove*, qui était pour moi un autre tunnel-sous-la-véranda. Mais *Shady Grove* était beaucoup trop loin pour que je pusse courir m'y réfugier chaque fois que j'en avais besoin.

Ce soir-là, en rentrant à la librairie après avoir échappé à Cincinnati, je trouvai par terre, sous la fente de la boîte aux lettres, un morceau de papier.

Est-ce officiel? Tu n'es plus Motor City, tu es Massa-chusetts?

Jesse

Oui, je voulais être Massachusetts. Je voulais conti-nuer à croire que c'était possible, que mes ailes, si frêles, si déchirées fussent-elles, pouvaient toujours m'emporter, d'une manière ou d'une autre, loin d'une existence de mensonges et d'hommes dépravés. Je voulais employer mon esprit à des fins studieuses; je n'avais que faire des ruses, des escroqueries et des arnaques.

J'eus envie d'aller rendre visite à Jesse, mais je me sen-tais coupable. Peut-être pensais-je seulement à lui parce que Patrick ne voulait pas de moi?

– Ta mère est en train de se monter le bourrichon, déclara Willie le lendemain matin en me tendant le livre noir pour que je le range dans sa cachette derrière le miroir. Elle s'imagine qu'elle entre dans une nouvelle existence superglamour, qu'elle est la pépète d'un gangs-ter et que son *boy-friend* est une sorte d'Al Capone. Cet imbécile, lui, se prend pour la huitième merveille du monde et pense qu'il attire à lui toutes les bonnes grâces, alors qu'il n'est qu'un malheureux pion, trop stupide pour se rendre compte qu'il a maintenant la Main sur le dos.

La «main noire». Voilà ce dont Willie parlait. À La Nouvelle-Orléans, une empreinte de main noire signifie que l'on est «marqué», autrement dit menacé de mort au vu et au su de tous, à moins de se soumettre à la mafia et à toutes les volontés de Carlos Marcello. Un jour, j'en ai vu une sur une porte d'Esplanade, et j'ai compris que la vie de la personne était en danger. Ça m'a donné la chair de poule. En même temps, je me suis demandé comment on pouvait être assez stupide pour frayer avec la mafia.

– Mam voulait rester ici encore une journée et dîner ce soir au *Commander's Palace*, expliquai-je à Willie qui bondit aussitôt.

– C'est une blague ou quoi? Nous ferions mieux d'espérer, pour notre bien à tous, que ce soir ils seront déjà à mi-chemin de la Californie. Je crois que je vais dormir encore une heure, ajouta-t-elle en s'adossant confortablement aux oreillers.

Me préparant à rapporter le plateau de café à la cuisine, j'ouvris la porte. L'écho d'un renvoi retentissant qui ressemblait fort à une détonation nous parvint à travers l'entrebâillement.

– Bon sang, qu'est-ce que c'est? demanda Willie en tendant le bras pour prendre son pistolet.

– C'est juste Dora. Elle dit qu'elle a des vents à cause du riz et des haricots rouges qu'elle a mangés après le départ des michetons et elle boit de l'eau de Seltz pour faire passer ça.

Willie agita son arme en l'air.

– J'te jure, je suis à deux doigts de la vendre au cirque Barnum. Tu m'entends ?

Elle remit le pistolet à sa place, sous son oreiller, et s'allongea.

– File maintenant. Va dire à Dora de nous laisser en paix avec sa fuite de gaz et de remonter dans sa chambre, sinon je lui ferai envoyer une ambulance.

– Willie ne veut pas de fuite de gaz ici, elle te demande de remonter dans ta chambre, déclarai-je à Dora en entrant dans la cuisine.

– Ben, c'est que j'peux pas dormir, ma p'tite chérie. Faut que j'me débarrasse de ça.

Elle m'adressa un petit signe de la main.

– Jo..., continua-t-elle à voix basse en désignant du doigt Sadie qui, debout devant la cuisinière, nous tournait le dos.

Elle avala une nouvelle grande gorgée d'eau de Seltz. Quelques secondes plus tard, un bruit de tonnerre ébranla la cuisine. Sadie faillit sauter au plafond. Folle de colère, elle pivota sur elle-même et commença de battre Dora avec une cuillère en bois. Dora éclata de rire et s'échappa en courant de la cuisine, ne laissant dans son sillage qu'un tourbillon de satin couleur trèfle.

Sadie me prit le plateau des mains.

– Sadie, chuchotai-je, je n'ai pas encore eu l'occasion de te remercier.

Elle me jeta un regard embarrassé.

– Tu sais, pour ta contribution, l'argent que tu as donné à Cokie.

Elle leva la main en l'air et secoua la tête. Ce qui

signifiait qu'il était inutile de poursuivre la conversation. Toutefois, je surpris son sourire lorsqu'elle posa la vaisselle dans l'évier.

Je retournai à la librairie, guettant le facteur en chemin. N'aurais-je pas déjà dû avoir des nouvelles de Smith? À mon arrivée, je trouvai Patrick derrière le comptoir. Il était occupé à trier un carton de livres. J'aurais voulu foncer dans ma chambre incognito, l'éviter.

– Jo, me dit-il, je suis si content que tu sois là. J'étais inquiet à l'idée que tu ne passes pas.

– Mais j'habite ici, Patrick.

– Tu sais ce que je veux dire. Je voudrais te demander pardon pour tout. J'ai la tête à l'envers depuis un moment.

Je m'approchai du comptoir.

– C'est compréhensible. Ton père vient de mourir.

– J'ai seulement besoin d'un peu de temps. J'ai décidé d'accepter l'invitation de ma mère et de rester avec elle un moment.

– Jusqu'à quand? demandai-je.

– Jusqu'à Noël.

– Noël? Ça fait un sacré bout de temps.

– Je vais d'abord en Floride, dans les *Keys*, chez des amis de Charlie à qui je dois apporter un certain nombre de choses. J'y resterai une semaine, puis je prendrai le bateau de Cuba pour rejoindre ma mère et son mari en vacances à La Havane. Ensuite, nous partirons pour l'île de Trinité où ils vivent maintenant. Mon beau-père s'occupe d'une affaire de pétrole là-bas.

– Qu'est-ce que tu feras à la Trinité?

– J'essaierai de retrouver mes esprits. Randolph

pense que les États-Unis pourraient envahir la Corée. Je m'engagerai peut-être à mon retour. Je ne sais pas.

Patrick dans l'armée ? Je tentai de penser à la comparaison entre les moutons et les vaches qu'avait utilisée l'inspecteur Langley. Autant il m'était facile d'imaginer Jesse en soldat – il ferait même une excellente recrue –, autant ça m'était difficile en ce qui concernait Patrick.

– Randolph m'a dit que certaines divisions organisaient des événements musicaux pendant la guerre.

– Ah, tu irais donc là-bas en tant que musicien, non en tant que soldat.

– Enfin, non, pas exactement, je serais les deux, répondit-il tout en jouant avec un morceau de papier posé devant lui sur le comptoir. Eh bien, quoi ? Ça te semble aberrant ?

Patrick dans l'armée. Oui, ça me paraissait aberrant, *totalement* aberrant.

– Tu sais quoi ? fis-je. Moi à *Smith College* et toi à l'armée. Deux idées aussi folles l'une que l'autre !

Je me mis à rire. Et Patrick éclata de rire à son tour.

– Nous échangerons des photos : toi en pull marqué à tes initiales et moi en uniforme militaire.

La seule pensée de Patrick en uniforme me faisait hurler de rire. Une femme passa devant la vitrine. Nous nous hâtâmes de mettre les mains sur le comptoir pour indiquer d'un signe quel genre de livre elle choisirait : c'était à qui battrait l'autre de vitesse. Les genoux de Patrick étaient pliés, tels ceux d'un escrimeur prêt à allonger une botte. Dans mon excitation, j'avais laissé tomber mon sac par terre. On avait tous les deux les doigts appuyés sur le comptoir. « Roman sentimental ». Ce furent des rugissements de rire ; affolée, la femme lâcha la poignée de la porte et détala.

– Revenez ! cria Patrick. Je les mettrai dans une pochette cadeau. Personne ne les verra.

– Arrête, fis-je ! J'en ai mal au ventre.

Je ramassai mon sac.

– Ça, c'est une chose qui va me manquer ! s'écria Patrick. Il faut que je te dise quelque chose, ajouta-t-il, le visage redevenu sérieux. *Doubleday* m'a proposé d'acheter une grande partie de notre fonds. Je dois leur donner une réponse avant demain. Je crois que je vais accepter.

– Tu vends la boutique ?

– Non, pas la boutique, mais une grande partie des livres. Je vais être absent pendant un bon bout de temps, et toi, tu seras à *Smith College*. Si, à mon retour, je décide de rester dans les parages et de garder la librairie, je reconstituerai mon stock. Tu le sais, rien ne me plaît autant que l'achat, ou plutôt la recherche des livres, la chasse au trésor.

– Bien sûr, dis-je tout en promenant tristement mon regard à la ronde, à la pensée des rayonnages à moitié vides.

– Jo, la conversation qu'on a eue tous les deux l'autre jour pourrait-elle rester entre nous ? Étant donné que je pars, ce que je t'ai dit n'a plus grande importance.

Je regardai Patrick. Il avait choisi de partir. Ce qui signifiait qu'il ne verrait plus Kitty, la fille dont il était amoureux, mais qu'il ne risquerait pas non plus de trahir son ami James. C'était un choix honorable.

– Je ne le dirai à personne, promis-je.

– Il faut que j'envoie un télégramme à ma mère. Peux-tu surveiller la boutique ? me demanda-t-il.

– Bien sûr. Laisse-moi juste le temps de me changer. Je reviens de chez Willie et je suis très sale.

Pour gagner l'escalier, tout au fond de la librairie, je passai devant les rayonnages abondamment garnis de livres, ressentant tout à coup la force de mon attachement à chacun d'entre eux et me demandant lesquels, de préférence, j'irais saluer chez *Doubleday*. Une fois là-haut, j'avais à peine mis la clef dans la serrure que la porte de ma chambre s'ouvrit toute grande. Surprise, je reculai. Je n'avais pourtant pas oublié de la fermer à clef.

Je la maintins ouverte avec mon pied et, du palier, jetai un coup d'œil furtif à l'intérieur. La fenêtre au-dessus de mon bureau était légèrement entrebâillée et, à la faveur du courant d'air ainsi créé, le rideau se souleva et ondoya. J'entrai avec précaution dans la pièce. J'arrêtai aussitôt mon regard sur l'écrin vert de la bijouterie *Adler* qui gisait par terre, grand ouvert, près de mon bureau. Les charnières étaient cassées, et le lit de satin blanc, vide : seule était visible l'empreinte du support de la montre. Le placard était entrouvert. Sans le quitter des yeux, je m'approchai à reculons de la commode et ouvris sans faire de bruit le petit tiroir du haut. Un bras derrière mon dos, je glissai la main à l'intérieur, l'enfonçai toujours plus profond. Mon pistolet avait disparu. Il me sembla que la porte du placard bougeait imperceptiblement. M'emparant de la batte de base-ball qui était appuyée contre le bureau, j'avançai à pas de loup vers le placard. Les doigts crispés sur le manche, je la brandis par-dessus mon épaule et ouvris brusquement le placard.

Il n'y avait personne dedans.

Laissant échapper un grand soupir, je baissai la batte, puis je tendis le bras pour prendre l'écrin. C'est alors que je compris.

On avait déplacé le lit. Juste un petit peu. À peine était-ce visible. Lâchant l'écrin, je plongeai sous le lit. J'étais en proie à une telle panique que j'eus tout le mal du monde à soulever la latte du plancher. J'enfonçai la main dans la petite cavité et en extirpai l'enveloppe toute chiffonnée de Cokie.

Elle était vide. L'argent avait disparu.

46 .

La pièce se déforma. De longs cris jaillirent de ma poitrine, si stridents, si sauvages qu'ils semblaient avoir surgi du centre de la terre et traversé le plancher avant d'exploser dans ma bouche. Et lorsque je pris clairement conscience de tous les tenants et aboutissants de l'affaire, je me mis à trembler de tout mon corps.

Elle l'avait pris. Elle avait tout pris. Et à l'heure qu'il était, elle filait sur l'autoroute, ses cheveux, comme électriques, emprisonnés dans un foulard à pois rouges. À son poignet, amaigri par la Dexedrine et posé sur le rebord de la vitre ouverte, miroitait une montre au dos de laquelle étaient gravés les mots : *Jo a 18 ans*.

– Jo, s'écria Patrick, tu m'as fait mourir de peur.

Il se précipita à la fenêtre pour la fermer.

– Calme-toi. Les gens vont s'imaginer qu'on est en train de t'assassiner. Arrête, Jo, dit-il encore en me prenant par les épaules, puis en me secouant avec violence. Arrête.

Je me débattis. Je me bagarrai avec lui. Je me sentais tellement frustrée dans mes espérances, j'étais animée d'une si noire fureur devant le gâchis de ma vie que je ne pouvais me contenir. Patrick recula d'un bond jusqu'au placard et s'y adossa, les yeux agrandis par la panique.

Peu à peu, mes cris se muèrent en grognements sourds de bête prise au piège, puis en gémissements. Je finis par m'effondrer par terre en hoquetant.

Patrick s'agenouilla auprès de moi.

– Tout a disparu, dis-je d'une voix entrecoupée entre deux hoquets. On a volé l'argent de Cokie. Tout.

– Qui l'a pris ? demanda Patrick.

Je levai les yeux vers lui.

– Ma mère.

Tout l'après-midi, je restai allongée sur le plancher, les yeux au plafond, l'écrin vert serré contre moi.

Patrick était redescendu dans la boutique pour servir les clients. J'écoutais, dans un état de quasi-catalepsie, les conversations qui pénétraient dans mes oreilles sans m'atteindre, comme si mon corps n'était plus qu'un cadavre ou presque. Jesse passa. Patrick lui répondit que j'étais couchée là-haut, malade. Cokie passa. Il lui raconta que j'étais partie livrer une commande de livres. J'étais restée si longtemps étendue par terre que j'avais mal au dos, mais je m'en moquais. C'était la punition que je m'infligeais pour ma stupidité. J'aurais dû penser que ma mère connaissait mes cachettes. Dix ans plus tôt, ç'avait été un porte-monnaie rose dissimulé sous mon lit. Aujourd'hui, c'était plusieurs milliers de dollars. Comment expliquerais-je à Cokie que son argent avait disparu, à Willie que sa montre avait disparu ? Et si, par hasard, j'étais admise à *Smith College*, ce serait une cruelle plaisanterie en fin de compte, puisque je n'avais plus l'argent nécessaire.

À la vue de la flaque de soleil sur le sol, je sus que c'était la fin de l'après-midi. Patrick frappa à la porte.

– Hé, tu es sûre que tu ne veux pas venir à la maison avec moi?

Je secouai la tête.

Il posa deux sacs de papier sur le plancher.

– Dans le premier, il y a un sandwich.

Il vida le contenu du second par terre dans un grand fracas métallique.

– Je suis allé à la quincaillerie, expliqua-t-il en soulevant plusieurs chaînes. Lorsque je partirai, je voudrais que tu descendes et que tu mettes ces chaînes aux portes. Tu les fermeras de l'intérieur avec ce cadenas et tu emporteras la clef dans ta chambre. Comme ça, tu te sentiras un peu plus en sécurité, pas vrai?

Je hochai la tête à nouveau.

Il s'avança vers la porte.

– Patrick.

Il s'arrêta.

– Il faut que je te demande quelque chose, repris-je en me tournant vers lui. Est-ce par pitié que tu m'as embrassée l'autre jour?

Il ouvrit la bouche, puis se mit à fixer obstinément ses pieds.

– Non, Jo, finit-il par dire, ce n'est pas du tout ça.

Je fermai les yeux et détournai la tête. Je ne voulais pas le regarder, même si je sentais qu'il était là, debout près de la porte, à tenter d'élaborer une explication. Il demeura longtemps à la même place, comme s'il attendait quelque chose. Puis j'entendis ses pas dans l'escalier et ouvris les yeux, laissant enfin mes larmes couler sans retenue par terre.

47

J'évitai tout le monde pendant des jours et des jours. J'avais l'impression que mon cœur se fendait en deux chaque fois que Cokie me demandait si j'avais reçu des nouvelles de *Smith College*. « Y a quique chose qui va pas ? » ne cessait de répéter Sweety. Dora posait, elle aussi, question sur question, Sadie me regardait avec un drôle d'air, et Evangeline elle-même voulut savoir si j'étais malade. Willie, elle, apparut pour m'aboyer dessus :

– Tu t'imagines peut-être, ma p'tite, que t'es la seule à avoir des problèmes ? J'en ai assez de te voir faire la grincheuse. Est-ce parce que Patrick s'en va voir sa mère ? Arrête-moi cette comédie, ça suffit comme ça !

Je me tins à l'écart et restai confinée dans ma chambre, à l'étage, après avoir mis les chaînes à la porte et cadenassé le tout. Un soir, j'étais en train de lire la dernière lettre de Charlotte quand j'entendis hurler :

– Hé ! Motor City !

C'était Jesse. Encore Jesse. Il passait chaque jour et venait hurler sous ma fenêtre. Je ne répondais jamais.

351

Ce soir-là, ma lumière était allumée, il savait donc pertinemment que j'étais là. Il continua à crier: «Hé! Motor City!», de plus en plus fort, puis en alternant les tons: aigu, élevé; bas, grave, allant même jusqu'à chantonner.

– La ferme! lança quelqu'un d'une fenêtre voisine.

– Si tu réussis à la faire descendre, cria Jesse en réponse, je la fermerai.

Et il se remit à hurler.

– Allez, viens, fillette, descends avant qu'on soit obligé d'appeler les flics pour faire taire ce p'tit gars, brailla quelqu'un d'autre.

– Ouais, t'entends ça, Jo? Ils appellent les flics, hurla encore Jesse.

Il était exaspérant. Je finis par m'approcher d'un air furieux de la fenêtre et repoussai les rideaux. Une petite foule s'était rassemblée dans la rue, autour de Jesse, et lorsqu'ils me virent apparaître, ils applaudirent tous. J'ouvris la fenêtre, et ils se mirent à me héler l'un après l'autre.

– Allez, poupée, descends, un peu de pitié pour le pauvre gars!

– Josie, descends, s'il te plaît, qu'il arrête enfin son raffut! Je dois me lever tôt demain matin.

J'étais encore en train d'ôter les chaînes et le cadenas de la porte que la foule s'était déjà dispersée dans la rue.

Jesse rit.

– Je suis désolé, Jo, dit-il en m'adressant un grand sourire. Te fâche pas!

Je ne voulais pas le regarder. Il tendit le bras comme s'il allait me donner un coup de poing.

– Tu m'invites à entrer ?

– Non, répliquai-je.

Je fermai la porte et m'assis sur la marche de la boutique. Jesse se laissa tomber à côté de moi.

– Je pensais que tu réagirais comme ça. J'ai donc pris mes précautions.

Jesse sortit alors deux petites bouteilles de Coca des poches intérieures de son blouson, les décapsula avec une clef et m'en tendit une. Je la fis tourner entre mes mains. Il était écrit sur le verre de couleur verte : *Coca-Cola Bottling, Cattanooga, Tenn.* Tennessee. Cela me fit penser à Mr Hearne et à sa montre qui tictacquait sous le lilas des Indes de *Shady Grove.*

– Santé ! dit Jesse, s'apprêtant à trinquer.

– Santé ! répétai-je.

Et on a choqué nos bouteilles avant de boire en silence. C'était là une qualité que j'appréciais beaucoup chez Jesse. Il ne se sentait pas obligé de faire du remplissage en parlant pour ne rien dire. Avec ce garçon, on pouvait très bien rester assis comme ça, sans échanger une parole ; lui, dos appuyé contre la porte et bottes croisées à la cheville, et moi, avec ma bouteille en équilibre sur un genou. C'était exactement comme sur le banc de Jackson Square et sous la véranda de *Shady Grove.* Et, pour une mystérieuse raison, ce silence me donnait envie de me confier à lui.

– Je n'ai pas été malade, commençai-je.

Il hocha la tête, puis agita sa bouteille en direction des chaînes près de mes pieds.

– Eh ben, c'est du sérieux que t'as là ! J'les ai vues sur la porte toute la semaine dernière. Tout va bien au moins ?

Je secouai la tête.

– J'ai été cambriolée.

Jesse se pencha en avant.

– Mais toi, ça va ? demanda-t-il.

Je haussai les épaules.

– T'étais ici quand c'est arrivé ?

– Non, il était très tôt. J'étais chez Willie.

– Tu connais les gars qui ont fait ça ?

Je hochai lentement la tête avant d'avaler une gorgée de Coca.

– Dis-moi, dit-il en serrant le poing.

Je me tournai vers lui. La lumière orangée du réverbère éclairait son visage, révélant sa peau parfaite, à l'exception de la fameuse cicatrice, et ses cheveux brillants, d'une belle couleur auburn.

– Dis-moi, Jo.

Ses yeux, d'ordinaire si espiègles, me fixaient sans ciller, soudain graves.

C'était Jesse. Je pouvais le lui dire.

– C'est ma mère.

Un de ses genoux tressauta, et sa tête plongea en avant, signe qu'il comprenait la situation.

– Avec son petit ami ? s'enquit-il.

– Oh, certainement !

Il resta silencieux pendant un moment.

– Qu'est-ce qu'ils ont pris ? finit-il par demander.

J'étais sortie de mon état émotionnel, j'étais juste transie de dégoût. Sonnée.

– Eh bien, voyons… ils ont pris la montre en or que Willie m'avait offerte pour mes dix-huit ans, ils ont pris mon revolver, ils ont pris une boîte à cigares contenant toutes mes économies, et…, ajoutai-je en regardant

Jesse, ils ont pris une enveloppe dans laquelle il y avait deux mille dollars. Deux mille dollars que Cokie, Sadie et Sweety m'avaient donnés pour payer les frais de ma première année d'université.

L'expression de Jesse ne dénotait ni l'effroi, ni la stupéfaction, ni même la surprise, mais une répugnance mêlée de compassion pour moi.

– Écoute, Jo, c'est le copain de ta *momma* qui a fait l'coup. Paraît qu'il est dans la bande de ceux qui ont filé un Mickey à ce type du Tennessee le soir du 31. Sans doute qu'il a embarqué ta *momma* dans l'affaire.

– Ouais, mais il n'avait jamais vu ma montre. Et il ne savait pas que, depuis mon enfance, je cache des trucs sous mon lit. Ça, c'est quelque chose que seule ma mère connaissait.

– Je peux comprendre, tu sais, répondit-il en s'amusant à faire rouler une capsule de bouteille entre son pouce et son index. Quand j'avais six ans, mon *dad* a trouvé la collection de cartes de base-ball que je cachais dans mon placard. Il l'a vendue pour acheter de l'alcool.

– C'est tout à fait ça, fis-je.

Deux voitures passèrent, illuminant de leurs phares les canettes et papiers sales qui traînaient dans la rue.

– Alors t'as été acceptée à cette université ?

– Non, je n'ai encore aucune nouvelle. Mais quelle importance ? Je n'ai plus l'argent pour y aller, et en plus il faut que je trouve le moyen de rembourser Cokie.

– Eh ! Attends un peu ! répliqua Jesse. Tu pourrais peut-être obtenir une bourse ?

– Ça m'étonnerait. Je n'ai pu mentionner aucune activité extrascolaire dans mon dossier, j'ai une famille pourrie, et la seule lettre de recommandation que j'ai à présenter vient d'un homme d'affaires tout ce qu'il y a de plus dépravé.

Jesse s'appuya à nouveau contre la porte, les jambes allongées devant lui. Nous finîmes nos Coca en silence.

Après quoi il se leva et me tendit la main.

– Allez, viens.

Mettant ma main dans la sienne, je le laissai me hisser jusqu'à lui. Et, pendant près d'une minute, on est restés plantés dans la rue, les doigts enlacés.

– Tu te rappelles la journée géniale qu'on a passée à *Shady Grove*, et l'arbre qu'on a bombardé de cailloux ? demanda Jesse.

J'acquiesçai d'un signe de tête.

Il me lâcha la main et, se concentrant, jeta sa bouteille contre le réverbère, de l'autre côté de la rue. Elle se cassa en mille morceaux.

– C'est ta *momma* et son *boy-friend*.

Je jetai ma bouteille à mon tour. Elle manqua le réverbère et alla s'écraser contre un immeuble.

– Qu'est-ce que c'est ? hurla quelqu'un d'une fenêtre à l'étage, ce qui nous fit rire.

– *Bye*, Jo, dit Jesse en m'adressant un petit signe de la main avant de s'en aller.

Je restai debout sur la marche, dans l'espoir de le voir se retourner. Il ne se retourna pas.

Une voiture en stationnement au bas de la rue fit de brefs appels de phares. Elle avança au pas devant moi, mais les vitres étaient si sombres qu'il me fut impossible d'identifier le conducteur. Une fois la librairie dépassée, elle accéléra et disparut.

Je mis les chaînes à la porte et cadenassai le tout.

48

James vint chercher les livres, accompagné d'un employé de *Doubleday*. Patrick n'était pas là. Il avait dit qu'il ne pourrait supporter de les voir emporter. Je regardai les rayonnages vides. Rien de plus triste, de plus solitaire que des étagères sans livres : c'est tout bonnement absurde.

James me tendit un chèque et attrapa le dernier carton.

– Je pensais trouver Patrick ici, dit-il. Nous avons passé des mois à établir la liste.

– Je crois que la situation est difficile à vivre pour lui. Et puis il est occupé à préparer son grand voyage.

– Son grand voyage ? demanda James en reposant le carton sur le comptoir. Où va-t-il ?

– Il vous en aura sûrement parlé. Il va d'abord dans les Keys, puis à La Havane ; ensuite, il a l'intention de passer le reste de l'année à la Trinité, chez sa mère.

James me fixa longuement des yeux.

– Josie, vous plaisantez, n'est-ce pas ?

– Non. Il ne vous a rien dit ?

Manifestement sous le choc, James ouvrait des yeux grands comme des soucoupes.

– Non, il ne m'en a pas parlé. Je ne peux pas croire, ajouta-t-il après un instant de silence, qu'il me fasse ça – à moi.

Il semblait soudain très en colère. S'emparant brutalement du carton posé sur le comptoir, il sortit en claquant la porte derrière lui.

Je regardai James arpenter le trottoir. Il était de toute évidence en proie à une forte émotion. Que pensait-il de la conduite de Patrick à son égard ? À mon insu, mes doigts esquissèrent un signe sur le comptoir. Je contemplai ma main, puis James, dehors, dans la rue. Ce n'était pas de Kitty que Patrick était amoureux.

Cokie nous conduisit à la gare routière. Il pleuvait. Patrick débitait à toute allure des instructions au sujet de la maison et de la boutique. Je les avais quasiment mémorisées. Miss Paulsen irait jeter régulièrement un coup d'œil sur la maison. Un professeur associé de Loyola commencerait de la sous-louer à partir de la semaine suivante. L'accordeur de piano passerait la semaine juste avant Noël, date du retour de Patrick, pour vérifier si le Bösendorfer n'avait pas besoin de lui. J'avais une liste de noms dans les Keys, les coordonnées de l'*Hotel Nacional de Cuba* et l'adresse de la Trinité.

– Il faut que tu me tiennes régulièrement au courant, dit Patrick. Je veux savoir tout ce qui se passe, en particulier quand tu auras des nouvelles de Smith.

Cokie déchargea la malle de Patrick à la gare routière.

– Prends soin de toi asteure, lui dit-il en lui assenant une grande claque sur le dos. La prochaine fois que tu verras Josie, elle sera de retour à la maison pour Noël.

Il rayonnait en disant ces mots.

– Faut qu'j'y aille, reprit-il. J'ai quiqu'un à ramasser au *Roosevelt*.

Nous pénétrâmes dans la gare, à l'abri de la pluie.

– Tu ne lui as toujours pas dit ? demanda Patrick tandis que le taxi de Cokie s'éloignait.

– Je ne sais pas comment m'y prendre. Je crois qu'il est plus excité que moi à ce sujet. À propos, je suis très surprise que tu n'aies pas parlé à James de ton voyage. Quand je lui ai raconté que tu partais, il avait l'air vraiment bouleversé. Penses-tu qu'il soupçonne tes sentiments... pour Kitty, ajoutai-je après avoir attentivement observé Patrick.

– Donne-lui mon adresse, si tu veux, répondit-il en évitant mon regard.

Je jetai un coup d'œil à son billet d'autocar. Le voyage était long. Il y avait un certain nombre de haltes, mais seulement trois changements avec correspondance. La première à Mobile, la deuxième à Jacksonville et la troisième à West Palm Beach. Des femmes aux jolies robes et des hommes en costume-cravate, tous en partance pour quelque destination enchanteresse, étaient alignés dans la gare routière avec leurs valises respectives. Patrick, vêtu d'un costume brun clair et d'une chemise en oxford bleu layette, ses cheveux blonds soigneusement peignés sur le côté, n'était certes pas le moins séduisant des voyageurs.

– Trente-deux heures de grand luxe, lui dis-je, et tu seras sur la plage, loin, très loin de cette pluie. Je t'envie.

– Ouais, ces *Greyhound* sont merveilleux. Je regrette que tu ne viennes pas avec moi. Un grand merci pour tout, Jo. Tu as tant et tant fait pour Charlie, pour la librairie, pour moi.

On annonça l'autocar pour Mobile – l'autocar de Patrick.

– Je suis conscient de t'avoir fait faux bond, se hâta-t-il de dire. Tu es pourtant la dernière personne que j'aie jamais voulu blesser, je te le jure.

Les larmes qui perlaient dans ses yeux réfléchissaient la lumière.

Une boule me monta dans la gorge.

– Tu es si importante pour moi, chuchota-t-il. S'il te plaît, Jo, crois-moi.

– Allons vérifier si l'on embarque bien ta malle, me hâtai-je de répondre, luttant à mon tour contre les larmes.

Et je me dirigeai avec Patrick vers le *Greyhound* aux flancs argentés dont le pare-brise était surmonté d'un panneau lumineux marqué : « Mobile ». Côte à côte sous le parapluie, nous restâmes là à regarder charger sa malle dans la soute à bagages de l'autocar.

Je regardai Patrick.

– Candace Kinkaid ou Agatha Christie ? demandai-je.

Patrick rit.

– Candace Kinkaid sans l'ombre d'une hésitation. Beaucoup plus amusant. Scott Fitzgerald ou Truman Capote ? demanda-t-il ensuite.

Le dernier appel pour Mobile retentit.

– Oh ! je t'en prie ! Fitzgerald ! Fitzgerald, bien sûr. Vite, monte dans ton car !

Patrick me tendit le parapluie. Puis, m'entourant les

épaules de ses bras, il planta sur ma bouche un long baiser qui me sembla dur et froid. C'était comme si j'assistais à ce baiser au lieu d'être à l'intérieur. Après quoi il s'enfuit de dessous le parapluie pour aller se réfugier sur les marches du *Greyhound*, à l'abri.

– On se revoit à Noël, lança-t-il.

Je le regardai remonter le couloir de l'autocar jusqu'à mi-hauteur pour s'installer à côté d'une fenêtre. Les portières se refermèrent avec un sifflement, et le véhicule s'ébranla. L'eau qui s'était accumulée sur le toit se mit à ruisseler à flots sur les vitres. Patrick sourit et posa un doigt sur le verre, ce qui signifiait : « Biographie ».

Je lui répondis par un autre signe : « Poésie ».

L'autocar s'en alla, emportant avec lui Patrick Marlowe et son secret. Je restai là à le regarder s'éloigner, songeant au vers de Keats et à ma discussion avec Mr Hearne :

« Je t'aime d'autant plus que tu m'as aimé pour le seul amour de moi, sans autre motivation. »

L'averse crépitait sur mon parapluie noir.

49

Je balayai le sol carrelé entre les rayonnages. En enlevant les livres, on avait délogé des plaques de poussière fossilisée qui étaient tombées par terre. Patrick n'était parti que depuis quelques jours, mais la boutique était déjà étrangement tranquille – sans vie. Je me promis d'aller chercher la radio chez Patrick pour la rapporter à la librairie. Elle me tiendrait compagnie.

Le carillon au-dessus de la porte tinta.

– Eh bien, bonjour ! dit John Lockwell. Comme je me trouvais dans le voisinage, j'ai eu l'idée de faire un saut ici pour avoir des nouvelles.

Je m'appuyai sur le balai.

– Vous semblez être souvent dans le voisinage ces temps-ci.

– Oui. T'ai-je dit que j'avais maintenant un studio un peu plus loin à St Peter Street plus exactement ?

– Oh ! plusieurs fois !

– Vous fermez ? s'enquit-il en promenant son regard à la ronde.

– C'est temporaire. Nous rouvrirons après Noël. Le

propriétaire est décédé, et Patrick est parti voir sa mère dans les Caraïbes.

– Très bohème, et tellement son genre ! Mais les littéraires sont toujours comme ça. Parfaits pour les fêtes et les soirées. C'est une bonne chose d'avoir une poignée d'excentriques sous la main pour amuser le monde tellement collet monté des faubourgs chics. Si j'ai bien compris, tu vas avoir besoin de te trouver un autre travail. Serais-tu prête à reconsidérer la question ? Ça ne te dit toujours rien ? Vraiment ? Quelques jolies robes, et tu serais le fringant petit poney du bureau. Tu aurais ton propre secrétaire, ta propre machine à écrire et, bien entendu, le privilège de boire des cocktails avec le patron après les heures de travail.

– Tout va bien pour le moment, mais je garderai certainement l'idée à l'esprit.

– N'y manque pas surtout. Je brûlais d'impatience de me débarrasser de toi, je le croyais du moins, mais en fait, il y a quelque chose chez toi qui me plaît, Josephine. Bon, je ferais mieux de me dépêcher, ajouta-t-il en m'adressant un sourire incertain. J'ai un rendez-vous.

Il sortit, croisant au passage un homme en manteau noir qui entrait dans la boutique – un homme si grand qu'à côté de lui, Lockwell avait l'air d'un nain. Celui-ci se retourna et leva les yeux vers le géant avant de poursuivre son chemin.

– Je suis désolée, monsieur, déclarai-je. Nous sommes fermés. Il y a eu un décès dans la famille. Nous rouvrirons dans quelques mois. *Doubleday* a racheté la plus grande partie de notre stock. Vous trouverez les livres Canal Street, au numéro six cents.

L'homme ne dit rien. Il resta immobile dans l'encadrement de la porte, les mains dans les poches de son long manteau noir. C'était une sorte de colosse : un bon mètre quatre-vingt-dix, et des épaules si larges qu'elles auraient pu porter une famille de quatre personnes. Son chapeau était incliné légèrement sur le côté, et son œil gauche, atteint d'une lésion quelconque, semblait dériver en direction de l'arête de son nez camus.

Je m'avançai avec mon balai.

– Nous sommes..., commençai-je.

– Où est ta mère ? m'interrompit-il.

– Je vous demande pardon, nous sommes-nous déjà rencontrés ? fis-je tout en observant ses mains restées dans ses poches.

– Où est ta mère ? répéta-t-il, lentement, et d'une voix forte.

Il avait un ton qui me terrifiait.

– En Californie, répondis-je.

– Ouais, c'est justement ça, le problème. Ta mère doit de l'argent au patron.

– J'ignorais...

– Son *boy-friend* lui a emprunté cet argent pour acheter à ta mère un alibi et les tirer d'affaire tous les deux. Sans son alibi, c'était la condamnation pour meurtre assurée. Il a dit qu'il rembourserait le patron, mais il a filé. Le patron a des hommes de main à L.A. qui les cherchent, mais impossible de leur mettre la main dessus, c'est des vrais fantômes. Le patron veut récupérer son fric qu'ils auraient déjà dû rendre depuis un bon bout de temps, alors, maint'nant, la marque, elle revient à la famille : *boy-friend* a pas d'famille, la marque, c'est donc à toi qu'elle revient. Ça s'appelle

364

un héritage. Le patron a payé l'alibi de la fille quatre mille dollars. Avec le jus, ça fait cinq mille. J'suis venu ramasser le pèze.

Plus il parlait, plus son œil gauche prenait la tangente. Je restai là, agrippée à mon balai.

– Il doit y avoir une erreur.

– Pourquoi faut qu'les gens, y disent toujours qu'y a une erreur ? Y a pas d'erreur. Ta mère a été pincée pour meurtre, elle s'en est tirée : tu payes, point.

– Je n'ai jamais conclu d'accord avec votre patron.

– T'avais pas besoin. Tu lui dois cinq mille, tu rembourses. Ça fait un bout de temps qu'on vous a à l'œil, tes cinglés d'amis et toi. Tout vu : les adieux larmoyants à la gare des *Greyhound*, les limonades que tu sirotes avec le gosse à moto, tes balades en voiture avec le chauffeur de taxi caramel. Willie Woodley connaît l'patron. Entre eux, ça se passe bien, mais elle fait pas d'affaires avec lui. Cette dette, ça regarde que toi, compris ? Tu vas voir aucun de tes amis. Si tu t'avises d'ouvrir le bec, on les descend. Personnellement, j'aurais pas détesté rectifier le vieux chauffeur aujourd'hui, mais comme c'est ma première visite et que je suis de bonne humeur, j'te donne sept jours : c'est ce qui s'appelle une politesse. Tu vas chercher l'argent là où tu veux, mais tu racontes à personne à qui t'en dois. Et tu ne parles qu'à moi, Tangle Eye Lou. Tu peux me trouver chez *Mosca*, au numéro quatre-vingt-dix, sur la nationale.

Sur ce, il tourna les talons et sortit. Un chat noir s'arrêta sur le trottoir. Il le fourra à l'arrière. La portière claqua, et la voiture démarra.

Je laissai tomber mon balai pour m'emparer des

chaînes, puis je refermai soigneusement la porte et la verrouillai. Mes mains tremblaient. J'éteignis les lumières et me précipitai dans ma chambre. Après quoi je tirai mon bureau devant la porte et, cramponnée à la batte de base-ball, je me pelotonnai sur mon lit, contre le mur de plâtre froid.

Je restai là sans bouger tout l'après-midi, toute la soirée et toute la nuit. Je ne dormis pas et pourtant je ne ressentais aucune fatigue. J'avais donc une dette envers Carlos Marcello, c'est du moins ce qu'il prétendait. Les paroles de Tangle Eye au sujet de Cokie me terrifiaient. Non, non, pas Cokie!

J'attendis que le soleil se levât. J'aiguisai alors le couteau de relieur et le glissai dans ma poche. Puis je sortis à pas de loup de la librairie, que je verrouillai de l'extérieur, et dévalai la rue à toutes jambes.

J'examinai la maison. J'étais incapable de me rappeler quelle était la fenêtre de sa chambre, mais, apercevant un vilebrequin sur l'appui d'une fenêtre, je pariai que c'était la bonne. Je sifflai. Aucune réponse. Je ramassai un caillou et le lançai contre la vitre. Toujours rien. Je trouvai une pierre un peu plus grosse et la jetai de toutes mes forces, fracassant la vitre. Le son du verre brisé retentit jusque de l'autre côté de la rue endormie.

Le buste de Jesse se dessina dans l'encadrement de la fenêtre. Je lui adressai un signe.

Lorsqu'il apparut sur le seuil de la porte d'entrée, pieds nus et sans chemise, il n'avait pas encore fini de boutonner la braguette de son jean. Il passa les doigts dans ses cheveux pleins de sommeil et me jeta un coup d'œil.

– Qu'est-ce qui se passe ?

– J'ai besoin de ton aide, chuchotai-je.

Il descendit les marches du perron et vint à ma rencontre sur le trottoir.

– Qu'est-ce que tu as, Jo ? Tu trembles.

– S'il te plaît, essaye de comprendre, je ne peux rien te dire, répondis-je d'une voix presque chevrotante. Il s'agit de ma mère. Il faut absolument que la boutique soit condamnée, et il faut que ça se fasse ce matin – avec des planches ou des volets, ce que tu trouveras. Tu peux me rendre ce service ? demandai-je en lui tendant une poignée de billets tout chiffonnés.

Il me prit la main.

– Assieds-toi.

– Je n'ai pas le temps.

La grand-mère de Jesse apparut à son tour dans l'encadrement de la porte d'entrée.

– Retourne te coucher, Granny, dit Jesse. Tout va bien.

– Le meurtre est partout autour d'elle, nous lança la vieille femme. Je peux le voir. Ma fille, tu dois arracher des aveux au meurtrier pour libérer l'âme du mort. Pose une soucoupe de sel sur la poitrine du meurtrier. Il avouera.

Je me mis à pleurer. Jesse remonta quatre à quatre les marches du perron et chassa sa grand-mère à l'intérieur de la maison. Tournant les talons, je m'éloignai.

– Attends, Jo ! appela Jesse.

– Je dois aller chez Willie, lançai-je par-dessus mon épaule. S'il te plaît, aide-moi avec la librairie. Et excuse-moi pour la vitre.

Je me mis à courir.

Le soleil était déjà haut lorsque j'arrivai chez Willie. J'entrai par la porte de service et entrepris de manger tout ce que je pus trouver dans la cuisine. Je n'avais rien avalé depuis que Tangle Eye avait quitté la boutique. Le lait éclaboussa les parois du verre quand je le portai en tremblant à mes lèvres. J'avais passé la nuit à examiner successivement toutes les solutions possibles. Quiconque devait de l'argent à Carlos Marcello ne pouvait se soustraire au remboursement de sa dette, si du moins il tenait à rester vivant. Cinq mille dollars, c'était une somme gigantesque, l'équivalent de deux années et demie de frais de scolarité à *Smith College*. Je pourrais peut-être en réunir une petite partie moi-même, mais certainement pas tout.

Il n'y avait pas d'autre possibilité. Il faudrait que je l'emprunte en secret à Willie et que je trouve un moyen de lui rembourser cet argent. Il n'était pas question de lui en parler directement : les menaces de Tangle Eye me l'interdisaient.

À l'instant même où elle m'aperçut, Sadie comprit que quelque chose n'allait pas. Je lui expliquai que je n'avais pas fermé l'œil de la nuit. Elle me palpa longuement le front et le cou ; elle me demanda d'ouvrir la bouche pour pouvoir examiner ma langue et ma gorge ; elle me prépara un thé chaud avec du miel et fit frire à mon intention des œufs et une tranche épaisse de bacon.

– Ça sent le cochon, déclara Willie lorsque j'apportai le plateau de café dans sa chambre. Pour qui cuisine-t-elle ?

– C'était pour moi, répondis-je. J'ai bu trop de Coca hier et j'ai eu mal au ventre toute la nuit.

Willie m'observa attentivement.

– Du Coca, hein? Ouais, bon, d'accord. Passe-moi le journal.

Willie lut d'un bout à l'autre la une, après quoi elle déclara :

– Ils vont sévir, Jo. Paraît qu'ils vont engager plus de flics et qu'ils ont le projet d'assainir le Quartier français. J'suis trop vieille maintenant pour les rafles de police, ajouta-t-elle en jetant le journal sur le lit. Avant, j'adorais ça : les stratégies d'esquive, les atterrissages forcés à droite ou à gauche, c'était un jeu tellement excitant, mais je n'ai plus l'énergie. Au fait, voilà des années que je n'ai plus recouru au sifflet.

– Qu'allez-vous faire ? demandai-je.

Willie réfléchit pendant un moment.

– Je laisserai deux chauffeurs sur place chaque soir. Sadie s'assoira à la fenêtre et donnera un coup de sifflet si elle voit les flics. Tout le monde se précipitera alors dans la cour et montera dans les voitures qui attendront. Possible que j'en envoie une à la librairie. Tu m'as bien dit qu'elle était fermée, pas vrai ?

– Oui, fis-je. J'ai demandé à Jesse de poser des planches ou des volets sur les fenêtres, ajoutai-je en prenant soin de choisir mes mots. Je ne veux pas que les gens voient que la boutique est vide.

– C'est une bonne idée. Tu n'as qu'à déplacer les étagères. J'enverrai Elmo livrer quelques meubles là-bas, comme ça, il y aura un endroit pour se poser.

– Willie, avez-vous des nouvelles de Louise ?

– Non, et je n'en ai aucune envie. J'espère qu'elle a réglé ses comptes en ville et ne reviendra pas. Je n'ai pas besoin d'ennuis supplémentaires, et toi non plus.

Je sais que tu te sens tout de même plus ou moins liée à ta mère, mais crois-moi, elle causera ta perte, Jo. Elle causera notre perte à tous.

«C'est déjà fait», avais-je envie de dire à Willie.

– Si j'étais toi, poursuivit-elle, je penserais à changer mon nom de famille. Tu as dix-huit ans. Tu peux le faire. Coupe le cordon.

Elle attacha une liasse de billets avec un gros élastique et me la tendit.

– Va mettre ça dans le coffre-fort.

Elle continua à parler des mesures énergiques prises par le gouvernement contre la prostitution, tandis que je contemplais les liasses entassées dans le coffre-fort. Si je pouvais faucher deux billets de cent dollars, aller à la banque et les changer contre une pile de billets de un dollar, je pourrais remplir les vides avec ces petits billets. Peut-être ne le remarquerait-elle pas. J'essayai de calculer à toute vitesse combien il faudrait pour faire le compte. Des gouttes de sueur perlaient à la racine de mes cheveux.

– Que diable fais-tu là ? demanda soudain Willie.

Ce que je faisais là ? «*Les grandes décisions,* chuchotait la voix de Forrest Hearne – *voilà ce qui façonne notre destinée.*»

Oui, les décisions que Forrest Hearne avait prises ce soir-là l'avaient conduit à son destin : la mort.

50

– Mr Lockwell, s'il vous plaît, murmurai-je dans le combiné. C'est Josephine Moraine.

J'attendis plusieurs minutes avant d'entendre enfin la ligne s'enclencher avec un petit déclic.

– Tu as reçu ta lettre, dit la voix brouillée à l'autre bout du fil. Tu veux venir fêter ça ?

– En fait, je n'ai encore reçu aucune nouvelle. J'appelle au sujet de…

Je m'interrompis. Pouvais-je vraiment faire ça ?

– … au sujet d'un emploi.

Lockwell resta silencieux. Je n'entendais rien, hormis le bruit de succion du cigare qu'il tétait.

– Ah, tu as changé d'avis ?

– J'y réfléchis. J'aimerais en savoir un peu plus à propos du poste.

– Retrouve-moi à midi dans mon appartement de St Peter Street, répondit-il en débitant son adresse à toute allure. Je t'attends donc pour discuter… du poste.

Il eut un petit rire et raccrocha.

Lorsque je quittai la librairie pour me rendre chez Lockwell, Jesse était en train d'installer des volets sur les fenêtres et les portes.

– C'est des rebuts d'un bâtiment de Chartres Street. Celui de la porte a même une fente de boîte aux lettres. Ça sera pas parfaitement ajusté, mais question intimité et sécurité, ça ira.

Jesse me sourit.

Je gardai les yeux obstinément fixés sur le trottoir.

– C'est le but de l'opération, non ? Si c'est pas le cas, dis-le-moi.

Je regardai Jesse sans souffler mot.

– Merde, Jo ! Dis quelque chose.

J'avais envie de tout lui raconter. Mais je ne pouvais pas, c'était impossible. Je ne pouvais pas entraîner Jesse, Cokie ou Willie dans cette histoire. Je restai donc clouée au sol, incapable d'ouvrir la bouche.

Dans sa frustration, Jesse laissa tomber son marteau.

– Tu veux que je te dise, Jo ? Je suis fatigué de tout ça. Tu viens cogner à ma porte – quand c'est pas briser la vitre de ma chambre – chaque fois que t'as besoin de quelque chose, et je bondis dès que tu me demandes de bondir. Mais si je te pose une question ou passe te voir, tu me laisses planté là dans la rue. J'ai l'école, j'ai des voitures à réparer, et aujourd'hui j'ai abandonné tout ça pour toi. Je suis pas un chiot. Tu te plains de ce que ta mère utilise les gens, à commencer par toi, mais ces derniers temps, t'as l'air de faire tout pareil.

Je tournai les talons et m'éloignai sans répondre, luttant désespérément contre les larmes et un besoin pressant de revenir en courant pour tout raconter à Jesse et implorer son aide.

L'entrée de la garçonnière de Lockwell était très discrète. Tout au fond d'une cour fermée par une grille. Il avait précisé que les deux autres appartements étaient la plupart du temps vides, leurs propriétaires respectifs résidant en dehors de la ville. Un arrangement bien commode pour lui.

La garçonnière était petite mais ravissante. Par ailleurs, la grande hauteur de plafond donnait plus de volume aux pièces. Un parquet de chêne ancien garnissait entièrement le sol du salon rectangulaire. Il y avait peu de meubles, mais ils étaient tous d'un goût exquis, en particulier le secrétaire en angle sur lequel trônait, dans un cadre d'argent, une photo de Lockwell prise lors d'une expédition de chasse. Il me surprit à observer le bureau.

– C'est une petite merveille, hein ? Il ne s'agit pas seulement de s'amuser. Je travaille parfois ici. Veux-tu que je te fasse visiter la maison ?

L'appartement n'était pas bien grand. Il ne pouvait guère y avoir, outre l'étroit salon, qu'une cuisine, une chambre et une salle de bains.

– Non, merci, fis-je en prenant place sur l'un des sièges.

Lockwell alluma son cigare et vint s'asseoir en face de moi.

– Nous voilà donc ici. Un sacré bout de chemin depuis le début. J'aime la façon dont les choses ont progressé.

J'acquiesçai, à la fois lasse et comme légèrement décalée, au point d'être incapable de prendre le ton enjoué, ironique que j'avais adopté lors de chacune de mes « parties d'échecs » avec Lockwell. La rencontre avec Jesse me préoccupait toujours.

– OK, admettons-le. Nous avons parcouru tout le cercle. Je t'avais prédit que tu reviendrais me voir quand tu aurais besoin d'argent, et te voilà.

J'ouvris la bouche pour protester.

Lockwell leva la main, comme s'il voulait réfuter par avance mon objection encore informulée.

– Je dois reconnaître à présent que tu n'es pas l'extorqueuse pour laquelle je t'avais prise au début. Reste que je t'ai proposé à plusieurs reprises un emploi, et que tu t'es toujours empressée de décliner ma proposition. Aujourd'hui, tu es ici pour le poste, mais tu n'as pas du tout l'air dans ton assiette, Josephine. Tu as besoin d'argent, ajouta-t-il après avoir tiré une bouffée de son cigare, sinon tu ne serais pas ici. Il se peut que ce soit pour l'université. Il se peut que ce soit pour autre chose. Quoi qu'il en soit, tu as besoin d'argent. Combien ?

Je m'efforçai de calculer ce que je pensais pouvoir emprunter au coffre-fort de Willie.

– Deux mille dollars, lançai-je.

Surpris, Lockwell rejeta brusquement la tête en arrière.

– Eh bien, c'est une jolie somme que tu me demandes là !

– Voilà pourquoi je cherche un travail.

– Il te faudra deux ans pour gagner deux mille dollars comme secrétaire. Peut-être plus.

Je ne disposais pas d'années. Je ne disposais que de jours.

– À moins que..., murmura-t-il en se laissant aller en arrière dans son fauteuil, à moins que tu ne préfères un arrangement plus intime. Je t'avancerai une partie de la somme, et nous nous retrouverons ici une fois par semaine.

Ma gorge se serra.

– Et vous m'avanceriez combien exactement ? J'ai besoin de deux mille dollars.

Lockwell fit rouler son cigare entre ses lèvres. J'étais une marionnette. Il adorait tirer les ficelles. Rien de plus excitant que le pouvoir.

– Mille.

– Mille cinq cents, en liquide, contre-attaquai-je.

Il me regarda.

– Mais pas question de rester comme ça !

Il tira son portefeuille de sa poche et me tendit un billet de cinquante dollars.

– Va à Maison Blanche, ordonna-t-il, et achète-toi une jolie robe et des souliers à talons hauts. De vrais talons, pas des mocassins ou des chaussures de ce genre. Passe aussi chez le coiffeur et la manucure. Achète aussi du parfum si tu veux. Et reviens après-demain soir à sept heures. Je ferai livrer le dîner.

Tout en faisant rouler son cigare sur sa lèvre inférieure, il me regardait. Je le regardai à mon tour.

– Bon, j'ai un rendez-vous. Je te reconduis jusqu'à la porte.

Tandis que je me dirigeais vers la porte, je sentais ses yeux errer sur mon corps. Je pris soin de tenir mon sac à main étroitement pressé contre mon flanc gauche, dans l'espoir de cacher la fente que le couteau de Cincinnati avait faite dans mon corsage.

Mille cinq cents dollars. Cela signifiait que je devrais dérober plus de trois mille dollars à Willie. Je franchis le seuil de la porte et me retournai.

– À bientôt, Josephine, dit-il avec un clin d'œil.

Je le regardai bien en face, et mon nez se fronça à la seule idée de respirer l'odeur du vice inscrit au tréfonds de son être. Pourrais-je même m'y résoudre ? Et puis, je ne sais comment, les mots sortirent tout seuls de ma bouche :

– À bientôt, fis-je.

51

Deux jours s'écoulèrent. Je n'avais toujours pas le moindre centime. Encore cinq jours, et les hommes de main de Marcello seraient à mes trousses. Ce matin-là, Willie ne me demanda pas de ranger l'argent dans le coffre-fort, comme si elle avait lu dans mes pensées et compris ce qui se passait. Je reçus une carte postale de Patrick disant que les Keys étaient magnifiques et que je lui manquais. Je reçus aussi une nouvelle lettre de Charlotte qui me demandait de lui confirmer mon séjour dans les Berkshires en août prochain. Je ne pus m'empêcher d'imaginer Tangle Eye Lou me pourchassant jusque dans les monts Berks et se présentant chez les Gates pour me réclamer les cinq mille dollars que j'étais censée, selon lui, devoir à Marcello.

Les flics avaient fait une descente chez Willie. Une voiture déposa Dora, Sweety et deux michetons à la librairie, qui devait leur servir de refuge. Quand j'ouvris la porte, ils se ruèrent tous les quatre dans la boutique. Dora serrait contre elle une bouteille de crème de menthe et Sweety tenait la main de Walter

Sutherland, lequel était en nage et tremblait de tous ses membres. Je notai qu'il portait en tout et pour tout un boxer-short et une cravate.

– Soirée de raid! cria Dora.

Elle alluma la radio, et ils se mirent à danser entre les rayonnages. Je m'assis sur les marches et observai l'étrange couple que formaient la gracieuse Sweety au cœur d'or et le gros Walter Sutherland aux bras roses et grassouillets. Les yeux clos et la tête posée sur l'épaule de Sweety, il semblait se laisser emporter dans un monde imaginaire. Ce spectacle me donnait la nausée. Sweety était si jolie, si tendre, si bonne. Pourquoi était-elle contrainte de faire une chose pareille? Et pourquoi étais-je contrainte de faire à mon tour la même chose? Non, je n'y étais pas contrainte. Je pouvais m'enfuir, partir pour le Massachusetts sans en souffler mot à âme qui vive.

Je venais de rentrer de chez Willie et nettoyais la boutique après la «soirée de raid», quand je perçus un léger bruit à la porte. Je me retournai, m'attendant à ce que quelqu'un frappât à la porte; mais non, rien. C'est alors que je *la* vis: une grande enveloppe brune calée de guingois entre les volets installés par Jesse et la porte vitrée. Je m'essuyai les mains et sortis les clefs de ma poche. Lorsque j'ouvris la porte, l'enveloppe tomba pile sur le carrelage. J'eus le souffle coupé à la vue de l'adresse de l'expéditeur.

SMITH COLLEGE

L'enveloppe à la main, je me mis à arpenter la pièce en fredonnant. Il semblait qu'elle contînt plus qu'une simple feuille de papier. C'était encourageant. Si l'on m'avait rejetée, il n'y aurait eu qu'un seul feuillet.

M'emparant du coupe-papier, je fendis le rabat et jetai un coup d'œil à l'intérieur. Il y avait là une petite enveloppe cachetée attachée avec un trombone à une feuille de papier.

Je continuai d'arpenter la pièce. J'avais les mains moites et le cœur qui battait à tout rompre. Je finis par m'arrêter et, d'un coup sec, sortis le morceau de papier de la grande enveloppe.

Les mots m'apparurent lentement, très lentement.

Chère Miss Moraine,
Merci pour votre demande de candidature à Smith College.

Le Bureau des admissions a été très heureux de recevoir, cette année, un aussi grand nombre de remarquables candidatures.

Après un examen des plus attentifs,

Nous avons le regret de vous informer qu'il nous est impossible de vous accueillir dans la promotion de 1954.

Rejetée.

Pourquoi m'étais-je laissée aller à rêver que, oui, c'était possible, qu'il m'était possible de fuir le bouillon de culture de mon existence à La Nouvelle-Orléans pour atterrir en douceur à Northampton – un monde d'éducation et de valeurs sûres ?

La lettre de refus disait encore que ma candidature n'étant pas arrivée en temps opportun, elle n'avait pu être pleinement considérée. Elle se terminait par des propos aimables et des souhaits de bonne chance dans toutes mes futures entreprises. Je devais maintenant avertir Charlotte. Bien pire, je devais avertir Cokie. Penser à lui me retournait l'estomac. Je regardai ensuite l'enveloppe attachée à la lettre de refus. Il était écrit *Miss Josephine Moraine* à l'encre noire sur la luxueuse enveloppe crème. À l'intérieur, une feuille de papier assortie couverte de la même écriture.

Chère Miss Moraine,

Je m'adresse à vous sur la suggestion de Barbara Paulsen, ma chère amie et ancienne condisciple de Smith. *Je suis professeur de littérature à Smith, auteur de fictions historiques et protectrice des arts dans l'État du Massachusetts.*

Barbara m'a parlé de votre double expérience de vendeuse en librairie et de femme de ménage. Je suis célibataire, je vis seule, et j'aurais besoin en ce moment d'une assistance de ce genre. Je ne suis pas en mesure de financer vos frais de voyage, mais si vous êtes à même de venir à

Northampton par vos propres moyens, je suis prête à vous offrir un salaire hebdomadaire de huit dollars ainsi qu'une chambre avec salle de bains attenante en échange de vos services comme aide ménagère et comme assistante administrative. Le poste que je vous propose requiert cinq jours de travail par semaine ainsi qu'un engagement pour des week-ends occasionnels.

J'espère une réponse favorable d'ici la fin du mois. Cordialement à vous.

Ms. Mona Wright

La lettre confirmait ce que je savais depuis toujours au plus profond de mon cœur. Ils ne voulaient pas de moi. J'étais tout juste bonne à nettoyer leurs salles de bains et à épousseter leurs livres ; il n'était pas question de m'admettre dans l'espace public. Miss Paulsen avait rencontré ma mère à l'enterrement de Charlie et avait sans doute contacté Smith à la suite de cette rencontre. Peut-être leur avait-elle conseillé de ne pas accepter ma candidature, précisant que j'étais une personne peu recommandable. Pour adoucir le coup et ne pas trop mécontenter Patrick, elle avait joint une vieille fille de sa connaissance et lui avait suggéré que je pourrais, par exemple, vider ses cendriers. Huit dollars par semaine ? Il suffisait à Sweety de danser pendant une heure avec Walter Sutherland pour gagner vingt dollars. J'allais obtenir mille cinq cents dollars en… en quoi ? Je vomis dans la poubelle.

Lockwell m'avait dit d'aller à Maison Blanche pour dépenser les cinquante dollars. C'était trop risqué. Et si je tombais sur quelqu'un, et qu'on commence à me poser des questions ? Je me rendis d'abord dans un bureau de prêteur sur gages pour acheter un petit revolver, puis je pris l'autobus pour Gentilly où je connaissais un grand magasin. Là, j'optai pour une robe de cocktail bleu ciel avec un décolleté bateau et des gants assortis. Je racontai à la vendeuse que c'était pour la soirée d'adieu de mon oncle qui prenait sa retraite. La robe était un peu serrée aux hanches et à la poitrine, mais la vendeuse m'assura que rien n'était plus élégant au contraire que d'avoir une silhouette bien galbée et que cela n'avait rien d'inconvenant, même pour ce genre de soirée. Elle m'aida à choisir bas et sous-vêtements appropriés et me proposa des souliers en harmonie avec la robe, mais je leur préférai une paire d'escarpins noirs. Le noir était plus pratique. Je pourrais être enterrée avec si les choses ne marchaient pas. Je chancelais sur mes hauts talons, comme si mes pâles chevilles étaient en caoutchouc. La vendeuse me conseilla de faire quelques pas avec les hauts talons, afin de m'habituer à la sensation. Mes acquisitions terminées, je montai au dernier étage pour me faire couper et onduler les cheveux à l'institut de beauté. Pendant que la coiffeuse s'occupait de mes cheveux, une autre femme me polit les ongles et me maquilla. Elle tenta de m'inciter à acheter le coffret de maquillage, déclarant que j'étais absolument ravissante.

– Il faut juste que je sois en beauté ce soir. Pour la soirée d'adieu de mon oncle.

– Eh bien, répondit l'esthéticienne, le poing sur la hanche et une cigarette mentholée au bout des doigts, je peux vous assurer que tous les yeux seront braqués sur vous ! C'est un compliment, chérie. La plupart des filles se damneraient pour avoir des cheveux aussi brillants que les vôtres et être aussi bien balancée que vous. Attendez un peu que votre petit ami vous voie.

Lorsque je me regardai, un peu plus tard, dans le miroir brisé accroché au mur de ma chambre, la robe, les gants, les souliers, la coiffure, tout cela me parut très joli, certes, mais j'avais l'impression d'être déguisée. Je penchai la tête. Le miroir était-il défectueux ? Ou était-ce moi ? Le nouveau soutien-gorge faisait paraître ma poitrine plus importante et ma taille plus fine. Je me promenai autour de la chambre pour essayer de m'habituer à marcher avec des talons hauts.

Lockwell avait dit qu'il commanderait le dîner. Et ensuite ? Mon ventre se noua. Je me rappelai avoir entendu Mam évoquer cet « ensuite » dans la cuisine de Willie. Elle disait qu'elle s'entraînait mentalement. Elle souriait, fermait les yeux, puis s'efforçait de penser à tout autre chose, d'imaginer, par exemple, qu'elle était en train de manger des huîtres ou d'aller à la plage, et avant même qu'elle s'en soit rendu compte, c'était déjà fini. Pour la somme de mille cinq cents dollars, pouvais-je faire comme si je mangeais des huîtres ou comme si je marchais le long de la plage ?

Je rangeai dans mon nouveau sac le rouge à lèvres ainsi qu'un stylo et des mouchoirs en papier. Le pistolet était posé sur mon bureau. Je l'avais acheté pour me sentir en sécurité dans la boutique, au cas où Tangle Eye déciderait de s'y arrêter en passant. Mais je n'en aurais pas besoin, ce soir-là, n'est-ce pas ?

J'essayai de fermer la boutique le plus vite possible, de peur d'être vue. Je craignais en particulier que Frankie ne m'aperçoive. Je partis dans le sens opposé, empruntant un chemin indirect qui devait me conduire à St Peter Street après bien des détours. Mais chaque fois que j'approchais de la rue en question, mes pieds cessaient d'avancer, et je me retrouvais dans l'autre direction. Des hommes touchaient le bord de leur chapeau à mon passage; d'autres se retournaient en souriant. J'eus soudain, sur la nuque et les épaules, une sensation de fraîcheur qui ne tarda pas à se changer en une sueur froide. Un sinistre gargouillis se produisit à l'arrière de ma gorge, me rappelant l'incident du riz et des haricots rouges sur le trottoir de *Gedrick's*.

Pendant des années, je m'étais efforcée d'être invisible. Or, tous ces regards et ces sourires signifiaient que l'on me voyait. Se pouvait-il vraiment qu'un peu de maquillage et une jolie robe eussent cet effet? Les titres des premiers chapitres de *David Copperfield* dansaient devant moi :

1) Je viens au monde.
2) J'observe.
3) Du changement pour moi.
4) Je tombe en disgrâce.

La lumière déclinait et, avec elle, ma fragile confiance. J'obliquai dans une autre rue. Sur le trottoir, devant un atelier de réparation de voitures se tenaient trois jeunes gens. L'un d'eux siffla en me voyant approcher. Quelque chose se tordit dans mon estomac. Jesse était parmi eux.

Ses deux camarades m'appelèrent. Jesse ne leva même pas les yeux, tout absorbé qu'il était par une pièce de moteur qu'il tenait entre les mains. Soulagée, je hâtai le pas, priant le ciel qu'il ne redressât pas la tête.

– Où tu cours comme ça, ma beauté ? demanda l'un des garçons en s'avançant de quelques pas pour me bloquer la route.

Jesse jeta un rapide coup d'œil dans ma direction et se hâta de revenir à son piston. Et soudain, il tourna vivement la tête de mon côté. Je baissai les yeux et tentai de contourner son ami.

– Jo ?

Je m'arrêtai.

– Ouais. Salut, Jesse ! Qu'est-ce que tu fabriques là ? demandai-je, m'efforçant de détourner la conversation pour couper court aux inévitables questions.

Il me regarda. Mais ses yeux, à la différence de ceux de ses camarades, ne parcoururent pas mon corps, et aucun petit sourire tordu n'effleura ses lèvres comme je le percevais chez les hommes que je croisais dans la rue. Il se contenta de me regarder. Simplement. D'un geste vague (il avait le bras enduit de graisse de la main jusqu'au coude), il désigna l'atelier de réparation derrière lui.

– Ma voiture. C'est là que je travaille sur la Merc.

L'un des gars donna un coup de coude à Jesse.

– Montre la Merc à la jolie demoiselle, Jesse. Attends un peu de voir cette voiture, ajouta-t-il à mon adresse, et tu m'en diras des nouvelles.

– Pt'-êt' qu'elle aimerait faire une balade, intervint l'autre avec un grand sourire. T'as pas de copines à nous présenter, poupée ?

À ce moment précis, je n'avais qu'une envie : aller me balader avec Jesse Thierry, quitter La Nouvelle-Orléans, ne pas arrêter de rouler jusqu'à *Shady Grove*, tout lui raconter et le supplier de m'aider. Mais son visage avait la même expression désorientée que le jour où il avait laissé tomber le marteau devant la librairie, et cette expression me mettait mal à l'aise, me donnait même un vif sentiment de culpabilité.

– Allez, voyons, Jesse, tu l'invites pas à faire un tour ? insista l'ami.

Jesse me fixa longuement des yeux et secoua la tête.

– Visiblement, répondit-il, quelqu'un d'autre l'a déjà fait.

Et il rentra dans l'atelier. Ses amis le suivirent, non sans se retourner pour me regarder.

Jesse me jugeait. Comment osait-il ? Il ne me connaissait pas, il ne savait rien de moi. Je fis demi-tour et, d'un pas énergique malgré une ampoule douloureuse au talon, pris la direction de l'appartement de Lockwell.

52

Lorsque je franchis le seuil de la grille, le ciel était déjà bas et sombre. La flamme des lampes à gaz vacillait et les feuilles des bananiers se balançaient, criblant d'ombres la fontaine délabrée qui coulait goutte à goutte au centre de la cour. Sous l'effet d'un froid mystérieux, sans doute interne, la peau de mes bras tirait, comme rétrécie. De la musique s'échappait de l'appartement de Lockwell, à l'angle. Il était là, près de sa porte. Appuyé contre le mur sous la lampe à gaz, il fumait un cigare. Il me regarda approcher. La fumée s'enroulait autour de son visage et de ses épaules, telle une écharpe d'organza gris. Je ne pouvais distinguer ses yeux mais je les sentais sur moi. Fixant d'abord les souliers, puis glissant le long des bas, s'arrêtant longuement sur l'aine et sur la poitrine, remontant jusqu'aux lèvres pour parcourir à nouveau mon corps en sens inverse.

Il m'ouvrit en silence la porte grillagée. La musique sensuelle, tout en crescendo, du saxo alto de Charlie Parker m'assaillit. Des lampes émanait une lumière d'or patiné, presque sourde. J'avalai ma salive, essayant en vain de libérer le papillon de nuit qui se débattait dans ma gorge comme dans un piège, m'empêchant presque de respirer. Je percevais derrière moi le souffle chaud de Lockwell.

– Je pensais que tu avais peut-être changé d'avis, me chuchota-t-il au creux de l'oreille.

Je secouai la tête et fis un pas en avant pour échapper un tant soit peu à l'oppression de sa présence. Je dus poser la main sur le dos du canapé pour retrouver mon équilibre. Mes mains transpiraient, et la sueur filtrait à travers les gants bleu pâle tout neufs. Je tirai dessus pour les enlever. Ses mains furent aussitôt sur les miennes.

– Plus lentement, ordonna-t-il en décrivant des cercles devant moi. Un par un.

Puis il s'approcha de la table et prit un verre d'alcool. Il m'observait, tandis que j'extrayais l'un après l'autre mes doigts des longs gants bleus.

– Assieds-toi, dit-il en désignant le canapé. Que veux-tu boire ?

– Rien, merci.

– Tu vas boire du champagne. Toutes les filles adorent le champagne.

Non, toutes les filles n'aiment pas le champagne. Pour ma part, je préférais la *root beer*. Quant à Willie, elle préférait tout ce qui avait une odeur d'essence et lui brûlait la gorge. Elle tenait l'alcool mieux que n'importe quel homme, et je regrettais qu'elle ne fût pas là pour m'aider à manœuvrer John Lockwell.

Je contemplai son dos, ses cheveux rafraîchis qui laissaient voir une nuque bronzée par une partie de golf. Sa chemise blanche encore impeccable il y a peu était à présent humide de sueur – sans doute aussi d'attente fiévreuse. Une serviette de lin blanc à la main, il déboucha la bouteille de champagne, puis remplit les deux hautes flûtes. Après quoi il s'assit tout près de moi et me tendit la mienne.

Il leva son verre.

– Aux nouveaux commencements ! fit-il – et il but une grande gorgée.

J'inclinai légèrement le verre, laissant le champagne toucher mes lèvres fermées, puis le posai sur la table devant moi.

– Tu es superbe, Josephine. Le décolleté n'est peut-être pas assez échancré, mais ta pudeur te rend encore plus séduisante.

Il glissa la main sur ma cuisse.

Le papillon de nuit enfermé dans ma gorge battit sauvagement des ailes.

– Voilà donc ce qu'on peut avoir pour cinquante dollars ? dit-il. Cela me plaît.

Je m'efforçai désespérément de refouler la bile qui, sous l'effet de l'angoisse, montait du fond de mon gosier.

– En fait, j'ai de la monnaie pour vous. Je n'ai pas acheté de parfum, j'ai juste utilisé le flacon d'essai de Chanel sur le comptoir.

Je tendis le bras pour prendre mon sac.

– Tu es sérieuse ?

– Oui. Vous devriez être plus attentif à vos finances. Vous m'avez donné un billet de cinquante dollars pour acheter des vêtements, mais puisque je n'ai pas tout dépensé, il faut que je vous rende le reste. J'ai peut-être grand besoin d'argent, monsieur Lockwell, mais je ne suis pas une voleuse.

– Je te l'ai déjà dit, appelle-moi John, fit-il en desserrant son nœud de cravate. En réalité, je crois bien que tu es une voleuse. Tu voles mon cœur.

Il sourit, très content de lui-même. Je tentai de toutes mes forces de garder l'expression la plus neutre possible devant ce pitoyable baratin qui eût fait fondre Mam et l'eût entraînée à sa perte. La pensée de ma mère me ramena soudain à la réalité.

– Je suppose que vous n'avez pas oublié notre arrangement financier, lançai-je.

– Regarde-toi un peu, Josephine! Directe en diable, et un sacré sens des affaires! Ça aussi, ça me plaît. Je suis du genre méfiant comme toi.

Il se leva d'un bond, alla droit à son bureau et sortit d'un tiroir une grosse liasse de billets entourée d'un élastique, qu'il me tendit pour que je vérifie si le compte y était. Mille cinq cents dollars. Pourquoi n'avais-je pas demandé trois mille? J'étais une belle idiote. Il m'arracha la liasse des mains et la glissa dans la poche de poitrine de sa chemise.

– Viens danser avec moi.

Il me tira par le bras pour me mettre debout, puis me fit basculer dans les siens. Avec mes hauts talons, j'étais de la même taille que lui. Nous étions nez à nez. Je tournai la tête et sentis son souffle chaud contre ma joue. Tandis que le saxo de Charlie Parker se lamentait sur un cœur brisé, Lockwell appuya sa main droite au creux de mes reins.

Il cessa soudain de bouger.

– Bon sang! C'est pas vrai, Josephine! Beurre-moi

les fesses et appelle-moi biscuit, si tu veux, mais tu ne sais pas danser, n'est-ce pas?

Je ne savais pas danser, en effet. Et je ne voulais rien de ce qui avait à voir avec cette histoire de biscuit.

– Eh bien, rien de plus facile! Il te suffit de suivre mes mouvements.

Il me pressa contre lui tout en respirant l'odeur de mon cou. J'essayai de copier en miroir ses pas. Cela lui plut. Beaucoup. Il m'entraîna en dansant vers le buffet et se serra plus fort encore contre moi. Je tremblais de dégoût. Je levai les yeux au plafond et essayai le truc dont Mam avait parlé. Les huîtres. J'imaginai que j'étais en train de manger des huîtres. Sa main remonta vers ma poitrine. Non. La plage. «Tu es en train de te promener sur la plage», me dis-je. Ça ne marchait pas non plus. Il m'étreignait si étroitement que j'en avais mal. Il glissa son pouce à l'intérieur de ma bouche et me demanda de fermer les lèvres. Je pensai à la terre froide et aux lattes de bois sous la véranda de la maison de Detroit: un jour, j'y avais gravé mon nom en faisant le serment de ne jamais devenir comme ma mère. Il me saisit alors la main pour l'approcher de sa taille.

Je secouai la tête et me dégageai brusquement de son étreinte.

– Qu'est-ce qui ne va pas? questionna-t-il en me suivant vers le canapé. Tu as peur?

Il me jeta un regard incendiaire où éclatait sa perversité.

– Mon Dieu, ta bouche!

– Arrêtez, m'écriai-je.

– Allons, allons. Ne joue pas les petites allumeuses. Viens ici.

Il tira sur sa ceinture.

Je tendis la main pour attraper mon sac, mais il m'empoigna par le bras.

– Oh, non, tu ne vas pas t'en aller ! Tu n'as pas du tout envie que j'appelle le bureau des admissions de *Smith College* et leur dise qu'il ne faut en aucun cas t'accepter, n'est-ce pas ?

Sa bouche était tout contre mon oreille.

– Allez, Josephine. Gagne ton argent. Sois une bonne petite putain à présent.

J'entendis un léger bruit sec au moment où mon poing atteignit sa mâchoire. Surmontant le choc initial, il se lança sur moi avec la furie d'un taureau, mais j'avais déjà les pieds solidement plantés au sol et mon pistolet braqué sur lui. Il recula d'un bond, abasourdi.

– Mettez vos mains sur votre tête, lui ordonnai-je.

Il ne bougea pas. Je pointai mon arme au-dessus de son épaule, tirai sur la photo encadrée où il posait en chasseur et la fracassai en mille morceaux.

– OK, OK ! dit-il en mettant les mains sur sa tête.

Je lui fis signe d'aller dans le coin de la pièce.

– Je suis désolé. Tu as raison. J'allais trop vite. Mais pose ce revolver, Josephine, implora-t-il. S'il te plaît, pose-le.

– Ne me dites pas ce que je dois faire. Asseyez-vous, commandai-je. Maintenant.

Il obéit.

– Seigneur ! De quoi croyais-tu qu'il s'agissait ? Va-t'en, et nous ferons comme si cela n'avait jamais eu lieu. Pars. Je n'en parlerai à personne.

J'enlevai les escarpins noirs et les lui jetai à la tête.

– Ne m'appelez plus jamais, jamais putain, énon-çai-je, les dents serrées. Fermez les yeux.

– Oh! Grand Dieu! Non! Josephine, s'il te plaît.

– J'ai dit: «Fermez les yeux!»

Il ferma les yeux.

Je m'enfuis de l'appartement. Je percevais le martè-lement sourd de mes pieds sans souliers sur le trottoir. Le ciel était d'un noir menaçant: l'orage était proche. J'ouvris la bouche.

Un grand phalène s'envola dans la nuit.

53

Je la trouvai le lendemain matin en descendant de mon appartement. Elle était là à me faire signe à travers la porte vitrée.

Calée contre le volet. Une main noire sur une feuille de papier blanc.

Vingt-quatre heures. Dans vingt-quatre heures, Tangle Eye serait de retour à la boutique et me réclamerait cinq mille dollars que je n'avais pas et n'avais aucun moyen de trouver. Je devais à Cokie deux mille dollars, une explication et des excuses ; je devais à la femme de Forrest Hearne une montre en or ; mais j'avais aussi une dette à payer à Carlos Marcello, et si je ne la payais pas, je serais encore dans de bien plus mauvais draps qu'avec John Lockwell.

J'avais imaginé une histoire à raconter à Willie. Je dirais que le distributeur d'alcools et de spiritueux avait une cargaison qui attendait chez *Sal* et qu'il fallait le régler. Elle me demanderait alors de prendre l'argent dans le coffre-fort. J'aurais alors les cinq mille dollars. La seule idée de voler Willie me bouleversait jusqu'au tréfonds de mon être, mais une fois que j'aurais payé Marcello, je lui expliquerais que je n'avais pas eu le choix, que c'était le seul moyen de la protéger, de les protéger tous. Bien entendu je devrais travailler pendant plusieurs années pour pouvoir rembourser Willie. Elle obtiendrait ainsi ce qu'elle avait toujours souhaité : je serais bloquée à La Nouvelle-Orléans.

Il survint toutes sortes de contretemps durant cette matinée. La pression qu'exerçait en permanence la police rendait Willie agitée. Elle me demanda d'emporter chez moi le livre noir et de le garder dans ma chambre.

– Ils sont venus fouiner ici hier, dès six heures du soir. Six heures du soir ! Ils se sont comportés comme s'ils étaient en visite et sont restés jusqu'à une heure du matin. J'ai passé une nuit entière à divertir le chef de la police et ses amis flics – une nuit de perdue pour les affaires ! Mais qu'est-ce que je pouvais dire ? Ils ont joué aux cartes, et les filles sont restées là-haut dans leurs chambres à s'ennuyer comme des rats morts. Les yeux du commissaire en chef étaient partout à la fois ; je ne l'ai pas quitté d'une semelle ; j'étais persuadée qu'il allait découvrir les cachettes. Prends le livre. À compter de maintenant, je te donnerai les récépissés, et tu feras la comptabilité chez toi.

J'acquiesçai et lui pris le livre des mains. Elle alluma une cigarette et s'adossa à ses oreillers.

– Tu veux que je te dise aussi ? Je suis trop fatiguée pour jouer encore à ce jeu. Et si on en finissait une bonne fois pour toutes avec ces trucs chiants ?

– Vous en avez assez de ce business ? Et de la police ?

– Ouais, ça aussi. Mais je suis surtout lasse de ce jeu

de cache-cache avec toi. J'ai attendu, espéré que tu viendrais me trouver. Au début, j'ai cru que tu me trouvais stupide, et j'étais très en colère. Tu as dix-huit ans, nom d'un chien! Je suppose que je devrais me réjouir à l'idée qu'il y ait encore un ridicule reste d'innocence en toi. Mais quelquefois, j'en ai vraiment ras le bol!

– J'ignore de quoi vous parlez, Willie.

– Laisse tomber! Je sais que tu es bouleversée par la mort de Charlie et le départ de Patrick, mais c'est pas le problème. Ta mère a repéré et marqué d'une croix Forrest Hearne dès qu'elle l'a vu, et tu es parfaitement au courant. Toi aussi, tu l'as repéré, mais bien sûr tout autrement. Louise a dit à Cincinnati qu'elle avait trouvé une cible. Cinci a payé le barman pour qu'il lui file en douce un «Mickey» dans son verre, de sorte que Hearne soit KO un bon bout de temps et qu'il puisse le filouter à son aise. Le barman lui a filé un Mick sacrément costaud, et Hearne en est mort. Même s'il semble évident au premier venu qu'ils sont coupables, ils s'en tirent parce qu'ils ont un alibi. Et qui peut se permettre d'acheter des alibis dans cette ville, qui, hein, si ce n'est Carlos Marcello? Voilà pourquoi ta mère a maintenant la main noire sur le dos.

Je restai plantée au pied du lit de Willie, les doigts crispés sur le livre. Des larmes s'amassaient dans mes yeux.

Elle hocha la tête et reprit – d'une voix éraillée, mais plus bas:

– Tu t'imagines que je ne comprends pas ce qui se passe, Jo? Tu penses peut-être que je n'ai pas des yeux partout dans cette ville? Frankie n'est pas ma seule paire d'yeux. Il y a des gens qui m'abordent dans la rue pour me souffler à l'oreille que les hommes de Marcello sont sur ta piste et que des voitures te suivent partout dans la ville. Et puis voilà que tu te comportes soudain comme une insensée. Jesse est venu changer l'huile de Mariah, et je peux t'assurer que le pauvre gosse était dans un état épouvantable ! Il m'a raconté que t'avais cassé la vitre de sa chambre en pleine nuit, tout ça pour réclamer des volets de toute urgence, et qu'ensuite tu t'étais enfuie. Inutile de te dire que t'as perturbé ce malheureux quelque chose de bien. Et pendant tout ce temps, je répétais à tout le monde que tu viendrais me trouver. Je n'ai cessé d'attendre que tu viennes me trouver.

– Je n'ai pas pu, sanglotai-je.

– Et pourquoi ça ? questionna Willie.

– Ils m'ont dit qu'ils vous tueraient.

– Et tu les as crus ? Jo, ils veulent leur argent, un point c'est tout, et, pour l'avoir, ils sont prêts à soulever les montagnes. Je sais comment gérer Marcello.

– Non, Willie, ne faites pas ça, vous ne pouvez pas. Je ne veux pas qu'il vous arrive quelque chose, à vous ou à Cokie.

– Arrête donc de pleurnicher. Je ne suis pas stupide. Ils demandent combien ?

C'est à peine si je pouvais la regarder.

– Cinq mille, répondis-je à voix basse.

Rejetant draps et couvertures, Willie sortit de son lit et se mit à arpenter la pièce, laissant la cendre tomber de son mégot de cigarette. Sur sa tempe battait une veine gonflée par la colère.

– Ta mère devrait être pendue par les paupières. Refiler à sa propre fille une dette de la mafia ! Voilà ce que nous allons faire. Je vais te donner l'argent pour Marcello, mais il faudra que tu ailles dans plusieurs banques et que tu échanges les gros billets contre de plus petits et même de la petite monnaie. Vois-tu, lorsque tu apporteras l'argent à Tangle Eye, faut qu'il ait l'air d'avoir été ramassé dans le caniveau. Aie même des pièces de dix et de cinq cents. Répartis l'argent entre différents sacs et enveloppes. Si tu n'as que des gros billets, ils penseront que tu as une source d'approvisionnement et ils ne cesseront de revenir à la charge pour en avoir davantage. Sonny te conduira chez *Mosca* cet après-midi. Tu entreras dans le café et tu les paieras. Assure-toi qu'ils te disent bien que tu es en règle.

– Je dois aller les payer ? Je dois apporter cinq mille dollars aux hommes de Marcello ? Ils ne vont pas venir les chercher ?

– Il ne faut surtout pas qu'ils viennent les chercher. S'ils sont obligés de nous rendre visite, c'est que le terme est dépassé, et en ce cas, on leur doit des intérêts en plus. Il faut absolument les payer avant qu'ils passent.

Je remarquai qu'à l'endroit de la poitrine, la peau de Willie était flétrie et qu'un lacis de veinules violettes parcourait son cou. Elle se dirigea vers le coffre-fort dissimulé dans le placard et se mit à entasser des liasses de billets sur son lit.

– Voilà quatre mille dollars.

Elle vint s'appuyer contre le chambranle de la porte.

– Combien as-tu gagné en baisant avec Lockwell hier soir ?

Je la regardai.

– Combien ? répéta-t-elle.

– Rien.

– Rien ! Mais qu'est-ce qui te prend ? Tu aurais pu avoir deux cents dollars.

– C'était mille cinq cents dollars, répondis-je en levant les yeux vers Willie. Mais je n'ai pas pu le faire. Il a dansé avec moi et m'a touchée, et je ne l'ai pas supporté. J'ai braqué mon pistolet sur lui et je me suis enfuie en courant.

Elle tira une lente et longue bouffée de sa cigarette avant de hocher la tête.

– Brave petite. Un bon point pour toi, Jo.

Et elle jeta un autre paquet de mille dollars sur le lit.

Nous nous rendîmes en voiture à la Banque de l'Ouest. J'avais pris place sur le siège du passager dans la voiture de Sonny avec, à mes pieds, des sacs de toile, des sachets de papier et des enveloppes bourrées de petits billets et de pièces de monnaie. Cinq mille dollars. Sonny conduisait, un fusil de chasse entre les jambes. Il ne disait rien ; il fumait en écoutant religieusement le feuilleton mélo *Young Widder Brown* qui passait en grésillant à la radio. Je voyais son grand corps penché sur le volant, tandis qu'il s'absorbait dans le dernier épisode de l'histoire d'amour de la veuve Ellen Brown avec Antony Loring.

J'aurais voulu attendre dans la voiture pendant que Sonny remettait l'argent aux hommes de Marcello, mais Willie m'avait expliqué que ce n'était pas ainsi qu'il fallait procéder. Je repensai à l'empreinte de main noire que j'avais vue sur une porte d'Esplanade et je me rappelai avoir critiqué les gens assez fous pour se mêler à la mafia.

Sonny, qui roulait à présent sur un bout de route désert, s'arrêta devant un bâtiment blanc au toit de bardeaux. Il leva la main pour m'intimer l'ordre de me taire et resta là à écouter la saga amoureuse de Simpsonville, jusqu'à la fin du programme. Il éteignit alors la radio et tendit le bras pour prendre son fusil.

– Surtout, assure-toi qu'ils comptent bien l'argent.

J'entassai sacs et enveloppes dans mes bras et refermai la portière de la voiture d'un coup de hanche, après quoi je franchis le seuil de la bâtisse. Aussitôt, je fus comme aveuglée par l'épaisse obscurité qui régnait dans la pièce; mes yeux, habitués à la lumière du dehors, étaient incapables d'accommoder. Je les plissai désespérément et finis par distinguer un bar et quelques tables. La salle était presque vide. Le restaurant n'ouvrait pas avant dix-sept heures trente. Le juke-box passait une chanson de Vic Damone, et un barman maigre et solitaire s'affairait au bar.

– Je peux vous aider? demanda-t-il.

– Je cherche Tangle Eye.

– Au fond, contre le mur.

Je dépassai la rangée de tables plongées dans l'obscurité, serrant l'argent contre moi. Mes yeux commencèrent enfin à s'accoutumer aux ténèbres, et la salle apparut. Tout au fond du restaurant, trois hommes étaient assis à une table. Lorsque j'approchai, deux d'entre eux se levèrent et disparurent dans la cuisine. Je m'avançai et restai debout devant la table. Tangle Eye me fixa de son œil droit, tandis que le gauche semblait flotter d'un côté et de l'autre.

– Bon sang, qu'est-ce que c'est que ça? dit-il en désignant mes bras chargés.

– C'est l'argent.

Je posai mon fardeau sur la table et laissai tomber une enveloppe. Pièces de cinq et dix cents se répandirent. Willie eût été fière de moi.

J'avais produit mon petit effet.

– Pour qui tu me prends? Un distributeur automatique? demanda Tangle Eye.

– Tout est là. Vous pouvez compter.

– Pas question que je touche à ces machins dégoûtants. Qui sait de quel trou t'as sorti ça! Tu vas compter, billet par billet, pièce par pièce.

Je m'assis et commençai de compter. Chaque fois que j'arrivais à mille, il faisait une croix sur une serviette en papier, mais il ne tarda pas à s'impatienter et appela les deux autres hommes dans la cuisine pour finir le travail.

– T'aurais dû apporter des gros billets, conclut-il, une fois le comptage terminé.

Il y avait deux dollars de trop – une idée de Willie.

– Je n'ai pas pu me procurer de gros billets. J'étais déjà trop occupée à les quémander à droite et à gauche, et j'avais peur de ne pas arriver ici à temps.

– Qui te dit que t'es arrivée à temps? contre-attaqua-t-il.

– Je suis dans les temps. Et nous sommes quittes.

Il se pencha vers moi par-dessus la table, et il sembla que son œil gauche dansait furieusement.

– Nous ne sommes pas quittes avant que le petit homme ait déclaré que nous sommes quittes, compris? Tu ferais mieux d'espérer qu'on ne retrouve pas ta mère en Californie. Personne peut esquiver une dette pareille, compris?

Je me levai.

– Si vous n'êtes pas encore contents, vous verrez ça avec ma mère et Cincinnati. Tout est là. Vous avez noté cinq mille dollars.

Un homme apparut et plaça une assiette devant Tangle Eye. Poulet sauté à l'ail, au vin blanc et à l'huile d'olive. Ça sentait délicieusement bon.

– Est-ce qu'elle mange? demanda l'homme.

Tangle Eye fourra sa serviette en papier dans l'échancrure de son col et me regarda.

– Est-ce que tu manges?

54

Ma cousine Betty m'a envoyé un mot avec les histoires les plus absurdes qui soient à ton sujet.

Voilà ce que disait la lettre de Charlotte.

Je passe des vacances super. As-tu reçu une réponse de Smith? Charlie me manque. Tu me manques.

Voilà ce que disait la carte postale de Patrick.

J'espère une réponse favorable d'ici la fin du mois.

Tel était, en substance, le contenu de la lettre de Ms Mona Wright. Je ne voyais toujours pas ce que signifiait «Ms*». Il me faudrait consulter le manuel pratique des lettres d'affaires. Il s'agissait manifestement d'un titre quelconque.

Sadie m'aida à préparer le plateau du matin de Willie. Avant d'aller me coucher, je m'étais résolue à lui avouer que ma mère avait volé la montre en or qu'elle m'avait offerte pour mon anniversaire et à lui parler aussi de celle de Forrest Hearne. Je savais qu'elle serait furieuse et me traiterait de tous les noms, mais je devais impérativement le faire. Il me faudrait ensuite informer Cokie qu'on avait volé l'argent qu'il m'avait donné. Ce serait une journée difficile, au bas mot, une gageure.

Willie était réveillée. Enveloppée dans un kimono de satin rouge, elle regardait au-dehors à travers la jalousie.

– Rouge, ça change. Est-ce un nouveau kimono? demandai-je.

– Incroyable. C'est à peine l'heure du petit déjeuner, et ils ont déjà envoyé un flic; il est là-bas, assis dans sa voiture. Je serais tentée de t'envoyer lui porter un café. Ces flics sont pas plus malins qu'un bloc de marbre, je te le dis.

– Le préfet de police est-il repassé hier soir? m'enquis-je.

– Non, mais il a envoyé trois de ses hommes aux environs de minuit. Sadie a tiré la sonnette d'alarme, et je les ai tenus à distance en les faisant attendre à la porte de service pendant que tout le monde sortait. Un vieil avocat de Géorgie n'a pas réussi à trouver la sortie. J'ai trouvé le pauvre gars tout nu et tremblant de froid derrière une feuille de bananier dans la cour. J'ai dû lui rendre tout son argent. C'est le genre de choses qui tue mes affaires. Que disent les journaux ce matin? ajouta-t-elle en se tournant vers moi.

Je n'avais pas envie de les lui donner. Tous les articles rapportaient que la pression sur le Quartier français ne cessait d'augmenter et que braquages et cambriolages se multipliaient. Braquages. Je pensai au soir où j'avais acculé Lockwell dans un coin avec mon revolver.

– Ne vous occupez pas des nouvelles, Willie.

D'un geste brusque, elle s'empara elle-même des journaux posés sur le plateau. Je vis le feu lui monter au visage.

– Willie, je ne vous remercierai jamais assez de m'avoir aidée à régler la dette à la mafia hier. Vous ne pouvez pas imaginer à quel point je suis soulagée. La nuit dernière, j'ai dormi, vraiment dormi, pour la première fois depuis longtemps.

– Tu travailleras pour la rembourser. Jusqu'au dernier sou. Dieu merci, tu n'es pas une ingrate comme ta mère, même si tu ne portes pas la montre que je t'ai offerte.

Je commençai par mentir. Il m'était devenu si facile, si naturel de mentir. Mais je ne tardai pas à m'arrêter. Il fallait vraiment que je parle à Willie de sa montre ainsi que de celle de Forrest Hearne. Debout, près du lit, elle continuait à lire les gros titres.

– Si je ne porte pas la montre, Willie, c'est parce que ma mère et Cincinnati l'ont volée.

Willie leva lentement les yeux de son journal pour me regarder.

J'acquiesçai d'un signe de tête.

– Ils sont entrés par effraction dans ma chambre et ont pris la montre et mon revolver. Et… Je ne vous en avais pas encore parlé, mais Cokie m'avait donné deux mille dollars qu'il avait gagnés au jeu pour que je puisse aller à l'université. Ils ont pris aussi cet argent.

Je regrettai de lui avoir dit ça ; j'aurais voulu retirer

tout ce que je venais de dire. Le terme «furieuse» eût été trop faible pour donner une idée de son état. L'expression de son visage défiait toute description. Ses yeux flamboyants de colère et de souffrance ne cessaient de ciller.

– Willie?

Elle tendit le bras vers le lit pour retrouver son équilibre et glissa, faisant tomber au passage un vase posé sur la table de chevet. Ses genoux heurtèrent le sol.

– Willie!

Je me précipitai pour la prendre dans mes bras. Ses yeux ronds étaient saillants, comme exorbités, et une sorte de balbutiement incohérent semblait sortir de sa trachée. Elle leva la main pour s'accrocher à mon épaule. J'appelai Sadie au secours.

– Je vais téléphoner au Dr Sully. D'accord, Willie?

Elle désigna d'un geste la fenêtre à la jalousie baissée.

– Non, Willie, je ne laisserai pas entrer le flic ici, fis-je, comprenant la signification de ce geste. Je vous le promets.

J'appelai de nouveau Sadie au secours, plus fort cette fois. Elle arriva en courant et, lorsqu'elle vit Willie, elle se couvrit la figure de ses mains.

– Je ne sais pas ce qui s'est passé. Elle vient de tomber par terre. Portons-la sur le lit. Dépêche-toi, Sadie, il faut que j'appelle le Dr Sully.

Le corps de Willie était trop lourd. À deux, nous étions incapables de la soulever. J'aperçus soudain Evangeline qui risquait un œil dans l'entrebâillement de la porte.

– Evangeline, hurlai-je, viens nous aider!

Elle secoua la tête et recula, prise d'effroi.

J'avais envie de la battre.

– Espèce de sorcière, monstre d'égoïsme! Approche-toi donc et aide-nous, sinon je vais te tirer dessus, je le jure. Allons!

Evangeline obéit. Elle prit Willie par les pieds, et à trois, nous réussîmes à la hisser sur le lit.

– Soutiens-lui la tête, dis-je à Sadie. Elle respire à peine.

Je me ruai dans le vestibule pour téléphoner. Sweety était sur le palier. Evangeline la bouscula au passage, grimpa l'escalier quatre à quatre, et on entendit bientôt claquer la porte de sa chambre.

– Jo, qu'y a-t-il? demanda Sweety.

– C'est Willie. J'appelle le Dr Sully. Ferme toutes les portes. Il y a un flic dehors, dans une voiture noire.

Je revins m'asseoir auprès de Willie, maintenant adossée contre ses oreillers. Elle transpirait et ne tarda pas à vomir à côté du lit.

– Les vautours vont venir, dit-elle d'une voix rauque et sifflante. Ne les laisse pas entrer.

– Arrêtez, Willie. Ça va aller mieux. M'entendez-vous?

– Ne les laisse pas entrer, ne les laisse jamais entrer, répéta-t-elle en haletant.

À mes yeux, Willie était indestructible, dure comme l'acier. La voir dans cet état me terrifiait. Elle m'avait aidée, protégée pendant la plus grande partie de ma vie, et j'étais inutile, impuissante, inefficace, incapable de l'aider en quoi que ce soit. Je la pris dans mes bras, tout contre moi. Elle cessa de marmonner et posa la tête sur ma poitrine. Je lui caressai les cheveux en fredonnant *Buttons and Bows*. Les journaux qui jonchaient le sol et le plateau de café intact au pied de son lit semblaient me dévisager, comme pour m'ordonner de faire quelque chose de plus.

Willie m'empoigna la main.

– Cacahuètes salées, chuchota-t-elle.

Le Dr Sully arriva enfin et se précipita dans la chambre. Je levai les yeux, les larmes ruisselaient sur mon visage.

Il était trop tard.

55

Cokie était assis dans le petit salon, la figure enfouie dans sa casquette. Il était secoué de longs, de noirs sanglots qui semblaient venir de si loin que j'en étais effrayée. Sadie, agenouillée à ses pieds, avait la main posée sur ses genoux. Il leva les yeux quand je sortis de la chambre de Willie avec le Dr Sully, et, lorsqu'il s'adressa à moi, j'eus l'impression que tout son corps tremblait de tristesse.

– L'est pa'tie pou' de bon, Jo ?

J'acquiesçai d'un signe de tête.

– Tu veux la voir ?

– Non, protesta-t-il à travers ses larmes. Veux pas voi' aucun cadavre. Willie, l'est plus ladans. L'a mis ses chaussures de marche. L'est partie voi' le Seigneu'.

– Peut-être pourrions-nous aller dans la cuisine, déclara le Dr Sully. Il y a un certain nombre de dispositions à prendre.

Nous nous rassemblâmes tous dans la cuisine, à l'exception d'Evangeline – laquelle refusait de parler à qui que ce soit et n'ouvrait sa porte à personne. Dora,

411

inconsolable, gémissait, affalée sur la table, tandis que Sweety lui massait le dos.

– La nouvelle va se répandre, commença Sweety. C'est mieux si on s'organise, je crois. Willie, elle voudrait ça.

– Oui, c'est exact, dit le Dr Sully qui semblait être en état de choc. Jo, je suppose que tu as les papiers de Willie.

– Les papiers ? Non, elle n'a jamais rien dit à ce sujet, répondis-je.

– Bon. En tout cas, à ma connaissance, elle a un notaire, reprit le Dr Sully. Je vais voir avec lui. Entretemps, je vous conseille de rédiger un avis de décès et d'organiser les obsèques.

Dora se redressa. Elle avait la figure toute barbouillée : les larmes avaient dilué son maquillage de la veille.

– Ça doit être quelque chose de spécial. Willie Woodley doit quitter le monde en grande pompe. Elle aimerait pas aut' chose. S'il le faut, j'suis prête à faire des passes dans la rue.

Elle se remit à sangloter, tirant de son corsage mouchoir de papier après mouchoir de papier.

– Voyons, Dora, gronda Cokie, Willie voudrait pas te voi' dans la rue.

– Willie a toujou' dit que le salon funéraire Laudumiey était très bien, déclara Sweety. On devrait faire les obsèques là-bas.

J'éprouvai le besoin de préciser ce qui était pourtant évident.

– Willie n'aimerait pas que les gens viennent à la maison après les funérailles, dis-je à voix basse.

Tout le monde était de mon avis.

– Alors, lança Dora, donnons une fête après les funérailles – quelque chose qui en mette vraiment plein la vue. Les gars du *Galatoire* adoraient Willie. Et les michetons, z'auront qu'à dire qu'y mangent à *Galatoire*. Oh! je me rappelle maint'nant, Willie raffolait de leur rémoulade aux crevettes*!

À cette simple évocation, Dora sombra dans une nouvelle crise de larmes.

Elle avait parfaitement raison. Willie frayait avec tant de gens : commerçants, restaurateurs, fournisseurs d'alcools et de spiritueux, musiciens, comptables, hommes d'affaires, fonctionnaires de l'Administration... Il y avait un large échantillon de gens désireux de présenter leurs respects à Willie mais qui ne pouvaient être ouvertement associés à sa maison. Un événement dans un restaurant de la ville célébrerait Willie non pas en qualité de tenancière de maison close mais de membre de la communauté.

– Vous ne pouvez pas imaginer à quel point c'est pour moi un triste, très triste jour, dit le Dr Sully d'une voix sur le point de se briser. Je connais Willie depuis mon enfance. Sans elle, le Vieux Carré ne sera plus le même. Il semblerait donc que nous ayons un plan, ajouta-t-il après s'être éclairci la voix pour chasser son émotion. Josie, tu te chargeras de la coordination?

– Moi? répliquai-je. Pourquoi moi?

– Oh, mon p'tit lapin, tu sais bien que c'est ce que Willie souhaiterait! s'écria Dora. Et, à propos, vous tous, j'suis officiellement en deuil.

– Je t'aiderai, Josie, ma fille, lança Cokie en reniflant. Enfin, du mieux que je peux.

Sadie hocha la tête. Quant à Sweety, elle annonça

qu'elle s'arrangerait avec Walter Sutherland pour qu'il payât les frais de la soirée au *Galatoire*.

Cokie se procura une couronne funéraire pour la porte. La nouvelle de la mort de Willie se répandit rapidement à travers le Quartier français. Sadie se tenait à la porte d'entrée; Cokie, à la porte de service. Sal apporta de son restaurant de quoi manger.

Je restai assise près du lit de Willie à la regarder, à regarder ses mains croisées sur sa poitrine. Il faisait très chaud, presque étouffant. La chambre, qui sentait le renfermé, avait quelque chose de sinistre. Nous étions seules.

C'était ma faute. En contemplant son visage, je compris que mon égoïsme avait été, en grande partie, cause de sa maladie. J'avais noté ses mains et ses chevilles gonflées, remarqué sa fatigue, mais j'étais si occupée à élaborer mes propres projets que je ne l'avais pas aidée. Ou peut-être était-ce un désir secret de la prendre en défaut. Elle m'avait toujours avertie, toujours prédit le cours exact des événements, mais chaque fois que je me sentais trahie par la vie, je tentais de rationaliser la situation tout en me raccrochant à quelque rêve tordu, comme Forrest Hearne.

Je parlai à Willie de Forrest Hearne; je lui racontai l'impression qu'il avait produite sur moi et pourquoi je m'étais ainsi cramponnée à sa montre.

– J'ai donc fini, lui dis-je, par l'enterrer à *Shady Grove*. Je sais bien qu'il n'est pas mon père, Willie, mais qu'y a-t-il de mal à imaginer qu'il l'est? Suis-je trop mauvaise pour avoir le droit de croire que l'autre moitié de moi est vraiment belle et réussie et que je pourrais être un jour comme David Copper-field ? Et si la seule pensée d'appartenir, au moins en partie, à un monde respectable me remplit d'espoir, pourquoi ne m'accrocherais-je pas à cet espoir ? Un homme aussi beau, aussi intelligent que Forrest Hearne a pensé d'emblée que j'étais à l'université, il n'en a pas douté une seconde, Willie, et vous savez quoi ? Eh bien, il m'a donné envie de me montrer à la hauteur de la vision qu'il avait de moi ! Il m'a donné de l'espoir, oui. Et ce rêve vit toujours à l'intérieur de la montre.

J'aurais voulu l'entendre pester contre moi, me traiter d'idiote, enfin quelque chose comme ça. Mais en réalité, c'était inutile de lui ordonner de parler. Je percevais distinctement sa voix, je savais exactement ce qu'elle dirait et sur quel ton.

– Oui, Willie, continuai-je, mais dites-moi... Comment l'homme que j'aurais rêvé d'avoir pour père a-t-il pu être assassiné par ma mère ? Comment comprendre un coup aussi pervers, aussi cruel du destin ? On se croirait dans une pièce de Shakespeare.

L'ordonnateur des pompes funèbres arriva. Il parut troublé par ma conversation désinvolte avec le cadavre de Willie.

– Je sais, Willie, je sais. Elle voudrait qu'on lui mette plutôt le kimono noir, ajoutai-je en me tournant vers l'entrepreneur des pompes funèbres. Et qu'on lui farde les lèvres.

Sadie et moi vérifiâmes que l'argent était bien dans le coffre-fort et veillâmes à ce que tous les objets de valeur fussent entreposés dans la chambre de Willie et la porte, fermée à double tour.

– Les autres ne m'inquiètent pas du tout, confiai-je à Sadie. C'est juste Evangeline. Elle semble complètement égarée en ce moment.

Sadie acquiesça.

Je descendis Conti Street en direction de Royal Street dans un état second. J'avais l'impression que quelqu'un avait ramassé la boîte où ma vie était enfermée et l'avait secouée violemment avant de la jeter par terre. Tout était en morceaux, et ces morceaux, épars, ne s'ajusteraient plus jamais ensemble. Je ne referais plus jamais au petit matin le chemin à pied jusqu'à la maison de Willie ; je ne pousserais plus jamais sa porte pour lui apporter son café et ses journaux ; je ne lui expliquerais plus jamais ce que j'aurais découvert dans les chambres pendant ma séance de nettoyage. Nous n'irions plus jamais ensemble à *Shady Grove* ; nous ne tirerions plus sur les boîtes de conserve alignées sur la palissade pour les faire tomber ; nous ne nous moquerions plus de Ray et de Frieda, de cette façon qu'ils avaient de fuir leurs démons en passant la nuit dans leur voiture. Je n'entendrais plus jamais sa voix rauque, comme imprégnée d'essence et de goudron, me reprocher d'être en avance ou en retard. Willie s'en était allée, et le trou béant qu'elle avait laissé derrière elle était si grand que j'étais sûre de m'y noyer.

Arrivée près de la librairie, je sanglotais. J'avais le visage inondé de larmes et comme tuméfié. À la faveur de la lueur orangée du réverbère, j'aperçus Jesse, assis sur le seuil de la boutique, le dos appuyé contre la porte, une jambe ramenée contre sa poitrine. Je le rejoignis. Sans dire un mot, il m'attira sur ses genoux et m'enveloppa de ses bras.

56

C'était le jour des funérailles de Willie. Cokie vint me prendre avec son taxi.

– Chaque fois je crois j'ai pleuré tout mon soûl, ça me reprend, commença Cokie. Aucune personne, elle m'a montré du respect comme Willie, 'cepté toi et ma *mama*. Et ça me terrifie, Jo. Willie, l'était plus solide un toit tôle, et si elle est partie aussi facilement, ça veux dire quoi pou' nous aut'? Peux pas poser ma tête et 'rêter penser tout ça. L'aut' jour, Willie, l'était ici, et on se faisait souci propos Mr Charlie qui s'avait coupé avec des ciseaux et un homme riche du Tennessee qu'avait mouru dans le Quartier, on se faisait souci propos ta mama et ce bon à rien Cincinnati. Et le jou' d'après, c'est tout fini, c'est tout tranquille, on n'entend plis. Qu'ist-ce qu'on va fai' sans Willie? Rien sera plis pareil. On appelle citte place *The Big Easy*, ajouta-t-il en levant le bras pour s'essuyer les yeux. *Easy*! Facile! Tu parles, y a rien d'*easy* ladans – arien!

Les gens étaient venus en foule aux funérailles. Les banquiers étaient assis à côté des *bootleggers*; les flics parlaient avec les prostituées. Frankie, Cornbread, Sal, Elmo, Randolph, Sonny et les autres – à eux tous, ils formaient en quelque sorte la courtepointe en patchwork de l'assistance à l'enterrement de Willie. Walter Sutherland était vêtu d'un costume en polyester très mal coupé et saupoudré de pellicules. Evangeline portait une jupe beaucoup trop courte pour la circonstance et deux nattes terminées par de gros nœuds noirs. Jesse, de l'autre bout de la salle, m'observait et me souriait chaque fois que nos yeux se croisaient. Je ne l'avais encore jamais vu en costume. Il était superbe.

Willie avait souhaité être incinérée, mais Dora insista pour qu'elle fût d'abord couchée dans un cercueil noir doublé de satin rouge, assorti à Mariah. L'entrepreneur des pompes funèbres nous assura que c'était la Cadillac des cercueils. Dora – ou ses pare-chocs – le convainquirent de nous le louer pour le reste de la journée. Les gerbes de fleurs, y compris celle qu'avait fait envoyer Carlos Marcello, étaient somptueuses. Sweety chanta *a capella* une version de l'hymne *Amazing Grace* qui nous brisa le cœur. Cokie pleura ouvertement et sans honte, exprimant ainsi tout l'amour et tout le respect qu'il avait pour Willie – ce même amour, ce même respect qu'elle lui avait toujours témoigné.

Le maître de cérémonies lut quelques textes qui me semblèrent vains et surtout en désaccord avec la personnalité de Willie. Il l'appela Miss Woodley, ce qui irrita toute l'assistance. Cokie commença de secouer la tête.

– Arrêtez.

Dora se leva et s'avança majestueusement dans sa robe vert forêt vers le cercueil dressé au fond du salon funéraire. Elle brandissait un gant assorti.

– Vous tous, écoutez-moi, quèque chose pèse sur mon cœur, et je dois parler, c'est le Seigneur qui me souffle ça. Pour commencer, j'ai volé un jour vingt dollars à Willie, et ces dollars, j'les ai cachés dans mes toilettes. J'ai péché ce jour-là contre Willie, et fallait que j'l'avoue pour me purifier. Ensuite, elle aurait pas voulu qu'on lise ces sortes de psaumes déprimants, al' était pas comme ça. Et puis y avait pas de «Miss Woodley». Y avait seulement Willie. Willie, elle était pour la vie, et la vie, elle l'attrapait par tous les bouts. Vous tous savez ça. Elle aimait son p'tit remontant bien tassé, son argent sur-le-champ bien compté, et elle adorait son business. Et elle jugeait personne. Elle aimait tout le monde pareil – comptables, pédales et gouines, musiciens, etc., elle nous accueillait tous autant, elle nous traitait d'idiots tout pareil.

Tout le monde rit. Mais Dora se mit à pleurer. Les larmes ruisselaient sur son visage.

– C'était une femme bien, et beaucoup d'entre nous vont êt' perdus sans elle. S'il vous plaît, la laissez pas partir pour le repos éternel cette façon tranquille et ennuyeuse. C'était pas Willie. Allez, Cornbread, debout! Parle-nous de la fois où Willie a roulé sur ta jambe. Elmo, dis-nous comment Willie, elle essayait les matelas pour voir si z'étaient assez bons pour le grand jeu. Si vous plaît, vous tous!

L'atmosphère se détendit. Les gens se levèrent et commencèrent à raconter des histoires au sujet de Willie, de sa générosité et de son cœur d'or qui démentaient son apparence froide. J'avais, pour ma part, mille et une choses à formuler mais j'étais incapable d'ouvrir la bouche. Enfin, Sadie se leva à son tour. Après avoir promené son regard à la ronde, elle posa doucement les deux mains sur son cœur.

J'en fus bouleversée. La femme qui n'avait jamais prononcé un mot de toute sa vie en avait dit plus qu'aucun d'entre nous ne pourrait jamais le faire.

Le *Galatoire* bourdonnait comme si c'était le soir du 31 décembre. Une grande photo encadrée de Willie trônait sur une estrade au fond du restaurant. Il était bondé, très bruyant, et je me sentais horriblement fatiguée. Patrick m'avait envoyé un télégramme de condoléances qui m'avait laissé un sentiment de vide et de tristesse. Je vis bientôt Evangeline traverser la foule, un shirley temple*, qu'elle buvait avec une paille, à la main. Elle s'arrêta devant moi.

– Alors, demanda-t-elle, tu vas le faire ?

Je secouai la tête.

– Je ne peux pas suivre les traces de ma mère.

– Je te parle pas de faire des passes mais de remplacer Willie – d'être notre *madam*.

Je regardai Evangeline. Elle devait plaisanter.

– Quoi ? Non, je ne pourrai jamais. Je ne ressemble pas du tout à Willie.

Elle eut un petit reniflement de dégoût.

– Tu lui ressembles beaucoup au contraire. Elle aurait voulu que tu prennes sa place. C'est toi qu'elle préférait, vois-tu, ajouta Evangeline en me regardant.

Après quoi elle se remit à siroter son cocktail avec sa paille et s'en fut d'un pas nonchalant du côté de Dora qui riait, parce qu'un morceau de papier de toilette était resté accroché à son talon.

– Hé ! Motor City !

Je me retournai.

– Salut, Jesse ! Tu es resté ici tout le temps ?

– Nan, j'suis juste passé voir si t'avais besoin d'aide, répliqua-t-il en souriant.

Sa chemise de soirée blanche sortait de son pantalon. Il avait troqué ses vêtements de deuil contre son jean retroussé et ses bottes habituels.

– Ces deux jours ont été interminables, fis-je.

– Allez, viens, on sort d'ici.

57

Nous marchâmes quelque temps en silence. J'étais soulagée d'échapper enfin au vacarme du restaurant. Jesse me tendit une tablette de chewing-gum. J'acceptai avec reconnaissance.

Il s'arrêta soudain.

– Hé, Josie, je peux te montrer quelque chose ?

– Bien sûr.

– Ferme les yeux. Et les ouvre pas surtout !

Je restai plantée sur le trottoir, les yeux clos. Bientôt, j'entendis une porte s'ouvrir en grinçant et sentis que Jesse me prenait par la main.

– N'ouvre pas les yeux avant que je te le dise. Garde-les bien fermés.

Nous marchâmes encore un peu, et je m'efforçai de ne pas trébucher. Après quoi, Jesse fit halte, et un cliquetis me parvint aux oreilles.

– OK, ouvre-les maintenant.

Il y avait devant moi la plus belle voiture que j'eusse jamais vue. Elle était grenat, comme les ongles de Willie, avec une peinture laquée si brillante que je pouvais me voir dedans.

– Jesse, c'est incroyable.

– Elle te plaît?

– Je l'adore. Elle est tellement belle!

Il contourna en hâte l'automobile pour aller ouvrir la portière, côté passager.

– Grimpe.

Le cuir brun clair qui recouvrait les sièges était lisse et sans défaut. Jesse se glissa derrière le volant.

– Ça m'a pris un temps fou, mais elle est quasiment prête.

Il me jeta un coup d'œil, et une des commissures de sa bouche remonta, dessinant un demi-sourire.

– Je vais t'emmener faire un tour, tu sais.

– C'est vrai?

– Ouais, un de ces jours. Je te donnerai rendez-vous, une fois qu'elle sera complètement terminée et en état de marche.

– Quelle importance si elle est en état de marche ou non? On peut faire semblant de rouler comme Ray et Frieda. Où sommes-nous censés aller le jour de notre sortie? ajoutai-je en me renversant dans mon siège.

– À Swindell Hollow, répondit-il sans la moindre hésitation.

– Où est-ce?

– Là d'où je viens, en Alabama.

Nous partîmes donc pour Swindell Hollow. Le calme qui régnait autour de nous était divin, Jesse gardait le silence. J'appuyai la tête contre la dossier et fermai les yeux. J'imaginai la route à deux voies défilant sous les pneus, la brise pénétrant par la vitre ouverte et sou-levant mes cheveux. Je sentis les mailles du filet se desserrer, le ciel devenir plus lumineux, les arbres plus verts, comme si nous avions laissé La Nouvelle-Orléans derrière nous.

– Je te dois des excuses, finis-je par dire.

– Des excuses?

– Ouais.

Je commençai par lui parler de la dette à Carlos Marcello. Jesse lâcha le volant et se tourna vers moi.

– J'suis plus ou moins au courant. Willie me l'a dit quand j'ai travaillé sur sa voiture. Elle attendait que tu viennes la trouver. Mais tu l'as jamais fait.

– Tu sais donc tout ça, fis-je. Je me sens un peu ridicule.

– Y a pas de quoi. Tu n'as qu'à me raconter un truc que je ne connais pas.

– Hmm, voyons. Est-ce que tu savais ça par exemple? Vois-tu, Jesse, le jour où je t'ai vu près de l'atelier avec tes deux copains, j'étais sur le point de gagner mille cinq cents dollars en me vendant à cette ordure de John Lockwell. Mais je me suis dégonflée, et au lieu de ça, j'ai braqué sur lui mon revolver et lui ai balancé mes escarpins à la figure.

– J'aimais pas ces souliers, commenta Jesse.

– Oh, et est-ce que tu savais que j'avais fait la connaissance du touriste de Memphis le jour même où il est mort dans le Quartier français? Il était entré dans la librairie et avait acheté deux livres. Il était si gentil, si sympathique que j'en ai fait une sorte de héros et l'ai ajouté à ma liste de pères imaginaires. Tu savais ça, Jesse?

Il secoua la tête.

– Quoi d'autre…? Ah oui, et puis j'ai trouvé sa

montre sous le lit de ma mère. Pour une étrange raison, je m'y suis incroyablement attachée. Le soir où je t'avais raconté que j'avais rendez-vous avec Patrick et où tu m'as suivie en douce, tu te rappelles… Eh bien, si j'étais allée jusqu'au fleuve, ce n'était pas du tout pour retrouver Patrick ; c'était juste pour jeter la montre au fond de l'eau. Mais je n'ai pas pu le faire, j'ai craqué et je me suis mise à pleurer. La police est toujours à la recherche de cette montre, mais je l'ai gardée, et j'ai fini par l'enterrer à *Shady Grove*.

Je jetai un coup d'œil furtif à Jesse, m'attendant à une réaction d'horreur ou de dégoût. Il se contenta de hocher la tête.

– Ensuite, je parie que tu ne te doutes pas du tout que j'ai reçu une méchante lettre de refus de *Smith College*. Et imagine-toi qu'au lieu de m'accueillir comme étudiante ils ont agrafé à cette lettre un message d'une vieille fille plus ou moins écrivain qui me demande de venir faire le ménage chez elle à Northampton !

Jesse dressa l'oreille.

– C'est humiliant, certes, poursuivis-je. Mais il y a plus humiliant : je ne saurai plus où me mettre quand ma nouvelle amie Charlotte apprendra de la bouche de sa cousine de La Nouvelle-Orléans qu'elle a invité dans sa résidence d'été des Berkshires la fille d'une prostituée.

J'inspirai profondément et regardai Jesse.

– Seigneur, que c'est bon !

Il glissa sur son siège pour se rapprocher de moi.

– Ouais ? T'aimes l'Alabama à ce point ?

– J'adore l'Alabama.

J'eus l'impression qu'un énorme poids tombait de

mes épaules pour s'envoler à tout jamais par la vitre de la voiture de Jesse.

– C'est tout ce que t'as à me raconter? demanda le garçon.

– Négatif. Voilà encore une chose à ajouter à la pile de mes humiliations. Je suis déjà la fille d'une prostituée, mais ça ne suffit pas. Pour couronner le tout, Mam m'a donné le nom d'une prostituée. Josie Arlington, tenancière de bordel, avait autrefois à Basin Street une maison à cinq dollars la passe. Contre un supplément, elle proposait aux clients une sorte de spectacle érotique à la française. Et il faut que je porte son nom!

– Ding!

Jesse venait de frapper une cloche imaginaire.

– Mesdames et messieurs, commença-t-il, vous allez assister à un match. Les deux gosses que voici ont été affublés de noms déjà portés par des personnes peu recommandables... Mais en fait, continua Jesse en se tournant vers moi après un bref silence, je suis le gagnant du concours. On t'a donné le nom d'une prostituée; on m'a donné celui d'un meurtrier. Le mien est donc pire.

Je restai bouche bée.

– Ouais, mon criminel de père m'a appelé Jesse en souvenir de Jesse James. Et invité à me montrer digne de mon nom et à grandir en bon hors-la-loi. Je te le dis, Josie, j'espère que mon père ne rencontrera jamais ta mère.

– Est-ce que tu as déjà pensé à changer de nom?

– Nan, Jesse Thierry, c'est ça que je suis, point.

– Je voudrais changer le mien. Willie trouve que je devrais prendre un autre nom de famille.

– Pour le nom de famille, c'est peut-être une bonne idée, mais ne change surtout pas Josie.

– Non?

– Négatif, répliqua-t-il en tripotant un bouton sur le tableau de bord. J'aime bien la sensation que ça me fait quand je le prononce.

Un des poignets de la chemise blanche de Jesse bâillait. Je tendis le bras et commençai lentement à le replier. Il contemplait mes mains, tandis qu'elles effleuraient son avant-bras. Mes doigts ne se refermèrent pas en un poing, ils glissèrent légèrement le long de sa peau. Il me regarda. Je lui rendis son regard.

– OK, fis-je. À ton tour. Qu'est-ce que tu peux m'apprendre à propos de Jesse Thierry?

– Ce que je peux t'apprendre?

Jesse glissa son bras autour de mon épaule et m'attira contre lui.

– Peut-être qu'il a très envie de t'embrasser man'nant.

58 .

– On n'a pas le choix, dis-je. Le notaire de Willie nous a convoqués. Il a des questions à nous poser.

– Ça me rend nerveux, déclara Cokie. Je veux pas m'asseoi' avec un homme loi qui va parler toute allure propos Willie. Willie, l'a jamais aimé qu'on se mêle de ses affaires, et je vas pas commencer asteure, même si elle est partie. Alors je vas rien dire – arien. On laissera Sadie fai' toute la conversation.

Sadie, qui était assise à l'arrière du taxi, tendit le bras et donna une tape à Cokie sur le côté de la tête. Elle était nerveuse, elle aussi. Cokie et elle avaient mis leurs habits du dimanche et ne cessaient de se cha-mailler depuis que nous étions montés en voiture. J'étais peut-être encore plus nerveuse qu'eux, mais c'était pour une tout autre raison. L'étude du notaire se trouvait dans le *Hibernia Bank Building*, autrement dit dans le même immeuble que le bureau de John Lockwell, juste à l'étage au-dessous. À la seule pensée de cet homme, j'avais la gorge serrée par l'angoisse. J'avais déjà reporté de deux semaines le rendez-vous avec le notaire, je ne pouvais plus le différer davantage.

Nous pénétrâmes dans le hall, et j'extirpai la lettre de mon sac. Cokie la lut par-dessus mon épaule.

– Edward Rosenblatt, Esq. M. Edward Rosenblatt, commenta-t-il, ça sonne nanti. Willie, elle voulait pas avoir affai' les hommes loi huppés.

Je fis taire Cokie, et nous nous engouffrâmes tous les trois dans l'ascenseur.

En fait, en mon for intérieur, j'avais les mêmes réserves que Cokie. Willie ne voulait pas avoir affaire aux banques. Pourquoi donc aurait-elle voulu traiter avec un riche notaire ? J'avais fait un serment. Je ne révélerais rien au sujet de Willie. On pouvait me menacer, me torturer, je resterais muette. Ne t'inquiète pas, Willie. Je ne laisserai pas entrer les vautours.

Nous atteignîmes le septième étage. Cokie ôta sa casquette et se mit à la triturer. Sadie et Cokie reculèrent pour se réfugier près de l'ascenseur. Je m'approchai du bureau de la réception et informai l'hôtesse que nous étions arrivés pour notre rendez-vous. Au bout de quelques minutes, une femme apparut.

– Mr Rosenblatt va vous recevoir.

Je fis signe à Cokie et Sadie d'avancer. Nous traversâmes un pool de dactylos. Sadie, qui n'avait jamais eu l'occasion de se trouver dans un cadre professionnel aussi classe, ouvrait des yeux ronds comme des roues de moulin. La femme nous introduisit dans un bureau. Trois chaises étaient disposées devant une longue table.

– Mr Rosenblatt sera là dans un instant. Mettez-vous à l'aise, je vous prie.

Cokie refusa de s'asseoir. Je lui jetai le mauvais œil et lui indiquai du doigt la chaise. Le bureau était ravissant : lambrissé de chêne, avec une bibliothèque qui, garnie d'impressionnantes séries d'ouvrages de droit, occupait un mur entier. Sadie me donna un coup de coude, indiquant du doigt deux images encadrées d'argent de bon aloi : le portrait d'une vieille femme et la photo d'une nombreuse famille.

– Je suis désolé de vous avoir fait attendre.

Un élégant gentleman aux cheveux gris entra dans la pièce et referma la porte derrière lui. Il portait des lunettes rondes et avait tout à fait la tête du type qui fume la pipe tout en regardant un match de polo. Il me sembla le reconnaître : j'avais dû le voir à l'enterrement de Willie.

– Je suis Ed Rosenblatt. Je suppose que vous êtes Mister Coquard ? demanda-t-il à Cokie en lui tendant la main. Et vous devez être Miss Moraine et Miss Vibert. Très heureux de vous rencontrer.

Il contourna son bureau pour aller s'asseoir dans le fauteuil de cuir capitonné. Puis il prit un dossier et le plaça devant lui.

– Commençons maintenant, voulez-vous ?

Il leva les yeux et nous adressa un sourire qui me parut aussi sincère que chaleureux.

– Tout d'abord, sachez, Miss Vibert, que je suis au courant de votre infirmité vocale, aussi ferai-je en sorte que nos échanges soient les plus directs possibles. Ensuite, j'aimerais présenter mes condoléances à chacun d'entre vous. Je suis sûr que vous êtes profondément affectés par la mort de Willie.

– Oui, monsieur, je le suis, dit Cokie. Alo', sauf vot' respect, je veux pas êt' interrogé propos les affai' Willie. Elle aurait pas voulu ça non plis.

Sadie acquiesça énergiquement de la tête.

Le regard de Mr Rosenblatt se fixa alternativement sur Cokie et Sadie, puis, finalement, sur moi.

– Willie était une personne très secrète, expliquai-je, et nous voudrions respecter cela.

– Je crois que c'est précisément en raison de votre loyauté que vous vous trouvez ici. Permettez-moi de vous raconter quelque chose. J'avais quatre ans quand j'ai fait la connaissance de Willie. Comme le Dr Sully et quelques autres, nous avions emménagé en même temps dans le Vieux Carré. À l'âge de cinq ans, j'ai décidé d'épouser Willie, mais elle n'a pas voulu en entendre parler. Elle m'a baptisé Rosie et traité de mirliflore, disant qu'au lieu de se marier elle préférerait fonder une affaire avec moi parce qu'elle me trouvait intelligent. Vous l'imaginez à cinq ans, poing sur la hanche, doigt pointé sur moi, en train de conclure cette opération commerciale ?

Je souris. Je l'imaginais parfaitement, cette petite fille vive, piquante, insolente – tout à fait celle de la photo cachée dans un tiroir à *Shady Grove*.

– Nous étions donc là dans le Quartier français, Willie, Sully et moi, Rosie – nouvelle version des trois mousquetaires. Mais lorsque nous avons eu douze ans, ajouta le notaire en posant les mains à plat sur le bureau, il s'est passé quelque chose. Willie a changé. Elle faisait n'importe quoi pour ne plus rentrer chez elle. Sully et moi, nous avons soupçonné son père.

Je me rappelai Willie disant que les pères étaient surévalués, que le mien était probablement un sale type.

– Elle s'est mise à fréquenter une bande de durs, poursuivit Mr Rosenblatt. En grandissant, nous nous sommes éloignés les uns des autres. Sully est parti étudier à la fac de médecine, et moi, à la fac de droit; quant à Willie, elle s'est lancée dans les affaires. Pendant un bon bout de temps, nous nous sommes perdus de vue, en grande partie parce que Sully et moi étions à vrai dire effrayés par le chemin que prenait Willie. Et puis un beau jour, la veille du Nouvel An – il y a vingt-cinq ans de ça –, Sully et moi dînions au restaurant avec nos épouses quand Willie s'est approchée d'un pas nonchalant de notre table et a demandé à Sully s'il avait toujours sa fronde. Elle lui a expliqué qu'elle avait besoin de la récupérer pour s'en servir contre un imbécile qui se trouvait dans le restaurant. C'était comme si nous avions tous à nouveau dix ans.

Mr Rosenblatt sourit et réfléchit un instant avant d'ajouter :

– Il y a, je suppose, quelque chose de très particulier dans les liens contractés dès l'enfance. À compter de ce moment-là, je n'ai plus cessé de travailler avec Willie.

Nous fixâmes tous sur lui des yeux interrogateurs.

– Je suis son gestionnaire de fortune, précisa-t-il dans un souci d'éclaircissement. Je sais que ce n'est pas évident d'assimiler tout cela.

– Je trouve…, commença Cokie. Enfin, j'arrive pas imaginer Willie pitite.

Mr Rosenblatt sortit alors une chemise cartonnée du premier tiroir de son bureau et nous tendit une photo ternie représentant trois gosses à Jackson Square. Willie était au centre du petit groupe. Elle fléchissait l'avant-bras droit pour faire saillir son biceps.

Cokie siffla entre ses dents.

– Regardez-moi don' ça, commenta-t-il. À la voir,

on croirait elle va chasser le démon de vot' corps à tous les deux !

– Elle en était capable en effet, dit le notaire. Elle a les cicatrices pour le prouver. Comme vous le savez, ajouta-t-il après avoir rangé la photo, Willie était une femme intelligente et très organisée. Elle a su profiter de son argent de son vivant et a dépensé une grande partie de ce qu'elle avait gagné. Elle n'était pas économe et n'avait aucune confiance dans les banques, aussi ne laisse-t-elle pas une grande fortune. Je n'ai pas l'intention de vous faire perdre votre temps en vous lisant des pages et des pages de charabia juridique. L'affaire est très simple. Willie a désigné Miss Moraine comme exécuteur testamentaire, et les actifs de sa succession seront attribués comme suit : la maison de la rue Conti deviendra la propriété commune de Mr Coquard et de Miss Vibert...

Sadie poussa un cri étouffé et empoigna Cokie par le bras.

– 'scusez-moi ? dit Cokie.

Mr Rosenblatt hocha la tête.

– Je vais commencer par lire la liste des attributions et je répondrai ensuite à toutes vos questions. Comme je viens de vous le dire, la maison de Conti Street ainsi que le mobilier deviendront la propriété commune de Mr Coquard et de Miss Vibert. Il n'y a pas d'hypothèque. La maison et le terrain connus sous le nom de *Shady Grove* deviendront la propriété exclusive de Miss Moraine. Ils sont également libres de toute dette. L'automobile, affectueusement surnommée Mariah, comme les armes à feu deviendront la propriété exclusive de Miss Moraine. Tous les bijoux et effets personnels de Willie deviendront la propriété commune de Miss Moraine et de Miss Vibert. Quant aux «nièces» et aux informateurs actuellement au service de Willie, ils recevront chacun cent dollars pour chaque année de service. Une fois réglées toutes les dettes encore en suspens, l'argent liquide restant sera partagé en cinq parties égales entre vous trois et les deux mousquetaires survivants, le Dr Sully et moi-même.

Le silence régnait dans la pièce. Sadie, droite comme un piquet sur sa chaise, était bouche bée. Cokie se mit à pleurer.

– Monsieur Coquard…, commença le notaire.

– Cokie, corrigea-t-il.

– Cokie, expliqua Mr Rosenblatt, vous avez travaillé pour Willie pendant plus de vingt ans. Elle appréciait énormément votre amitié et votre fidélité. C'est ce qu'elle voulait.

– Mais tout ça, à quoi bon? Rien, arien, il peut me consoler le départ Willie.

Les yeux de Mr Rosenblatt se remplirent de larmes.

– Je suis d'accord avec vous. Rien ne compensera jamais la mort de Willie.

Il expliqua les étapes suivantes et la marche à suivre; il fit des suggestions en ce qui concernait les budgets et les services de gestion financière; il nous demanda avec insistance de ne parler à absolument personne des legs de Willie, précisant qu'elle craignait de nous voir devenir la cible des escrocs et des parasites.

– Ça, c'est méchant malin, commenta Cokie. Pitit' Josie, elle a un vrai cœur d'artichaut. Une feuille pou' chacun. Alors tu diras rien à personne, Jo. Toute façon, tu as des projets.

Cokie hocha la tête.

– Josie, elle va à l'université, dit-il en souriant au notaire.

Tout le monde me regarda, manifestement désireux de m'entendre expliquer que j'avais été acceptée à Smith et qu'un vent nouveau me poussait loin de La Nouvelle-Orléans. Mais ce n'était pas le cas.

Willie. L'université. Ma mère. Les vautours. Un ventilateur bruyant bourdonnait à l'intérieur de ma tête. Au bout d'un moment, je levai les yeux et me rendis compte que toutes les personnes présentes dans la pièce étaient debout.

– Y a-t-il quelque chose d'autre, Miss Moraine ?

Le notaire, Cokie, Sadie, tous trois me regardaient fixement.

– Oui, fis-je, toujours hébétée. Willie voulait que je change de nom.

59

Depuis midi, le soleil tapait dur. J'allongeai les jambes et me frottai la nuque.

– C'est une voiture épatante que vous avez là ! déclara un homme en train de fumer une cigarette sur le trottoir.

– Merci.

Il fit le tour de l'auto, l'admirant sans réserve. Je pensai à Cokie, à sa réaction quand j'avais insisté pour lui donner Mariah : comme il avait pleuré !

– Ça doit être un rêve de rouler là-dedans. Vous vous en servez beaucoup ?

Je secouai la tête.

– C'est la voiture de mon petit ami. Il fait des kilomètres et des kilomètres avec.

À ce moment précis, Jesse sortit de la poste, un sourire aux lèvres.

– Laissez-moi deviner, dit l'homme à la cigarette en se tournant vers Jesse. Vous êtes le petit ami.

– Rude boulot, répliqua-t-il en me regardant avec une lueur de malice dans les yeux, mais il faut bien que quelqu'un s'en occupe, non ?

– Vous allez loin comme ça tous les deux ?

– Oui, monsieur. J'emmène ma mignonne en voyage.

L'épouse du fumeur sortit à son tour de la poste. Celui-ci nous souhaita bonne route.

– Eh bien ? demandai-je.

Jetant le bras autour de mes épaules, Jesse me chuchota au creux de l'oreille :

– Une montre Lord Elgin s'achemine vers la boîte aux lettres de Mrs Marion Hearne à Memphis. Cachet de la poste : Alabama.

Je le serrai dans mes bras.

– Merci.

Il frappa ses mains l'une contre l'autre.

– Bon, passe-moi la carte de Cokie. Je lui ai promis qu'on suivrait l'itinéraire de Cornbread à travers la Géorgie.

Jesse étala la fameuse carte sur le capot de la Merc'. Sa voiture. La voiture qu'il avait fabriquée à partir d'un simple tas de ferraille. Dieu sait comment, il avait réussi à assembler les pièces, à les fourbir et à en faire une splendeur qui n'avait plus rien à voir avec l'état initial.

Je jetai un coup d'œil au carton posé sur le siège arrière. La boîte de chocolats de la Saint-Valentin que Charlie aimait tant, avec les glands siamois, la page restée sur sa machine à écrire, une carte postale de Cuba, et trois photos dans des cadres d'argent. Celle de Willie enfant que j'avais trouvée à *Shady Grove*, une de Jesse avec sa Mercedes et une de Cokie et Sadie devant leur maison de Conti Street. À nouveau, la tristesse m'envahit subrepticement. Nous remontâmes dans la voiture.

– Qu'y a-t-il ? demanda Jesse.

Je haussai les épaules.

– J'avais désespérément envie de quitter La Nouvelle-Orléans, mais maintenant, je ne sais pas très bien pourquoi, j'ai peur – peur que tout s'en aille en fumée, peur de vous perdre à jamais, Cokie, la librairie, toi...

– C'est un commencement, Jo. Un commencement prometteur.

J'acquiesçai d'un signe de tête. Je ne voulais certes pas renoncer à mon plan, je voulais m'y tenir au contraire.

– Le plus dur est derrière toi, poursuivit Jesse. Grâce à Miss Paulsen, tu as obtenu un entretien à Smith. Tu as aussi un logement sûr qui t'attend à Northampton, chez son amie – un endroit où Cincinnati et ta mère ne te découvriront jamais. Et une fois que tu seras là-bas, tu feras quelque chose de tout ça. Tu entreras à Smith. Je le sais. Rien ne va changer à La Nouvelle-Orléans. Si tu retournes là-bas, tu retrouveras le même enfer d'arnaques foireuses. Les choses seront exactement comme tu les as quittées. Et tu ne vas pas me perdre.

Il s'approcha tout doucement de moi. Je levai les yeux vers lui.

– Je vais finir mes études, et après, tu sais quoi ? Eh bien, je viendrai te chercher, Josie Coquard (il sourit). Josie-Mae West-Motor City-Moraine-Coquard. Au fait, tu me dois toujours une vitre. Ajoute ça dans le mot à ton amie.

J'avais en effet écrit une carte d'Alabama à Charlotte. Sur l'insistance de Jesse, je lui avais même envoyé une lettre de douze pages serrées où je lui racontais mon histoire tout entière, dans les moindres détails, sans rien lui cacher, y compris ce dont j'avais le plus honte : ainsi, le fait que mon homonyme était une tenancière de bordel. J'avais ajouté que Miss Paulsen m'avait pistonnée en quelque sorte pour que j'obtienne un entretien à *Smith College*. La missive était si épaisse que j'avais eu toutes les peines du monde à l'introduire dans l'enveloppe et qu'il m'avait fallu fermer celle-ci avec du scotch. « Frais de port supplémentaires », avait dit l'employé des postes.

Après quoi j'avais attendu, certaine que je n'aurais pour toute réponse qu'une absence de réponse. Et pourtant, une lettre avait fini par arriver – quelques mots brefs sur une feuille de papier rose.

« Il n'est pas de beauté parfaite sans quelque étrangeté dans les proportions » (Francis Bacon)

Je brûle d'impatience de te voir !
Ton amie en qui tu peux avoir toute confiance,
                                                              Charlotte

Ce fut donc chose décidée.

Josie, elle va à Northampton, alo' me raconte pas des foutaises.

Je bus une lampée de café à même le Thermos de Cokie, et nous reprîmes la route.

Remerciements

Big Easy est le résultat d'un travail en équipe. Ce livre n'aurait pas été possible sans les capitaines de ladite équipe : mon agent littéraire Ken Wright et mon éditrice Tamra Fuller. Ken m'a encouragée à aller jusqu'au bout de cette histoire et Tamra m'a guidée dans chacune des étapes de la rédaction du roman. Leur patience, leur sagesse, leur compétence ont transformé celui-ci. Toute ma gratitude va à ces merveilleux guides et amis.

Je suis redevable pour l'éternité à l'écrivain Christine Wiltz. Son livre *The Last Madam : A Life in the New Orleans Underworld* n'a pas seulement inspiré l'histoire de *Big Easy*, il m'a aussi donné le désir de devenir écrivain à mon tour. Merci infiniment à Earl et Lorraine Scramuzza, qui m'ont permis de pénétrer dans les arcanes historiques du Quartier français et d'en découvrir le point sensible, ce que je n'aurais jamais pu faire toute seule. À Sean Powell, qui m'a accueillie dans la maison de Conti Street qui fut autrefois le bordel de Norma Wallace et le studio de E.J. Bellock. À l'historien de La Nouvelle-Orléans, John Magill, qui a bien voulu partager avec moi sa connaissance hors pair de la ville et me signaler mes erreurs.

Les auteurs de fictions historiques seraient perdus sans les bibliothèques et les archives. Je dois beaucoup au Centre de Recherche Williams de La Nouvelle-Orléans, à *The Historic New Orleans Collection, the New Orleans Public Library, the Nashville Public Library, The Times-Picayune, The Tennessean*, à Nanci A. Young, responsable des archives de *Smith College*, à Lori E. Schexnayder, en charge des archives de l'université de Tulane, à Trish Nugent, responsable des archives de l'université de Loyola, et enfin à deux librairies : *The Librairie Book Shop* de Chartres Street et *The Garden District Book Shop*. Ma gratitude aux auteurs Lyle Saxon, Robert Tallant, Ellen Gilchrist, Anne Rice et Truman Capote qui, à travers leur superbe prose, m'ont donné de la Louisiane une image extraordinairement vivante. Merci aux professeurs, aux bibliothécaires, aux libraires et aux champions de l'alphabétisation grâce à qui j'ai eu maintes occasions d'être en contact avec des étudiants et des lecteurs.

Merci à mon groupe d'écriture (Sharon Cameron, Amy Eytchison, Rachel Griffiths, Linda Ragsdale, Howard Shirley et Angelika Stegmann), sans le dévouement et l'amitié duquel je n'aurais pu mener à bien ce livre ! À Kristy King, Lindsay Davis et Kristina Sepetys, qui ont joué un rôle important dans l'élaboration du personnage de Josie Moraine. À Genetta Adair, Courtney Stevens Potter, Rae Ann Parker et à *The Original Seven* pour la merveilleuse générosité avec laquelle ils m'ont prodigué encouragements et critiques. À Fred Wihelm et Lindsay Kee qui ont déclenché l'idée du titre. Et à *The Society of Children's Book Writers and Illustrators* grâce à laquelle mes rêves sont devenus réalité.

Toute ma reconnaissance à Michael Green, des

Éditions Philomel, pour avoir cru en moi. À toute la famille des Éditions Philomel : Semadar Megged, Jill Santopolo, Kiffin Steurer et Julia Johnson. À celle des Éditions Penguin : Don Weisberg, Jennifer Loja, Eileen Kreit, Ashley Fedor, Scottie Bowditch, Shanta Newlin, Kristina Aven, Liz Moraz, Helen Boomer, Felicia Frazier, Emily Romero, Jackie Engel, Erin Dempsey, Anna Jarzab, Marie Kent, Linda McCarthy, Vanessa Han, ainsi qu'à tout le remarquable personnel de la maison.

Merci à Yvonne Seivertson, Niels Bye Nielsen, Gavin Mikhail, Jeroen Nordhuis, Mike Cortese, The Rockets, Steve Vai, J. W. Scott, Steve Malk, Carla Schooler, Jenna Shaw, Amanda Accius Williams, à la communauté lithuanienne, aux Reid, Frost, Tucker, Smith, Peale et Sepetys qui, tous, m'ont aidée ou soutenue dans mes efforts pour écrire ce livre.

J'ai une dette infinie envers mes parents, qui m'ont appris à rêver grand et à aimer encore plus grand. Envers John et Kristina – ma constante source d'inspiration, mon modèle, et les meilleurs amis que puisse désirer une petite sœur.

Et, bien entendu, envers mon mari, Michael, qui est tout pour moi, et dont l'amour m'a donné le courage et les ailes nécessaires pour me lancer dans l'écriture.

Boogie man: monstre imaginaire dont les parents se servent pour menacer les enfants désobéissants et les obliger à se tenir tranquilles; équivalent du grand méchant loup, du diable, etc.
Ce peut être aussi un surnom du démon.

Coroner: officier de police judiciaire chargé de déterminer la ou les causes du décès.

Dolique à œil noir (dit aussi cornille): légumineuse ayant une tache foncée de la forme d'un œil. Typique de la cuisine du Sud des États-Unis, le dolique est traditionnellement servi au Jour de l'an en gage de bonheur et de prospérité.

Gombo: soupe très épaisse faite avec tous les morceaux de viande que l'on peut avoir sous la main: poulet, canard, lapin, saucisse (ou même des fruits de mer) et très souvent enrichie de riz.

Le nom de cette soupe – plat par excellence de la Louisiane – vient du terme bantou *gombo* («okra», plante dont les fruits sont utilisés dans les États du Sud, en Louisiane notamment, comme agent épaississant).

Il existe une variante végétarienne de ce plat: le **gombo z'herbes**, inventé par les esclaves noirs pour le carême.

Greyhound: autocars de tourisme de la compagnie Greyhound («Lévrier») qui sillonnent tous les États-Unis

Huîtres Rockefeller: recette dans la composition de laquelle il entre des légumes verts. Inventée vers 1900 par le chef du restaurant *Antoine's*, elle porte le nom du magnat du pétrole.

Junior League: association locale féminine d'aide bénévole à la communauté.

Knockout drops: voir **Mickey Finn**.

Madam: tenancière de maison close.

Martini dirty: Martini dry, composé de vodka et de vermouth, auquel on ajoute de la «saumure» (c'est-à-dire du jus d'olive) pour lui donner une couleur trouble et le «salir» en quelque sorte.

Mary Jane: sorte de caramel aromatisé au beurre de cacahuète et à la mélasse et fourré au beurre de cacahuète.

Mickey Finn, (dit aussi Mickey, Mouse, Mom ou M): stupéfiant sous forme de gouttes incolores, inodores et sans saveur capable de mettre *knock-out* (KO) voire de tuer un homme adulte en pleine santé.

Mint julep: whisky glacé à la menthe.

Ms: titre utilisé à la place de Mrs ou de Miss pour éviter la distinction traditionnelle entre femmes mariées et non mariées. Il se veut ainsi l'équivalent du Mr pour les hommes.

Muffuletta: sandwich italien – petit pain rond aux graines de sésame fourré de viande épicée et parfumées et/ou de fromage et généreusement assaisonné d'huile d'olive et d'ail.

Phi Kappa Psi: fraternité étudiante américaine créée en 1852 sur le campus de l'université Washington et Jefferson.

Piñata: récipient de terre cuite que l'on remplit de sucreries et de jouets et que les enfants, les yeux bandés, s'efforcent de briser avec un bâton pour s'emparer des trésors cachés à l'intérieur.

Receveur écarté: joueur de l'attaque dans le football américain; positionné sur les extérieurs du terrain, il a pour rôle principal d'intercepter les passes pour les envoyer vers le *quarterback* ou quart-arrière (poste offensif); il est le plus souvent grand, longiligne et très rapide à la course.

Rémoulade aux crevettes : crevettes accommodées avec une sauce épicée froide dans la composition de laquelle entrent de l'ail, de la ciboule, du raifort, de la moutarde et du citron.

Root beer : boisson gazeuse à base d'extraits végétaux.

Salon funéraire : salon réservé à la famille et aux amis où le mort, embaumé et préparé, est placé en chapelle ardente.

Sazerac : cocktail velouté couleur caramel composé de whisky de seigle, de citron et de glace que l'on mélange dans un verre préalablement rincé avec de l'absinthe. Depuis les années quarante, ce cocktail est étroitement associé à l'hôtel Roosevelt et à son célèbre bar Sazerac Art déco. Il n'en est pas moins la boisson «officielle» de La Nouvelle-Orléans.
Créé en 1830 dans le Quartier français, le sazerac fut d'abord – jusqu'en 1870 – à base de cognac (le cognac Sazerac-du-Forge et Fils, d'où son nom) et non de whisky.

Shirley temple : cocktail sans alcool (boisson gazeuse au gingembre à laquelle on ajoute du sirop de grenadine et une cerise au marasquin).

Sisters colleges : universités pour jeunes filles jumelées avec des universités pour jeunes gens.

Stick-ball : sorte de base-ball.

Sugar Bowl: coupe de football américain qui se dispute chaque année (depuis 1935) à La Nouvelle-Orléans.

Vieux Carré (que l'on prononce «Voo Carray»): autre nom du Quartier français ou Quartier.

On lit plus fort .com

Le blog officiel
des romans
Gallimard Jeunesse.
Sur le web, le lieu
incontournable
des passionnés
de lecture.

ACTUS

AVANT-PREMIÈRES

LIVRES À GAGNER

BANDES-ANNONCES

EXTRAITS

CONSEILS DE LECTURE

INTERVIEWS D'AUTEURS

DISCUSSIONS

CHRONIQUES
DE BLOGUEURS...

Loi n° 49-956 du 16 juillet 1949
sur les publications destinées à la jeunesse

Couverture : Pierre Budestschu/Voyou
PAO : Françoise Pham
Imprimé en Italie par L.E.G.O. Spa - Lavis (TN)
Dépôt légal : octobre 2013
N° d'édition : 253 564
ISBN : 978-2-07-065441-3